블랙
달리아
1

Black Dahlia

블랙
달리아

제임스 엘로이 **1**
이종인 옮김

황금가지

THE BLACK DAHLIA
by James Ellroy

Copyright © James Ellroy 1987
All rights reserved.

Korean Translation Copyright © Minumin 2006, 2013, 2020

Korean translation edition is published by arrangement with
James Ellroy c/o The Wylie Agency(UK) LTD.

이 책의 한국어판 저작권은
The Wylie Agency(UK) LTD.와 독점 계약한 ㈜민음인에 있습니다.
저작권법에 의해 한국 내에서 보호를 받는 저작물이므로 무단 전재와 무단 복제를 금합니다.

차례

1권—
프롤로그 ... 7
제1장 불과 얼음 ... 23
제2장 39번 노턴 로 (상) ... 121

2권—
제2장 39번 노턴 로 (하) ... 7
제3장 케이와 마들린 ... 133
제4장 엘리자베스 ... 171

옮긴이의 말
로망 누아르의 압권 ... 296

이 책에 쓰인 본문 종이 E-light는 국내 기술로 개발된 최신 종이로, 기존에 쓰이던 모조지나 서적지보다 더욱 가볍고 안전하며 눈의 피로를 덜게끔 한 단계 품질을 높인 고급지입니다.

제네바 힐리커 엘로이 (1915-1958)

어머니,
스물아홉 해가 지난 지금에야
이 피 묻은 고별사를 바칩니다.

이제 나는 당신을 가슴에 껴안습니다.
나의 술주정꾼, 나의 항해사,
나의 잃어버린 첫 번째 보호자.
당신을 사랑하기 위하여,
나중에 다시 바라보기 위하여.

앤 섹스턴, 「저 귀엽고 사랑스러운 것들」 중에서

프롤로그

　나는 단 한 번도 그녀를 직접 만난 적이 없다. 단지 사람들에게 전해 들은 말로써만, 그리고 그녀의 죽음이 사람들에게 미친 영향을 통해서만 그 여자의 존재를 알고 있을 뿐이다. 난 과거를 회고하고 사실을 수집하여 그녀를 재구성해 냈다. 그녀는 슬프고도 귀여운 여자였고 또 창녀였다. 아무리 좋게 봐 주어야 '잘나갈 뻔하다가 샛길로 빠져 버린' 여자였다. 어쩌면 그런 표현은 내게도 똑같이 적용될지 모르겠다.
　나로서는 그녀의 종말을 모르고 있는 편이 더 좋았다. 나는 그녀의 죽음이 차라리 강력 사건 보고서에서 몇 줄로 간단히 처리되고, 검시소의 시체 해부 보고서 사본 위에 형식적으로 기록되어, 마지막에는 신원 불명자 공동묘지에 매장되는 무명(無名)의 삶으로 조용히 생을 마감하길 바랐다. 그러나 나의 소원은 속절없는 것이었다. 그녀는 자신의 죽음이 그런 식으로 묻히는 것을 바라지 않았다.

　너무나도 잔인하고 끔찍하게 피살된 그녀는 자신의 죽음에 얽힌 구체적인 이야기들이 모두에게 알려지기를 원했다. 나는 그녀에게 상당한 빚을 지고 있으며, 사건의 전모를 알고 있기 때문에 이 회고록을 쓰기로 작정했다.

　달리아(우리는 그녀를 이렇게 불렀다.) 사건 이전까지 내게는 파트너가 있었고, 그 이전에는 전쟁과 군사 규정 그리고 센트럴 경찰서의 작전이 있었다. 당시 경찰은 군인과 동등한 취급을 받았지만, 독일군과 일본군을 상대로 싸우던 미군보다는 인기가 없었다. 순찰 경관은 일과를 마치고 대공습 훈련, 등화관제 훈련 그리고 화재 예방 훈련에 의무적으로 참가해야 했다. 우리 순찰 경관들은 로스앤젤레스 대로 위에 서서 사람들의 숱한 시선을 맞으면서 훈련을 받아야 했다. 그때마다 나는 차라리 독일 전투기라도 나타나 이 어색한 입장을 좀 모면시켜 주었으면 하고 바랐다.

　주간(晝間) 경계 점호는 이름의 알파벳 순으로 정해졌다. 나는 1942년 8월에 경찰대학을 졸업했고, 그 뒤 주간 경계 점호 때 리 블랜처드를 만났다. 나는 이미 그의 명성을 잘 알고 있었고 그의 권투 경기 기록도 샅샅이 꿰고 있었다.

　리 블랜처드는 할리우드 리전 스타디움에 소속된 유명한 헤비급 권투 선수였으며 43승 4무 2패의 기록을 갖고 있었다. 그리고 나, 버키 블라이처트는 라이트 헤비급으로 36전 전승 무패 기록을 갖고 있으며 《링》에 동급 10위로 기록된 적도 있었다. 나는 커다란 뻐드렁니를 드러내며 상대 선수를 비웃는 것이 주특기인데, 그 잡지의 발행인인 냇 플레셔가 나의 그런 태도를 멋지다고 생각해서

10위에 올려 준 것 같다.

그렇지만 경기 기록이 모든 것을 말해 주는 것은 아니다. 블랜처드는 소문난 철권에다 한 대 때리기 위해 여섯 대를 감수하는 인파이터이고, 머리를 집중 공격하는 것으로 소문나 있었다. 반면 내 방식은 춤을 추면서 맞받아치는 아웃복싱인데, 늘 상대방의 배를 때린 다음 가드를 바싹 올리는 것을 좋아한다. 머리를 너무 많이 맞아 얼굴이 망가지는 걸 두려워하기 때문이다. 게다가 뼈드렁니라서 얼굴에 부상을 입지 않도록 신경을 쓰는 편이었다. 스타일 면에서 본다면 리와 나는 물과 기름이었다. 나는 점호 때마다 그와 어깨를 스치며, 저 친구와 내가 겨룬다면 누가 이길까를 생각하곤 했다.

거의 1년 동안 우리는 서로를 탐색하기만 했다. 우리는 권투나 경찰 일에 대해서는 한마디도 안 했고 어쩌다가 말을 주고받을 때에도 오로지 날씨 얘기만 했다. 신체적으로도 우리 두 사람은 덩치가 크다는 점 외엔 아주 대조적이었다. 리 블랜처드는 금발 머리에다 얼굴이 붉었고 183센티미터의 키에 가슴과 어깨가 딱 벌어져 있었다. 그리고 약간 안짱다리에 배가 조금씩 나오고 있었다. 반면에 나는 검은 머리에다 얼굴이 창백했고, 190센티미터 장신에 군살 하나 없는 근육질의 호리호리한 몸매였다. 우리가 한판 붙는다면 과연 누가 이길까? 정말이지 궁금하기 짝이 없었다.

나는 승자 예측을 그만두었다. 그러나 센트럴 경찰서에 근무하던 첫해에는 사람들이 우리의 경기 결과를 예측하는 소리를 열 번도 넘게 들었다. 어떤 사람은 블랜처드가 경기 초반에 KO승으로 이길 거라고 말했고, 어떤 사람은 내가 판정승으로 이길 거라고 했으며, 어떤 사람은 경기 도중 블랜처드가 부상을 당해 시합이 중단될 거라고 말했다. 그러나 내가 KO승으로 이길 거라고 내다보는 사람은 하나도 없었다.

내가 없는 곳에서 사람들은 리와 나의 이야기를 쑤군거렸다. 우선 리에 대한 소문은 대충 이런 것이었다. 리는 로스앤젤레스 경찰 본부에 배속되어 마약 흡입자들 단속을 맡고 있으며, 그에게는 빠른 승진이 보장되어 있다는 것, 특히 주 정부의 고위직과 그들의 경찰 친구들이 리의 뒤를 돌보고 있어서 뒤가 아주 든든하다는 것 등이었다.

리는 1939년에 블러바드 시티즌스 은행 강도 일당을 검거하는 혁혁한 전과를 거두어, 당시만 해도 경찰 본부 형사국 승진 발령은 떼어 놓은 당상이었다. 그런데 그 은행털이범의 애인과 사랑에 빠져 급기야 동거하는 바람에 그 발령이 취소되었다고 한다.(경찰에게는 무분별한 동거가 금지된다.) 게다가 그 여자는 리에게 권투를 그만두라고 애원했다는 것이었다. 블랜처드와 관련된 소문은 내게는 가벼운 잽같이 느껴졌고, 어디까지가 진실일지 궁금했다.

그러나 그건 어디까지나 리와 관련된 얘기일 뿐이었다. 당시 나에게는 강한 보디 블로처럼 심한 고통을 안겨 주는 일이 있었고 그건 소문이 아니라 실제 상황이었다.

나, 드와이트 블라이처트는 군대 징집을 피하여 경찰 근무를 지원했다. 그러나 아버지가 독일계 미국인이 결성한 분트(1936년 독일계 미국인이 미국에서 조직한 친독일 나치스 협회—옮긴이)에 가입한 사실이 밝혀져 나는 경찰대학에서 퇴학당할 처지에 놓이게 되었다. 그래서 나는 한동네에서 같이 자란 일본계 친구들을 외국인 신고소에 밀고했고, 그 대가로 퇴학을 면한 것은 물론이고 로스앤젤레스 경찰 본부 산하로 발령도 받게 되었다. 그러나 나는 강펀치로 인정받지 못했기 때문에 마약 흡입자 단속 일은 맡지 못했다.

블랜처드와 블라이처트.

영웅과 밀고자.

내 일본인 친구들이 수갑에 묶인 채 수용소로 실려 간 것을 생각하면, 나는 분명 더러운 밀고자였고 리는 영웅 대접을 받는 것이 마땅했다. 어쨌든 우리는 파트너가 되어 함께 일했다. 그러나 리와 나 자신에 대한 이런 인식은 결국 잘못된 것이었음이 나중에 판명되었다.

때는 1943년 6월 초였다. 그 전주에 해군 병사들이 베니스 해변의 릭 부두에서 주트 슈트(zoot suit. 어깨가 넓고 긴 상의와 통이 넓은 하의로 된 1940년에 유행한 남성복—옮긴이)를 입은 멕시코인들과 패싸움을 벌여 어느 해병은 눈알이 빠져 버렸다는 소문이 나돌았는데, 두 집단의 싸움이 내륙에서 다시 벌어진 것이었다.

차베스래빈 해군 기지 소속의 해군 병사들과, 알피네와 팔로 베르데에 사는 파추코(난폭하고 힘이 센 멕시코계의 젊은이들로, 독특한 복장과 머리형을 하고 손목에 문신을 새기며 공동 사회를 이루고 있음—옮긴이)의 싸움이었다. 나치스 휘장을 달고 잭나이프를 든 깡패들과, 제복을 입고 각목과 야구 방망이를 든 육해군 병사 수백 명이 로스앤젤레스 중심가로 몰려들고 있다는 기사가 신문에 실렸다. 또 비슷한 수의 파추코들이 똑같은 흉기를 들고 보일 하이츠에 있는 브류 102 양조장으로 몰려들고 있다는 얘기도 있었다. 센트럴 경찰서에 근무하는 순찰 경관이 모두 소집되었고, 제1차 세계대전 때 쓰던 양철 모자와 대형 경찰 곤봉이 지급되었다.

황혼 녘에 우리는 육군에서 지원받은 수송 트럭을 타고 싸움터로 갔다. 명령은 오직 질서를 회복하라는 것이었다. 서(署)에서는 권총을 모두 회수했다. 간부들은 우리의 38구경 권총이 멋지게 차려입은 파추코들의 손에 들어가는 걸 원치 않았던 것이다. 트럭이 에버그린과 와바시에 도착하자 나는 손잡이에 절연용 검정 테이프가 둘러쳐진 1.3킬로그램 곤봉만 하나 달랑 들고 뛰어내렸다. 나는 링에 처음 들어섰을 때보다 열 배는 더 무서웠다. 그러나 그 공포는 사방에서 벌어지고 있는 혼란 때문만은 아니었다.

그것은 오히려 선량해야 할 사람이 실제로는 나쁜 사람이었기 때문에 생긴 두려움이었다. 푸른 제복의 해군 병사들은 거리에 늘어서 있는 가게 진열장을 마구 걷어찼고, 가로등을 조직적으로 깨트려서 마음껏 활개칠 수 있는 어둠을 점점 더 많이 확보해 가고 있었다. 군인들끼리의 깡다구 경쟁에 뛰어든 육군 병사와 해병들은 식료잡화점 앞에 주차된 차들을 뒤집어엎었다. 그리고 몇몇 해군은 식료잡화점 옆 보도에 서 있던 파추코들을 마구 두드려 패고 있었다. 순찰 경관들은 해병 순찰대와 헌병들과 잡담을 하면서 그 광경을 멍하니 구경만 했다.

나는 한동안 얼이 빠진 채 서 있었다. 어떻게 해야 할지 알 수 없었다. 마침내 나는 1번가 쪽 와바시 지역을 내려다보았다. 그곳에는 작은 집과 나무들만 있었을 뿐 파추코나 순경, 피에 굶주린 병사들은 보이지 않았다. 나는 그쪽을 향하여 전속력으로 달려갔다. 정신없이 도망치고 있는데 한 건물 1층 현관에서 날카로운 웃음소리가 흘러나와 우뚝 멈추어 섰다.
 "자네가 저 소동에서 도망치는 두 번째 애송이 경관이군 그래. 난 자네를 탓하지 않네. 도대체 어떤 놈에게 수갑을 채워야 할지 알 수 없는 상황이니까. 안 그런가?"
 나는 현관 앞에 서서 노인을 쳐다보았다.
 "라디오에서 방송이 나왔어. 택시 운전사들이 할리우드까지 달려가 해군 병사들을 이리로 실어 나르고 있다더군. 라디오에서는 이걸 해군의 침공이라면서 30분마다 「닻을 올려라」라는 군가를 틀고 있어. 난 저 밑에서 해병들이 어슬렁거리는 것을 보았지. 이게 소위 수륙 양공(水陸兩攻) 작전이라는 건가?"
 "뭔지 나도 모릅니다. 그렇지만 나는 돌아갈 겁니다."
 "꽁무니를 빼는 건 자네만이 아닐세. 아무튼 제정신이 박힌 놈 치고 이 싸움판에 얼씨구나 하고 달려올 놈은 아무도 없을 테니까."
 노인의 교활한 태도는 점점 내 아버지를 닮아 갔다.
 "질서 회복을 원하는 파추코가 좀 있는 것 같습니다."
 "젊은이, 그 일이 그렇게 간단할 것 같나?"
 "제가 간단하게 만들어 보겠습니다."
 노인은 잘됐다는 듯이 껄껄 웃음을 터트렸다. 나는 현관에서 나와 허벅다리에 곤봉을 탁탁 두드리며 소란의 현장으로 되돌아갔다. 거리엔 이제 짙은 어둠이 깔려 파추코와 병사를 구분하는 것은 불가능했다. 사태를 파악하고 나니 오히려 딜레마에서 간단히 빠져나올 수 있었다. 나는 돌진할 채비를 갖추었다. 그때 누군가가 등 뒤에서 나를 불렀다.

"블라이처트!"

그때 나는 앞서 내뺀 첫 번째 애송이가 누구였는지를 알았다.

나는 뒤돌아서 다시 달려갔다. 거기엔 리 블랜처드가 있었다. '사우스랜드 출신의, 유능하지만 앞길이 꽉 막힌' 블랜처드는 푸른 제복을 입은 해병 세 명과 최신 유행 옷을 입은 파추코를 상대하고 있었다. 블랜처드는 그들을 초라한 방갈로의 보도 중간으로 몰아붙이면서 경찰 곤봉을 흔들어 그들의 공격을 막아내고 있었다. 해병들은 각목을 양옆으로 크게 휘둘러 댔고 블랜처드는 몸을 좌우로 움직여 피했다. 파추코는 멍청한 표정으로 목에 걸고 있는 종교 메달을 만지작거리고 있었다.

"블라이처트, 코드 스리(Code 3, 비상 경계의 정도를 나타내는 것으로 단위가 높을수록 위급한 상태임—옮긴이)야!"

나는 현장에 끼어들어 곤봉을 절도 있게 휘둘렀다. 곤봉은 반짝거리는 놋쇠 단추와 캠페인 리본을 마구 때렸다. 나는 팔뚝과 어깨로 엉성한 각목 세례를 막으면서 각목을 크게 휘두를 틈을 주지 않으려고 바싹 다가섰다. 그것은 심판도, 3분마다 울리는 공도 없이 낙지와 클린치를 하고 있는 상황과 유사했다. 나는 본능적으로 곤봉을 내팽개치고 머리를 최대한 낮추면서 두 주먹으로 보디 블로를 휘두르기 시작했다. 내 주먹은 개버딘 옷을 입은 해병의 복부를 강타했다.

"블라이처트, 뒤로 물러서!"

내가 시키는 대로 하자, 블랜처드가 곤봉을 머리 위로 높이 쳐든 채 앞으로 다가섰다. 해병들은 멍하니 서서 꼼짝도 하지 못했다. 곤봉 세례가 시작되었다. 한 번, 두 번, 세 번, 곤봉은 해병들의 어깨 위로 사정없이 퍼부어졌다. 해병들은 이내 푸른 옷을 입은 쓰레기 더미가 되고 말았다.

"똥 덩어리 같은 놈들, 트리폴리 항구로 썩 꺼져!"

블랜처드는 이번엔 파추코에게 몸을 돌렸다.

"여어, 안녕하신가, 토머스?"

나는 머리를 흔들면서 몸을 쭉 폈다. 등과 팔이 아팠고 오른쪽 주먹도 얼얼했다. 블랜처드는 그 파추코에게 수갑을 채웠다.

"도대체 어떻게 된 일입니까?"

내가 리에게 물어보았다.

"아, 이런 실례가 있나. 버키 블라이처트 경관, 여기 세뇨르 토머스 도스 산토스를 소개해 드리지. 이자는 사소한 범죄를 저지르면서 본의 아니게 살인을 했고, 그래서 도망자 영장이 발부되어 있는 상태야. 알바라도 로(路)와 6번가의 교차 지점에서 한 노파의 지갑을 날치기했는데 그 노파가 그만 심장 마비로 졸도하여 뻗고 만 거야. 놀란 토머스는 지갑을 휙 내던지고 달아났지. 바보같이 지갑에다 잔뜩 지문을 묻혀 놓고 말이야. 게다가 목격자까지 나타났어. 그러니 뭐 애시당초 도망가긴 다 틀린 거지. 아블라 인글레스 토머스(토머스, 자네 영어 할 줄 아나)?"

블랜처드가 그 남자의 옆구리를 쿡쿡 찌르면서 말했다.

토머스 도스 산토스는 머리를 흔들어 모른다고 표시했다. 블랜처드는 안됐다는 듯이 고개를 절레절레 흔들었다.

"저자는 이제 죽은 몸이야. 스픽(스페인계 미국인—옮긴이)은 2급 살인범으로 분류되면 곧장 가스실 행이야. 이 방탕한 자는 이승에 작별을 고할 날이 6주 정도밖에 안 남았지."

그때 에버그린과 와바시 쪽에서 총소리가 들려왔다. 나는 발뒤꿈치를 들어 그쪽을 두리번거렸다. 깨어진 유리창에서 뿜어져 나온 불길이 전차 줄과 전화선으로 번져 청백색 전기 불꽃이 번쩍거렸다. 나는 보도 위에 뻗어 있는 해병들을 내려다보았다. 그 가운데 한 명이 내게 가운뎃손가락을 펴 보이며 욕을 대신했다.
"저자들이 당신 배지 넘버를 기억하지 않았으면 좋겠는데요."
내가 리에게 말했다.
"기억한들 겁날 거 하나도 없어."
나는 종려나무들이 커다란 불꽃이 되어 타오르고 있는 모습을 손가락으로 가리켰다.
"저자를 오늘 밤에 입건하기는 어렵겠는데요. 저자를 체포하려고 이 거리를 내달린 겁니까? 당신 생각에……."
블랜처드는 내 경찰 배지 바로 앞까지 잽을 먹이는 시늉을 하다가 멈췄다.
"난 이곳의 치안 유지가 불가능하다는 것을 알기 때문에 거리를 내달린 거야. 괜히 거기서 어슬렁거리다가는 맞아 죽기 십상이지. 그렇지 않나?"
"그건 그래요, 그렇지만……."
"그러다가 해병 놈들이 저자를 쫓고 있는 걸 봤지. 그런데 아무리 봐도 저자가 그 수배자 놈과 똑같더라 이거야. 그래서 내가 끼어드니깐 그자들이 나를 이리로 몰아붙이더군. 그때 자네가 되돌아가는 걸 본 거야. 거기 가서 흠씬 터지느니 차라리 이 패들하고 한판 벌이다 당하는 게 더 낫겠다는 생각이 들더군. 그래서 내가 부른 거야. 어때, 일리 있지 않나? 자넬 부른 게."

"그런 것 같군요."

해병 둘이 간신히 일어서서 다른 해병을 일으켜 세우고 있었다. 세 명이 나란히 일어서자 토머스 도스 산토스가 그중 제일 커다란 엉덩이에다 발길질을 했다. 뚱뚱하고 엉덩이가 큰 그 일등병이 토머스 쪽으로 돌아섰을 때 내가 나섰다. 해병들은 이스트 LA 작전을 포기하고 종려나무가 불타는 거리 쪽으로 걸어갔다. 블랜처드는 토머스의 머리를 쓰다듬었다.

"귀여운 녀석, 넌 이제 죽은 목숨이야. 자, 블라이처트, 가자고. 이 사태가 가라앉을 때까지 쉬면서 기다릴 곳을 찾아보자고."

우리는 몇 블록 가다가 현관 앞에 신문이 가득 쌓인 집을 발견하고 그 집에 무단 침입했다. 찬장에는 5분의 2쯤 먹다 남은 커티삭 위스키가 남아 있었다. 블랜처드는 도스 산토스의 손목에 채웠던 수갑을 풀어 발목에 채웠다. 손을 자유롭게 해 술을 마실 수 있도록 할 생각인 것 같았다.

내가 햄샌드위치와 하이볼을 만들어 오자 파추코는 위스키를 절반도 넘게 마셨고 멕시코 노래인 「시엘리토 린도」와 「차타 누가 추추」를 불러 댔다. 30분이 지나자 위스키 병은 깨끗이 비었고 토머스는 곯아떨어졌다. 나는 그를 소파 위에 누이고 이불을 덮어 주었다.

"토머스는 올해 내가 아홉 번째로 체포한 중죄인이야. 저자는 6주 안에 가스실로 갈 거고, 나는 3년 안에 노스이스트 경찰서나 경찰 본부 영장국(令狀局)에서 일하게 될 거야."

나는 그의 자신만만한 태도에 은근히 화가 났다.

"글쎄요. 당신은 나이도 젊은 데다 아직 반장도 아니잖아요. 게다가 여자와 동거 중이고 마약 흡입자 단속을 하지 않아서 고위 간부의 신임을 잃었어요. 또 사복 근무를 안 한 지도 오래되었고. 당신은……."

나는 말을 멈췄다.

블랜처드는 씩 웃더니 거실 창문 쪽으로 걸어가 바깥을 내다보았다.

"미시간과 소토 지역에 불이 났군. 멋진데."

"멋지다고요?"

"그래, 멋있어. 블라이처트, 자네는 나에 대해서 꽤 많이 알고 있군."

"사람들이 당신 얘기를 많이 하니까요."

"그건 자네도 마찬가지야."

"사람들이 나에 대해서 뭐라 하던가요?"

"자네 아버지가 나치스에 대해서 허튼소리를 하고 돌아다녔다더군. 그리고 자네는 경찰에 임용되기 위해서 제일 친한 친구를 연방수사국에다 불어 버렸고, 라이트 헤비급으로 부풀린 미들급 녀석이랑 싸워서 경기 기록을 좋게 만들었다던데."

그 말은 주심의 판정처럼 방 안에 무겁게 울려 퍼졌다.

"그게 전부입니까?"

"아니, 자네는 여자 꽁무니 따위는 쫓아다니지 않기 때문에 나와 경기를 하면 이길 수 있을 거라고도 하더군."

나는 도전을 받아들였다.

"그 소문은 전부 사실입니다."

"그래? 자네가 나에 대해서 들은 소문도 전부 사실이야. 내가 반장 후보 리스트에 올라 있는 것만 빼고. 난 8월에 하이랜드 파크 경찰서 강력계로 전보(轉補)될 걸세. 거기에 유태인 검사가 근무하고 있는데 권투라면 사족을 못 쓰지. 그 검사는 다음번에 영장국으로 나가게 되어 있는데 그때 나를 불러 준다고 했어."

"멋지군요."

"그래? 좀 더 멋진 얘기를 해 줄까?"

"해 보십시오."

"실은 나도 스무 번째 KO승까지는 매니저가 골라 준 형편없는 2류 선수와 싸웠지. 내 여자 친구가 올림픽 경기장에서 벌어진 자네 경기를 보았다더군. 그 뻐드렁니만 고치면 미남이 되겠다고. 그리고 나를 이길지도 모르겠다고 했어."

나는 리가 싸움을 거는 건지 친구를 하자는 건지 의도를 알 수가 없었다. 혹시 나를 시험하고 조롱해서 정보를 캐내려는 속셈인지도 몰랐다. 나는 술에 녹아 떨어진 토머스 도스 산토스를 가리키며 물었다.

"저 멕시코인은 어떻게 하죠?"

"내일 아침에 서로 데리고 가야지."

"그럼 당신이 체포한 걸로 하십시오."

"아니, 자네의 공도 절반은 있어."

"고맙지만 사양하겠습니다."

"알았네, 파트너."

"난 당신의 파트너가 아닙니다."

"앞으로 그렇게 될 날이 있겠지."

"블랜처드, 그렇게 될 날은 없을 겁니다. 아마도 당신은 영장국에서 일하면서 시내의 돌팔이 변호사를 위해 보고서를 써 주고 또 정보도 흘려 주겠죠. 나는 경찰에서 20년 동안 근무한 뒤에 연금이나 타 먹게 되면, 경찰보다 한량한 직업을 알아보러 이곳저곳을 기웃거리게 될 거고요."

"아니, 그러지 말고 연방수사국 쪽으로 줄을 대 봐. 거류 외국인 신고소에 아는 사람이 있지 않나?"

블랜처드는 다시 창밖을 내다보았다.

"멋있어. 그림엽서로 만들면 아주 훌륭하겠는데. '보고 싶은 어머니, 여기 이스트 LA에 계셨더라면 이 멋진 인종 폭동을 보셨을 텐데요.'"

토머스 도스 산토스는 몸을 움직거리더니 뭐라고 말했다.

"이네스? 이네스? 케(뭐라고)? 이네스?"

블랜처드는 옷장으로 걸어가 낡은 모직 외투를 찾아내더니 그걸 토머스에게 던져 주었다. 외투를 덮어 몸이 따뜻해지자 그는 잠잠해졌다.

"셰르세 라 팜므(자기 여자를 찾고 있어). 그렇지 않나, 버키?"

"뭐라고요?"

"자기 여자를 부르고 있는 거야. 쭈그렁 영감태기가 됐는데도 이네스라는 여자를 잊지 못하고 있어. 저자가 가스실로 들어갈 때 그 여자가 나타날 거야. 자네가 거는 돈의 열 배를 걸고 장담하네."

"혹시 탄원을 할지도 모르죠. 그러면 무기징역을 언도받고 20년

만에 출옥할 수 있을 겁니다."

"아니야, 저자는 죽은 목숨이야. 세르세 라 팜므, 버키. 그걸 기억하게."

나는 집 안을 돌아다니면서 잠잘 만한 데를 찾다가 일층에서 침실을 발견했다. 그러나 침대가 너무 작아 발도 제대로 펼 수가 없었다. 나는 침대 위에 누워서 멀리서 들려오는 사이렌 소리와 총소리를 들었다. 나는 서서히 잠에 곯아떨어졌고 내가 아는 얼마 안 되는 여자들의 꿈을 꾸었다.

아침이 되자 소란은 가라앉았다. 하늘은 검댕들 때문에 낮게 드리워져 있었고 거리에는 깨진 술병과 각목이 나뒹굴었다. 블랜처드는 전화를 걸어 형무소까지 토머스를 호송해 갈 경찰 백차를 불렀다. 토머스 도스 산토스는 호송 경관이 오자 울음을 터트렸다. 블랜처드와 나는 악수를 나눈 뒤 각자 다른 길로 접어들어 시내 쪽으로 들어갔다. 그는 노상강도 체포 보고서를 쓰기 위해 검사 사무실로 갔고, 나는 센트럴 경찰서로 가서 또 다른 근무를 설 예정이었다.

LA 시의회는 파추코들이 입는 주트 슈트의 착용을 정식으로 금지했다. 블랜처드와 나는 점호 시간에 점잖은 대화만 주고받았다. 블랜처드가 뻔뻔스러울 정도로 자신 있게 예측한 미래는 그대로 실현되었다. 블랜처드는 반장이 되었고 8월 초엔 하이랜드 파크 경찰서 강력계로 전보되었으며, 그 일주일 뒤 토머스 도스 산토스는 가스실에서 처형되었다.

그리고 3년이 흘렀다. 나는 여전히 센트럴 경찰서의 순찰 경관으로 근무했다. 그리고 어느 날 아침 인사 게시판에 붙은 전보 발령 공문에서 다음과 같은 발령 사실을 알았다.

"반장 리랜드 C. 블랜처드, 1946년 9월 15일자로 하이랜드 파크 강력계에서 경찰 본부 영장국으로 전보."

그리고 물론 우리는 파트너가 되었다. 돌이켜 보면 블랜처드는 예언 능력을 갖고 있었던 것은 아니었다. 그는 자신의 미래를 생각대로 만들기 위해 각고의 노력을 했던 것이다. 그리고 나는 불확실한 상태에서 나의 미래로 미끄러져 들어갔다.

그가 무덤덤한 목소리로 말하던 그 말, '셰르세 라 팜므.' 그 말은 아직도 나의 영혼을 괴롭히고 있다. 왜냐하면 우리의 파트너십이란 결국 달리아를 만나기 위한 예행연습에 불과했으니까. 그렇게 해서 우리 두 사람의 영혼은 그 여자에게 완전히 사로잡히고 말았다.

제1장 불과 얼음

리 블랜처드와의 파트너 관계는 나도 모르는 사이에 진행되었다. 파트너라는 말이 되살아난 것은 블랜처드 대 블라이처트 권투 경기 때문이었다.

나는 벙커 힐에 설치된 속도 제한 감시 장치 앞에서 하루 종일 속도위반 차량을 단속한 뒤에 서로 돌아오는 길이었다. 교통 범칙금 발부 기록장은 꽉 찼고 복잡한 교차로에서 여덟 시간이나 차량들을 뚫어져라 쳐다보고 난 뒤라 온몸이 마비되는 것 같았다. 나는 브리핑을 듣기 위해 기다리고 있었다. 나는 조니 보겔이 하는 말을 자칫하면 놓칠 뻔했다.

"두 사람 다 싸우지 않은 지가 벌써 몇 년 되지. 게다가 호럴 청장은 경기에 돈을 걸고 노름하는 걸 불법으로 정했어. 그렇다고 해서 노름이 없어지느냐, 그건 또 아니라는 말씀이지. 우리 아버지는 유태인 검사 녀석과 짝짜꿍이 아주 잘 맞아. 그 유태인 녀석

말이 만약 조 루이스가 백인이었다면 그와 블랜처드를 한번 붙여 볼 생각이었다고 하더군."

그때 톰 조슬린이 팔꿈치로 나를 쳤다.

"저 사람들 자네 얘기를 하고 있어. 블라이처트."

나는 보겔을 쳐다보았다. 그는 몇 미터 떨어진 곳에서 다른 순경과 얘기를 나누고 있었다.

"자네, 리 블랜처드를 아나?"

조슬린이 웃으면서 내게 말했다.

"차라리 교황보고 예수를 아느냐고 물어보지 그래요?"

"그렇군. 그는 지금 영장국에서 근무하고 있지."

"다 아는 얘기는 그만 해요. 내가 모르는 얘기를 좀 하라고요."

"그래? 블랜처드의 파트너가 곧 20년 근속이 되는 모양이야. 그 친구가 그렇게 오래 할 줄 몰랐는데 어쨌든 시한을 채웠나 봐. 자네도 알다시피 영장국 책임자는 중죄 법정에 출입하는 엘리스 로 검사지. 그 검사가 블랜처드를 영장국으로 끌어 준 장본인인데, 지금 블랜처드와 함께 일할 똑똑한 젊은이를 찾고 있나 봐. 소문에 의하면 로는 투사형을 좋아하는데 자네를 마음에 두고 있다더군. 그런데 보겔의 아버지가 자기 아들을 그 자리에 밀어 넣으려고 공작 중이라는 거야. 그자는 형사국에서 근무하고 있는데 로 검사랑은 찰떡궁합인가 봐. 솔직히 말하면 자네나 보겔이나 아직 자격 미달이지. 그렇지만 이 몸이야말로 아주 적격이지⋯⋯."

나는 조슬린의 말에 귀가 솔깃했으나 억지로 미소를 지어 보인 뒤, 아무래도 상관없다며 이렇게 덧붙였다.

"당신은 이빨이 조그맣잖아요. 그러니 괴팍한 놈들을 씹기에는 어울리지 않아요. 영장국에 근무하는 경찰 치고 제정신인 놈이 어디 있어요."

그러나 솔직히 나는 상관이 있었다.

그날 밤 나는 아파트 현관 층계에 앉아 차고를 쳐다보았다. 차고 안에는 샌드백, 스피드 백, 신문 기사를 모아 놓은 스크랩북, 선전 포스터 따위가 들어 있었다. 나는 아주 잘하는 것보다는 적당히 해내는 걸 생각했고, 4.5킬로그램 정도만 더 늘리면 헤비급이 될 수 있는데도 억지로 체중을 낮추었던 것을 생각했고, 형편없는 미들급 멕시코 선수와 싸웠던 것을 생각했다.

라이트 헤비급은 무인 지대 체급이었다. 그래서 나는 선수 생활 초창기에 그 체급이 내게 딱 알맞다고 생각했다. 나는 80킬로그램 때는 밤새라도 춤을 출 수 있었다. 외곽을 빙빙 돌면서 날렵한 보디 블로를 날릴 수 있었으며, 나의 왼손 잽은 오직 불도저만이 막아낼 수 있었다.

그러나 라이트 헤비급에는 불도저 같은 존재가 없었다. 80킬로그램쯤 나가는 헝그리 복서는 무리해서라도 헤비급으로 올라가려고 한다. 스피드와 펀치가 둔해지는 손해를 감수하면서까지 그렇게 한다. 라이트 헤비급은 안전했다. 이 체급에서 뛰면 상처를 입지 않고도 게임당 50달러를 벌어들일 수 있었다. 라이트 헤비급은 《타임스》에서도 잘 다루지 않는 인기 없는 체급이었다. 그러나 그 신문의 스포츠 담당 기자인 브레이븐 다이어와 유태인을 경멸하는 그의 추종 세력들은 이 체급이야말로 백인이 장악하고 있는 체급이라며 아첨을 해 댔다. 아무튼 나는 이 체급에서 아주 자연스럽게, 그 어떤 시련도 당하지 않고 강편치로 인정받을 수 있었다.

그런데 그만 로니 코데로가 등장했다. 그는 엘몬테 출신의 멕시코인이었다. 미들급의 그는 몸이 날래고 양손에 파괴력이 있고 수비도 완벽했다. 가드를 높이 올릴 뿐만 아니라 어떤 보디 블로도 모두 차단시킬 정도로 팔꿈치를 옆구리에 꽉 붙였다. 열아홉 살밖에 안 되었지만 체중에 비해 뼈대가 굵은 편이라 앞으로 무한히 성장하여 헤비급으로 나서도 큰돈을 벌 재목이었다. 그는 올림픽 경기장에서 초반 14경기 연속 KO승을 거두었고 LA의 내로라하는 미들급 선수들을 모조리 때려눕혔다. 한창 크고 있던 코데로는 자신이 상대한 선수의 격을 높이기 위해 《헤럴드》 스포츠난을 통해 내게 도전장을 내밀었다.

나는 그와 붙으면 완패하리라는 것을 알고 있었다. 옥수수 가루나 먹는 멕시코인에게 지면 내 인기도 끝장이었다. 그 시합을 피한다면 명예에 손상을 입을 것이고 응한다면 떡이 되리란 것을 알고 있었다. 나는 도망갈 구멍을 찾기 시작했다. 육군에 갈까, 해군에 갈까, 아니면 해병대?

그러던 중 전쟁이 터졌다. 나는 군에 가면 뭔가 신나는 일이 있을 것만 같았다. 그런데 때마침 아버지가 중풍에 걸려 병석에 드러눕게 되었고, 실직은 물론 연금도 못 타게 되었다. 아버지는 튜브를 통해 죽을 받아먹으면서 간신히 연명하는 지경이 되었다. 그래서 나는 의가사 징집 연기 혜택을 받았고, 곧바로 로스앤젤레스 경찰에 들어갔다.

전쟁이 발발하자 FBI 수사관들은 나에게 당신은 독일인이냐 아니면 미국인이냐 하고 물어 왔다. 그리고 FBI를 도와서 애국심을 증명해 보일 생각은 없느냐고 타진해 왔다……

나는 집주인네 고양이가 차고 지붕에 앉아 있는 새를 잡기 위해 살금살금 다가가는 것을 보면서 생각을 이어 나가려 애썼다. 그때 고양이가 새를 덮쳤다. 그걸 보면서 나는 톰 조슬린이 말한 소문이 사실이기를 간절히 바라고 있는 나 자신을 발견했다.

영장국의 자리는 정말로 탐나는 것이었다. 영장국은 경관이라면 누구나 근무해 보고 싶어 하는 핵심 부서였다. 우선 영장국에 근무하면 제복을 입지 않고 사복 근무를 한다. 또 재미있는 일이 많이 벌어질 뿐만 아니라, 출장을 나가면 민간인 차를 타고 출장 거리에 따라 출장비를 지급받는다. 영장국에 근무하는 경관은 거물급 범죄자를 추적한다. 야간 순찰을 돌면서 주정꾼이나 좀도둑을 단속하는 순찰 경관하고는 차원이 다르다. 그리고 형사국과 협조하면서 영장 발부를 결정하는 검사실에서 일을 한다. 게다가 바우런 시장(市長)이 기분이 좋아 전쟁 얘기를 듣고 싶어 하면 시장과 함께 저녁도 같이 먹을 수 있는 부서이다.

그런 생각을 하고 있자니 괜히 울화가 치밀었다. 나는 차고로 내려가서 팔에 쥐가 날 때까지 스피드 백을 때렸다.

그 뒤 몇 주 동안 나는 무전기가 달린 순찰차를 타고 북부 지역을 순찰했다. 나는 시드웰이라는 신참과 한 조가 되었다. 그는 3년간 헌병으로 근무하다 제대하자마자 경찰에 들어왔는데, 내 말을 마치 신의 계시라도 되는 듯이 열심히 들었다. 그는 경찰 일을 너무 좋아해서, 근무가 끝나도 서에 남아 뭉그적거리면서 유치장의 범죄자들과 헛소리를 지껄이는가 하면, 휴게실에 붙여 놓은 현상범 포스터에다 괜히 수건을 던지며 소란을 떨었다. 그러다가 누군가가 이제 그만 집으로 가라고 하면 그제야 마지못해 일어서는 열성파였다.

그는 도대체 예의라는 것을 모르는 녀석이었다. 생각나는 대로 무슨 얘기든 마구 지껄였다. 나에 대한 화제도 즐겼는데, 특히 서에서 떠도는 소문들을 직접 얘기해 주었다. 나는 그 소문을 대부분 에누리해서 들었다. 호럴 청장은 경찰서끼리 시합을 하는 복싱팀을 구상 중인데, 만약 내가 블랜처드와 시합한다면 영장국 발령을 밀어 줄 거라는 얘기였다. 중죄 법정을 담당하고 있는 엘리스 로는 전쟁 전에 내게 돈을 걸어 크게 한 건을 해 먹었는데, 이번 기회에 그 보답을 해 주려고 한다는 것이었다. 그리고 호럴 청장이 권투 경기 도박 금지를 해제했으니 경찰 간부들은 내게 사기를 북돋워 줄 거라고 했다. 그래야 청장이 내게 돈을 걸어 딸 수가 있을 테니까.

내가 영장국 발령의 선두 주자로 나서게 된 데에는 권투가 관련돼 있을 거라고 어렴풋이 짐작은 하고 있었지만, 그 소문들은 모두 황당무계한 것이었다. 그러나 영장국의 공석을 메울 후보가 나와 조니 보겔 두 사람으로 좁혀졌다는 것은 확실한 듯했다.

보겔의 아버지는 형사국에서 근무하는 고참 경관이었다. 그러니 아무래도 조니 보겔이 나보다 유리했다. 하지만 내게는 5년 전에 아무런 경쟁자가 없는 라이트 헤비급에서 36전 전승이라는, 사기가 좀 섞인 좋은 전적이 있었다. 보겔의 백에 대항할 수 있는 유일한 길은 내가 그 체중을 다시 회복하는 것이었다. 나는 다시 호리호리한 라이트 헤비급이 되기 위해 식사를 거르면서 줄넘기를 했다. 그리고 때를 기다렸다.

나는 체중 감량에 성공하여 일주일 만에 80킬로그램까지 끌어 내렸다. 매일 밤 스테이크, 칠리버거, 코코넛 크림 파이 같은 것을 실컷 먹는 꿈을 꾸었다. 영장국을 향한 욕망이 강물로 둥둥 떠내려갈지라도 포크 찹만 먹을 수 있다면 아무래도 상관이 없다는 생각이 들 정도였다.

그러던 중 한 달에 20달러를 받고 내 아버지를 돌보던 사람이 전화를 걸어 아버지의 상태를 말해 주었다. 아버지가 다시 정신 나간 짓을 하고 다닌다는 것이었다. 이웃집 개에게 공기총을 마구 쏴 대고 사회 연금으로 조금씩 나오는 돈을 누드 잡지나 모형 항공기를 사들이는 데 낭비하고 있다는 것이었다. 나는 아버지에 대해 뭔가 조치를 내려야겠다고 생각했다. 나는 야간 순찰을 돌다가 이 빠진 술 취한 영감을 보면 꼭 정신 나간 아버지를 보는 것 같아 섬뜩해지곤 했다.

어느 날 나는 3번가 힐 로에서 한 주정꾼이 비틀비틀 걸어가는 것을 바라보고 있다가 내 인생을 영원히 바꾸어 놓은 무선 호출을 받았다.

"11A23, 급히 서(署)로 연락하라. 반복한다. 11A23, 서로 연락하라."

시드웰이 내 옆구리를 찔렀다.

"버키, 서에서 호출이 왔는데요."

"알았다고 해."

"아니, 서로 연락하라잖아요."

나는 좌회전을 해 차를 주차시킨 뒤 코너에 있는 호출 박스를 가리켰다.

"저기 가서 연락해. 허리에 차고 있는 수갑 옆의 열쇠를 이용하면 돼."

시드웰은 잠시 뒤에 심각한 표정으로 돌아왔다.

"지금 즉시 경찰 본부장 앞으로 나타나라는 지시입니다."

나는 퍼뜩 아버지에게 뭔가 사고가 났구나 생각했다. 나는 시청까지 재빨리 차를 몰고 간 뒤 백차를 시드웰에게 넘겨주었다. 4층에 있는 태드 그린 본부장의 방으로 가자 비서가 안으로 안내했다. 안으로 들어가 보니 가죽 안락의자에 리 블랜처드가 앉아 있었다. 조끼까지 갖춰 정장을 입은 리는 내가 생각한 것보다 훨씬 고급 간부 같아 보였고 거미처럼 날씬해 보였다.

"블라이처트 경관이 도착했습니다."

비서가 말했다.

나는 지나친 체중 감량으로 텐트처럼 헐렁해진 제복을 입고 서 있었다. 이윽고 블랜처드가 일어나 사회자 노릇을 했다.

"여러분, 버키 블라이처트 경관을 소개합니다. 버키, 제복을 입은 분들부터 소개할게. 왼쪽부터 멜로이 경무관, 스텐슬랜드 경무관 그리고 그린 본부장이셔. 사복을 입은 분은 검사보인 엘리스 로 씨야."

태드 그린은 방 한가운데 있는 빈 의자를 가리키며 내게 앉으라는 손짓을 했다. 그들과 마주 볼 수 있는 자리였다. 내가 자리에 앉자 스텐슬랜드 경무관이 신문 한 부를 앞으로 내밀었다.

"이걸 한번 읽어 보게. 이번 토요일자《타임스》에 난 기사일세. 브레이븐 다이어 기자가 쓴 것이지."

신문에는 굵은 활자로 「LA의 가장 훌륭한 선수인 불과 얼음」이라는 제목이 박혀 있었다. 그리고 바로 밑에 기사가 시작되었다.

전쟁 전 로스앤젤레스 시는 훌륭한 현지 권투 선수를 두 명 보유하고 있었다. 이들은 불과 8킬로미터 남짓 떨어진 동네에서 나고 자랐으며, 불과 얼음처럼 서로 다른 스타일의 권투를 구사하는 선수들이었다. 안짱다리인 리 블랜처드는 풍차 같은 주먹을 휘두르는 것으로 유명한데 그가 펀치를 내지를 때마다 링에서는 불꽃이 피어오르는 듯했다. 버키 블라이처트는 일단 링 위에 올라서면 너무나 침착하고 냉정해 땀조차 흘리지 않을 것 같은 선수이다. 링 위에서 춤을 추듯 날렵하게 움직이는 그는 예리한 잽을 상대방의 얼굴에 쉴 새 없이 날려 보내 마침내 상대 선수의 얼굴을 타타르 스테이크처럼 잘게 썰어 놓는다.

두 선수 모두 시인(詩人)에 비할 수 있다. 블랜처드는 잔인한 힘의 시인이며 블라이처트는 스피드와 간계의 시인이다. 두 사람의 전적을 모두 합치면 76승에 이르고 패전은 겨우 네 번뿐이다. 자연현상 속에서도 그렇지만, 링 위에서도 불과 얼음은 서로 우열을 점치기가 어렵다. 불과 얼음은 서로 싸워 본 적이 없다. 근무하는 경찰서가 달랐기 때문이다. 그러나 의무감에 불타는 그들은 정신적 배경도 유사하며 로스앤젤레스 경찰에 들어와 링 밖에서의 투쟁을 계속하고 있다. 말하자면 이번에는 범죄와의 전쟁을 벌이고 있는 것이다.

블랜처드는 블러바드 시티즌스 은행 강도 사건을 해결했으며, 중죄범인 토머스 도스 산토스를 검거했다. 한편 블라이처트는 주트 슈트 폭동 때 시민의 안전을 지키는 데 큰 공을 세웠다. 이 두 경관은 함께 센트럴 경찰서에 재직하고 있다. 불 씨(氏)는 32세로 현재 영장국에 근무하고 있고, 얼음 씨는 29세로 LA 시내의 우범지대를 순찰하고 있다.

최근 기자는 불과 얼음에게 왜 권투를 포기하고 경찰이 되었는지 물어보았다. 그들의 대답은 그 인품을 그대로 보여 주었다.

블랜처드 반장은 "권투 선수의 경력이 한없이 계속되는 것은 아니죠. 그렇지만 공동체에 봉사한다는 만족은 영원합니다."라고 답했다. 블라이처트 경관은 "나는 선량한 시민을 위협하는 더 위험한 적수를 상대로 싸우고 싶습니다."라는 대답을 했다.

리 블랜처드와 버키 블라이처트는 그들이 나고 자란 이 도시에 봉사하기 위해 커다란 희생을 했다. 그리고 11월 5일의 선거일에 로스앤젤레스 시민들은 그들의 희생에 대한 대가를 요구받을 것이다. 바로 로스앤젤레스 경찰 본부의 장비를 신형으로 바꾸고 산하 전 경찰의 급여를 8퍼센트 인상하는 500만 달러 시채(市債) 발행안(제안 B)을 지지하는 투표를 해야 하기 때문이다. 불 씨와 얼음 씨를 생각하면서 선거일에 제안 B에 찬성표를 던져 주기 바란다.

나는 기사를 다 읽은 뒤 스텐슬랜드 경무관에게 넘겨주었다. 그가 막 입을 떼려고 하자 태드 그린 본부장이 그의 등에 손을 대면서 막았다.

"블라이처트, 그 기사에 대해서 어떻게 생각하는지 말해 주게. 솔직하게 말이야."

나는 침을 꿀꺽 삼키면서 침착한 목소리를 내려고 애썼다.

"글쎄요······."

말할 기회를 뺏긴 스텐슬랜드는 얼굴이 붉어졌다. 그린과 멀로이는 싱긋이 웃었고, 블랜처드는 콧방귀를 뀌었다.

"제안 B는 기각되고 말 걸세. 비선거철인 내년 봄에 다시 제안해 볼 수는 있겠지만…… 우리가 의중에 두고 있는 것은……."

엘리스가 말했다.

"엘리스, 잠깐만."

그린이 대화에 끼어들었다.

"시채가 기각될 수밖에 없는 이유 중의 하나는 시민들이 경찰의 서비스를 시원찮게 생각한다는 거야. 우린 전쟁 중에 인력이 아주 달렸지. 그래서 그걸 보강하기 위해 급히 사람들을 채용했는데 그중에 질 나쁜 사람들이 있어서 경찰의 이미지만 더 나빠졌지. 그리고 전쟁이 끝난 지금은 신참들만 많아지고, 좋은 인력들은 대거 은퇴를 했네. 경찰서도 두 개나 더 신설되었고 좋은 인력을 끌어들이려면 경찰 초봉을 높여야만 해. 이 일을 해내려면 돈이 필요해. 하지만 유권자들이 그 예산안을 승인해 주지 않을 것 같아."

나는 서서히 상황을 파악하기 시작했다.

"검사님, 그건 당신의 아이디어였으니까, 당신이 블라이처트에게 말해 주는 것이 좋겠군요."

멀로이가 말했다.

"난 1947년 특별 회계에서 그 안건을 통과시킬 수 있으리라고 100퍼센트 장담합니다. 그렇지만 예산을 받아 내려면 경찰 본부에서도 약간의 열성을 보여야 해요. 우선 경찰 내부의 사기를 진작시켜야 합니다. 그리고 유권자들에게 우리 경찰의 높은 수준을 인식시켜야 해요. 블라이처트, 백인 권투 선수끼리의 경기는 아주 흥행성 높은 빅 카드지. 그건 자네도 알지?"

"당신과 나, 그렇게 되는 건가요?"

나는 블랜처드를 쳐다보며 말했다.

"불과 얼음이지. 엘리스, 그에게 나머지 얘기도 해 주세요."

블랜처드가 미소를 지으며 말했다.

로는 블랜처드가 자기 이름을 부르자 얼굴을 찡그리더니 계속 말을 이어 나갔다.

"앞으로 3주 후에 경찰대학 체육관에서 10회전을 벌이는 거야. 브레이븐 다이어는 내 친구니까 그 행사를 계속 좋게 쓸 거야. 입장권은 1매에 2달러로 해서 경찰과 그 가족들에게 절반을 돌리고 나머지는 민간인들에게 돌리는 거야. 입장 수입은 전액 경찰 자선행사에 내놓을 생각이야. 또 그 행사에 들어온 돈을 가지고 경찰서마다 복싱 팀을 만드는 거야. 팀의 회원은 모두 잘생긴 백인으로만 구성하는 거지. 회원들은 일단 일주일에 한 번씩 근무를 빠지고 빈민가 아이들에게 호신용 권투를 가르치는 거야. 이렇게 여론을 환기시켜서 특별 선거까지 끌고 가는 거지."

모두들 나를 주목했다. 나는 숨을 멈추고 영장국으로 발령을 내 주겠다는 언질을 기다렸다. 아무도 입을 열지 않아 나는 블랜처드를 흘낏 쳐다보았다. 그의 상체는 무자비할 정도로 우람했지만 우습게도 배가 나와 있었다. 나는 그보다는 젊고 키도 큰 데다 훨씬 빨랐다. 나는 더 이상 거절할 구실과 핑계를 찾지 않고 그 자리에서 대답을 해 버렸다.

"한번 해 보겠습니다."

간부들은 내게 한바탕 칭찬을 해 주었다. 엘리스 로는 상어처럼 입을 쫙 벌리며 환하게 웃었다.

"시합 날짜는 선거 일주일 전인 10월 29일일세. 자네들은 경찰 대학 체육관을 마음껏 사용할 수 있어. 권투에서 손 뗀 지 오래되는 자네들에게 10라운드는 좀 무리겠지만, 라운드 수가 적으면 좀 시시해 보일 거야. 그건 이해하겠지?"

엘리스가 말했다.

"시시한 게 아니라 바보 같아 보이겠죠."

블랜처드가 콧방귀를 뀌면서 말했다.

멀로이 경무관이 카메라를 들고 일어섰다.

"자, 웃어 봐요."

나는 벌떡 일어서서 입술을 벌리지 않은 채 미소를 지었다. 플래시가 팍 터지자 눈앞에 별이 보였고 심하게 얻어맞은 듯 등이 아파 오기 시작했다. 즉흥 행사가 끝나자 시력은 다시 회복되었다. 엘리스 로가 내게 와서 말했다.

"난 자네에게 큰돈을 걸 거야. 그 돈을 날리지 않게 해 준다면 자네는 나와 함께 일하게 되는 거야."

'구렁이 같은 작자로군.'

나는 속으로 그렇게 생각했지만 겉으로는 씩씩하게 대답했다.

"알겠습니다!"

로는 나와 대충 악수를 하고는 밖으로 나갔다. 내 눈앞에 떠 있던 별들이 모두 사라졌을 때, 방은 텅 비어 있었다.

나는 엘리베이터를 타고 로비로 내려가면서 어떻게 보신을 해야 잃었던 체중을 다시 만회할 수 있을까 곰곰이 생각했다. 블랜처드는 아마 90킬로그램은 족히 나갈 것이다. 내가 80킬로그램으로 덤벼들었다가는 그의 사정권 안에 들어선 순간 단박에 강타를 맞고 뻗어 버릴 것이다. 나는 어느 식당으로 갈까 생각하면서 주차장으로 들어섰다. 그때 나의 적수가 거기 서 있는 것이 보였다. 그는 그림엽서같이 아름다운 하늘 위로 담배 연기를 동그랗게 뿜어 올리고 있는 한 여자와 말을 하고 있었다.

나는 주차장을 가로질러 갔다. 블랜처드는 경찰 표시가 없는 순찰차에 기대어 서서 여자에게 손짓을 하며 얘기하고 있었고, 여자는 여전히 담배 연기로 한꺼번에 서너 개씩 동그라미를 만들어 내고 있었다. 나는 그에게 다가가면서 여자의 옆얼굴을 보았다. 그녀는 고개를 위로 젖히고 등은 구부린 채, 순찰차의 문에 손을 얹어 몸을 지탱하고 있었다. 어깨 부근에서 안으로 말린 갈색 머리칼이 여자의 어깨와 길고 가는 목을 덮고 있었다. 모직 스커트에 아이젠하워 상의를 받쳐 입은 모양새로 한눈에 대단히 날씬한 여자임을 알 수 있었다.

블랜처드는 나를 보더니 그녀의 옆구리를 가볍게 찔렀다. 그녀는 담배 연기를 한 모금 내뿜으면서 고개를 돌렸다. 이목구비가 따로 노는 감은 있었지만 강인하면서도 예쁜 얼굴이었다. 시원한 이마가 머리 모양과 어울리지 않았지만 매부리코에 풍만한 입술, 짙은 갈색 눈을 가진 여인이었다.

블랜처드가 소개를 시작했다.

"케이, 이 친구가 버키 블라이처트야. 버키, 이쪽은 케이 레이크야."

그 여자는 담배를 비벼 껐다.

"안녕."

나는 인사를 하면서 블랜처드가 블러바드 시티즌스 은행 강도 재판 때 만났다는 여자가 바로 이 여잔가 보다고 생각했다. 비록 경찰관과 몇 년째 동거 중이긴 하지만 은행털이범의 계집 같지는 않았다. 그녀의 목소리에는 중서부 초원 지대의 억양이 실려 있었다.

"당신 경기를 여러 번 봤어요. 그때마다 당신이 이기더군요."

"난 늘 이겼지요. 권투 팬입니까?"

케이 레이크는 머리를 흔들었다.

"리가 억지로 데리고 갔어요. 전쟁 전에는 미술 강좌를 듣고 있었기 때문에 스케치북을 가지고 가 경기 장면을 그리곤 했죠."

블랜처드는 그녀의 어깨에 팔을 둘렀다.

"이 여자가 내게 권투를 그만두게 한 장본인이지. 내가 권투를 하다가 식물인간이 되면 어쩌냐는 거였어."

블랜처드는 일부러 그로기 상태의 선수처럼 비틀거리면서 팔을 뻗어 보였다. 그녀는 몸을 움츠리며 펀치를 피했다. 블랜처드는 그녀를 흘끗 쳐다보더니 공중에다 왼손 잽과 오른손 크로스 펀치를 뻗어 보였다. 그 펀치는 내게 텔레파시를 일으켰고, 나는 그 펀치를 피하면서 리의 턱과 배에다 원투를 먹이는 장면을 마음속으로 그렸다.

"당신이 마음 아파할 일은 하지 않도록 노력하겠어요."

내가 말했다.

케이는 그 말에 억지로 화를 참고 있는 것 같았다. 블랜처드는 빙그레 웃었다.

"그녀에게 승낙을 받는 데 여러 주가 걸렸다네. 너무 많이 삐치지 않으면 새 차를 사 주겠단 약속까지 했다고."
"지키지도 못할 약속을 남발하지 말아요."
블랜처드는 웃음을 터트리더니 케이 옆에 나란히 섰다.
"도대체 이런 아이디어를 고안해 낸 사람이 누굽니까?"
"엘리스 로야. 그가 나를 영장국에 앉혔지. 그리고 내 파트너가 은퇴 서류를 제출하자 로는 자네를 후임으로 찍어 뒀지. 엘리스가 브레이븐 다이어에게 「불과 얼음」 기사를 쓰게 했고, 그 작전을 호럴 청장에게 말한 거야. 청장은 그런 걸 승낙할 사람이 아니지만 여론 조사 결과 시채안이 부결로 나오자 어쩔 수 없이 승낙을 한 거야."
"그럼 엘리스는 내게 돈을 걸었나요? 내가 이기면 영장국으로 발령이 나는 겁니까?"
"뭐, 그렇게 되는 거지. 엘리스의 상관인 지방 검사는 그 아이디어를 별로 좋아하지 않아. 우리 둘은 파트너로선 별로라고 생각하는 것 같아. 그렇지만 그쪽으로 움직일 거야. 호럴과 태드 그린이 잘할 거라고 검사를 설득했거든. 나도 개인적으로 자네가 이기길 바라고 있어. 자네가 지면 할 수 없이 조니 보겔을 받아야 하니까. 보겔은 정말 밥맛이야. 뚱보에다 방귀나 풍풍 뀌고 입에서는 똥 냄새가 진동을 해. 그 아비는 본부 형사국에서 제일 별 볼일 없는 놈이야. 늘 유태인 앞잡이 노릇이나 하고 말이야. 게다가……"
"그게 당신하고 무슨 관계가 있죠?"
나는 집게손가락으로 블랜처드의 가슴을 살짝 찌르며 말했다.
"내기란 쌍방 간에 똑같은 효력을 발휘해. 내 여자 친구는 멋진 걸 좋아하지. 그러니 나도 그녀를 실망시킬 수 없지 않은가. 그렇지 않아, 베이비?"
"자꾸 나보고 '그녀' 라고 할래요? 정말이지 기분 나빠요."
블랜처드가 짐짓 항복한다는 듯 두 손바닥을 펴 보였다. 케이의 짙은 눈동자가 이글거렸다. 나는 이 여자의 생각이 궁금했다.
"레이크 양, 당신은 이 일을 어떻게 생각합니까?"
여자의 눈빛은 비로소 밝게 빛났다.
"순전히 미적인 면만 따진다면 팬츠만 입은 두 사람이 링 위에서 멋져 보이길 바랄 뿐이에요. 그렇지만 도덕적인 측면에서 볼 때 이런 쇼를 만들어 낸 로스앤젤레스 경찰 본부는 비난받아 마땅해요. 그리고 금전적으로 볼 때는 리가 이기길 바라지요."
블랜처드는 웃음을 터트리면서 순찰차의 앞 뚜껑을 두드려 댔다. 나는 마음이 놓여 커다랗게 웃음을 터트렸다. 케이 레이크는 내 눈을 똑바로 쳐다보았다. 그리고 처음으로(이상스러울 정도로 확실하게) 나와 불 씨는 친구가 되었음을 느꼈다.
나는 리에게 손을 내밀며 말했다.
"승리를 뺀 모든 행운을 당신에게."
"나 역시."
리는 내 손을 잡으며 말했다.
케이는 정신박약아 두 명을 쳐다보는 듯한 눈빛으로 우리를 노려보았다. 나는 모자에 가볍게 손가락을 갖다 대며 그녀에게 인사한 후 그 자리를 벗어났다.
"드와이트."
케이가 내 이름을 불렀다. 그녀가 내 이름을 어떻게 알았는지

의아했다. 내가 놀라서 뒤를 돌아보자 그녀가 말했다.
"당신, 그 뻐드렁니만 교정하면 대단한 미남이겠어요."

'불과 얼음'의 권투 경기는 경찰 본부 내의 화제가 되었고, 곧 LA 전 지역을 떠들썩하게 만들었다. 브레이븐 다이어가 경기 소식을 《타임스》 스포츠난에 싣자 입장권은 24시간 만에 매진되었다.
LA 경찰 본부 내의 공식 노름 거래꾼으로 알려진 77번가 지서 반장은 블랜처드가 3대 1로 이길 것이라고 내다보았다. 그리고 진짜 노름 거래꾼은 블랜처드가 KO로 이길 확률이 2.5대 1이고 판정으로 이길 확률은 5대 3이라고 예측했다. 경찰서 간의 내기도 활발했고 모든 지서에는 노름판이 구성되었다.
《타임스》의 브레이븐 다이어와 《미러》의 모리 리스킨드는 각자 칼럼에다 그 경기의 붐을 조성했다. 라디오 방송국의 DJ는 「불과 얼음의 탱고」라는 노래까지 작곡했는데, 심하게 떠는 목소리의 소프라노가 소규모 재즈 악단의 연주에 맞춰 그 노래를 불렀다.

　　불과 얼음은 설탕과 향료가 아니지.
　　체중이 도합 180킬로그램이 넘는
　　무쇠 주먹들의 싸움은
　　부드럽게 끝날 수가 없다네.
　　그러나 불 씨는 나의 횃불을 밝히고
　　얼음 씨는 내 눈썹을 시원하게 해 준다네.
　　그 경기는 정말 끝내 주는 하룻밤의 서비스라네.

그래서 나는 LA의 명사가 되었다. 나는 점호 때 돈을 내놓고 내기를 거는 사람들을 보았고, 만난 적도 없는 경관들로부터 격려를 받았다. 뚱보 조니 보겔은 휴게실에서 내 옆을 지나칠 때마다 불길한 눈초리를 던졌다. 소문을 잘 전해 주는 시드웰은 야간 순찰 경관 두 명이 각자 자기 차를 내기에 걸었으며, 지서장인 하웰 경위는 경기가 끝날 때까지 교통 범칙금 스티커 발부를 보류하겠다고 말했다 한다.

범죄 행정국의 경관들은 노름 거래꾼 소탕을 중지했다고 했다. 왜냐하면 미키 코언은 노름돈으로 하루에 만 달러를 벌어들이고 있는데, 그중 5퍼센트를 시청이 시채 발행안 통과 목적으로 고용한 홍보 대행사에게 내놓고 있기 때문이라는 것이었다. 컬럼비아 영화사의 회장은 나의 판정승에 거액을 걸었는데, 만약 내가 이긴다면 최고의 육체파 여배우인 리타 헤이워드와 뜨거운 주말을 보내게 해 주겠다고 했단다.

물론 모두 헛소문이었지만 그래도 기분이 좋았다. 나는 전보다도 몇 배나 더 연습을 하면서 머리가 돌지 않도록 애를 썼다. 근무가 끝나면 체육관으로 직행해 연습을 했다. 블랜처드, 그의 알랑거리는 한패 그리고 내 주위에 얼씬거리는 비번 경찰들을 하나도 거들떠보지 않고 나는 샌드백만 묵묵히 두드렸다. 나는 5분씩 계속해서 발끝으로 춤추며 오른쪽을 향해 왼손 잽과 왼손 훅을 날렸다. 그리고 오랜 친구 피트 러킨스와 스파링을 한 뒤, 땀이 눈 속으로 흘러들고 팔이 곤죽이 될 때까지 스피드 백을 때렸다. 또 줄넘기를 하고 1킬로그램짜리 모래주머니를 양쪽 발목에 매단 채 엘리지언 공원을 뛰어다녔다. 나무 둥치와 나뭇가지를 향해 잽을 날리며, 공원에서 쓰레기통을 뒤지며 어슬렁거리는 개들보다 더 빨리 달렸다. 집에 와서는 영양가 있는 최고급 요리를 먹고 옷을 채 벗기도 전에 잠이 들었다.

경기가 아흐레 앞으로 다가왔을 때 나는 아버지를 만나러 갔다. 아버지를 찾아가는 것은 한 달에 한 번뿐이었다. 나는 아버지가 정신이 이상해졌다는 소리를 듣고도 찾아가 보지 않은 것에 죄의식을 느끼면서 집으로 향했다. 나는 죄의식을 씻기 위해 선물을 가지고 갔다. 야간 순찰을 돌면서 시장에서 산 깡통 과자와 압수한 음란 잡지였다. 집 앞에 차를 세우면서 비로소 나는 그 선물만으로는 부족하다는 것을 깨달았다.

아버지는 현관 앞 층계에 앉아서 진해제 시럽 병을 흔들고 있었다. 그리고 한 손에는 공기총을 들고서 잔디밭에 일렬로 세워진 모형 비행기 편대에다 조준을 하고 있었다. 나는 차를 세우고 아버지에게 걸어갔다. 아버지의 옷에는 게워 올린 음식물 찌꺼기가 덕지덕지 묻어 있었고 앙상한 뼈대가 옷 밖으로 비죽 튀어나와 있었다. 마치 온몸이 가죽과 뼈로만 이루어져 있는 것 같았다. 입에서는 나쁜 냄새가 났고 눈은 황달 든 사람처럼 노랗고 찐득찐득했다. 뻣뻣하게 센 수염 밑의 피부에는 노쇠한 정맥이 얼키설키 드러나 있었다. 내가 허리를 숙여 아버지를 일으켜 세우려 하자 아버지는 내 손을 때리면서 독일어로 말했다.

"샤이스코프(멍텅구리)! 클라이네 샤이스코프(이 조그만 멍텅구리)!"

나는 아버지를 억지로 일으켜 세웠다. 그러자 아버지는 공기총과 진해제 병을 떨어트리면서 말했다.

"구텐 탁(잘 있었니), 드와이트."

마치 나를 어제 본 듯한 말투였다. 나는 솟구치는 눈물을 닦아 냈다.

"아버지, 영어로 말하세요."

아버지는 오른쪽 팔꿈치를 손으로 잡으면서 엿 먹으라는 시늉을 했다.

"엥글리시 샤이서(영국인은 다 똥이야)! 아메리카니시 유덴 샤이서(미국계 유태인 놈들 다 똥이야)!"

나는 아버지를 현관 층계에 내버려 둔 채 집 안을 둘러보았다. 거실에는 모형 비행기 부속들이 어지럽게 널려 있었고, 먹다 만 콩 통조림이 엎질러져 파리들이 득시글댔다. 침대 벽에는 여자 누드 사진들이 거꾸로 덕지덕지 붙어 있었다. 목욕탕에서는 지린내가 진동을 했고 부엌에서는 고양이 세 마리가 반쯤 먹다 만 참치 통조림을 주둥이로 헤치고 있었다. 내가 다가가자 고양이들이 가르랑거렸다. 나는 고양이를 향해 의자를 냅다 집어던지고 다시 아버지에게로 갔다.

아버지는 수염을 쓰다듬으며 현관 층계 난간에 기대어 서 있었다. 나는 아버지가 쓰러질까 봐 얼른 팔을 잡았다. 나는 쏟아지려는 울음을 억지로 참으며 말했다.

"아버지, 뭐라고 말 좀 해 보세요. 나를 화나게 해 보세요. 어떻게 한 달 만에 집안 꼴을 이렇게 만들어 놓았는지 얘기 좀 해 보시라고요."

아버지는 팔을 빼내려 애를 썼다. 나는 팔을 더욱 거세게 잡았다. 그러다가 앙상한 팔이 마른 나뭇가지처럼 툭 부러질까 봐 곧 손을 놓았다.

"두(너), 드와이트? 두?"

나는 순간 아버지가 또다시 발작을 일으켜 영어를 기억하지 못한다는 것을 알아챘다. 나는 머릿속에 남아 있는 독일어 단어를 찾아보았으나 잘 되지 않았다. 소년 시절 나는 아버지를 너무나 미워해서 그가 가르쳐 준 독일어를 깡그리 잊어버렸다.

"보 이스트 그레타(그레타는 어디 있지)? 보, 무티(네 엄마 말이야)?"

나는 아버지의 어깨에 팔을 둘렀다.

"엄마는 죽었어요. 아버지는 자린고비처럼 엄마에게 술을 사주지 않았지요. 그래서 엄마는 플래츠에 사는 흑인들한테 싸구려 술을 살 수밖에 없었어요. 그런데 그건 술이 아니라 메틸알코올이었어요. 엄마는 그만 눈이 멀었지요. 그래서 아버지가 엄마를 입원시켰는데 엄마는 병원 옥상에서 뛰어내려 스스로 목숨을 끊고 말았어요."

"그레타!"

나는 아버지를 꼭 붙잡았다.

"쉿! 그건 14년 전 일이에요, 아버지. 아주 오래전이지요."

아버지는 나를 밀어내려 했다. 나는 아버지를 현관 기둥에다 밀어붙였다. 아버지의 입이 비틀어졌다. 욕을 하려는 것이었다. 그러나 얼굴이 백지장같이 하얘지고 핼쑥해지더니 머릿속이 텅 빈 듯 멍청한 표정을 지었다. 단어가 생각나지 않는 모양이었다. 나는 눈을 감으면서 아버지 대신 말했다.

"아버지, 아버지가 내게 어떤 피해를 입혔는지 아세요? 나는 신원 조회에 아무 문제 없이 경찰에 들어갈 수 있었어요. 그런데 경찰에서 아버지가 그 빌어먹을 파괴 분자라는 걸 알아 버린 거예요. 나는 할 수 없이 친구들을 당국에 밀고하게 되었어요. 샘은 수용소에서 죽고 말았어요. 난 아버지가 나치스 협회에 가입한 이유가 골 빈 여자나 하나 건질까 해서였다는 걸 알아요. 그렇지만 자식 생각을 조금이라도 했다면 어떻게 그런 짓을 할 수 있어요? 난 정말 억울해서 미치겠단 말이에요."

나는 눈을 떴다. 눈물도 나지 않았다. 아버지의 눈빛에는 아무런 표정이 없었다. 나는 아버지의 어깨를 쭉 펴 주었다.

"아버지는 어쩔 도리가 없었겠죠. 하지만 내게는 밀고자란 오명이 따라붙고 말았어요. 아버지는 정말 나쁜 사람이었어요. 엄마를 죽인 건 아버지였으니까요. 그건 의심할 나위 없는 아버지 짓이었어요."

바로 그때 집안의 혼란을 단 한 번에 해결할 수 있는 방안이 머릿속에 떠올랐다.

"그렇지만 아버지, 이제 가서 쉬세요. 제가 돌보아 드릴게요."

그날 오후 나는 리 블랜처드의 훈련을 지켜보았다. 그는 메인가 체육관에서 차출해 온 날씬한 라이트 헤비급 선수들과 4분씩 1라운드를 뛰면서 훈련했다. 그는 전면적으로 공격해 나서는 스타일이었다. 앞으로 나설 때는 허리를 숙였는데 상체를 많이 놀리는 페인트 모션을 썼다. 잽도 아주 좋았다. 그러나 내가 예상했던 것처럼 머리만을 노리지도 않았고 가만히 서서 상대가 접근해 오기를 기다리지도 않았다. 그가 가슴과 배 부분에 훅을 넣을 때는 체육관 구석에서도 그 위력이 느껴질 정도였다.
 그렇지만 경기란 해 봐야 아는 법. 그가 확실히 이긴다는 보장도 없었다. 그러나 나로서는 이제 돈이 시합의 주목적이 되었다. 결국 돈 때문에 그 시합은 야바위 권투 경기로 전락하게 된 것이었다.
 나는 집으로 돌아와 아버지를 봐 주던 은퇴한 우체국 직원에게 전화를 걸었다. 아버지의 집을 깨끗이 청소해 주고 시합이 끝날 때까지만 아버지를 잘 돌보아 주면 100달러를 주겠다고 제의했다. 그는 선뜻 동의했다.
 이어 나는 할리우드 강력계에 근무하는 경찰대학 동기에게 전화해 노름꾼의 이름을 알아냈다. 그 친구는 내가 나한테 걸 것을 원한다고 생각하여, 독립 노름 거래꾼 두 명, 미키 코언의 거래꾼, 그리고 잭 드래그나 갱들의 거래꾼 등 모두 네 명을 소개해 주었다. 독립 거래꾼들과 코언의 거래꾼은 블랜처드에게 2대 1의 승산을 주었고, 드래그나의 거래꾼은 블랜처드와 블라이처트를 1대 1로 보고 있었다. 내가 빠르고 맷집이 좋아 보인다는 정보 때문에 승률을 높인 것이었다. 나는 블랜처드에게 돈을 건다면 1달러를 걸 때마다 2달러를 벌 수가 있었다.
 나는 다음 날 아침 서로 전화하여 아파서 하루 쉬겠다고 말했다. 주간 당직은 하루 휴가를 허락했다. 이미 나는 LA에서 유명 인사가 되었을 뿐 아니라 하웰 서장도 내 비위를 건드리길 싫어했기 때문이었다.
 하루 휴가를 이용해 나는 저금해 놓았던 돈을 모두 찾고 재무부 채권을 현금으로 바꾼 뒤 나의 새 차 셰비를 담보로 2,000달러를 빌렸다. 은행에서 집까지는 차로 잠깐이었다. 나는 거기서 피트 러킨스와 비밀리에 이야기를 나눴다. 그는 내가 부탁한 것을 들어주겠다고 했고 두 시간 뒤에 내게 결과를 알려 왔다.

나는 피트 러킨스를 노름 거래꾼에게 보내 후반 KO승으로 블랜처드에게 걸게 했다. 승률은 블랜처드와 블라이처트를 2대 1로 했다. 만약 내가 8~10회 안에 KO패를 당하면 나는 8,640달러를 벌 수 있었다. 그 정도면 앞으로 2, 3년 동안 아버지를 고급 양로원에 모실 수 있었다.

나는 아버지라는 오랜 부채를 싹 청산하는 조건으로 영장국 발령을 포기한 셈이었다. 그리고 후반 라운드에서 KO패를 예상한 것은 그 정도면 내가 겁쟁이는 아니라는 걸 보여 줄 수 있다는 심산에서였다. 그것은 나의 부채 청산을 위한 일종의 거래였고 그 거래를 도와줄 사람은 바로 리 블랜처드였다.

시합을 일주일 남겨 놓고 나는 마구 먹어서 몸무게를 87킬로그램으로 늘렸다. 로드워크의 거리도 늘렸고 샌드백도 한 번에 6분씩 쳤다. 나의 트레이너 겸 코치로 배정된 두안 피스크는 나보고 훈련을 너무 많이 한다고 경고했다. 그러나 나는 경고를 무시한 채 시합 이틀 전까지 맹훈련을 거듭했다. 그다음에는 가벼운 맨손체조만 하면서 상대를 연구했다.

그의 주무기인 오른쪽 롱 혹이 나올 때는 반드시 사전 신호가 있었다. 왼쪽으로 반 발자국씩 두 번 움직인 다음에 머리로 가볍게 페인트 동작을 하는 것이었다. 일단 상대방을 로프에 몰고 나면 그는 아주 위력적인 공격을 했다. 옆구리와 짧은 보디 블로를 잘 활용하여 자기보다 체중이 가벼운 상대를 충분히 밀어붙였다.

가까이 가서 보니 눈썹에 상처가 있었는데 거기는 가격하면 안 될 것 같았다. 만약 눈 주위가 터져서 피가 나면 부상으로 경기가 중단될 테니까. 그런 허점을 이용할 수 없다는 게 안타까웠지만 어쩔 수 없었다. 그러나 왼쪽 갈비뼈 부근에 나 있는 상처는 공격하기에 아주 적당한 것 같았다. 거길 때리면 그에게 커다란 고통을 줄 수 있으리라.
"리가 셔츠를 벗으니까 적어도 보기는 좋네요."
나는 말소리가 나는 쪽으로 고개를 돌렸다. 케이 레이크가 나를 쳐다보고 있었다. 나는 블랜처드가 등받이 없는 둥근 의자에 앉아 쉬면서 위를 쳐다보고 있는 것을 훌깃 보았다.
"스케치북은 안 가져오셨나요?"
내가 물었다.
케이가 블랜처드에게 손을 흔들었다. 그는 글러브를 낀 양손으로 키스를 불어 보냈다. 공이 울렸고 그와 그의 스파링 파트너는 잽을 던지며 상대방을 향해 달려들었다.
"아, 그만뒀어요. 사실 난 그림을 못 그리거든요. 그래서 전공을 바꿨어요."
"뭘로요?"
"의예과로요. 그러다가 심리학으로 바꿨고 다시 영문학으로 바꿨다가 역사학으로 낙착되었어요."
"난 자신이 원하는 게 뭔지를 명확히 알고 있는 여자를 좋아합니다."
"나도 그래요. 그렇지만 내가 원하는 게 뭔지 잘 모르겠어요. 당신은 뭘 원하세요?"

나는 체육관 안을 둘러보았다. 링 주위에는 관객이 삼사십 명 정도 앉아 있었다. 주로 비번인 경관과 기자들이었는데, 입에 담배를 물고 있지 않은 사람은 거의 없었다. 링 위로 연기가 서서히 피어올랐고 천장에서 내리비치는 스포트라이트 때문에 링은 누런 빛을 띠고 있었다. 모두들 블랜처드와 그의 펀치에 관심을 보이면서 그에게 힘내라고 고함을 질러 대고 있었다. 그러나 과거의 일을 깨끗이 청산하고 싶어 하는 내가 거기에 끼어들지 않는 한 그런 성원은 아무 의미도 없었다.

"난 이 행사에 적극 참가하고 싶습니다. 그게 바로 내가 원하는 겁니다."

케이는 머리를 흔들었다.

"당신은 5년 전에 권투를 그만두었어요. 권투는 더 이상 당신의 인생이 아니에요."

그녀의 공격적인 태도는 나를 약간 화나게 했다.

"그렇다면 당신 남자 친구도 별 볼일 없기는 매한가지예요. 그리고 그와 만났을 때 당신은 갱들과 어울려 돌아다니는 여자였다면서요? 그래서……"

케이 레이크는 웃음을 터트리며 내 말을 막았다.

"나에 대한 신문 기사를 읽었나요?"

"아니요. 그럼 당신은 나에 대한 기사를 읽었나요?"

"예."

나는 거기에 대해서는 쏘아 줄 말이 없었다.

"왜 리는 권투를 그만두었습니까? 그는 왜 경찰에 들어왔죠?"

"범죄자를 검거하는 일이 그에게 어떤 질서 의식 같은 것을 심어 주나 봐요. 여자 친구 있어요?"
 "난 최고의 육체파 여배우를 만나기 위해 삼가고 있는 중입니다. 당신은 다른 경찰과도 시시덕거립니까, 아니면 나만 예외입니까?"
 관중석에서 고함이 터져 나왔다. 나는 고개를 흘낏 돌려 블랜처드의 스파링 파트너가 매트 위에 뻗는 것을 보았다. 조니 보겔이 링 위로 올라가 그 파트너의 입에서 마우스피스를 꺼내 주었다. 스파링 파트너의 입에서는 피가 주르륵 흘러나왔다. 케이는 창백해진 얼굴로 아이젠하워 상의를 여몄다.
 "아마 내일 밤은 이보다 더할 겁니다. 차라리 집에 있는 게 나을 거예요."
 내 말에 케이는 몸을 부르르 떨었다.
 "아니에요. 내일 밤은 리를 위해서 아주 중요한 시간이에요."
 "그가 오라고 하던가요?"
 "아니요. 그는 그런 말을 할 사람이 아니에요."
 "그는 아주 민감한 타입이죠, 그렇죠?"
 케이는 주머니를 뒤져 담배와 성냥을 꺼내 담뱃불을 붙였다.
 "그래요. 당신처럼 아주 민감한 타입이죠. 그러나 그렇게 시비조는 아니에요."
 나는 얼굴이 붉어졌다.
 "당신들은 늘 그렇게 함께 있었나요? 좋을 때나 어려울 때나."
 "늘 그러려고 했지요."
 "그럼 왜 결혼을 안 합니까? 동거는 경찰 규정에도 어긋나는 겁니다. 그리고 경찰 간부들이 야비하게 나온다면 리에게는 큰 약점이 될 거예요."

케이는 바닥을 향해 담배 연기를 내뿜은 뒤 나를 올려다보았다.
"우린 결혼할 수 없어요."
"왜요? 벌써 동거한 지가 몇 년이나 되잖아요. 리는 당신 때문에 마약 흡입자들 단속도 포기했어요. 그리고 당신이 다른 남자와 시시덕거리는 것도 내버려 두는 것 같더군요. 내가 보기엔 정말 이상합니다."

링 주변에서 더 큰 함성이 터져 나왔다. 나는 곁눈질로 블랜처드가 다른 스파링 파트너를 상대하는 것을 보았다. 나는 텁텁한 체육관 공기를 가르며 주먹을 내뻗어 블랜처드의 펀치에 카운터를 먹였다. 몇 초 뒤 내가 무슨 짓을 하고 있는지 퍼뜩 깨닫고 나는 얼른 그 동작을 그만두었다. 케이는 담배꽁초를 링 쪽으로 던지면서 말했다.

"이제 그만 가 봐야겠어요. 행운을 빌어요, 드와이트."
내 이름을 부르는 사람은 지금까지 아버지밖에 없었다.
"아직 내 질문에 대답하지 않았어요."
"리와 나는 섹스를 하지 않아요."
케이는 그 말만 내뱉고 문 쪽으로 달아나듯 걸어갔다.
나는 아무 말도 못 한 채 멍하니 그녀를 쳐다보았다.

나는 한 시간 정도 더 체육관에 남아 있었다. 저녁 무렵 기자와 카메라맨이 도착해 링에 있는 블랜처드와 그의 유리턱 스파링 파트너들에게 달려갔다. 케이 레이크가 떠날 때 한 말이 계속 떠올랐다. 그리고 순간적으로 터져 나오는 그녀의 웃음과 미소도 여운을 남겼고, 툭하면 슬퍼지는 그 표정도 인상적이었다. 나는 기자들이 "어이, 저기 블라이처트도 있는데!" 하고 소리치는 것을 뒤로하고 재빨리 출입문을 빠져나와 주차장으로 달려가 두 번씩이나 담보로 잡혔던 셰비에 올라탔다. 차를 후진시키면서 나는 아주 화려하면서도 슬퍼 보이는 케이에 대한 호기심을 억누를 수가 없었다. 나는 어디로 가 봐야 할지를 퍼뜩 깨달았다.

나는 시내로 차를 몰아 그녀에 관련된 기사 스크랩을 읽으러 갔다. 《헤럴드》의 자료실 담당자는 내 경찰 배지를 보더니 열람대로 안내했다. 나는 그에게 블러바드 시티즌스 은행 강도 사건과 관련된 기사를 보고 싶다고 말했다. 그는 나에게 열람대에 앉아서 잠시 기다리라고 했다. 10분쯤 지나서 그는 가죽으로 장정된 대형 스크랩북을 두 권 가져왔다. 관련 신문들이 두꺼운 마분지 위에 시간순으로 붙어 있었다. 나는 2월 1일자부터 뒤지다가 마침내 내가 찾는 것을 발견했다.

네 명으로 구성된 갱단이 조용한 할리우드 이면 도로에서 무장된 현금 수송차를 탈취했다. 갱단은 경비원들의 주의를 딴 데로 돌리기 위해 오토바이를 일부러 쓰러뜨렸다. 한 경비원이 그 오토바이를 조사하러 차에서 내리자 갱단은 그를 제압하고, 곧이어 차에 있던 경비원 두 명을 찍어 누른 뒤 차 안으로 들어갔다. 차 안에 들어간 갱단은 경비원들을 모두 마취시켜 의식을 잃게 한 후 끈으로 사지를 묶었다. 그러고는 현금이 가득 든 자루를 전화번호부와 휴지가 잔뜩 든 자루 여섯 개와 바꿔치기했다.

범인 중 한 명은 무장차를 할리우드 시내로 몰고 갔고 나머지 셋은 경비원이 입고 있던 옷으로 갈아입었다. 경비원 제복을 입은 셋은 휴지 조각이 든 자루를 메고 블러바드 시티즌스 은행의 문을 열고 들어갔다. 은행 관리자가 그들에게 비밀 금고 문을 열어 주자 한 명이 관리자를 때려눕혔다. 그리고 나머지 둘은 비밀 금고에서 돈 자루를 꺼내 문 쪽으로 걸어 나왔다.

그때 무장 호송차를 몰고 온 나머지 범인 한 명이 차에서 내려 은행 안으로 들어와 은행원들을 모두 일어서게 했다. 그 범인은 은행원들을 비밀 금고 앞으로 데려가 모두 그 안으로 들어가게 한 다음 문을 잠갔다. 범인 넷이 은행 밖의 보도로 나왔을 때 은행과 경찰서 사이에 연결된 비상벨 소리를 듣고 출동한 할리우드 경찰서의 순찰 경관조가 현장에 도착했다. 경찰은 은행털이범들에게 멈추라고 지시했으나 그들은 총을 쏴 대기 시작했다. 경찰도 곧 반격했다. 범인 중 둘은 현장에서 즉사했고 나머지 둘은 표시 안 된 50달러와 100달러가 가득 든 자루 네 개를 들고 도망쳤다.

나는 블랜처드나 케이 레이크의 얘기가 나오지 않아서 LA 경찰 본부의 사건 조사가 1면과 2면에 나와 있는 일주일치 신문을 건너뛰었다. 죽은 은행털이범들은 LA에 연고가 없는 샌프란시스코 깡패들이었다. 범행 당시 은행에서 현장을 목격했던 사람들은 전과자 사진철에서 달아난 자들의 얼굴을 찾지 못했고, 인상착의도 거의 기억하지 못했다. 그들은 경비원 모자를 푹 눌러썼고 둘 다 래커 칠을 한 짙은 안경을 쓰고 있었다. 호송차 탈취 현장을 본 목격자는 없었고 경비원들은 범인들의 얼굴을 자세히 볼 경황도 없이 마취를 당했다.

은행털이 기사는 2,3면으로 옮겨졌다가 스캔들 칼럼으로 넘어갔다. 베보 민즈 기자는 관련 기사를 연속 사흘간 실었는데, 기사 중에는 벅시 시겔 휘하의 조직 깡패들이 그 은행털이범을 쫓고 있다는 얘기도 있었다. 무장 호송차를 탈취한 은행털이범 중 한 명이 벅시의 조직원인 것처럼 행동하면서 잡화점을 했기 때문에 추적 중이라는 내용이었다. 시겔은 그자들이 훔쳐 달아난 돈이 자기 돈이 아니라 은행 돈이긴 하지만, 자기를 속였다는 것이 분해서 그자들을 꼭 잡겠다고 말했다는 것이다.

민즈의 기사는 점점 더 황당무계해졌다. 나는 페이지를 계속 넘겼는데 마침내 2월 28일자 머리기사에 이런 것이 나와 있었다. 그 기사는 블랜처드에 대한 찬양 일색이었으나 구체적 사실은 별로 제시하지 않고 있었다.

전직 권투 선수였던 한 경찰관의 제보가 끔찍한 은행 강도 사건을 해결했다.

로스앤젤레스 경찰관인 리랜드 C. 블랜처드(25세)는 할리우드 리전 스타디움 전속의 전직 권투 선수였는데, 전부터 알고 지내는 권투 선수들과 제보자들로부터 보비 드 위트가 블러바드 시티즌스 은행 강도 사건의 주모자였다는 정보를 얻어 냈다. 블랜처드는 그 정보를 할리우드 경찰서 형사들에게 전달했고 그들은 베니스 비치에 소재한 드 위트의 집을 덮쳐 마리화나 쌈지, 경비원 제복, 블러바드 시티즌스 은행의 돈 자루 등을 발견했다. 드 위트는 무죄를 주장했지만 체포되었고 무장 강도, 폭력, 자동차 절도, 마약 소지 등으로 기소되었다.

그렇지만 아직도 케이 레이크 얘기는 나오지 않았다. 나는 지겨워하면서 페이지를 계속 넘겼다. 드 위트는 뚜쟁이질을 한 전과가 3회나 있는 샌 베르도 출신의 깡패였는데, 시겔파(派)와 경찰이 작당을 하고 무고한 자기에게 죄를 뒤집어씌웠다고 주장했다. 그의 주장에 의하면, 시겔파는 자신이 시겔파 지역에서 창녀들을 풀어 영업을 하자 자신에게 원한을 품었으며, 경찰은 아직도 해결되지 않은 블러바드 시티즌스 강도 사건을 대신 뒤집어씌워 줄 범인이 필요했기 때문이라는 것이었다. 그러나 드 위트는 사건 당일의 알리바이가 성립되지 않았다. 그는 무죄를 줄기차게 주장했지만 재판 과정에서 배심원들은 그의 말을 믿어 주지 않았고 혐의 사실은 모두 근거 있는 것으로 판정 났다. 그래서 그는 종신형을 선고받고 샌 퀜틴 형무소로 이송되었다.

케이 얘기는 6월 21일자에 나와 있었다. 제목은 「갱의 여자가 경찰관과 사랑에 빠지다! 두 사람은 과연 결혼할 것인가?」였다. 기사 옆에는 케이와 리 블랜처드, 보비 드 위트의 사진이 나란히 실려 있었다. 드 위트의 것은 포마드를 바른 번질번질한 올백 머리에 도끼처럼 사나운 얼굴을 한 범죄자 증명 사진이었다. 그 기사는 블러바드 시티즌스 은행 강도 사건을 재조명한 후 블랜처드의 공로와 케이와의 달콤한 사랑 이야기를 다루었다.

……은행털이를 할 당시에 드 위트는 아주 아름다운 처녀에게 숙식을 제공하고 있었다. 캐서린 레이크(19)는 대학에 다닐 목적으로 고향인 사우스다코타 주의 수폴스에서 서부로 나왔다. 그러나 그녀가 얻은 것은 범죄대학 범죄학과의 학위뿐이었다.

"난 갈 데가 없었기 때문에 보비와 동거하게 되었어요. 당시에는 취직하기가 어려워서 할 수 없이 하숙집 부근에서 창녀 짓을 하기도 했죠. 그러다가 보비를 만났어요. 그는 자기 집의 방 한 칸을 내주었을 뿐만 아니라 청소를 해 주면 밸리 초급대학에 보내 주겠다고 약속했어요. 그는 학교에 보내 주지는 않았지만 내게 아주 잘 해 주었어요."

케이는 보비 드 위트가 음악가인 줄로 알았으나, 나중에 알고 보니 마약을 팔고 창녀에게 손님을 물어다 주는 뚜쟁이였다고 한다.

"처음엔 아주 잘 대해 주었어요. 그러더니 내게 마약을 먹게 하고 하루 종일 집에서 전화를 받으라고 했어요. 그리고 사태가 점점 더 악화되었어요."

그러나 그녀는 점점 나빠진 사태가 구체적으로 뭔지는 설명하지 않았다. 그리고 경찰이 강도 사건과 관련해 드 위트를 체포했을 때 그녀는 조금도 놀라지 않았다.

그녀는 컬버 시티에 있는 직업여성 숙소에 묵고 있었고 경찰이 드 위트의 재판 때 증인으로 나오라고 하자 시키는 대로 증언석에 섰다. 그렇지만 과거의 '은인'이었던 드 위트를 대단히 무서워했다고 한다.

"그건 나의 의무였어요. 그리고 그 재판 과정에서 리를 만나게 된 거죠."

리 블랜처드와 케이 레이크는 사랑에 빠졌다.

"그녀를 보는 순간 저 여자는 내 여자라는 생각이 들었습니다."

블랜처드 경관은 범죄 담당 기자인 베보 민즈에게 그렇게 말했다.

"그녀에게는 내가 아주 좋아하는 집시 같은 아름다움이 있습니다. 물론 그녀가 고생을 많이 한 것은 사실입니다. 그렇지만 내가 그걸 보상해 줄 생각입니다."

리 블랜처드 자신도 비극이 뭔지 잘 아는 사람이었다. 그가 열네 살 때 아홉 살 난 여동생이 실종되어 돌아오지 않았다고 한다.

"그런 비극적인 일이 있었기 때문에 권투를 그만두고 경관이 된 것 같습니다. 범죄자들을 체포하는 것은 제게 어떤 질서 의식 같은 것을 느끼게 해 줍니다."

이처럼 두 사람은 비극으로부터 사랑의 이야기를 싹틔운 것이다. 케이 레이크는 이렇게 말한다.

"앞으로 중요한 것은 제가 더 공부를 하고 또 리를 행복하게 하는 것이에요. 이제 행복한 날이 다시 돌아왔어요."

이제 빅 리 블랜처드가 케이를 돌볼 것이니 정말 행복한 날이 되돌아온 것 같기도 하다.

나는 스크랩북을 닫았다. 리 블랜처드의 여동생 얘기 빼고는 별로 놀랄 것도 없는 기사였다. 그러나 나는 그 기사를 읽고 리가 뭔가 잘못되었다는 느낌이 들었다. 블랜처드는 마약 흡입자와 더 이상 싸우지 않겠다고 해서 은행털이 사건 해결로 얻은 유리한 입장을 박살 내고 말았다. 리의 어린 여동생은 납치되어 살해된 뒤 쓰레기처럼 버려졌을지도 모른다. 한편 케이 레이크는 법의 양쪽(합법과 불법)에서 동거를 하고 있는 셈이었다.

스크랩북을 다시 열면서 7년 전 케이의 모습을 눈앞에 그려보았다. 비록 열아홉 살밖에 안 되었지만, 되바라질 대로 되바라진 케이는 베보 민즈 기자가 시키는 대로 말했을 것 같지는 않았다. 그녀가 순진한 여자로 묘사되어 있는 기사에 왠지 화가 났다.

자료실 담당자에게 스크랩북을 돌려주고 그곳에서 나오면서 도대체 내가 찾고 있는 게 뭘까를 생각했다. 나는 기사를 보면서 케이의 성적 도발이 근거 있는 행동임을 알게 되었다. 이런저런 생각을 하다가 내가 케이와 리 블랜처드에게 관심을 갖는 이유가 한 가지 떠올랐다. 그것은 아버지를 돌보기 위한 돈을 마련하는 것과 영장국 발령을 맞바꾸어 버렸으므로, 케이 레이크와 리 블랜처드는 앞으로의 내 인생에서 유일한 흥밋거리가 될 것이고, 그래서 권투 경기가 끝난 이후에도 농담이나 암시적인 얘깃거리가 아닌, 진지한 얘기로서 그들의 생활에 대해 자세히 알고 싶었던 것이었다.

나는 로스 펠리츠에 있는 스테이크 집에 들러 큼지막한 최고급 스테이크와 살짝 데친 채소 요리를 허겁지겁 먹어 치웠다. 그런 다음 영화를 볼까 하다가 저녁에 상영하는 영화들은 대부분 재미없다는 걸 떠올리고 그만두었다. 나는 해변으로 가고 싶은 마음을 억지로 가라앉히고 산 쪽으로 차를 몰았다. 그러다가 마침내 선량한 시민처럼 차를 모는 것이 지겨워져서 강둑 쪽에다 차를 세웠다. 웨스트우드 빌리지에서 나오는 영화용 서치라이트가 머리 위의 하늘을 스쳐 지나가고 있었다. 빛은 빙글빙글 회전하면서 낮게 깔린 구름층을 훑었다. 그 빛을 쳐다보니 최면에 걸린 것처럼 온몸이 몽롱해졌다. 멀홀랜드 지역을 스쳐 지나가는 차들도 이 몽롱한 상태를 깨트리지 못했다. 서치라이트가 죽어 버렸을 때 시계를 들여다보고 자정이 지났음을 알았다.

  나는 몸을 쭉 펴고 아직 잠들지 않은 인가에서 흘러나오는 불빛을 쳐다보면서 케이 레이크를 생각했다. 기사의 내용을 머릿속에서 면밀히 재구성하면서 보비 드 위트의 여자였던 케이가 어떤 생활을 했을지 상상해 보았다. 아마도 그녀는 보비 드 위트에게 육체적으로 농락당하고 보비의 친구들에게까지 몸을 팔았을 것이다. 또 마약도 팔았을 것이고. 마약에 중독된 은행털이범의 정부. 그 기사는 진실이었지만 지저분한 냄새를 폭폭 풍기고 있었다. 그 지저분함은 그녀와 나 사이에 번쩍 하고 일어났던 성적 도발을 들키기라도 한 것 같은 그런 지저분함이었다.

  나는 케이가 헤어지면서 한 말이 사실임을 점점 더 믿게 되었다. 블랜처드가 그녀의 육체를 소유하지 않고서 어떻게 동거를 할 수 있는지 의아했다. 인가의 불빛은 하나씩 꺼져 갔다. 그리고 나는 혼자가 되었다. 산 쪽에서 차가운 바람이 불어왔다. 나는 몸을 부르르 떨면서 왜 리가 섹스를 하지 않는지 그 해답을 알아냈다.

  그는 시합에서 승자가 되어 링에서 내려선다. 땀에 젖어, 피를 맛보며, 별처럼 기분이 아득해진 채로, 아직도 몇 라운드 더 뛸 듯한 기세로. 그에게 노름돈을 걸어 큰돈을 만지게 된 노름 거래꾼들은 그에게 삼삼한 계집을 하나 갖다 안긴다. 프로든 아마추어든 가릴 것 없이 권투 선수라면 누구나 경기 후 안겨진 계집의 피를 흠뻑 들이마신다. 마치 사냥꾼이 사슴의 모가지에다 입을 갖다 대고 분출하는 피를 들이마시듯.

  섹스는 분장실에서 할 수도 있고, 너무 비좁아 다리조차 쭉 펼 수 없는 자동차 뒷좌석에서도 할 수 있으리라. 차가 너무 비좁으면 옆문을 발로 걷어차 연 채로 할 수도 있다. 그 짓을 끝내고 바깥으로 나서면 사람들이 벌 떼처럼 달려들어 환호한다. 그는 다시 별이 된 것처럼 아득한 기분을 느낀다. 그런 환희의 기분은 권투 경기의 또 다른 면이다. 말하자면 제11라운드가 되는 것이다.

그러나 일상생활로 돌아가면 그건 하나의 약점, 혹은 상실이 된다. 비록 블랜쳐드가 오랫동안 권투를 그만두었다지만 그 사실은 알고 있을 것이다. 그래서 케이에 대한 자신의 사랑이 사슴의 모가지에다 대고 피를 빼는 행위 따위로 전락하는 것을 원치 않았을 것이다.

나는 차를 타고 집으로 향했다. 그리고 케이에게 이렇게 말하면 어떨까 하는 생각을 했다. 섹스는 피, 송진, 짓이겨진 상처 같은 맛이 나기 때문에 여자의 육체를 탐하지 않았다고.

우리는 예비 공이 울리는 소리를 듣고서 동시에 분장실에서 나왔다. 문을 열고 나서면서 아드레날린이 온몸에 퍼지는 것을 느꼈다. 나는 두 시간 전에 커다란 스테이크를 씹어서 물기만 빨아 먹고 고기는 뱉어 버렸다. 내 땀 속에서는 동물의 피 냄새가 풍겨 났다. 발끝으로 가볍게 춤을 추면서 내 코너로 갔다. 관중들은 체육관이 미어져 나갈 정도로 대만원을 이루고 있었다.

정원이 초과된 체육관에서 관중들은 좁은 목제 의자와 바깥쪽 좌석에 비좁게 앉아 있었다. 모두들 발악하듯 소리를 질러 댔고 통로 측에 앉은 관중들은 내 가운 자락을 잡아당기면서 상대방을 반쯤 죽여 놓으라고 말했다. 사이드에 있던 링들은 모두 치워져 있었다. 중앙 링만이 뜨거운 노란 불빛을 받으며 그 모습을 화려하게 드러내고 있었다. 나는 아래쪽 로프를 잡으면서 링 위로 올라섰다.

센트럴 경찰서의 야간 순찰 경관이었던 심판이 올림픽 체육관의 아나운서 지미 레논에게 말을 걸고 있었다. 레논은 하루 휴가를 얻어 오늘 경기에 나왔다. 링 사이드에는 내로라하는 유명 인사들이 앉아 있었다. 그들은 나에게 손을 흔들어 보였다. 나는 관중들에게 뻐드렁니를 드러내 보이며 큰소리를 쳤고 관중들은 함성으로 응답했다. 함성은 점점 더 높아 갔다. 나는 고개를 돌려 블랜처드가 링으로 들어서는 것을 보았다.

불 씨는 나를 향해 고개를 숙였다. 나는 쇼트 펀치를 몇 번 먹이는 시늉을 하면서 답례를 했다. 두안 피스크가 나를 의자로 안내했다. 나는 가운을 벗고 양팔을 제일 위쪽 로프에 걸쳐 놓은 채 코너 기둥에 몸을 기댔다. 블랜처드도 같은 포즈를 취했다. 우리는 서로를 쏘아보았다.

지미 레논은 심판에게 중립 코너로 가라는 손짓을 했다. 이어서 천장에 부착된 마이크가 서서히 아래로 내려왔다. 레논은 마이크를 잡고 관중들의 함성을 압도하기 위해 소리를 질렀다.

"신사 숙녀 여러분, 경찰관 여러분 그리고 LA의 가장 훌륭한 권투 선수들을 지원해 주시는 관중 여러분, 이제 불과 얼음의 탱고가 시작되겠습니다!"

관중들은 박수를 치고 발을 구르면서 미친 듯이 환호성을 올렸다. 레논은 함성이 잦아들 때까지 잠시 기다렸다가 다시 말을 이어 갔다.

"오늘 밤 헤비급 10라운드를 개최하게 되었습니다. 백코너에는 흰 팬츠를 입은 선수가 자리 잡고 있습니다. 43승 4패 2무승부의 로스앤젤레스 경찰 본부 소속 경관입니다. 신사 숙녀 여러분, 몸무게 92.3킬로그램의 빅 리 블랜처드를 소개합니다!"

블랜처드는 가운을 벗고 글러브에 입을 맞추면서 사방에 절을 했다. 레논은 관중들이 열광하여 잠깐 정신이 나가도록 내버려 두었다. 그런 다음 다시 마이크를 이용하여 관중의 소음을 누르고 나를 소개하기 시작했다.

"흑코너, 체중 86.6킬로그램, 로스앤젤레스 경찰 본부 소속, 36전 36승 무패의 버키 블라이처트를 소개합니다!"

나는 관중들의 환호성을 온몸에 흠뻑 받으면서 링 사이드의 얼굴들을 찬찬히 내려다보았다. 그러나 적당한 때에 KO패를 당하기로 결심한 내색은 전혀 드러내지 않았다. 체육관의 함성은 이윽고 잦아들었다. 나는 링 중앙으로 걸어갔고 블랜처드도 내게 다가왔다. 심판은 뭐라고 경고 사항을 알려 주었지만 전혀 귀에 들어오지 않았다. 불 씨와 글러브를 맞대었다. 나는 오줌을 질금거릴 정도로 겁을 집어먹고 코너로 돌아왔다. 피스크가 마우스피스를 내 입에다 밀어 넣어 주었다. 이어 공이 울렸고 모든 예비 절차가 끝난 가운데 본격적인 경기가 시작되었다.

블랜처드는 저돌적으로 공격해 들어왔다. 나는 링 한가운데에서 그를 맞았다. 그가 허리를 숙이고 머리를 흔들면서 다가오자 나는 더블 잽을 날렸다. 잽은 빗나갔다. 그러나 계속 왼쪽으로 돌면서 그가 오른손을 먼저 내밀기를 기다렸다.

그는 먼저 배 쪽을 향해 위력적인 레프트 훅을 날렸다. 나는 훅을 피하면서 짧은 왼쪽 펀치를 그의 머리에 성공시켰다. 블랜처드의 훅은 내 등 뒤로 돌아갔다. 비록 빗나가긴 했지만 찬바람이 휙 도는 대단히 위력적인 펀치였다. 그의 오른손이 아래로 내려와 있는 것을 보자마자 나는 짧은 어퍼컷을 끊어 쳤다. 그것은 깨끗하게 적중했고 블랜처드가 커버를 올리자 나는 갈비뼈 부근에 원투 스트레이트를 퍼부었다. 그에게 클린치를 주지 않기 위해, 그리고 가슴과 배의 공격을 피하기 위해 뒷걸음질치다가 나는 목 근처에 레프트를 한 방 허용했다. 다리가 순간적으로 휘청거렸다. 그래서 발끝으로 사뿐사뿐 걸으면서 왼쪽으로 빙빙 돌며 춤을 추기 시작했다.

블랜처드는 가까이 접근해 왔다. 나는 그의 사정권 바깥으로 달아나면서 계속 흔들거리는 머리에다 연속으로 잽을 퍼부었다. 그러나 상처가 난 눈썹 부위는 때리지 않겠다고 다짐하고 있었다. 계속 허리를 숙인 채 가격 범위 안으로 들어오던 블랜처드는 보디 훅을 날렸다. 나는 뒤로 물러나면서 가볍게 콤비 블로를 그의 얼굴에 터트렸다. 약 1분 동안 그가 페인트 모션을 쓰면 나는 잽을 날렸고 그의 머리가 좌우로 흔들리면 그의 옆구리를 향해 라이트 훅을 짧게 날렸다.

나는 춤추듯 블랜처드의 주위를 빙빙 돌면서 산발적으로 펀치를 날렸다. 블랜처드는 계속 파고들면서 강타를 날릴 틈을 엿보았다. 그 라운드는 이제 종료 시간이 가까웠다. 천장의 강렬한 불빛과 관중들이 뿜어 대는 담배 연기 때문에 제대로 몸을 가누기가 어려웠다. 링의 로프가 안 보일 지경이었다. 반사적으로 뒤를 돌아다보는 순간 위력적인 강타가 내 머리에 내리꽂혔다.

불과 얼음 65

나는 비틀거리면서 백코너 기둥으로 물러났다. 블랜처드는 맹렬하게 달려들었다. 머리와 귀가 윙윙거렸다. 마치 일본의 제로 폭격기가 머리통에다 폭격을 가하는 것 같았다. 얼굴을 가리려고 양손을 들어 올렸다. 블랜처드는 위력적인 양훅을 내 팔뚝에다 퍼부으면서 가드를 내리려 했다. 정신이 어느 정도 들자 나는 백코너를 벗어나면서 불 씨를 클린치했다. 있는 힘을 다해서 그의 등을 꼭 잡고 링 가운데로 밀고 나오자 힘이 다시 솟아나는 것을 느꼈다. 심판이 끼어들어 떨어지라고 소리쳤다. 그러나 나는 계속 붙들고 있었다. 마침내 그가 억지로 떼어 놓았다.

나는 뒷걸음쳤다. 현기증과 귀울음은 가셨다. 블랜처드는 가드를 다 내린 채 달려들었다. 나는 왼손으로 페인트 동작을 했다. 그는 일직선으로 파고들다 나의 강력한 라이트 훅을 허용하고 말았다. 그는 그 자리에서 캔버스에 엉덩방아를 찧었다. 누가 더 충격을 받았는지 모를 지경이었다. 블랜처드는 캔버스에 쭈그리고 앉아 야비하게 입을 씰룩거리면서 심판의 카운트를 듣고 있었다. 나는 중립 코너로 갔다. 블랜처드는 일곱에 일어섰다. 이번에는 내가 공격을 감행했다. 불 씨는 다리를 벌리고 우뚝 서서 죽기살기로 결판을 내겠다는 자세였다. 서로 주먹을 날릴 거리로 좁혀지자 심판이 그 사이로 뛰어들면서 소리쳤다.

"공이 울렸어! 공이 울렸다고!"

나는 코너로 돌아갔다. 두안 피스크는 마우스피스를 빼 주고 젖은 수건으로 몸을 닦아 주었다. 나는 의자에서 일어서서 환호를 보내는 관중들을 쳐다보았다. 그들의 얼굴은 내가 블랜처드를 깨끗이 무찔러 주기를 바라는 표정이었다. 나는 그들이 내게 경기를 포기하지 말라고 고함치고 있다는 생각이 들었다. 피스크는 내 고개를 돌려 마우스피스를 넣어 주면서 말했다.

"버키, 절대로 거리를 주지 마! 외곽으로 돌라고! 그리고 잽을 자꾸 날려!"

공이 울렸다. 피스크는 링 밖으로 나갔고 블랜처드는 화살처럼 돌진해 왔다. 그의 자세는 이제 하나도 흐트러짐이 없었다. 그는 강력한 잽을 연거푸 던지더니 한 번에 한 발자국씩 안쪽으로 파고 들었다. 아마도 라이트 훅을 길게 날리려는 속셈 같았다. 나는 계속 발끝으로 춤추면서 더블 잽을 날렸지만 거리가 너무 멀어 타격을 주지는 못했다. 블랜처드의 배 부분이 열리길 기다리면서 계속 춤을 췄다.

내가 날린 잽은 대부분 성공했다. 그러나 블랜처드는 우직스럽게 밀고 들어왔다. 나는 그의 옆구리를 가격했다. 그는 오른손 카운터펀치로 응수해 왔다. 거리가 가까워지자 우리는 양손으로 서로의 배 부분을 가격했다. 그러나 주먹을 휘두를 거리가 없었기 때문에 타격을 주지 못했다. 그래도 블랜처드는 나의 어퍼컷을 의식하는 듯 턱을 빗장뼈 아래까지 바싹 끌어당기고 있었다.

우리는 서로 거리를 허용하지 않았기 때문에 내뻗는 주먹은 팔과 어깨를 스칠 뿐이었다. 나는 근접전에서 블랜처드의 월등한 힘을 느낄 수 있었다. 그러나 바깥으로 빠질 생각은 하지 않았다. 다시 춤을 추기 전에 그에게 약간의 타격을 주고 싶었기 때문이었다. 내가 지구전으로 돌입하려는 순간 불 씨도 이 얼음 씨 못지 않게 약게 나왔다.

보디 블로를 서로 교환하다가 갑자기 블랜처드는 뒤로 한 발자국 물러서서 짧은 왼손 펀치로 내 아랫배를 강타했다. 뜨끔해진 나는 얼른 뒤로 물러서서 춤출 채비를 했다. 로프에 기대면서 가드를 올렸다. 그러나 내가 좌우로 움직이면서 로프 지역에서 벗어나기도 전에 그의 양 훅이 내 옆구리에 작렬했다. 자연히 가드가 내려졌고 블랜처드는 나의 턱에 레프트 훅을 성공시켰다.

나는 로프에서 퉁겨져 나오면서 캔버스에 무릎을 꿇었다. 턱에서 뇌수까지 충격파가 메아리쳤다. 심판이 블랜처드를 제지하면서 중립 코너로 가라고 손짓하는 것이 희미하게 보였다. 나는 한쪽 무릎으로 일어서면서 맨 아래쪽 로프를 잡았으나 곧 균형을 잃고 캔버스에 엎어졌다. 블랜처드는 중립 코너 기둥 앞에 섰다. 엎드리니까 현기증이 좀 가셨다. 이어서 심호흡을 하여 산소를 체내에 공급하니 머리가 뒤숭숭하던 것이 좀 나아졌다.

심판은 내게 돌아와 카운트를 하기 시작했다. 나는 여섯에 다리를 움직였다. 무릎이 약간 삐걱거렸지만 그래도 일어설 수 있었다. 블랜처드는 글러브에 키스를 해 관중들에게 불어 보냈다. 나는 숨을 너무 헐떡거려 마우스피스가 바깥으로 튀어나올 지경이었다. 여덟에 심판은 내 글러브를 자신의 셔츠에다 닦아 준 뒤 블랜처드에게 다시 싸우라는 신호를 보냈다.

나는 모욕을 당한 아이처럼 화가 나서 제정신이 아니었다. 블랜처드는 글러브를 열어 놓은 채 어슬렁거리며 다가왔다. 마치 나와 싸우는 데는 가드도 필요 없다는 듯한 태도였다. 나는 그에게 전면전을 걸었다. 그가 가격 범위 안에 들어오자 가볍게 잽을 날렸다. 블랜처드는 그 잽을 살짝 피했다. 그는 시합을 끝장내 줄 라이트 훅을 크게 휘두를 태세였다. 그가 약간 뒤로 물러서는 순간 나는 있는 힘을 다해 그의 코에다 라이트 훅을 작렬시켰다. 그의 머리가 휘청거렸다. 나는 배에 레프트 훅을 날리면서 연타를 먹였다. 불 씨의 가드가 내려왔다. 나는 바싹 안쪽으로 다가서며 짧은 어퍼컷을 올려쳤다. 그가 휘청거리며 로프에 기대는 순간 공이 울렸다.

내가 흑코너로 돌아가는데 관중들이 환호성을 올렸다.

"버키! 버키! 버키!"

나는 마우스피스를 내뱉으면서 숨을 헐떡거렸다. 팬들을 올려다보면서 노름돈 따먹는 건 다 물 건너간 얘기라고 생각했다. 우선 블랜처드를 개고기가 될 때까지 두드릴 작정이었다. 일단 영장국에 발령받아 거기서 생기는 영장 발부 비용과 리포(repossession의 약어. 자동차 할부금을 오래 연체한 고객의 차를 대리점에서 도로 빼앗아 가는 것—옮긴이) 수수료를 모아 아버지를 양로원에 모시기로 생각을 고쳐먹었다. 내기돈을 포기하더라도 모든 것을 제대로 해 보기로 마음먹은 것이다.

두안 피스크는 계속 소리쳤다.

"싸워! 계속 두들겨 패라고!"

링 사이드에 앉아 있는 경찰 간부들은 내게 미소를 보냈다. 나도 이빨을 환히 드러내며 버키 블라이처트식 미소로 답례를 보냈다. 피스크는 물병을 내 입에다 들이밀었다. 나는 입 안을 헹군 물을 물통에다 내뱉었다. 피스크는 암모니아 캡을 내 코 밑에다 잠깐 갖다 댄 뒤 마우스피스를 끼워 주었다.

다시 공이 울렸다. 그때부터 시합은 아주 조심스럽게 운영되었다. 그것은 나의 주특기이기도 했다. 그 뒤 네 라운드 동안 나는 춤을 추고 페인트 모션을 취하면서 쉬지 않고 외곽에서 잽을 날렸다. 블랜처드에게 가까이 다가올 거리를 주지 않았고 나를 로프에다 밀어붙일 기회를 주지 않았다. 그리고 단 하나의 목표(그의 상처 난 눈썹)를 향해 계속 왼손 잽을 내밀면서 공격을 집중시켰다. 그 잽이 제대로 먹혀 들어가면 블랜처드는 무의식적으로 팔을 올렸고 그때 나는 거리를 좁히면서 그의 배에다 훅을 먹였다. 그러나 블랜처드도 두 번에 한 번쯤은 카운터펀치를 날렸고 그 펀치를 맞은 나는 다리가 약간 휘청거리면서 신음이 절로 나왔다. 6라운드가 끝날 무렵 블랜처드의 눈썹은 피범벅이 되었고 내 옆구리 전체도 퉁퉁 부어올랐다. 그리고 우리는 서서히 힘을 잃어 가고 있었다.

제7라운드는 힘이 빠진 두 투사가 참호전(塹壕戰)을 벌인 한 회였다. 나는 외곽에 머물면서 잽으로만 응수했다. 블랜처드는 눈 언저리로 흐르는 피를 연신 닦아 내면서 글러브를 높이 쳐들고 더 이상 눈썹에 타격을 받지 않으려고 애썼다. 내가 가까이 다가서서 그의 글러브와 배에다 원투를 내뻗으면 그는 나의 명치를 향해 펀치를 날렸다.

그 싸움은 이제 초를 다투어 전황이 바뀌는 초미지급의 전투가 되었다. 7라운드가 끝나고 흑코너로 돌아오면서 나는 옆구리에 좁쌀만 한 피멍울이 여러 개 맺혀 있는 것을 보았다. "버키! 버키!" 하고 외치는 소리는 귀를 찢을 지경이었다. 링 저편에서는 블래처드의 트레이너가 지혈 연필로 눈썹을 탁탁 때린 뒤 너덜거리는 살 위로 조그마한 접착 테이프를 붙이는 것이 보였다. 나는 의자에 맥없이 앉아 있었다. 그리고 두안 피스크가 내게 물을 먹이고 어깨를 주물러 주는 60초 동안 불 씨를 계속 노려보았다. 블랜처드가 나의 아버지라고 생각하면서 앞으로 9분 동안 버틸 증오의 힘을 퍼 올리려고 무진 애를 썼다.

공이 울렸다. 후들거리는 다리를 이끌고 링 한가운데로 나아갔다. 블랜처드는 상체를 숙이고 내게 다가왔다. 그의 다리도 나처럼 후들거리고 있었다. 그러나 그의 눈썹에선 더 이상 피가 흐르지 않았다.

나는 약한 잽을 한번 내둘렀다. 블랜처드는 그 잽을 그대로 맞으면서 안쪽으로 밀고 들어와 내 글러브를 바깥으로 쳐 냈다. 나는 다리에 힘이 없어서 제때에 뒤로 빠지지 못했다. 나의 잽은 그의 눈썹을 또다시 찢어 놓았다. 블랜처드의 얼굴이 피범벅이 되는 것을 보자 내 속은 출렁거렸고 무릎도 후들거렸다. 그때 폭탄 같은 오른손 롱 훅이 내게로 날아들었다. 그 펀치는 아주 먼 곳에서 날아오는 것 같았고 나는 충분히 카운터펀치를 날릴 시간이 있었다. 나는 오른손에다 모든 증오심을 다 실어 앞에 있는 피범벅이 된 얼굴을 향해 힘껏 내질렀다. 상대의 코뼈가 부러지는 것을 느꼈다. 그다음엔 모든 것이 노래지더니 다시 까매졌다. 나는 환한 불빛을 올려다보면서 내 자신이 붕 떠 있다고 느꼈다. 내 팔을 잡고 있는 두안 피스크와 지미 레논의 모습이 어렴풋이 보였다. 나는 피 섞인 침을 내뱉으며 "내가 이겼어!" 하고 소리쳤다.

"이봐, 오늘 밤에는 아니야. 자네가 졌어. 8라운드 KO패야."

지미 레논이 말했다.

나는 그 말뜻을 알아듣고 웃음을 터뜨리며 팔을 뒤로 뺐다. 내가 기절하기 전에 어렴풋이 생각한 것은 이제 아버지를 내게서 깨끗이 떼어 낼 수 있겠다는 것이었다.

    시합이 끝난 후 나는 의사의 권고에 따라 열흘간의 휴가를 얻었다. 옆구리는 퉁퉁 부어올랐고 턱은 평상시보다 두 배나 더 부었다. 나에게 KO패를 안긴 그 펀치는 이빨을 여섯 개나 흔들거리게 했다. 한편 블랜처드는 코가 부러졌고 스물여섯 바늘이나 꿰맸다. 그건 의사가 나중에 말해 주어서 알았다. 부상을 입은 정도로 따진다면 그 시합은 무승부였다.
    피트 러킨스는 내가 딴 돈을 받아다 주었고 우리는 함께 양로원을 물색했다. 마침내 우리는 미러클마일에서 한 블록 떨어진 곳에 있는 킹 데이비드 빌라라는 깨끗한 양로원을 발견했다. 내가 연간 2,000달러를 지불하고 아버지의 사회 연금에서 매달 50달러를 보태면 독방, 하루 세 끼 식사 그리고 다양한 단체 행동의 혜택을 받을 수 있었다. 노인들이 대부분 유태인이어서, 정신 나간 독일인 이 여생을 적의 진영에서 보내야 하는 것이 아이러니하다는 생각이 들었다. 피트와 나는 아버지를 그곳에 입소시켰다. 나는 떠나 오면서, 아버지가 수간호사에게 엿 먹으란 손짓을 하고 침대를 정리하는 흑인 소녀에게 추파를 던지는 걸 보았다.
    그 후로 나는 아파트에 틀어박혀 책을 읽고 재즈를 들으면서 아이스크림과 수프를 홀짝거렸다. 그게 내가 유일하게 삼킬 수 있는 음식이었다. 나는 그 시합에서 내기돈을 생각하지 않고 최선을 다해 싸운 것에 만족했다. 아무튼 내기돈의 절반 정도는 내 힘으로 정직하게 번 것이라고 생각되었다.
    전화벨이 계속 울렸다. 기자 아니면 경찰의 위로 전화일 게 뻔했으므로 받지 않았다. 나는 스포츠 방송도 듣지 않았고 신문도 읽지 않았다. 유명 인사 노릇도 지겨워졌고, 그 노릇을 피하자면 방에 틀어박혀 꼼짝 않는 게 최상이었다.

상처는 아물어 갔다. 일주일이 지나자 노는 것도 지겨워지면서 다시 근무하고 싶은 생각이 슬슬 들었다. 나는 뒤뜰에 나가 앉아 집주인네 고양이가 새에게 살금살금 다가가는 것을 쳐다보았다. 치코 고양이는 지붕에 앉은 블루제이 새를 노려보고 있었다. 그때 새된 목소리가 나를 불렀다.

"그래, 지겹지도 않나?"

나는 창밖을 내려다보았다. 리 블랜처드가 층계 맨 아래쪽에 서 있었다. 그의 눈썹에는 꿰맨 자국이 남아 있었고 뭉툭해진 코는 보라색을 띠고 있었다. 나는 웃음을 터뜨렸다.

"제가 그리로 내려가죠."

"이봐, 나랑 영장국에서 같이 근무할 생각 없나?"

블랜처드는 벨트에다 엄지손가락을 찔러 넣은 채 말했다.

"뭐라고요?"

"금방 말한 대로야. 하웰 서장이 자네에게 계속 전화했는데 곰처럼 틀어박혀 동면하느라 전화를 받지 못한 거지."

나는 짜릿한 기분에 온몸이 간지러웠다.

"그렇지만 나는 졌잖아요. 엘리스 로가 말하기를……."

"엘리스 로가 무슨 개소리를 했든 상관없어. 어제 신문도 안 읽어 봤어? 시채안이 어제 의회에서 통과됐어. 우리가 좋은 시합을 해서 유권자에게 강한 인상을 심어 주었나 봐. 호럴 청장은 로에게 조니 보겔은 틀려 먹었고 자네를 그 자리에 앉히라고 지시했어. 그 자리, 생각 있어?"
 나는 계단을 걸어 내려가 손을 내밀었다. 블랜처드는 내 손을 잡아 흔들면서 윙크를 했다. 이렇게 해서 우리의 파트너 관계는 시작되었다.

 시청 6층 경찰 본부 영장국은 LA 경찰 본부의 살인국과 중죄국 사이에 있었다. 영장국에는 책상이 두 개 마주 보고 있었고 파일 캐비닛 두 개에는 서류철이 넘쳐흘렀다. 그리고 창문에는 로스 앤젤레스 지도가 붙어 있었다. 반투명 유리문에 지방 검사보 엘리스 로라고 새겨진 방이 칸막이로 구별되어 있었고, 살인국 형사 대기실과 칸막이도 치지 않은 방에 영장국의 국장이며 지방 검사인 버론 피츠가 앉아 있었다. 커다란 대기실에는 책상이 가득 놓여 있었고 게시판에는 범죄 보고서, 현상금 포스터, 기타 잡다한 메모들이 붙어 있었다.
 영장국에 있는 두 책상 중 좀 더 낡은 책상에는 "반장 L. C. 블랜처드"라는 명패가 놓여 있었다. 그 맞은편 책상이 내 책상이었다. 나는 의자에 털썩 앉으면서 전화기 옆에 곧 놓일 "경관 D. W. 블라이처트"라는 나무 명패를 떠올렸다.
 6층 전체에서 출근한 사람이라고는 나 혼자였다. 아직 아침 7시도 되지 않은 시각이었다. 나는 사복 근무의 특권을 맛보기 위해 남들보다 일찍 첫 출근을 했던 것이다. 하웰 서장은 내게 전화하여 11월 7일 월요일 아침 8시까지 출근하라고 하면서 첫 업무를 범죄 상황 회의에 참석하는 것부터 시작하라고 당부했다. LA 경찰 본부 직원과 지방 검사실 직원은 그 회의에 의무적으로 참석해야 했다. 리 블랜처드와 엘리스 로가 영장국의 일에 대해서는 나중에 브리핑을 해 줄 것이었다. 아마도 영장이 발부되었는데도 도망간 자들을 추적하는 일이 본업이 될 것이다.

6층에는 LA 경찰 본부의 핵심 부서들만 모여 있었다. 살인국, 범죄행정국, 강절도국, 영장국 그리고 형사국이 그것들이다. 각 국에는 특별 임무를 띤 경관만 근무했고, 모두들 정치적 영향력과 권세를 갖춘 배후 인물의 도움을 받고 있었다.

이제 영장국은 나의 근무처가 되었다. 나는 최고급 콤비 양복을 입었고 최신식 어깨 총집에는 리볼버 권총을 휴대했다. LA 경찰들은 내 덕에 제안 B가 통과되어 봉급이 8퍼센트 인상되었다. 나는 이 부서에 근무하는 동안에는 뭐든지 다 할 수 있을 것 같은 의욕에 사로잡혔다. 다만 권투 경기만은 빼고.

7시 40분이 되자 대기실에 형사들이 들어차기 시작했다. 그들은 월요일 아침의 숙취와 경찰 본부에 새로 나타난 권투 선수 버키 블라이처트에 대해서 화제를 주고받았다. 나는 작은 칸막이 사무실에 들어가 몸을 숨기고 그들이 홀로 들어갈 때까지 기다렸다. 주위가 조용해지자 나는 형사 소집실이라고 쓰인 방 앞으로 걸어 갔다. 내가 문을 열고 들어가자 모두들 일제히 일어서서 박수로 맞아 주었다.

그것은 군대식 환영이었다. 40여 명의 사복 경관들이 일어서서 일제히 박수를 쳐 주었다. 나는 칠판에 "8퍼센트!"라고 쓰여 있는 것을 보았다. 리 블랜처드는 칠판 옆에 서 있었고, 경찰 간부인 듯한 창백하고 뚱뚱한 사람이 그 옆에 서 있었다. 나는 불 씨를 쳐다보았다. 그는 미소를 지었다. 뚱뚱한 사람은 연단으로 올라가 주먹으로 연단을 가볍게 내리쳤다. 박수 소리는 잦아들었고 사람들은 다시 의자에 앉았다. 나는 방 뒤쪽에 비어 있는 의자를 하나 발견하고 거기에 가서 앉았다. 뚱뚱한 사람이 다시 연단을 가볍게 내리쳤다.

"블라이처트 경관, 나는 잭 티어니 국장이다. 아마 자네와 리는 지금 이 순간 절정에 오른 백인라고 할 수 있겠지. 그리고 이 기립 박수를 잘 기억해 두기 바란다. 은퇴할 때까지 다신 이런 일이 없을 테니까."

모두들 웃음을 터트렸다. 티어니는 연단을 두드리면서 거기에 부착된 마이크에다 입을 갖다 댔다.

"자, 농담은 이제 그만. 이 회의는 지난주 범죄 상황 보고 회의다. 귀 기울여 듣기 바란다. 아주 재미있는 내용이니까. 먼저 지난 3일 동안 주류 판매상이 잇달아 털리는 사고가 있었다. 발생 지역은 유니버시티 경찰서 산하의 제퍼슨 지서에서 반경 10블록 이내였다. 범인은 십대 백인 두 명인데 끝이 뭉툭한 권총을 가졌다고 한다. 그들이 신경과민 증세를 보였다니까 아마도 마약 상용자일 것으로 판단된다. 유니버시티 형사들은 아직 단서를 찾지 못하고 있고 관할 지서장은 강절도국팀이 와서 당분간 봐 주기를 바란다. 룰리 반장, 이 건에 대해서 0900시에 나에게 보고하기 바란다. 그리고 끄나풀들에게 이 소식을 알려 놓도록. 마약 상용 털이범은 질 나쁜 호모가 많다.

동부 지역으로 가 보자. 차이나타운에는 무소속 창녀들이 레스토랑과 바를 상대로 영업을 하고 있다. 주로 주차된 차 속에서 손님 접대를 한다는데 미키 코언네 애들보다 화대가 싸다고 한다. 지금까지는 별일이 없었다. 그러나 미키 코언이 이걸 못마땅해하는 데다 장궤(掌櫃. 중국 사람을 속되게 일컫는 말—옮긴이)들도 그 애들을 좋아하지 않는다. 왜냐하면 그 무소속 창녀들이 장궤들 소유의 싸구려 여인숙에 주로 살기 때문이다. 곧 한바탕 난리가 있을 테니, 레스토랑 주인들 좀 달래 주고 우리가 잡아들이는 차이나타운 창녀들은 48시간 동안 감금하도록 할 것. 하웰 서장은 이번 주말에 열 명 정도 야간 근무조를 보내 일제 단속에 나설 예정이다. 형사국을 제대로 도우려면 범죄행정국에 보관되어 있는 창녀 서류들을 모두 검토하고, 범죄자 사진과 전과 기록도 훑어봐야 한다. 이 일에는 본부 형사국 친구 두 명이 붙도록 하고 범죄행정국은 감독을 하도록 해. 프링글 반장은 0915시에 나에게 보고하도록."

티어니는 말을 멈추고 몸을 한번 쭉 폈다. 나는 방 안을 둘러보았다. 경관들은 대부분 수첩에다 열심히 브리핑 내용을 적고 있었다. 아까 국장이 손바닥으로 연단을 칠 때 잠깐 나가서 수첩을 가져오지 못한 건 나의 큰 실책이었다.

"여기 늙은 잭 국장을 한없이 기쁘게 할 체포 건이 하나 있다. 보겔 반장과 쾨니히 반장이 수사 중인 벙커 힐 하우스 가택 침입 사건인데, 프리츠, 빌, 과학수사대의 메모를 읽어 보았나?"

나보다 몇 줄 앞에 나란히 앉아 있던 두 경관은 "아니요." 하고 대답했다. 두 명 중 더 나이 들어 보이는 사람은 뚱보 조니 보겔을 많이 닮았지만 조니보다 더 뚱뚱했다. 티어니는 계속했다.

"브리핑이 끝나는 대로 즉시 읽어 보도록 하게. 이 사건에 직접 관련되지 않은 형사들은 지난번 가택 침입 때 범인들의 지문을 은그릇 찬장 옆에서 찾아냈다. 지문은 31세의 백인 남자인 콜맨 월터 메이나드의 것으로 비역질로 체포된 경력이 두 번이나 있다. 아주 질이 나쁘고 지저분한 유아 추행범이다.

군(郡) 순찰대는 아직도 그의 소재를 파악하지 못하고 있다. 그는 14번가와 보니 브래 로에 있는 단기 숙박 호텔에 묵고 있었는데 강도 사건 발생 시간에 자취를 감춰 버렸다. 하이랜드 파크 경찰서에 미제(未濟)로 걸려 있는 비역질 건수는 모두 네 건이고 피해자는 하나같이 여덟 살 전후의 어린 소년들이다. 범인은 콜맨 월터 메이나드일 수도 있고 아닐 수도 있다. 그러나 비역질과 주택 무단 침입을 잘 엮어 보면 그자가 뭔가 사건을 해결하는 데 열쇠가 될 것으로 보인다. 프리츠, 빌, 그 밖에 어떤 수사 활동을 벌이고 있나?"

빌 쾨니히는 수첩을 내려다보았다. 프리츠 보겔은 헛기침을 하면서 이렇게 말했다.

"시내 번화가 호텔을 뒤지고 있습니다. 사건 해결의 열쇠가 될 만한 도둑 두 명과 소매치기 몇 명을 체포했습니다."

티어니는 오른쪽 주먹으로 연단을 쾅 하고 내리쳤다.

"프리츠, 그 두 도둑이 혹시 제리 카첸바치와 마이크 퍼디가 아닌가?"

보겔은 불안한 듯 의자에서 몸을 옴지락거렸다.

"예, 그렇습니다."

"프리츠, 그자들이 서로 상대방을 밀고했지?"

"아……그렇습니다."

티어니는 천장을 쳐다보며 눈알을 굴렸다.

"제리와 마이크를 잘 모르는 사람들을 위해 간단히 말해 주지. 그자들은 호모야. 이글록에 있는 제리 어머니의 아늑한 보금자리에서 함께 살고 있지. 그자들은 같은 침대를 쓰는 놈들인데, 가끔씩 사이가 뒤틀리면 서로 영계를 찾아 감옥으로 나선다는 거야. 그래서 한 놈이 다른 놈을 밀고해 버리면 다른 놈도 가만있지 않고 맞밀고를 하지. 그래서 둘 다 감방에 가고, 그렇게 교도소에 들어가면 경찰의 끄나풀이 되어 자기들이 알고 있는 갱들 정보를 몽땅 불어 버리지. 그 덕에 형량은 줄어들고. 이자들은 밥 먹듯이 이런 짓을 해 왔어. 프리츠, 다른 일은 뭐 손대고 있는 거 없나?"

"우린 로 씨를 위해 작업을 좀 하고 있습니다. 그에게 몇몇 증인을 대령시키는 일입니다."

티어니의 창백한 얼굴이 빨갛게 되었다.

"프리츠, 형사국의 지휘관은 나야. 로가 아니라고. 로의 부하는 블랜처드 반장과 블라이처트 경관뿐이야. 자네와 쾨니히 반장은 아니라고. 그러니 로가 시킨 일은 당장 집어치워. 소매치기 잡는 일은 그만두고 콜맨 월터 메이나드 녀석이 또 어린 소년을 강간하기 전에 얼른 잡아들이란 말이야, 알았나? 경찰 대기실 공고판에 메이나드의 친구 놈들에 대한 정보가 붙어 있어. 모든 경관들은 그 정보를 숙지하기 바란다. 메이나드는 지금 도주 중이니까 그자들을 찾아갈 게 틀림없어."

나는 블랜처드가 옆문을 통해 회의실을 빠져나가는 것을 보았다. 티어니는 연단 위에 놓인 서류를 뒤적거리더니 이렇게 덧붙였다.

"또 하나, 그린 본부장이 자네들에게 숙지시키라고 한 게 있다. 지난 3주 동안 누가 죽은 고양이를 토막 내 샌타모니카와 고위 교외의 공동묘지에다 자꾸 내다 버린다. 할리우드 경찰서는 그 보고를 벌써 여섯 건이나 받았다. 77번가 데이비스 지서장의 말에 의하면 젊은 흑인 갱들의 소행이라고 한다. 고양이들은 주로 목요일 밤에 내다 버려지는데, 목요일에는 할리우드 롤러 스케이트 링크가 흑인 놈들에게 개방된다. 그래서 이 링크가 고양이 시체 사건과 관련이 있을 것으로 보인다. 주위를 탐문해 보기 바라고 끄나풀들에게도 말을 해 둬. 뭔가 생기면 할리우드 형사반장 홀랜더에게 연락하도록. 자, 이제 살인국으로 배턴을 넘긴다. 러스?"

큰 키에 먼지 하나 없이 깨끗한 더블 브레스트 양복을 입은 회색 머리의 남자가 연단 위로 올라왔다. 잭 티어니 국장은 가장 가까이 놓인 의자에 털썩 주저앉았다. 그는 권위 있는 몸가짐 때문에 경찰관이라기보다 판사나 열성적인 변호사같이 보였다. 옆에 앉은 경관이 내게 이렇게 속삭였다.

"밀라드 차장이에요. 살인국의 2인자이지만 실제로는 보스나 다름없어요. 아주 부드러운 사람이죠."

나는 고개를 끄덕이며 차장이 부드러운 목소리로 말하는 것을 들었다.

"……그리고 검시관은 루소 니커슨 사건을 타살—자살 케이스라고 판정했습니다. 연방수사국에서 11월 10일 피코와 피게로아에서 범행 후 도망친 자들을 탐문하고 있습니다. 그리고 범행에 이용된 후 버려진 차량을 찾아냈는데 1939년형 라살 세단입니다. 그 차의 소유주는 42세 된 멕시코 남자 루이스 크루스이고, 주소는 사우스패서디나 알타 로마 비스타 1349입니다. 이자는 폴섬 형무소에서 두 번 복역한 적이 있는 전과자로 두 번 다 1급 절도였어요. 이 차는 없어진 지 오래됐습니다. 그의 아내 말로는 지난 9월에 크루스의 사촌인 39세의 아르만도 빌라레알이 훔친 거라는데 이자도 실종되었어요. 해리 시어즈와 나는 이 사건에 관한 첫 번째 제보를 받았는데, 현장을 목격한 증인들에 따르면 차 안에는 멕시코 남자 두 명이 있었답니다. 해리, 추가 정보 들어온 거 있어요?"

땅딸막하고 머리칼이 헝클어진 남자가 일어서서 주위를 한번 돌아보더니 방 앞쪽을 주시했다. 그는 마른침을 몇 번 삼키더니 더듬거리며 말했다.

"크, 크, 크루스의 마누라는 사, 사, 사촌 놈과 붙어먹었어요. 그 차, 차, 차는 도, 도, 도난당했다는 신고가 없었어요. 이, 이, 이웃들 말로는 그 마누라는 사, 사촌의 집행 유예 파기를 바랐대요. 그래야 크, 크, 크루스가 그들의 관계를 눈치 채지 못할 테니까요."

해리 시어즈는 갑자기 자리에 앉았다. 밀라드는 그에게 미소를 보내면서 이렇게 말했다.

"고마워요, 파트너. 여러분, 크루소와 빌라레알은 이제 주정부 집행 유예를 위반한 자들이고 가장 먼저 잡아들여야 할 도망자입니다. 전국 지명 수배가 내려졌고 집행 유예 위반자 영장이 떨어졌어요. 이 두 놈은 모두 술고래입니다. 술에 취해 사람을 치고 뺑주(뺑소니에 음주 운전)한 적이 백 번도 넘을 겁니다. 뺑주들은 정말 위험한 작자들입니다. 그러니 꼭 잡아야겠어요. 국장님?"

티어니는 의자에서 일어서더니 소리쳤다.
"자, 회의 끝!"
경관들은 내게 몰려와 손을 내밀고 등을 두드리고 턱을 가볍게 문질러 주었다. 나는 회의실이 텅 빌 때까지 그들의 격려를 그대로 받고 있었다. 그때 엘리스 로가 다가왔다. 그의 조끼에는 우등생 친목회의 일원임을 알리는 열쇠가 매달려 있었다.
"자네 블랜처드와 접전을 벌인 게 큰 실수였어. KO당하기 직전까지 심판 세 명이 모두 자네에게 점수를 더 주고 있었거든."
로는 조끼에 달린 열쇠를 만지작거리며 말했다.
"제안 B가 통과되었잖습니까, 로 검사님."
"그래, 통과되었지. 그렇지만 자네한테 걸었던 사람들은 돈을 잃었어. 경관, 앞으로 여기서는 좀 약게 굴기 바라네. 이곳에서 근무하는 기회를 지난번 시합처럼 허무하게 날려 버리지 말게."
"이봐, KO패 선수, 준비되었나?"
블랜처드의 목소리가 나를 살려 주었다. 나는 영장국 근무 기회를 출근 첫날부터 날려 버리기 전에 블랜처드와 함께 회의실 바깥으로 나섰다.
우리는 블랜처드의 차를 타고 남쪽으로 향했다. 차는 포드 쿠페였는데 계기반 밑에 밀수된 무전기가 달려 있었다. 리는 영장국 일에 대해서 쭉 설명을 해 주었고 나는 그동안 LA 번화가의 풍경을 내다보았다.
"······대부분 우선순위가 높은 피보증인을 추적하는 게 우리 일이야. 그러나 어떤 때는 로를 위해 증인을 끌어다 대야 하는 경우도 있어. 그렇지만 그리 빈번하지는 않아. 증인을 끌어다 대는 일은 주로 프리츠 보겔을 시키고 힘을 써야 할 일에는 빌 쾨니히를 데리고 다니지. 하지만 둘 다 밥맛 떨어지는 친구지. 가끔 한가할 때면 다른 경찰서의 경관 대기실에 들러서 혹시 우선 처리 사항이 없나 살펴봐야 해. 지방 법원에 제출되어 있는 영장이 없나 확인하는 거지. LA 경찰 본부 산하의 각 경찰서에는 영장국 일을 도와주는 경관이 두 명씩 있어. 그렇지만 그들은 범죄자들을 잡으러 다니느라 바빠서 우리가 도와주어야 해.

가끔 오늘처럼 범죄 상황 회의에서 중요 정보를 얻기도 하고 또 공고판에서 뜨끈뜨끈한 정보를 얻기도 하지. 정말 할 일이 없을 때는 경찰 본부 산하에 92명이나 되는 변호사들을 위해 영장 관련 서류 정리를 해 줄 수도 있어. 한 건당 3달러니까 돈은 별로 안 돼. 오히려 큰돈은 리포를 잘 처리하면 생기지. 난 자동차 대리점을 운영하는 몇 명으로부터 상습 할부금 연체자 명단을 입수했어. 연체자들은 대부분 흑인인데 대리점들도 겁나서 어떻게 못하지. 더 질문 있나, 파트너?"

나는, "당신, 왜 케이 레이크와 섹스를 하지 않는 거죠? 그리고 섹스 얘기가 나왔으니 하는 말인데, 도대체 그 여자와 당신과는 어떤 관계입니까?"라고 물어보고 싶은 충동을 간신히 누르고 대신 이렇게 물었다.

"왜 권투를 그만두고 경찰에 들어온 겁니까? 어린 여동생의 죽음 때문에 범죄자들을 잡으면 질서 의식 같은 걸 느낀다고 말하지 마세요. 난 그 얘긴 두 번씩이나 들었지만 믿지 않아요."

"자넨 여동생이 있나? 정말 좋아했던 사촌 여동생 같은 것도 없었나?"

"우리 가족은 모두 죽었어요."
"내 여동생 로리도 죽었지. 내가 그걸 알아낸 건 열다섯 살 때였어. 아버지와 어머니는 실종자 전단을 만들고 형사들에게 돈을 많이 썼지. 그러나 나는 여동생이 납치되어 마약 중독 상태에서 죽었다는 것을 알았어. 난 여동생이 아무 탈 없이 성장했다면 어떻게 되었을까 상상해 보곤 했지. 메이퀸, 올 에이 성적 그리고 행복한 가정을 꾸렸으리라고. 그러나 그런 행복한 상상을 하면 내 마음이 아팠어. 그래서 그 반대로 상상하기 시작했지. 가령 커서 매춘부가 되었을지도 모른다고 말이야. 그건 좀 위안이 되는 상상이었지만 괜히 여동생 얼굴에다 똥칠하는 것 같더군."
"정말 안됐군요."
리는 팔꿈치로 내 옆구리를 부드럽게 찔렀다.
"안됐다고 생각할 필요 없어. 자네 말이 맞으니까. 내가 권투를 그만두고 경찰에 들어온 건 베니 시겔이 압력을 넣었기 때문이야. 그자가 내 권투 계약 대행권을 사 버렸을 뿐만 아니라 내 매니저에게 겁을 주었지. 그리고 그자가 시키는 대로 내가 두 번만 고의로 KO패를 당하면 조 루이스와 시합을 붙여 주겠다고 했어. 난 그걸 거절하고 경찰이 됐지. 유태인 조합 깡패들은 경찰은 죽이지 않는다는 철칙이 있었으니까. 그렇지만 언젠가는 나를 죽일지 모른다는 생각에 바지에 똥을 쌀 정도로 겁이 났지.
그러다가 나는 블러바드 시티즌스 은행털이범들이 은행 돈과 함께 베니 시겔의 돈도 일부 가져갔다는 얘기를 들었어. 그래서 경찰 끄나풀을 총동원해서 보비 드 위트의 소재지를 알아냈지. 그러고는 베니 시겔에게 드 위트의 정보를 제일 먼저 가르쳐 주면서 마음대로 하라고 했지. 베니의 2인자는 그에게 살인에서는 손을 떼자고 했지. 그래서 나는 그 정보를 할리우드 형사에게 넘겼어. 베니는 이제 내 친구야. 요즈음은 내게 경주마에 대해 좋은 정보를 제공해 주고 있지. 그다음 질문은?"

나는 케이에 대해서 물어보지 않기로 했다. 나는 차창 밖을 내다보았다. 차는 이제 번화가를 벗어나 지저분한 소형 주택이 밀집되어 있는 거리로 들어서고 있었다. 벅시 시겔 얘기는 내 머릿속에 꽉 들어박혔다. 내가 그 얘기를 곱씹고 있을 때 리는 속도를 늦추어 굽이길에다 차를 세웠다.

"왜 그래요?"

"이건 나 자신의 개인적인 만족을 위해 하는 거야. 회의 때 나온 유아 강간범 기억나지?"

"예."

"티어니는 하이랜드 파크에 해결되지 않은 비역질이 네 건이나 있다고 했어. 그리고 그 강간범의 관련자들에 대한 메모가 있다고 했지?"

"그래요. 그런데……."

"버키, 난 그 메모를 읽었어. 그리고 한 장물아비의 이름도 기억해 두었지. 브루노 알바니스더군. 그자는 하이랜드 파크에 있는 식당에서 일하고 있지. 나는 하이랜드 파크 형사에게 전화를 걸어 주택 침입이 일어난 곳의 주소를 알아냈지. 메이나드는 그 장물아비가 어슬렁거리던 술집에서 800미터 떨어진 곳에 살고 있었어. 여기가 브루노의 집이야. 연구조사부의 정보에 의하면 이자는 교통 법칙 스티커를 수없이 발부받고도 벌금을 내지 않아 체포 영장이 떨어져 있다는 거야. 나머지 얘기도 다 듣고 싶냐?"
 나는 차에서 내려 개똥이 나뒹굴고 있는 잡초 무성한 집의 앞뜰을 가로질러 걸어갔다. 리는 현관 바로 앞에서 나를 따라잡고 벨을 눌렀다. 안에서 개 짖는 소리가 요란하게 들려왔다. 문틈에 체인이 걸린 채 문이 열렸다. 개 짖는 소리는 더욱 요란해졌다. 나는 열린 문틈으로 지저분한 옷차림의 여자가 고개를 내미는 것을 보았다.
 "경찰입니다."
 내가 소리쳤다.
 리는 문틈으로 발을 집어넣었다. 나는 재빨리 안으로 들어가 체인을 풀었다. 리는 문을 확 열어젖트렸고 여자는 현관 바깥으로 퉁겨져 나갔다. 나는 개가 어디 있을까 궁금해하며 집 안으로 들어섰다. 내가 살벌한 거실을 돌아보는 순간 커다란 밤색 맹견이 입을 쫙 벌리고 내게 달려들었다. 내가 권총을 뽑아 들려는 순간 맹견이 내 얼굴을 혀로 핥기 시작했다. 개와 나는 그렇게 서 있었다. 내 어깨 위로 개의 앞발이 올라와 있어서 마치 지르박을 추는 꼴이 되었다. 개가 커다란 혓바닥으로 내 목덜미를 핥았다.
 "핵소! 조심해. 그래, 얌전하게 굴어야지."
 여자가 소리쳤다.
 나는 개의 다리를 잡아 마룻바닥에 앉혔다. 녀석은 나의 사타구니를 계속 노려보았다. 리가 범죄 용의자 사진을 그 칠칠치 못한 여자에게 보여 주며 말을 걸자 여자는 허리에 손을 얹은 채 모른다는 듯이 머리를 흔들었다. 그 모습은 화가 난 시민의 표본이었다. 나는 핵소에게 발꿈치를 잡힌 채 그들 사이에 끼어들었다.

"알바니스 부인, 이 사람은 고참 경관입니다. 당신이 내게 한 말을 다시 한 번 이 사람에게 해 주겠습니까?"

리의 요구에 그 칠칠치 못한 여자는 엿 먹으란 듯이 주먹을 흔들어 보였다. 이제 핵소는 리의 사타구니를 주시하고 있었다.

"부인, 당신 남편은 어디 있습니까? 우린 하루 종일 이러고 있을 수가 없어요."

내가 말했다.

"내가 저 사람한테 한 말을 또 해 주죠. 브루노는 사회에 진 빚을 갚았어요! 남편은 이제 범죄자들과 어울리지 않아요. 그리고 난 그 콜맨인가 뭔가 하는 작자는 어떻게 생겨 먹었는지도 몰라요. 남편은 사업가예요! 집행 유예 담당관이 2주 전에 멕시코 식당 근처에는 얼씬거리지 말라고 했어요. 그래서 지금은 어디 있는지 몰라요. 핵소, 얌전히 있어."

나는 90킬로그램은 족히 나가 보이는 개와 놀고 있는 진짜 고참 경관을 쳐다보았다.

"부인, 당신 남편은 교통 범칙금을 제대로 안 내 현재 영장이 떨어져 있는 상태입니다. 그리고 그가 장물아비 노릇을 한다는 건 누구나 다 알고 있어요. 우리 차 안에 도난당한 물건 리스트를 가지고 있어요. 만약 남편이 있는 곳을 말하지 않는다면 당신 집을 몽땅 뒤집어엎어서라도 장물을 찾아내고 말 겁니다. 그래서 당신을 장물 취득 혐의로 체포하겠어요. 그래도 좋습니까?"

그 여자는 주먹으로 자신의 다리를 탁탁 쳤다. 리는 핵소를 얼러서 바닥에 엎드리게 했다.

"어떤 사람들은 점잖게 나오면 오히려 말을 더 안 듣죠. 알바니스 부인, 당신은 러시안 룰렛이 어떤 건지 압니까?"

"난 멍청하지 않아요. 그리고 브루노는 사회에 진 빚을 모두 갚았어요!"

리는 허리띠 뒤쪽에서 총신이 뭉툭한 38구경을 꺼내 실린더를 열어 본 뒤 빙그르르 돌려서 닫았다.

"이 총에는 총알이 딱 한 발 들어 있어요. 핵소, 너 오늘의 운세가 어떠냐?"

"감히 그렇겐 못할걸요."

여자의 말이 끝나자마자 리는 38구경을 개의 관자놀이에 갖다 대고 방아쇠를 잡아당겼다. 약실이 찰각 공전하는 소리가 들렸다. 여자는 하얗게 질린 얼굴로 "헉!" 하고 숨을 들이쉬었다.

"자, 다섯을 세겠어요. 핵소, 개들의 천국으로 가길 빌어라."

리는 다시 한 번 방아쇠를 잡아당겼다. 약실이 또 공전했고 핵소는 이게 무슨 영문이냐는 듯이 리의 사타구니를 핥았다. 나는 터져 나오려는 웃음을 억지로 참았다. 알바니스 부인은 눈을 꼭 감은 채 열심히 기도를 하고 있었다.

"핵소, 이제 네 조물주를 만나 볼 때가 온 것 같다."

리가 나직한 목소리로 말했다.

"안 돼, 안 돼! 브루노는 실버레이크에 있는 바에서 일하고 있어요. 벤돔에 있는 부에나 비스타예요. 내 아기를 제발 건드리지 말아요!"

리는 내게 약실이 텅 비어 있는 38구경 내부를 보여 주었다. 우리는 핵소의 즐거운 듯한 비명을 뒤로한 채 차까지 걸어갔다. 나는 실버레이크로 가는 동안 내내 웃음을 터트렸다.

부에나 비스타는 스페인풍의 오두막집같이 생긴 바 겸 그릴이었다. 흙벽돌 벽에는 수성 페인트를 칠했고, 크리스마스가 6주나 남았는데도 지붕 위의 조그만 탑들에는 크리스마스 장식이 되어 있었다. 내부는 모두 검은 나무로 마감질을 해 시원했다. 현관 로비 바로 옆에 기다란 참나무 바가 있었다. 그리고 바 뒤에서는 한 남자가 유리잔을 닦고 있었다. 리는 그에게 경찰 신분증을 보여주면서 물었다.

"브루노 알바니스, 여기 있죠?"

그 남자는 눈을 내리깔며 식당 뒤쪽을 가리켰다.

그릴의 뒤쪽은 비좁았고 칸막이에는 희미한 조명이 장치되어 있었다. 우리는 게걸스럽게 음식을 삼키는 소리를 들으면서 맨 마지막 테이블로 걸어갔다. 사람이 앉아 있는 자리는 거기뿐이었다. 날씬하고 거무튀튀한 남자가 콩, 칠리, 란체로 계란 등이 가득 든 접시에 코를 박고 있었다. 마치 그것이 지구 상에서 먹는 마지막 음식인 양 게걸스럽게 퍼 넣고 있었다.

리는 테이블을 가볍게 두드렸다.

"경찰이다. 자네 브루노 알바니스 맞지?"

"누구, 나 말입니까?"

그 남자는 고개를 쳐들면서 말했다.

"여기 여물통에다 얼굴 처박은 자가 당신 말고 또 있나? 얼른 끝내자고. 여물 먹고 있는 꼴을 오래 보고 싶지 않으니까. 당신은 이미 체포 영장이 떨어진 상태야. 그러나 나와 내 파트너는 핵소를 좋아하지. 핵소를 봐서 자네는 잡아들이지 않을 생각이야. 어때, 멋지지 않나?"

"그럼 내게서 뭔가 정보를 얻고 싶다는 거요?"

브루노 알바니스가 트림을 하면서 말했다.

"척하면 알아듣는구먼."

리는 그렇게 말하면서 테이블에다 메이나드의 범죄자 증명 사진을 내려놓았다.

"이자는 어린 소년만 골라서 항문 성교를 하는 자야. 우린 이자가 자네한테 장물을 판다는 걸 알아. 하지만 그건 상관 않겠어. 이자 어디 있나?"

알바니스는 사진을 들여다보더니 퉁명스럽게 말했다.

"난 이런 작자는 난생 처음이오. 어디서 정보를 잘못 들은 거 아뇨?"

리는 나를 쳐다보더니 한숨을 지었다.

"어떤 인간들은 점잖게 대해 주면 오히려 사람을 우습게 본단 말이야."

리는 브루노 알바니스의 목덜미를 거세게 움켜잡더니 그의 얼굴을 음식 접시에다 쾅 하고 내리박았다. 브루노의 눈, 코, 입으로 음식 찌꺼기가 들어갔고 그는 팔과 다리를 버둥거렸다.

리는 동요 조로 읊조렸다.

"브루노 알바니스는요, 착한 사람이었대요. 좋은 남편에다가요, 아들 핵소에게는 좋은 아버지이기도 했대요. 그렇지만 경찰에게는 협조적이지 못했대요. 그러나 이 세상에 완전한 사람이 어디 있겠어요? 파트너, 이런 작자의 목숨을 부지시켜 줄 필요가 있을까?"

알바니스는 껄떡대는 소리를 냈다. 코피가 계란으로 흘렀다.

"한번 봐 주시죠. 장물아비라도 최후의 만찬은 걸게 먹어야 되지 않겠습니까?"

"그거 말 한번 잘했군."

리는 그 말과 동시에 알바니스의 목덜미에서 손을 뗐다. 브루노는 피투성이 얼굴을 번쩍 쳐들고 숨을 헉헉거렸다. 그리고 얼굴에 붙은 멕시코 요리들을 떼 내기에 바빴다. 그는 잠시 숨을 돌리고 나서 우리에게 필요한 정보를 불었다.

"6번가와 세인트앤드루스 로에 있는 베르사유 아파트 803호실입니다. 내가 불었다고 하지 말아요!"

"자, 브루노, 식사를 계속하게."

"정말 고마워."

리와 나는 차례로 인사를 하고 식당을 나와 코드 스리가 발령된 것처럼 황급히 6번가와 세인트앤드루스 로로 달려갔다.

베르사유 아파트의 803호 우편함에는 메이나드 콜맨의 집이라고 적혀 있었다. 우리는 엘리베이터를 타고 8층으로 올라가 초인종을 눌렀다. 나는 문에다 귀를 대 보았으나 안에서는 아무 소리도 들리지 않았다. 리가 주머니에서 열쇠 한 꾸러미를 꺼내 홈에다 일일이 쑤셔 대자 마침내 자물쇠가 찰칵 하고 열렸다.

우리는 후덥지근하고 어두운 작은 방에 들어섰다. 리가 천장의 등을 켜자 봉제 인형(테디 베어, 팬더, 호랑이 따위)으로 뒤덮인 침대가 보였다. 침대에서는 매캐한 땀 냄새와 이상한 약 냄새가 났다.

"이 냄새는 코티존(부신피질 호르몬——옮긴이)이 섞인 바셀린 냄새야. 호모들이 그 짓을 할 때 항문을 부드럽게 하기 위해 쓰는 연고지. 내가 직접 메이나드를 잡아서 잭 티어니 국장에게 넘겨주려 했는데, 보겔과 쾨니히를 시켜서 체포해야겠어."

나는 침대로 가서 봉제 인형들을 살펴보았다. 인형의 사타구니에는 어린아이들의 부드러운 머리털이 테이프로 붙여져 있었다. 나는 몸을 부르르 떨면서 리를 쳐다보았다. 창백해진 그의 얼굴은 이목구비까지 일그러져 있었다. 우리는 서로 얼굴을 한번 쳐다본 뒤 방에서 나와 엘리베이터를 타고 아래층으로 내려왔다.

"이제 어떡하죠?"

거리로 나서서 내가 물었다. 리는 떨리는 목소리로 말했다.

"공중전화 부스를 찾아서 문서관리국에다 전화를 해. 메이나드의 별명과 주소를 불러 주고 지난 한 달 동안 메이나드의 차량에 대해 범칙금 티켓이 발부된 적이 있는지 알아봐. 만약 발부되었다면 차량 묘사와 번호가 나올 거야. 내 차에서 만나자고."

나는 코너로 달려가 공중전화 부스를 찾아내 자료관리국의 경찰 정보 라인으로 전화했다.

"신청하는 사람은 누구죠?"

"경관 블라이처트입니다. LA 경찰 본부 신분증 번호 1611입니다. 차량 구매 정보를 얻고자 합니다. 이름은 메이나드 콜맨 또는 콜맨 메이나드이고 주소는 LA, 사우스세인트앤드루스 643입니다. 최근에 샀을 거예요."

"알았습니다. 1분만 기다리세요."

나는 손에 공책과 펜을 들고 기다리면서 봉제 인형을 떠올렸다. 한 5분쯤 지나자 다시 통화가 되었다.

"경관님, 정보가 있는 것 같습니다."

"말씀하세요."

"드소토 세단, 짙은 녹색, 차량 번호는 BV 1432입니다. 반복합니다. 차량번호 BV……."

나는 정보를 받아 적고 재빨리 리의 차로 돌아갔다. 리는 점을 찍어 가며 LA 시내 지도를 면밀히 검토하고 있었다.

"정보를 알아냈습니다."

리는 시내 지도를 접었다.

"그자는 학교 근처를 배회하는 놈이 틀림없어. 하이랜드 파크 건 때도 주변에 학교가 있었어. 그리고 이 주변에도 학교가 여럿 있어. 나는 할리우드와 윌셔의 반장들에게 무선을 쳐서 우리가 알아낸 것을 보고했어. 곧 순찰차가 학교 주위에 포진할 거고 메이나드에 대한 정보를 탐문하고 다닐 거야. 자료관리국에서는 뭐라고 해?"

나는 노트를 내보였다. 리는 무전기 마이크를 잡더니 송신 다이얼을 틀었다. 지직거리며 잡음이 들리더니 무전기가 갑자기 죽어버렸다.

"젠장, 우리가 직접 순찰을 돌아야겠군."

리가 말했다.

우리는 할리우드와 윌셔 지구의 초등학교들을 순찰했다. 리가 운전을 했고 나는 코너와 학교 운동장을 주시하면서 드소토 차나 어슬렁거리는 자가 없는지 살폈다. 리는 순찰 전화가 설치된 곳에 멈추어 윌셔와 할리우드 경찰서로 전화를 걸어 자료관리국에서 나온 정보를 보고했다. 그리고 모든 순찰차와 순찰 경관에게 그 정보가 전달되도록 하겠다는 다짐을 받아 냈다.

우리는 순찰을 돌던 몇 시간 동안 서로 아무 말도 하지 않았다. 리는 양손으로 운전대를 꽉 잡고서 골목길을 천천히 살폈다. 그의 표정이 바뀔 때는 골목에서 노는 아이들이 비켜 가기를 기다릴 때뿐이었다. 그럴 때면 그의 눈은 연기가 낀 듯 흐릿했고 손을 몹시 떨고 있었다. 그는 금방이라도 눈물을 왈칵 쏟거나 크게 폭발할 것 같았다.

그러나 그는 계속 앞만 주시했다. 차량의 흐름에 다시 합류하자 냉정을 되찾는 것 같았다. 그렇게 침착하게 경찰 본연의 업무로 되돌아오는 것을 보면 리는 어디까지 감상에 빠져도 되는지를 잘 아는 사람 같았다.

3시가 되자마자 우리는 밴네스 로에서 남쪽으로 향했다. 그 길은 밴네스초등학교 옆을 지나가는 곳이었다. 우리는 그 학교에서 한 블록쯤 떨어져서 폴라 팰리스를 지나가고 있었다. 그때 녹색 드소토 BV 1432 차량이 우리 반대쪽으로 달려가더니 폴라 팰리스 아이스 링크 앞에 있는 주차장에 멈춰 섰다.

"저놈 드디어 잡았는데요. 폴라 팰리스 앞이에요."

리는 유턴을 해서 아이스 링크 건너편 길에다 차를 세웠다. 메이나드는 드소토의 문을 잠그면서, 스케이트를 어깨에 메고 아이스 링크 입구로 향해 걸어가는 아이들을 흘낏거리고 있었다.

"이놈, 어디 두고 보자."

내가 말했다.

"자네가 가서 잡아. 난 이성을 잃고 폭발해 버릴 것 같아. 아이들이 다치지 않도록 조심해. 그리고 저자가 수상한 짓거리를 하면 그 자리에서 사살해 버려."

사복 경관이 혼자서 범인을 체포하는 것은 규정 위반이었다.

"리, 미쳤어요? 그건 규정 위반······."

리는 나를 문 쪽으로 떠밀었다.

"가서 잡아, 젠장! 우린 영장국 사람이야. 그리고 교실에서처럼 규정이나 따질 때가 아니야. 빨리 가서 잡아!"

나는 밴네스 로의 차량 물결을 피해 가면서 길 건너 주차장으로 갔다. 메이나드는 아이들 속에 묻혀 폴라 팰리스 안으로 들어가고 있었다. 나는 앞문으로 달려가 문을 열면서 서두르지 않고 천천히 할 것을 다짐했다.

차가운 공기가 내 이마를 때렸고, 아이스링크의 불빛이 내 눈을 찔렀다. 나는 손으로 불빛을 가리고 주위를 둘러보았다. 종이를 짓이겨 만든 인공 협곡이 눈에 들어왔다. 스케이트를 타고 있는 아이들은 얼마 안 됐고 많은 아이들이 옆 출입구에 앞발을 들고 서 있는 박제된 북극곰을 보면서 탄성을 내지르고 있었다. 링크 안에 어른은 단 한 명도 보이지 않았다.

'그렇다면 화장실에 있겠군!'

표지판을 보니 화장실은 지하에 있다고 되어 있었다. 계단을 반쯤 내려가는데 메이나드가 올라오고 있었다. 베르사유 아파트 803 호실의 그 역겨운 냄새가 다시 풍겨져 왔다. 그가 내 곁을 스쳐 지나가는 순간 나는 38구경 권총을 꺼내며 말했다.

"경찰이다. 당신을 체포한다."

어린이 강간범은 욕설을 마구 내뱉으며 손을 들었다. 나는 그를

불과 얼음 95

벽에다 몰아붙이고 몸수색을 한 뒤 손을 등 뒤로 돌려 수갑을 채웠다. 그를 계단 위로 밀고 올라오는 동안 나는 온몸의 피가 얼굴로 치솟는 것 같았다. 그런데 갑자기 누가 내 다리를 잡아당겼다.
"우리 아빠를 놔 줘요! 우리 아빠를 놔 줘요!"
반바지에 해군 점퍼를 입은 소년이었다. 나는 곧 소년이 강간범의 아들이라는 것을 알아차렸다. 강간범을 꼭 닮은 그 소년은 내 허리띠에 딱 달라붙어 계속 소리쳤다.
"우리 아빠를 놔 달란 말이야!"
강간범은 아이에게 작별 인사를 하고 돌봐 줄 사람을 구할 시간을 달라고 애걸했다. 나는 묵묵히 계단을 올라와 폴라 팰리스를 빠져나왔다. 오른손에 잡은 권총은 강간범의 머리에 갖다 대었고 왼손으로는 그자의 등을 밀었다. 아이는 내 뒤를 따라오면서 있는 힘을 다해 소리 지르고 발버둥쳤다. 곧 구경꾼이 우르르 몰려들었다.
"경찰이다!"
나는 고함을 쳤다.
그러자 구경꾼들은 길을 내주면서 문 쪽을 가리켰다. 한 늙은이가 문을 열어 주면서 내게 말을 걸었다.
"여어, 당신 버키 블라이처트 아니오?"
나는 그제야 숨을 내쉬었다.
"이 아이를 좀 잡아 줘요. 그리고 어린이 담당 여자 교도관을 좀 불러 줘요."
나는 찰거머리처럼 달라붙어 있던 아이를 간신히 떨어뜨려 놓았다. 내가 주차장에 세워져 있는 리의 포드 뒷좌석에 메이나드를 밀어 넣자 리는 경적을 울리며 차를 날쌔게 몰고 갔다. 강간범은 하느님 맙소사 어쩌고저쩌고 하면서 울고불고 난리였다. 나는 사이렌 소리가 이렇게 날카로운데도 어째서 그 소년의 새된 소리가 계속 들릴 수 있는지 의아했다.

우리는 형무소 앞에 메이나드를 떨어트렸다. 그리고 리는 프리츠 보겔에게 전화를 걸어 강간범이 검거되었으니 벙커 힐 강도 사건 관련 심문을 할 수 있을 거라고 연락해 주었다. 이어 시청으로 전화해 하이랜드 파크 형사들에게 메이나드가 검거되었다는 사실을 알렸다.

나는 아이에 대한 양심의 부담을 덜기 위해 할리우드 경찰서 청소년과로 전화를 걸었다. 전화를 받은 여자 교도관은 빌리 메이나드가 지금 거기서 어머니를 기다리고 있다고 말했다. 그리고 메이나드의 전처이자 아이의 어머니란 여자는 차량 절도범으로 수배 중이고 윤락 행위 전과가 여섯 번이나 있다는 사실도 덧붙여 주었다. 그 아이는 아직도 아버지를 내놓으라고 소리치고 있다고 했다. 나는 괜히 전화했다고 후회하면서 전화기를 내려놓았.

보고서 작성은 세 시간이 걸렸다. 내가 육필로 체포 경위를 썼고 리가 타이핑을 했는데 콜맨 메이나드의 아파트 안으로 들어갔던 얘기는 빼 버렸다. 우리가 서류를 작성하는 동안 엘리스 로는 칸막이 사무실 주위를 서성거리면서 중얼거렸다.

"아주 훌륭한 검거였어. 어린이 보호 차원에서 그자를 법정에서 죽여 놓고 말겠어."

보고서는 7시 정각에 완성되었다. 리는 허공에다 브이 자 체크

표시를 그리며 말했다.

"내 여동생 로리 블랜처드를 위해 또 한 건 올렸군. 파트너, 배고프지 않나?"

나는 의자에서 일어서서 몸을 쫙 펴면서 맛있는 걸 먹고 싶다는 생각을 했다. 그때 프리츠 보겔과 빌 쾨니히가 걸어오고 있는 것이 보였다.

"저자들에게 잘해. 엘리스 로와는 바늘과 실 같은 사이니까."

리가 속삭였다.

가까이에서 보니 두 사람은 LA 램 미들 라인 출신의 퇴역 풋볼 선수 같았다. 보겔은 키가 크고 뚱뚱했으며 거대한 머리가 셔츠 칼라 바깥으로 우뚝 솟아 있었다. 그리고 눈은 아주 창백했다. 쾨니히의 덩치는 정말 어머어마했으며 190센티미터인 나보다 3,4센티미터는 더 큰 것 같았다. 수비 전담 선수처럼 탄탄하던 몸이 이제 서서히 퇴조하고 있는 기색이 완연했다. 쾨니히의 코는 뭉툭하고 펑퍼짐했고 귀는 주전자 고리 같았으며, 턱은 각진 데다 이빨은 고양이 이빨처럼 날카롭고 작았다. 쾨니히가 우둔해 보인다면 보겔은 아주 약삭빨라 보였다. 하지만 야비해 보이기는 둘 다 마찬가지였다.

"그자가 자백했대. 아이 강간과 도둑질 말이야. 프리츠가 그러는데 우리 모두 포상받을 거라더군. 아무튼 블라이처트, 잘했네."

쾨니히가 낄낄거리며 말했다. 그는 내게 손을 내밀었다. 나는 그의 큰 손을 잡고 흔들다가 그의 오른쪽 소매에서 혈흔을 발견했다.

"감사합니다, 반장님."

나는 이어 프리츠 보겔에게도 손을 내밀었다.
 보겔은 잠시 내 손을 잡고 차가운 눈빛으로 쏘아보더니 내 손이 뜨거운 똥 덩어리라도 되는 양 갑자기 놓아 버렸다.
 리는 내 등을 두드리며 말했다.
 "버키는 최고 중의 최고입니다. 머리가 좋은 데다 힘도 넘쳐요. 버키, 자네 엘리스에게 메이나드가 자백했다는 걸 보고했나?"
 "엘리스를 등에 업고 승승장구하겠구먼. 곧 과장이 되고 반장이 될 거야."
 보겔이 비아냥거렸다.
 리는 웃음을 터트렸다.
 "나는 그래도 정직한 놈입니다. 당신은 엘리스의 등 뒤에선 그를 유태놈, 유태인 떨거지라고 부르지 않습니까? 그것보다는 낫지 않겠어요?"
 리의 말에 보겔은 얼굴을 붉혔다. 쾨니히는 입을 쩍 벌리고 주위를 돌아다보았다. 그가 몸을 돌리자 셔츠 앞쪽에도 피가 묻은 게 보였다.
 "빌리, 가세."
 쾨니히는 보겔을 따라 대기실로 가 버렸다.
 "웃기지 않나? 쓰레기 같은 것들. 저자들은 말이야, 경찰이 아니었다면 감옥에 가 있을 자들이야. 파트너, 내 말은 잘 들어 둬야겠지만 내 행동을 따라하지는 말게. 저자들은 나를 두려워하지. 자네는 아직 신참이니까 조심해야 할 거야."
 나는 멋진 말대꾸를 하려고 머리를 굴렸지만 적절한 말이 생각나지 않았다. 그때 조회 때보다 더 너절해진 해리 시어즈가 문틈으로 머리를 내밀었다.
"리, 자네가 알아 두면 좋을 정보를 하나 입수했네."
그는 전혀 말을 더듬지 않았다. 나는 그의 숨결에서 술 냄새를 맡았다.
"말해 보게."
"오늘 주 형무소 가석방과에 갔다 왔는데, 거기 간수 말이 보비 드 위트가 모범수를 의미하는 A자를 받았다는 거야. 그래서 그놈이 1월 중에 LA 지역에만 거주하는 조건으로 가석방될 거라는 얘기야. 자네가 알아 두는 게 좋을 것 같아서 미리 말해 두는 걸세."
시어즈는 내게 고개를 끄덕이고 나서 가 버렸다. 나는 리를 쳐다보았다. 그는 베르사유 아파트 803호실에서처럼 얼굴을 씰룩거리고 있었다.
"파트너……."
리는 가까스로 미소를 지어 보였다.
"자, 식사하러 가세. 케이가 멋진 저녁 식탁을 차려 놓는다고 했어. 그리고 자네도 함께 데리고 오라더군."

나는 리의 집을 보고는 깜짝 놀랐다. 선셋 스트립에서 북쪽으로 400미터 정도 떨어진 곳에 위치한 베이지색의 호화 주택이었다.
"드 위트 얘기는 하지 마. 케이가 당황할 테니까."
문 안으로 들어서면서 리가 말했다.
벽에는 잘 닦은 마호가니 징두리 벽판을 대었고 가구들은 여러 가지 음영으로 번쩍거리는 블론드 목(木)으로 만들어져 있었다. 20세기 전위 예술가의 판화도 걸려 있었고 카펫에는 현대적인 디자인이 그려져 있었다. 주로 안개 낀 마천루, 숲 속의 키 큰 나무, 독일 표현주의 작가풍의 첨탑 등이었다. 거실 바로 옆은 식당이었다. 식탁 위에는 신선한 꽃과 좋은 음식을 담아 먹는 세련된 그릇들이 놓여 있었다.

"경관의 봉급으로는 어림없는 초호화판이군요. 혹시 뇌물이라도 받는 거 아닙니까, 파트너?"

"권투 선수 시절에 모은 돈을 좀 감춰 뒀지. 베이비, 여기 있나?"

리가 웃으며 말했다.

케이 레이크가 부엌에서 걸어 나왔다. 그녀의 꽃무늬 옷은 테이블에 놓인 튤립과 잘 어울렸다. 그녀는 내 손을 잡으며 인사했다.

"안녕, 드와이트."

나는 첫 데이트에 나선 고등학생처럼 수줍어졌다.

"안녕, 케이."

그녀는 내 손을 살짝 꼬집은 뒤 손을 놓았다. 내 생애에서 가장 길게 느껴진 악수였다.

"당신과 리랜드가 마침내 파트너가 되었군요. 정말 동화처럼 환상적인 얘기라고 생각되지 않으세요?"

나는 리를 찾아보았으나 주위에 보이지 않았다.

"아니. 난 현실적인 타입이오."

"난 현실적이지 않아요."

"그런 것 같군요."

"그렇지만 인생을 지속시킬 만한 현실 감각은 있어요."

"알아요."

"누가 그렇게 말하던가요?"

"《LA 헤럴드 익스프레스》에서 보았어요."

"그럼 나에 관한 신문 기사도 읽었겠군요. 그래 무슨 결론을 내리셨나요?"

케이가 웃으며 물었다.

"역시 세상은 동화만 가지고는 해결할 수 없겠다는 생각이 들더군요."

케이는 리처럼 윙크를 했다. 나는 그 순간 리가 케이에게서 그 윙크를 배웠다는 것을 알았다.

"바로 그런 이유 때문에 동화를 현실로 변모시켜야 하는 거예요. 리랜드! 저녁 드세요!"

리가 다시 나타났고 우리는 식탁에 앉아 식사를 했다. 케이는 샴페인을 한 병 따서 우리에게 따라 주었다. 술잔이 가득 차자 그녀가 말했다.

"동화를 위하여!"

우리는 술을 마셨고 케이는 다시 잔을 채워 주었다.

"시채 발행을 주장하는 '제안 B'를 위하여."

이번에는 리가 말했다.

샴페인을 두 잔째 마시자 코끝이 간질간질했다. 나도 한마디 했다.

"조 루이스와 시멜링의 시합보다 더 많은 관중을 끌어들일, 폴로 그라운드에서의 블라이처트와 블랜처드 재대결을 위하여!"

"블랜처드의 두 번째 승리를 위하여!"

리가 말했다.

"무승부로 더 이상 피를 흘리지 말기를!"
케이가 말했다.
우리는 그 술병이 바닥날 때까지 마셨다. 케이는 부엌에서 또 한 병을 가져다 코르크 마개를 땄다. 코르크 마개는 리의 가슴에 가서 부딪쳤다. 우리의 술잔이 다시 가득 찼을 때, 나는 술기운을 빌어 불쑥 이렇게 말했다.
"우리를 위하여."
리와 케이는 아주 느릿하게 나를 쳐다보았고, 난 술잔을 잡지 않은 우리의 손이 각각 몇 센티미터씩 떨어져 있음을 눈치챘다. 케이는 내가 눈치 챈 것이 무엇인가를 얼른 알아차리고 윙크를 했다.
"그래, 이럴 때 어떻게 하는지 나도 알지."
리가 말했다.
우리는 식탁 위에 손을 하나로 포갠 뒤 "우리를 위하여!" 하고 함께 외쳤다.

우리는 적수였다가 파트너가 되었고 다시 친구가 되었다. 우리의 우정과 함께 케이가 등장했다. 그러나 그녀는 우리의 일을 방해하지 않았다. 오히려 우리의 일 바깥에서 우아하고 세련되게 우리를 도와주었다.
1946년 가을 우리는 어디를 가도 같이 다녔다. 영화관에 가면 케이는 우리 둘 사이에 앉아서 무서운 장면이 나오면 두 사람의 손을 나란히 잡았다. 금요일 밤, 대형 밴드가 나오는 말리부 랑데부 클럽에서 즐거운 시간을 보낼 때면 케이는 늘 우리와 번갈아

가며 춤을 추었고 맨 마지막의 블루스 파트너를 결정할 때는 동전 던지기를 시키곤 했다. 리는 단 한 차례도 질투심을 내보인 적이 없었고 나에 대한 케이의 도발적인 자세도 점점 얌전해졌다. 그곳에서 우리는 서로 어깨를 부딪치며 춤을 추었다. 라디오에서 흘러나오는 음악, 광고, 리의 농담은 우리를 즐겁게 했고, 그때마다 우리는 눈을 마주치면서 좋아서 어쩔 줄 몰라했다.

나에 대한 케이의 태도가 얌전해질수록 나는 그녀가 점점 더 나를 수용할 자세가 되어 있다는 것을 알았다. 나는 점점 더 그녀를 가지고 싶었다. 그러나 나는 그런 욕망을 꾹 눌러 참았다. 그것이 리와의 파트너 관계를 망쳐 버릴까 두려워서가 아니라 우리 세 사람의 완벽한 관계가 무너져 버릴 것 같아서였다.

리와 내가 근무를 끝내고 집으로 돌아가면 케이는 노란 크레용을 가지고 밑줄을 쳐 가며 책을 읽고 있곤 했다. 그녀는 세 사람이 먹을 저녁을 준비했다. 리는 가끔 오토바이로 멀홀랜드를 질주하곤 했다. 그러면 그녀와 나는 산책을 했다. 우리는 늘 리를 화제로 삼았다. 마치 우리의 중심인 리가 빠진 상태의 대화가 계면쩍다는 듯이. 케이는 석사 학위를 두 개나 받게 된 6년 간의 대학 생활을 얘기했다. 그녀는 리가 권투 선수 시절 모은 돈으로 학비를 대 주었다고 설명했다. 또 지금 나가고 있는 임시 강사 자리가 '지적인 허세를 부리고 싶어 하는' 자신에게 알맞다고 말하기도 했다.

나는 독일계 후손으로 자라난 어린 시절을 얘기했다. 하지만 나는 외국인 신고소에 친구를 밀고한 얘기를, 케이는 보비 드 위트와 보낸 우울한 시절을 절대로 얘기하지 않았다. 우리는 상대방의 과거를 막연하게 알고 있었지만 구체적인 언급은 서로 피했다. 나는 그 점에서는 유리한 입장에 있었다. 수용소로 간 일본인 친구들은 오래전에 그곳에서 죽었다. 그러나 보비 드 위트는 한 달만 있으면 LA 형무소에서 가석방으로 풀려날 예정이다. 그리고 나는 케이가 드 위트의 가석방에 대해서 불안해한다는 것을 느꼈다.

리도 겁을 먹었겠지만 해리 시어즈가 가석방 소식을 전하던 그 순간 이외에는 내색하지 않았다. 그 소식은 우리가 영장국 직원으로 함께 일하는 것과 우리의 시간을 방해하지 않았다. 그해 가을 나는 경찰 업무가 무엇인지 제대로 알게 되었고 리는 나를 가르치는 스승이 되었다.

11월 중순부터 새해 정월까지 우리는 모두 중죄인 열한 명, 교통사고 도망자 열여덟 명, 가석방 위반자 세 명을 잡아들였다. 수상스러운 배회자들을 일제 단속한 결과 여섯 명을 추가로 체포했는데 모두 마약 중독자들이었다. 우리는 엘리스 로의 직접 명령을 받으며 일을 했고 리는 중죄인 전과 기록과 형사 대기실의 소문을 선별하여 작업했다. 리의 테크닉은 어떤 때는 조심스럽고 우회적이다가도 어떤 때는 아주 잔인했다. 그러나 어린아이들에게는 언제나 부드럽게 대했다. 리가 어쩔 수 없이 완력을 쓰는 것은 그것이 결과를 얻어 내는 유일한 방법일 때뿐이었다.

우리는 '좋은 친구 나쁜 친구'로 한 팀이 되었다. 주로 불 씨가 나쁜 친구였고 얼음 씨가 좋은 친구였다. 우리는 권투 선수로서 명성을 갖고 있었기 때문에 거리에서도 존경을 받았다. 리가 정보를 얻어 내기 위해 범인의 뒤통수를 때리고 내가 앞에 나서서 말리는 식으로 진행하면 필요한 정보를 얻을 수 있었다.

그러나 파트너 관계가 완벽한 것은 아니었다. 24시간 철야 근무를 할 때면 리는 벤제드린 알약을 먹으면서 어지럼증을 쫓았고, 피곤해서 정신을 각성시켜야 할 필요가 있을 때에도 그 약을 먹었다. 그는 흑인 피의자는 "삼보(Sambo, 흑인을 경멸적으로 일컫는 말―옮긴이)", 백인 피의자는 "똥쌀 놈", 멕시코 피의자는 "판초"라고 불렀다. 그리고 욱하는 성격도 가끔씩 튀어나왔다. 그러면 예의고 뭐고 없이 피의자를 다그쳤다. 그가 악역을 너무 지나치게 연출해 내가 간신히 뜯어말린 적이 두 번이나 있었다.

그러나 그건 내가 배운 많은 것에 비하면 작은 대가에 지나지 않았다. 리의 가르침을 받아 나는 재빨리, 제대로 배웠다. 그건 자타가 공인하는 바였다. 엘리스 로는 권투 경기에서 노름돈으로 500달러를 잃긴 했지만 나를 좋아했다. 특히 리와 내가 반드시 기소해야 하는 중죄인들을 제꺼덕 잡아 오면 아주 좋아했다. 자기 아들이 갈 자리를 대신 차지했다고 나에게 냉담하게 대하는 프리츠 보겔도 엘리스에게 내가 우수한 경관이라는 사실은 시인한다고 했다.

권투 경기로 얻어진 나의 명성은 그 후에도 내게 좋은 일을 엮어 주었다. 리는 자동차 딜러이며 라디오에도 광고를 많이 내는 카루소에게 신임을 얻어 환매 일을 도와주고 있었다. 경찰 일이 좀 한가해지면 우리는 와츠 로와 캄튼 로에 버려진 차들을 찾아다녔다. 버려진 차를 발견하면 리는 운전석 창문을 발로 걷어차고 차 안으로 들어가 점화 장치로 시동을 걸었고 나는 그동안 망을 보았다.

우리는 그 차를 카루소의 폐차 집하장으로 갖다 주었다. 그러면 그는 20달러씩 수고비를 주었다. 우리는 카루소와 경찰, 강도, 권투 얘기 등을 했고 카루소는 좋은 버번 위스키 한 병을 우리에게 주었다. 리는 그 술을 해리 시어즈에게 주면서 살인국에서 나오는 좋은 정보를 좀 알려 달라고 부탁했다. 우리는 카루소와 함께 올림픽 체육관에서 열리는 수요일 권투 경기를 관람했다. 그는 링 사이드에 개인 부스를 갖고 있었다. 그 자리는 멕시코인들이 던지는 동전과 오줌이 가득 찬 맥주 컵으로부터 우리를 보호해 주었다. 경기 전 행사 때엔 지미 레논이 우리를 소개시켜 주기도 했다.

가끔 베니 시겔이 거기에 나타나 리를 다른 곳으로 데려가 얘기를 나누기도 했다. 리는 늘 약간 겁먹은 표정으로 되돌아왔다. 한 때 리가 도전한 적이 있는 시겔은 서부 해안 지역에서는 가장 강력한 갱인데, 복수심이 강하고 성질이 난폭하기로 소문이 나 있었다. 그러나 리는 그에게서 경마 정보를 얻었고 시겔이 일러 준 말은 늘 경마에서 우승을 했다.

그렇게 그 가을이 지나갔다. 아버지는 양로원에서 크리스마스 휴가를 얻었고 나는 아버지를 우리의 저녁 식사에 초대했다. 아버지는 뇌졸중에서 많이 회복되었으나 아직도 영어를 기억해 내지 못해 독일어로 계속 지껄였다. 케이는 아버지에게 칠면조와 거위 고기를 대접했다. 리는 밤새 아버지의 독일어를 들어 주었다. 가끔 아버지가 말을 멈추고 숨을 돌릴 때면 "저런, 그렇군요.", "아니, 그렇게 되었나요?" 하면서 맞장구를 쳤다. 내가 아버지를 양로원에 다시 데려다 주자 아버지는 내게 주먹질을 해 보이며 뭔가 못마땅한 듯 툴툴거리면서 양로원으로 들어갔다.

새해를 맞기 전날 밤, 우리는 스탠 켄텐의 밴드 음악을 듣기 위해 발보아 아일랜드로 차를 몰고 갔다. 우리는 샴페인을 마시고 얼큰하게 취한 채 춤을 추었고, 자정이 가까워지자 케이는 동전을 던져 누가 자기와 마지막 블루스를 추고 첫 키스의 축복을 받을 건지 결정하자고 제안했다. 동전 던지기 결과 리가 이겼다. 나는 그들이 「퍼피다」라는 곡에 맞추어 무대에서 춤추는 것을 보면서 두 사람 덕분에 내 인생이 확 바뀐 사실에 감탄을 금할 수 없었다. 이어 자정이 되었고 밴드는 불꽃 같은 음악을 연주해 올렸다. 나는 어떻게 해야 할지 난감했다. 케이가 내 입술에 부드럽게 키스하면서 그 문제를 해결해 주었다.

"드와이트, 난 당신을 사랑해요."

내가 케이에게 뭐라고 대답하려고 하는데, 처음 보는 뚱뚱한 여자가 나를 잡고 얼굴에 호루라기를 불어 대는 바람에 아무 말도 못 하고 말았다.

우리는 퍼시픽 코스트 고속도로를 따라 집으로 돌아왔다. 고속도로에는 우리처럼 자동차 경적을 울려 대는 신년맞이 행락객들뿐이었다. 리의 집에 도착했지만 내 차는 시동이 걸리지 않았다. 그래서 나는 거실 소파 위에 드러누웠다. 너무 술을 많이 마셨는지 나는 곧 잠에 곯아떨어졌다. 새벽녘에 이상한 소리에 놀라 잠이 깨었다. 나는 무슨 소린지 알아내려고 귀를 기울였다. 케이가 뭐라고 말하더니 서러움을 못 이기고 흐느끼며 울었다. 아주 나직하고 부드럽던 흐느낌은 곧 거센 울부짖음으로 바뀌었다. 나는 베개로 귀를 눌러 버리고 다시 억지로 잠을 청했다.

1월 10일, 나는 맥 빠진 범죄 현황 회의에서 내내 졸았다. 그리고 잭 티어니 국장의 큰소리에 놀라서 깨었다.

"자, 오늘 회의는 이걸로 끝. 밀라드 차장, 시어즈 반장, 블랜처드 반장 그리고 블라이처트 경관은 로 검사에게 지금 즉시 가 보도록, 이상!"

나는 복도를 걸어 내려가 엘리스 로의 사무실로 들어섰다. 리, 러스 밀라드, 해리 시어즈는 이미 도착하여 로의 책상 주위를 빙빙 돌면서 《헤럴드》 조간을 검토하고 있었다.

리는 내게 윙크를 하더니 사회면이 잘 보이도록 접혀 있는 신문 한 부를 내밀었다. 「경찰 본부에 근무하는 지방 검사가 1948년 공화당 예비 선거에서 검찰 총장 후보로 출마 고려 중」이라는 기사가 눈에 들어왔다. 이어서 엘리스 로를 칭송하는 내용 세 줄과 LA 시민에 대한 그의 각별한 사랑이 적혀 있었다. 나는 신문을 확 집어 던지려다 가만히 테이블 위에다 내려놓았다.

"자, 여기 출마 검사님이 오십니다. 엘리스, 정치판에 뛰어드시게요? '우리가 두려워해야 할 것은 두려움 그 자체뿐이다.' 라고 한번 말해 보세요. 얼마나 그럴듯한가 봅시다."

리의 루스벨트 흉내는 너무 그럴듯하여 모두들 웃음을 터트렸다. 로도 범죄자 사진이 부착된 범죄 보고서 사본을 나눠 주면서 미소를 지었다.

"여기 우리가 두려워해야 할 신사가 있네. 이걸 읽고 왜 그런지 알아내 보게."

나는 사본을 읽었다. 1908년 오클라호마 주 털사 태생의 백인 남자인 레이먼드 더글러스 '주니어' 내시라는 사내의 범죄 행각을 기록한 것이었다. 1926년부터 범죄 행각을 벌이고 다니던 내시는 미성년자 강간, 무장 강도, 1급 소란죄, 중상해죄 등으로 텍사스 주 형무소에서 여러 번 복역한 경험이 있었다. 그는 오클랜드 군 북부 지역에서 무장 강도 세 건, LA 지역에서 1급 미성년자 강간죄와 미성년자 타락 행위 방지 특별 가중법 저촉 1회 등으로 걸려 캘리포니아 주에서 다섯 번 기소되었고, LA 신문에 두 번 실렸던 것으로 나와 있었다. 범죄 기록 끝부분에 첨부된 샌프란시스코 경찰 본부 정보과의 메모에 의하면, 베이 지역에서 10회 이상 벌어진 노상강도는 그의 소행으로 추정되고 1946년 5월 알카트라스 형무소 탈옥 사건의 외부 조종 세력 중 한 명으로 여겨진다는 것이었다.

나는 범죄 기록을 다 읽고 나서 범죄자 증명 사진을 들여다보았다. 주니어 내시는 전형적인 범죄자 얼굴이었다. 살이 별로 없는 말상의 긴 얼굴, 얇은 입술, 툭 튀어나온 눈, 아기 코끼리 덤보처럼 생긴 귀가 특징이었다. 나는 다른 사람들을 흘깃 쳐다보았다. 로는 《헤럴드》에 난 자신의 기사를 읽고 있었고 밀라드와 시어즈는 여전히 무표정한 얼굴로 범죄 기록을 읽는 중이었다.

"엘리스, 우리에게 좋은 소식 좀 전해 주시죠. 이자가 LA에 잠입해 들어와 시건방진 짓을 하고 있습니까?"

리가 물었다.

로는 조끼에 달린 열쇠를 만지작거렸다.

"지난 주말에 내시가 레이머트 파크 시장에서 노상강도를 두 건이나 저지르는 걸 봤다는 목격자가 있어. 그래서 오늘 아침 회의에서는 내시 얘기가 나오지 않았어. 두 번째 강도 짓을 할 때는 권총 개머리로 노파의 머리를 마구 때렸나 봐. 노파는 병원에서 한 시간 전에 죽었어."

"관, 관, 관련된 자, 자, 자들은 없습니까?"

해리 시어즈가 물었다.

로는 머리를 흔들었다.

"티어니 국장이 오늘 아침 샌프란시스코 경찰 본부와 통화를 했지. 그런데 내시는 혼자서 사고를 치는 외로운 늑대 스타일이라는 거야. 그자가 알카트라스 탈옥 사건에 관련된 것은 확실하지만 그건 예외적인 일이라더군. 내가 말하려는 것은……."

"내시의 강간 행각에는 어떤 공통점 같은 것이 있습니까?"

러스 밀라드가 손을 들고 물었다.

"그러잖아도 그 얘기를 하려던 참이야. 내시는 흑인 여자 애들을 좋아하는 것 같아. 십대의 영계들 말이야. 어쨌든 강간을 당했다고 신고해 온 건 전부 흑인 여자 애들이었어."

리는 내게 문 쪽을 가리키며 나가자는 손짓을 했다.

"우린 우선 유니버시티 지서 지역을 한번 수색해 보겠습니다. 거기서 형사들의 사건 기록을 읽고 나서 그걸 단서로 조사해 보겠습니다. 제가 보기에 내시는 레이머트 파크 근처에서 어슬렁거리고 있을 것 같군요. 거긴 백인 지역이지만 남쪽에는 맨체스터 출신의 흑인 창녀들이 있어요. 그러니 강간질을 할 곳은 많은 셈이죠."

밀라드와 시어즈도 일어섰다. 로가 리에게 다가왔다.

"그자를 죽이지는 말게, 반장. 그자는 죽어야 할 이유가 많지만 그래도 목숨은 살려 둬."

리는 특유의 악마 같은 미소를 지었다.

"검사님, 노력해 보겠습니다. 그렇지만 검사님이 그자를 법정에서 꼭 죽여 주시기 바랍니다. 유권자들은 주니어 내시 같은 자는 전기의자로 보내야 한다고 생각해요. 그래야 해가 진 뒤에도 안심하고 다닐 수 있으니까요."

우리는 먼저 유니버시티 지서에 들렀다. 형사 대기실의 실장은 강도 기록을 보여 주면서 범죄가 벌어진 시장 두 곳은 이미 훑었으니 거기서 허탕 치지 말라고 일러 주었다. 밀라드와 시어즈가 이미 그 일대를 샅샅이 탐문하고 있으며 백색 세단으로 추정되는 주니어 내시의 차도 수소문하고 다닌다는 거였다.

잭 티어니 국장은 유니버시티 지서에 전화를 해서 내시가 미성년자를 강간하는 작자라고 통보를 한 뒤, 강력계 형사를 세 명 급파하여 흑인 여자 애들만 데려다 놓고 영업을 하는 남쪽의 창녀촌을 점검시켰다. 대부분 흑인들만 사는 77번가와 뉴튼 로 일대에는 무선 순찰차를 보내 술집이나 놀이터에 들러서, 내시가 나타나지 않았나 감시하면서 흑인 아이들에게 주의를 주라는 지시가 떨어졌다.

그래서 우리로서는 할 일이 별로 없었다. 우리는 그냥 막연히 내시를 만날지도 모른다는 생각에 차로 그 일대를 돌아다니면서 리의 끄나풀들에게 말을 해 놓았다. 우리는 레이머트 파크 일대를 크게 한 바퀴 돌려고 차를 틀었다.

우리는 차를 동쪽으로 몰고 가면서 곧 집이 들어설 공터를 계속 지나갔다. 넓은 공터에는 백화점과 대형 쇼핑센터, 영화관 같은 것이 들어설 예정이었다. 남쪽으로 들어서니 낡은 목조 가옥들이

나왔고 거리는 점점 더 지저분해졌다.

우리는 주니어 내시의 닮은꼴도 찾아볼 수가 없었다. 우리가 본 최신형 백색 세단은 여자나 혹은 정상적인 남자들이 몰고 다니는 것뿐이었다. 샌타바버라와 버몬트가 가까워지자 리는 마침내 긴 침묵을 깨뜨렸다.

"이거 맥없이 빙빙 돌아 봐야 말짱 꽝이야. 애들한테 전화를 걸어서 정보를 캐야겠는걸."

그는 주유소에다 차를 세우더니 공중전화로 걸어갔다. 나는 무전기로 오고 가는 다른 사람들의 통화 내용을 엿들었다. 내가 무전기를 한 10분쯤 듣고 있으려니 리가 창백한 얼굴에 땀을 뻘뻘 흘리며 돌아왔다.

"정보를 얻어 냈어. 내시 녀석이 슬로슨과 후버 가까이에 있는 여인숙에서 어떤 년과 투숙 중이라는 거야."

나는 무전기를 껐다.

"거긴 완전히 흑인 지역인데. 당신 생각은······."

"흑인 지역이나마나 한번 가 보자는 거지."

우리는 버몬트로 가는 길을 타고 슬로슨 쪽으로 달렸다. 이어 동쪽으로 꺾어져 길거리에 있는 교회, 머리를 빳빳하게 해 주는 미용실, 텅 빈 공터, 오후 1시인데도 "주류 판매" 네온이 켜진 이름도 없는 술집을 지나갔다. 후버 쪽을 향해 우회전을 하면서 리는 차의 속도를 죽이고 집 앞 층계를 유심히 살피기 시작했다. 우리는 건장한 청년 넷이 남루한 집 앞 층계에 몸을 기대고 있는 것을 보았다. 셋은 흑인이었고 하나는 백인이었다. 그들은 우리가 경찰이라는 것을 단박에 알아보았다.

"마약 중독자들이야. 내시는 흑인들이랑 어울린다고 하니까 저 놈들을 한번 다그쳐 보자고. 마약 중독자가 확실하면 체포하겠다고 으름장을 놓으면서 내시 있는 데를 알아내자고."

나는 동의하면서 고개를 끄덕였다. 리는 거리 한가운데에서 차를 끼익 하고 세웠다. 우리는 차에서 내려 그들 쪽으로 걸어갔다. 그 네 명은 주머니에 손을 찌른 채 발을 까딱거리고 있었다. 불량배들이 체포되기 직전에 내보이는 전형적인 모습이었다.

"경찰이다. 천천히 손을 들고 벽을 마주 보고 서라."

그들은 시키는 대로 몸수색 자세를 취했다. 손을 머리 위로 들고 손바닥을 벽에 댄 채 양다리를 벌리고 발을 뒤로 뺐다.

리는 오른쪽에 있는 두 놈을 수색했다. 유일한 백인이 리에게 아는 체를 했다.

"이거 누구야, 블랜처드 아닌가?"

"시끄러워, 입 닥쳐."

리가 말했다.

그는 백인 녀석을 수색하기 시작했다. 나는 가운데 있는 흑인부터 몸을 더듬어 나갔다. 상의 겨드랑이 쪽을 먼저 수색한 뒤 그의 주머니에 손을 넣어 보았다. 왼손에는 럭키 스트라이크 한 갑과 지포 라이터가, 오른손에는 마리화나가 한 뭉텅이 잡혀 나왔다.

나는 그걸 길에다 내던졌다. 그리고 리를 흘낏 쳐다보았다. 리의 옆에 있는 주트 슈트를 입고 있던 흑인이 허리띠 쪽으로 손을 가져갔다. 순간 그의 손에서 하얀 금속이 번쩍거렸다.

"파트너!"

나는 소리를 지르며 재빨리 38구경을 꺼내 들었다. 백인은 순식간에 몸을 돌렸고 리는 그의 얼굴에다 대고 총을 쏘았다. 내가 총을 뽑아 들었을 때 주트 슈트를 입은 흑인은 그제야 막 잭나이프를 꺼내고 있었다. 그러나 내가 총을 쏘자 그는 칼을 떨어뜨리고 목을 만지면서 벽에 가 부딪쳤다. 나는 몸을 돌리면서 맨 끝에 있던 흑인이 바지 앞주머니에 손을 넣는 것을 보았다. 나는 즉시 그에게 세 방을 쏘았고 그는 뒤로 벌렁 나자빠졌다.

"버키, 피해!"

나는 그 소리에 재빨리 시멘트 바닥으로 몸을 던졌다. 리와 마지막 남은 흑인의 모습이 거꾸로 보였다. 60센티미터 정도 떨어진 곳에서 리와 흑인이 서로 겨누는 자세를 취하고 있었다. 흑인이 소형 데링거 총을 꺼내는 순간 리의 총구가 세 번 작렬했다. 흑인은 머리가 반쯤 날아가 버린 상태로 그 자리에서 즉사했다.

나는 일어서서 시체 네 구가 뒹구는, 피로 물든 보도를 내려다보았다. 그리고 모퉁이까지 비틀거리며 걸어가 가슴이 아플 때까지 하수구에다 토해 냈다. 사이렌 소리가 가까워지자 나는 경찰 배지를 윗도리에 달았다. 그리고 돌아섰다. 리는 시체의 주머니에서 잭나이프와 마리화나 봉지를 꺼내, 피가 흐르지 않은 보도 쪽으로 던졌다. 그는 내게로 걸어왔다. 나는 그가 마음을 좀 진정시켜 줄 농담을 해 주길 기다렸다. 그러나 농담 따위는 없었다. 오히려 아이처럼 고함을 치고 있었다.

그 10초간의 짧은 사건을 문서로 기록하는 데는 오후 한나절이 다 걸렸다. 우리는 77번가 지서에서 사건 경위서를 작성했다. 그리고 경관 관련 총격 사고를 담당하는 살인국 형사의 취조를 받았다. 형사들은 우리에게 흑인 세 명은 이름난 마리화나 끽연자이고 백인인 박스터 피치는 강도죄로 두 번 복역한 자라고 말해 주었다. 그리고 네 명 모두 흉기와 마리화나를 소지했으므로 대배심원 공청회는 없을 거라고 했다.

나는 취조에 침착하게 응했다. 리는 몸을 부르르 떨면서 안절부절못한 채 아주 힘들게 취조에 응했다. 그는 하이랜드 파크 지서에 근무할 때 수상하게 배회하는 박스터 피치를 몇 번 연행한 적이 있었다고 말했다. 그는 박스터를 좋아했다는 것이다. 나는 리의 옆에 꼭 붙어 있다가 지서에서 나와 질문 세례를 퍼붓는 기자들 사이를 뚫고 리를 차까지 데려갔다.

집에 도착해 보니 케이는 현관 앞 층계에 서 있었다. 얼굴이 수척해진 걸로 보아 이미 사건을 알고 있는 것 같았다. 그녀는 리에게 달려가더니 리를 꼭 껴안아 주었다.

"오 베이비, 오 베이비!"

나는 그들을 쳐다보다가 층계에 놓인 신문을 보았다. 그리고 그것을 집어 들었다.

「권투 선수 경관 총격전에 말려들다! 범죄 용의자 네 명 피살!」

그 표제 밑에는 권투 글러브를 끼고 트렁크를 입은 불과 얼음의 포스터 사진이 실려 있었다. 죽은 범죄자 네 명의 사진도 함께 실려 있었다. 총격전을 과장해서 쓴 기사와 함께 10월에 있었던 권투 경기 기사가 다시 다루어져 있는 것도 보았다. 그때 리의 고함 소리가 들려왔다.

"날 절대로 이해하지 못할 거야. 제발 날 좀 내버려두라고!"

리는 드라이브웨이를 달려가 차고로 갔다. 케이가 리를 바싹 뒤

쫓았다. 나는 현관 앞에 서서 강인하고 무자비한 리에게도 저런 연약한 구석이 있다는 것을 알고 사뭇 놀라고 있었다. 리의 오토바이가 부르릉 하고 시동이 걸렸다. 눈 깜짝할 사이에 그는 오토바이를 거칠게 몰고 끼익 소리와 함께 오른쪽으로 튀어나갔다. 틀림없이 멀홀랜드까지 미친 듯이 달려갈 것이다.

오토바이 소리가 멀어지면서 희미하게 가라앉자 케이는 나에게 걸어왔다. 나는 그녀의 손을 잡으며 말했다.

"그는 곧 극복할 겁니다. 그중 한 사람을 개인적으로 알고 있었나 봐요. 그래서 더 우울한 것 같아요. 하지만 곧 극복할 거예요."

케이는 이상하다는 듯이 나를 쳐다보았다.

"당신은 아주 침착하군요."

"죽느냐 죽이느냐의 상황이었어요. 내일 하루 비번이니까 리를 좀 돌보아 주세요. 다시 근무가 시작되면 오늘보다 더한 짐승을 상대해야 될지도 몰라요."

"당신이 그를 좀 돌봐 줘요. 보비 드 위트가 일주일 내에 가석방으로 풀려나요. 그는 재판 때 리는 물론이고 자기를 찔러 넣은 자들은 모두 죽이겠다고 했어요. 리는 겁을 먹고 있어요. 난 보비를 잘 알아요. 정말 무서운 놈이에요."

나는 케이의 어깨에 팔을 두르고 그녀를 꼭 안아 주었다.

"쉬! 불과 얼음이 함께할 겁니다. 그러니 걱정 마세요."

케이는 몸을 살짝 뒤틀어 내 품에서 빠져나갔다.

"당신은 보비를 잘 몰라요. 그자가 내게 어떤 짓을 시켰는지 모를 거예요."

나는 그녀의 눈을 가리고 있던 머리카락들을 쓸어 주었다.

"알아요. 그렇지만 개의치 않아요. 아니 걱정은 되지만 그렇다고 해서……."

"당신이 뭘 말하려는지 알아요."

케이는 나를 밀어냈다. 나는 그녀를 놓아 주었다. 내가 그녀에게 그 얘기를 해 달라고 한다면 정말 듣기 싫은 온갖 지랄 같은 얘기를 듣게 되리라. 현관문이 쾅 하고 닫혔다. 나는 현관 앞 층계에 조용히 앉아 생각을 정리할 수 있어서 오히려 기뻤다.

넉 달 전까지만 해도 나는 무전 순찰차를 타고 야간 근무나 돌아다니는 별 볼일 없는 순찰 경관이었다. 그런데 지금은 수백만 달러의 시채 통과에 기여한 영장국 소속 형사이다. 그리고 이미 사람을 두 명이나 죽인 기록을 갖고 있다. 다음 달이면 나는 서른이 되고 경찰에 근무한 지 5년이 된다. 그리고 반장 시험을 볼 자격이 주어진다. 시험에 합격하고 처신만 잘한다면 서른다섯이 되기 전에 형사과장이 될 수 있을 것이다. 그러나 과장도 따지고 보면 시작에 불과한 것이다.

온몸이 근지러웠다. 그래서 집 안으로 들어가 거실에서 잡지를 뒤적거리며 뭐 재미난 읽을거리가 없을까 하고 찾았다. 그때 물소리가 들려왔다. 나는 뒤쪽으로 걸어가 활짝 열린 목욕탕 문을 보았다. 열린 문 사이로 흘러나오는 수증기를 느끼는 순간 케이가 나를 부르고 있음을 알았다.

케이는 샤워기 밑에 알몸으로 서 있었다. 그녀의 얼굴은 굳어 있었고 아무런 표정도 없었다. 눈이 마주쳤을 때도 무표정하기는 마찬가지였다. 나는 깨알 같은 반점이 있는 유방과 검은 젖꼭지와 풍만한 골반, 쏙 들어간 배를 보았다. 그때 그녀가 몸을 돌렸다.

나는 보았다. 그녀의 등에 난 뱀같이 기어가는 커다란 상처를. 그것은 허벅지에서 어깨까지 X자로 깊이 벤 칼자국이었다. 온몸이 떨리는 것을 간신히 누르며 거실로 되돌아왔다. 사람을 두 명이나 죽인 오늘 같은 날 왜 그녀가 그런 상처를 보여 주는 건지 좀 언짢았다.

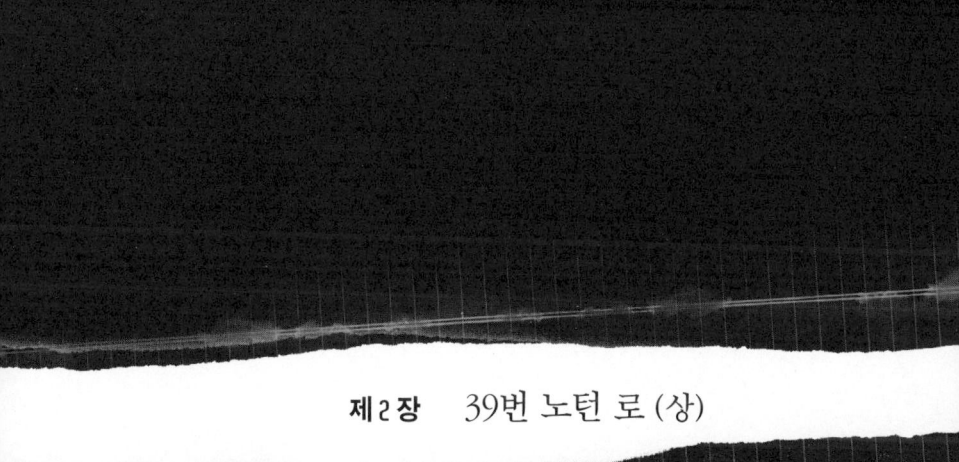

제2장   39번 노턴 로 (상)

수요일 이른 아침 전화벨 소리가 나를 깨웠다. 나는 화요일자 신문의 헤드라인인 「불과 얼음이 흑인 불량배를 KO시키다」와 케이의 몸매를 가진 아름다운 블론드 여인을 꿈속에서 만나고 있던 중이었다. 총격전 이후 나를 줄곧 괴롭히고 있는 신문 기자 녀석이겠지 싶어서 나는 전화를 들어서 스탠드 위에다 내려놓고 다시 잠들 태세를 하고 있었다. 그때 리의 목소리가 수화기에서 흘러나왔다.
"벌써 해가 중천에 떴어! 어서 일어나, 파트너!"
나는 전화기를 집어 들었다.
"무슨 일입니까?"
"자네, 오늘이 무슨 날인지 아나?"
"15일이죠. 월급날이고. 아침 6시에 전화 걸어 단잠을 깨울 일이라도 있습니까? 나 참……."

리의 목소리는 뭔가에 들떠 있었다. 나는 말을 멈추었다.
"리, 괜찮아요?"
"난 아주 좋아. 시속 180킬로미터로 멀홀랜드를 달렸더니 속이 후련하더구먼. 그리고 어제는 하루 종일 케이와 집에서 소꿉장난을 했어. 그러니 이제 경찰 일을 좀 해야 하지 않겠어?"
"계속 말씀해 보세요."
"내게 큰 신세를 진 끄나풀과 방금 통화를 했어. 그자가 그러는데 주니어 내시가 강간질하는 아지트가 따로 있다는 거야. 콜리세움과 노턴에 있는 차고라더군. 초록색 아파트 뒤쪽에 있대. 어때, 누가 거기 먼저 나타나나 시합할까? 진 사람이 오늘 저녁 권투 경기에서 맥주를 사기로 하지. 오케이?"
신문에 날 새로운 헤드라인이 내 눈앞에 크게 써졌다.
"알았어요. 지금 바로 갑니다."
수화기를 내려놓자마자 나는 재빨리 옷을 입고 차로 달려가서 레이머트 파크까지 15킬로미터쯤 되는 거리를 빠른 속도로 달려갔다. 리는 이미 거기 와 있었다. 커다란 공터의 유일한 건축물인 초록색 방갈로 이층 아파트 앞에 자신의 포드를 주차시켜 놓고 거기 기대어 서 있었다. 나는 그의 차 뒤에 주차를 하고 차에서 내렸다. 리가 윙크를 하면서 말했다.
"자네가 졌네."
"속임수 쓴 거죠?"
"맞아. 난 공중전화에서 전화를 걸었지. 지난 며칠 동안 기자들이 귀찮게 전화하던가?"
나는 파트너를 찬찬히 살펴보았다. 겉보기에는 느긋해 보였지만, 각진 턱을 반듯이 치켜세우고 있는 것이 내심 흥분하고 있는 것 같았다.

"난 집에 내내 틀어박혀 있었어요. 당신은요?"

"베보 민즈 기자가 찾아와서 기분이 어떠냐고 물어보더군. 그런 일이 늘 일어나기를 바라는 것은 아니라고 말해 주었지."

나는 아파트의 앞뜰을 가리켰다.

"여기 입주자들과 얘기해 보셨습니까? 낸시 차도 찾아보고요?"

"차는 없더군. 그렇지만 관리사무소 소장에게 알아는 보았지. 그랬더니 뒤뜰 차고를 낸시에게 임대해 주었다는 거야. 거기서 한두 번 그 짓을 했다고 하는데 지난 한두 주 동안은 그를 보지 못했대."

"차고는 조사해 보셨나요?"

"아니. 자네가 오길 기다렸지."

나는 38구경을 뽑아 장딴지에 밀착시켰다. 리도 윙크를 하면서 총을 빼 들고 나를 따라왔다. 우리는 앞뜰을 지나 차고로 갔다. 층마다 허술한 나무 문이 달려 있었고 2층으로 올라가는 층계는 금방이라도 무너져 내릴 것 같았다. 리가 1층의 문을 건드리자 문이 끼익 하고 열렸다. 우리는 문 반대편 벽에 몸을 밀착시킨 후 망을 보다가 재빨리 몸을 돌려 안으로 들어갔다. 나는 총 잡은 손을 바깥으로 쭉 내밀었다.

아무런 소리도 움직임도 없었다. 벽에는 지저분한 거미줄이 잔뜩 쳐져 있었고 바닥에는 색 바랜 신문과 닳아빠진 타이어가 널브러져 있었다. 나는 뒤로 물러섰다. 리가 앞서서 발끝으로 조심스럽게 층계를 올라갔다. 층계참에서 그는 문고리를 발로 걷어차더니 아무도 없다는 듯 고개를 흔들었다. 그는 경첩이 붙은 문을 발로 걷어차 열었다. 나는 재빨리 계단을 뛰어 올라갔다. 리는 총을 안쪽으로 들이밀며 들어갔다. 계단 꼭대기까지 올라가자 그는 권총을 가슴 지갑에다 도로 넣으며 내뱉었다.

"전부 쓰레기뿐이야."

나는 문턱 안으로 들어서면서 고개를 끄덕였다.

침대에서는 질 나쁜 혼합주 냄새가 났다. 카 시트 두 개를 접어서 만든 침대가 마룻바닥을 대부분 차지하고 있었다. 침대에는 소파 천과 쓰고 버린 콘돔들이 나뒹굴고 있었다. 한구석에는 머스캣 포도주 빈 병이 가득 쌓여 있었고 하나밖에 없는 창문에는 거미줄과 먼지가 뒤엉켜 있었다. 나는 그 역한 냄새를 참지 못하고 창문으로 걸어가 문을 열었다. 그러자 제복을 입은 경찰과 사복 경찰이 노턴 로의 보도에 서서 웅성거리는 것이 보였다. 39번가에서 약 반 블록 떨어진 지점이었다. 그들은 모두 공터의 잡초 더미 속에 놓인 물체를 들여다보고 있었다. 모퉁이에는 경찰 백차 두 대와 표시가 안 된 순찰차가 세워져 있었다.

"리, 여기 좀 와 봐요."

리는 창문 쪽으로 와 고개를 내밀고서 눈을 깜박거렸다.

"가만있어, 밀라드와 시어즈가 보이는데. 오늘 범인을 한 명 잡기로 되어 있었다고 했는데. 그렇다면 아마도……"

나는 차고에서 나와 노턴 로로 뛰어갔다. 리도 내 바로 뒤에서 쫓아왔다. 검시관의 왜건과 사진 차가 급정거하는 것을 보고 나는 더욱 빨리 달렸다. 해리 시어즈는 대여섯 명이나 되는 경찰관들

앞에서도 술을 홀짝거리고 있었다. 그의 눈빛엔 공포가 어려 있었다. 사진사들은 공터 안으로 들어가더니 한 곳에다 초점을 맞추면서 부챗살처럼 주위에 퍼졌다. 나는 순찰 경관 둘을 지나쳐 앞으로 나서면서 도대체 거기에 뭐가 있는지 살펴보았다.

그것은 젊은 여자의 알몸 시체였다. 허리 부분이 절단되어 동강나 있었는데, 하반신은 상반신이 있는 곳에서 1,2미터쯤 떨어져 있었으며 양다리는 쫙 벌려져 있었다. 왼쪽 넓적다리 부분은 살점이 커다란 삼각형으로 잘려 나가 버렸고, 절단된 허리 부분에서 시작하여 음모 바로 윗부분까지 깊고 넓게 베인 상처가 있었다. 성기 부분도 심하게 난도질되어 있었다. 상처 양옆의 피부는 뒤로 젖혀져 있었으며 안쪽에는 내장 기관이 하나도 남아 있지 않았다.

상반신은 더욱 참혹했다. 양쪽 유방에는 담뱃불로 지진 자국이 수도 없이 나 있었다. 오른쪽 유방은 축 늘어져 몇 조각의 피부만 남은 채 간신히 붙어 있었고 왼쪽 유방은 유두 주위가 예리하게 베어져 있었다. 그 자상은 너무 깊어서 뼈가 다 드러날 지경이었다. 그러나 가장 참혹한 것은 여자의 얼굴이었다. 차라리 보라색의 상처 덩어리라고 해야 더 적절했다. 코는 짓이겨져 푹 꺼져 있었고 입은 귀 있는 곳까지 양옆으로 찢겨 기괴한 미소를 만들고 있었는데, 마치 자신에게 가해진 이 참상이 아무것도 아니라는 듯 비웃고 있는 것 같았다.

나는 하늘을 쳐다보면서 온몸에 서늘한 기운이 퍼져 나가는 것을 느꼈다. 숨조차 제대로 쉴 수 없었다. 나는 내 어깨와 팔을 스치며 지나가는 사람들의 말소리를 들었다.

"피라고는 단 한 방울도 남아 있지 않군."

"경찰 생활 16년에 이렇게 처참하게 피살된 시체는 처음이야."
"범인은 여자를 밧줄로 꼭 묶은 뒤에 범행을 저질렀어. 발목에 밧줄 자국이 그대로 남아 있잖아."
그때 길고 찢어지는 듯한 호루라기 소리가 들려왔다.
열 명 남짓 되는 경찰관들은 잡담을 멈추고 러스 밀라드를 쳐다보았다.
"사태가 걷잡을 수 없이 되기 전에 먼저 단단히 제한해 두어야 할 것이 있어요. 이 살인 사건이 널리 알려지게 되면 자기가 그랬다고 자백해 오는 사람들이 많을 겁니다. 저 여자는 내장이 모조리 없어져 버렸어요. 아마도 범인이 꺼내서 버렸겠죠. 우리는 먼저 쓸데없이 자기가 그랬다고 자백해 오는 정신이상자를 차단시켜야 해요. 그 점이 중요합니다. 그러니 아무에게도 이 사건을 말하지 않도록 해요. 마누라에게도 여자 친구에게도 안 됩니다. 그리고 동료 경찰에게도 말하지 말아요, 해리?"
"예, 알겠습니다."
해리 시어즈가 술병을 손바닥으로 감추면서 말했다. 밀라드는 해리가 술병을 감추는 것을 보고 혐오스러운 듯 눈알을 굴렸다.
"기자들에게 시체를 보여서는 안 됩니다. 사진사들은 지금 빨리 사진을 찍도록 해요. 검시관에서 나온 분들은 사진 촬영이 끝나는 즉시 시체 위에다 시트를 덮어요. 순찰 경관, 당신은 시체 주위로 2미터 거리를 유지하면서 사방으로 출입 금지 로프를 쳐요. 만약 로프를 넘어서 들어오는 기자가 있으면 즉시 체포하도록 하고요. 검사실 사람들이 도착하면 기자들은 거리 반대편으로 가서 대기하라고 지시해요. 해리, 자네는 유니버시티 지서의 해스킨스

반장에게 전화를 걸어 가동 병력을 전부 이리로 보내라고 해. 현장 감식을 당장 해야 하니까."

밀라드는 주위를 둘러보다가 나를 발견했다.

"블라이처트, 여긴 웬일인가? 블랜처드도 함께 왔나?"

리는 시체 옆에 쭈그리고 앉아 수첩에다 뭔가를 적고 있었다. 나는 북쪽을 가리키며 말했다.

"주니어 내시가 저 건물 뒤쪽 차고를 빌려서 강간질 아지트로 삼고 있었어요. 그래서 차고를 수색 중이었는데 여기서 소동이 벌어진 것을 보고 헐레벌떡 달려왔습니다."

"차고에 핏자국이 있던가?"

"아니요. 이건 내시의 소행이 아닌 것 같습니다, 차장님."

"그렇지만 검사실 사람들에게 그 차고도 조사해 보라고 해야겠는걸. 해리!"

시어즈는 백차에 앉아서 무전기 마이크를 잡고 뭔가 말하고 있었다.

"예, 러스!"

"해리, 검사실 사람들이 오면 저기 초록색 건물의 차고로 가서 핏자국과 지문이 있는지 살펴보라고 해. 그리고 이 거리를 봉쇄하도록 해. 그리고……."

밀라드는 차들이 노턴 로에 몰려들어 현장으로 곧장 달려오는 것을 보고 말을 멈추었다. 나는 시체를 내려다보았다. 사진사들은 모든 각도에서 사진을 찍고 있었다. 리는 아직도 수첩에다 뭔가를 적고 있었다. 보도에 서 있던 사람들은 시체를 계속 내려다보다가 끔찍하다는 듯 얼굴을 돌렸다. 신문 기자들과 사진 기자들이 차에서 내리자 해리 시어즈와 정복 경관 몇이 시체 옆에서 기자들을 물리칠 준비를 했다. 나는 갑자기 시체를 자세히 보고 싶은 생각이 들어서 꼼꼼히 내려다보았다.

그 여자의 다리는 섹스를 하기 위해 쫙 벌려져 있었던 것이 틀림없었다. 그리고 무릎이 너덜너덜한 것으로 보아 무릎뼈가 부러진 것 같았다. 칠흑의 머리칼에 피 한 방울 묻지 않은 걸 보면 범인은 시체를 내다 버리기 전에 샴푸로 깨끗이 머리를 감긴 것 같았다. 그 끔찍하고 기괴한 미소는 잔혹의 극치였다. 특히나 갈갈이 찢긴 살점 바깥으로 나온 금이 간 이빨을 보는 순간 나는 더 이상 참지 못하고 고개를 돌렸다.

나는 보도에서 로프 두르는 것을 도와주고 있는 리를 보았다. 그는 나를 멍하니 쳐다보았다. 아니, 나를 본다기보다 허공의 도깨비를 보고 있는 사람 같았다. 나는 그에게 말을 걸었다.

"주니어 내시, 기억나세요?"

"그는 이런 짓을 할 위인이 못 돼. 그는 하지 않았어. 쓰레기 같은 놈에 불과하니까."

그는 비로소 나에게 초점을 맞추면서 말했다.

기자들은 더 많이 도착했고 정복 경관들이 그들을 제지하려고 하자 소동이 일어났다. 나는 그 소동 때문에 리에게 고함을 질러야만 했다.

"주니어 내시는 노파를 죽였어요! 그자를 체포하는 것이 우리의 급선무라고요!"

리는 내 팔을 얼얼할 정도로 세게 꼬집었다.

"이 여자가 우리의 급선무야! 그리고 우린 이 사건을 해결해야 해! 내가 고참이니까 내 말 들어!"

우리의 목소리가 너무 컸던지 경관 몇몇이 우리를 쳐다보았다. 나는 내 팔을 빼면서 이것이 아까 리가 본 허공의 도깨비와 관련이 있을 거라고 생각했다.

"오케이, 파트너."

그 뒤 한 시간 동안 39번가 노턴 로는 경찰차, 기자들, 목을 길게 빼고 구경하는 사람들로 북새통을 이루었다. 시체는 시트 두 장에 덮인 채 들것으로 치워졌다. 검사실 팀은 시체를 공시소로 옮기기 전에 시체 운반차 뒤에서 시체의 지문을 떴다. 해리 시어즈는 러스 밀라드가 작성한 유인물을 기자들에게 내밀었다. 시체의 내장이 모두 없어졌다는 얘기만 빼고는 사실 그대로였다. 시어즈는 실종과에 들러 실종자 기록을 체크하기 위해 시청으로 차를 몰고 갔다. 그리고 밀라드는 현장에 남아 수사를 지휘하기로 했다.

검사실 기술자들이 현장에 파견되어 공터를 샅샅이 뒤지면서 혹시 살인 흉기나 여자의 옷가지가 남은 것이 없는지 살폈다. 또 다른 법의학 팀은 주니어 내시의 강간질 아지트인 차고에 파견되어 지문이나 혈흔을 찾아보도록 조치되었다. 이어 밀라드는 경찰관의 수를 세었다. 교통정리와 인원 통제 병력이 넷, 정복 경관 열둘, 사복 경관 다섯 그리고 리와 나였다. 밀라드는 순찰차에서 시가도를 가져오더니 레이머트 파크 전역을 스무 개 정도의 순찰 구역으로 분할하여 각자에게 담당 구역 내의 단독주택, 아파트, 가게 등에 들러 탐문 수사를 펴도록 했다.

지난 48시간 동안 여자의 비명 소리를 못 들으셨습니까?

여자 옷을 버리거나 불태우는 사람을 못 보셨습니까?

이 지역에서 어슬렁거리는 수상한 사람이나 차량을 보지 못하셨습니까?

지난 24시간 동안 39번가와 콜리세움가 사이의 노턴 로를 걸은 적이 있습니까? 그렇다면 혹시 공터에서 수상한 사람을 보지 못했습니까?

나는 콜리세움에서 레이머트 블러바드 쪽으로 가는, 노턴 로에서 세 블록 떨어진 곳을 맡았다. 리는 39번가 북쪽에서 제퍼슨에 이르는, 크렌쇼 부지에 있는 가게와 건물을 맡았다. 우리는 8시 정각에 올림픽 체육관에서 만나기로 하고 헤어졌다. 나는 곧 배당된 거리로 걸어갔다.

나는 초인종을 누르고 질문을 했다. 모른다는 대답이 대부분이었다. 사람이 없는 집은 수첩에다 주소를 적어 놓았다. 그렇게 하면 두 번째 탐문팀이 빠진 집만 체크하면 되었다. 나는 셰리 포도주 냄새를 풀풀 풍기는 가정주부와 되바라진 어린애들에게 말을 걸었다. 연금 생활자인 노인들이나 휴가 중인 공무원에게도 물어보았다. 심지어 웨스트 LA 경찰서의 경찰관에게 물어보기도 했다. 주니어 내시와 최신형 백색 세단 얘기를 하고 내시의 범죄자 증명 사진도 내보였다. 그러나 대답은 한결같이 모른다는 것이었다. 7시에 나는, 괜한 짓을 하고 다닌다고 생각하면서 내 차로 되돌아왔다.

리의 차는 사라지고 없었다. 39번가 노턴 로에는 검시관의 아크 불빛이 환하게 켜져 있었다. 나는 올림픽 체육관으로 차를 몰고 가면서 좋은 권투 경기나 보면서 그날의 불쾌한 기분을 잊으려 했다.

카루소가 회전문 앞에다 우리 표를 남겨 두었다. 그리고 오늘 바쁜 일이 있어서 체육관에 나오지 못한다는 쪽지도 남겼다. 리의 입장권은 아직도 봉투 속에 들어 있었다. 나는 내 표를 집어 들고 카루소의 부스로 갔다. 밴텀급 오픈 경기가 이미 시작되었고 나는 경기를 보면서 리가 나타나기를 기다렸다.

자그마한 체구의 두 멕시코 선수는 좋은 경기를 펼쳤고 관중들은 환호했다. 위쪽 좌석에서 동전이 비 오듯 쏟아졌다. 스페인어와 영어가 뒤섞인 함성이 경기장 안을 가득 메웠다. 4라운드가 끝날 즈음 나는 블랜처드가 오지 않으리라는 것을 알았다. 얼굴이 보기 흉하게 찢어진 밴텀급 선수들을 보고 있자니 피살된 여자 생각이 났다. 나는 리가 어디 있는지 정확하게 알고 있었기에 자리에서 일어나 체육관을 나왔다.

39번가 노턴 로로 되돌아갔다. 그곳은 아크 불빛으로 대낮처럼 환하게 빛나고 있었다. 리는 출입 금지 로프 바로 안에 서 있었다. 밤이 되자 날씨가 차가워져 그는 잡초 더미 사이를 뒤지는 검사실 기술자를 쳐다보면서 몸을 움츠리고 있었다. 나는 리에게로 걸어갔다. 리는 내가 다가오는 것을 보더니 재빨리 몸을 꼿꼿이 세우면서 엄지와 검지로 권총을 쏘는 시늉을 했다. 그것은 그가 벤제드린을 먹고 흥분되었을 때 곧잘 하는 동작이었다. 나는 리의 뒤쪽에 있는 다른 공터도 환히 밝혀져 있음을 알았다.

"체육관에서 만나기로 한 건 잊어버렸어요? 이 사건은 경찰 본부로서는 최우선 과제겠죠. 그렇지만 우리의 급선무는 주니어 내시 체포라고요."

리는 머리를 흔들었다.

"파트너, 이건 아주 큰 사건이야. 호럴과 태드 그린도 두 시간 전에 여기 왔어. 잭 티어니가 살인국으로 파견되어 이 사건을 지휘하고 러스 밀라드가 그 밑에서 지원하기로 되어 있어. 내 의견을 하나 말해 줄까?"

"말해 보세요."

"이건 시범 케이스야. 젊은 백인 여자가 납치되어 잔혹하게 살해되었어. 경찰 본부로서는 꼭 범인을 잡아서 시체 발행으로 자금 지원을 받는 경찰이 얼마나 강해졌는가를 유권자들에게 보이고 싶은 거야."

"리, 죽은 여자는 여염집 처녀가 아니었을지도 몰라요. 차라리 내시가 죽인 노파야말로 누군가의 좋은 할머니였을 겁니다. 당신은 이 사건에 너무 개인적으로 몰두하는 것 같아요. 그러니 이 일은 본부에게 맡기고 우리는 본연의 업무로 돌아가야 해요. 내시가 또 다른 사람을 죽일지도 모르잖아요."

리는 주먹을 꼭 쥐어 보였다.

"또 하고 싶은 말은 없나?"

나는 한 발자국 앞으로 다가섰다.

"어쩌면 당신은 보비 드 위트의 가출옥을 두려워하고 있는지도 모르겠군요. 또 너무 자존심이 강해서 우리가 사랑하는 그 여자를 지키는 일을 도와달라는 부탁을 내게 못하는지도 몰라요. 그것도 아니면 죽은 여자가 로리 블랜처드처럼 불쌍하게 죽은 걸 경찰 탓으로 돌리고 싶어 하는지도 모르고요."

리는 주먹을 풀더니 고개를 다른 데로 돌렸다. 나는 그가 제자리 뛰기 하는 것을 보았다. 차라리 그가 화를 내거나 농담을 던지거나 쾌활하게 나왔더라면 더 좋았을 것이다. 마침내 그가 고개를 돌렸고, 이번엔 내가 주먹을 꼭 쥐며 말했다.

"리, 나한테 말해 봐요. 말 못할 것도 없잖아요. 우린 파트너예요. 그리고 같이 사람을 네 명이나 죽였는데 왜 나한테 이러는 거예요? 왜 감추냔 말이에요?"

리는 악마 같은 미소를 지어 보였다. 그러나 그것은 불안하고 피곤하고 그러면서도 슬퍼 보이는 그런 미소였다. 그는 가늘고 껄껄거리는 목소리로 말했다.

"난 여동생 로리가 놀 때면 망을 봐 주곤 했지. 난 골목대장이었기 때문에 다른 애들이 나를 무서워했어. 그리고 여자 친구들도 많았지. 소꿉친구들 말이야. 여자 애들은 로리 얘기를 하면서 나를 놀렸어. 로리랑 하루에 얼마나 노느냐, 혹시 로리가 진짜 애인이 아니냐면서 말이야. 난 정말 여동생을 좋아했어. 예쁜 데다가 아주 착실했지. 아버지는 로리에게 발레, 피아노 그리고 성악 공부를 시켰지. 나는 아버지처럼 파이어스톤 타이어 회사에서 일하고 싶었고 로리는 예술가를 꿈꾸었지. 애들이 나한테 한 얘기는 모두 한번 해 보는 얘기에 불과했지만, 나는 아이였기 때문에 그 얘기를 진짜처럼 받아들였어.

아무튼 여동생이 납치될 즈음 아버지는 여동생의 과외 공부 얘기를 많이 했어. 그리고 나는 샘이 나서 로리에게 화를 내곤 했어. 그래서 방과 후에 여동생이 놀러 나가도 신경 쓰지 않고 내버려 두었어. 여동생은 이웃에 놀러 다니길 좋아했지. 빨빨거리며 돌아다니는 게 취미였어. 그리고 남자 아이들과 어울려 쓸데없는 농지거리를 즐겼지. 로리가 납치되었을 때 나는 나 몰라라 하고 있었어. 정말 사랑하는 오빠라면 여동생을 보호했어야 할 그 시간에 말이야."

나는 파트너의 팔을 잡으면서 이해한다는 뜻을 전하려 했으나 리는 내 팔을 뿌리쳤다.

"이해한다고 말하지 마. 더 끔찍한 얘기를 해 줄 테니까. 어떤 타락한 놈이 내 여동생을 목 졸라 죽이고 시체를 토막 쳤어. 여동생이 죽어 가고 있을 때 나는 로리에 대해서 지저분한 생각을 하고 있었어. 아버지가 로리는 공주처럼 대하고 나는 깡패 대하듯 했기 때문에 얼마나 여동생을 미워했는지 몰라. 그래서 나는 오늘 아침의 그 여자 시체처럼 동생이 토막 나 죽어 버렸으면 좋겠다고 상상하기까지 했어. 그러면서 그때 사귀던 창녀 같은 년과 그 짓을 하고 그 여자 애 아빠의 술을 훔쳐 마시면서 그런 상상이 멋지다고 생각하며 웃음을 터트렸던 거야."

리는 심호흡을 하더니 몇 미터 떨어진 공터를 가리켰다. 공터 주위에는 제2의 출입 금지 로프가 둘러져 있었다. 상반신과 하반신이 발견된 자리는 석회 가루로 표시가 되어 있었다. 나는 벌려진 다리를 그린 윤곽을 응시했다.

"난 과거에 여동생에게 잘못한 것을 속죄하는 뜻에서라도 꼭 범인을 찾아내고 말겠어. 자네가 도와주든 말든 개의치 않아. 꼭 잡아내고 말 테야."

나는 유령 같은 미소를 지어 보였다.

"내일 시청에서 봅시다."

"자네가 있든 없든 상관없어."

"알았어요."

나는 차로 돌아가 시동을 걸면서 북쪽으로 한 블록 떨어진 공터가 갑자기 불빛으로 환해지는 것을 보았다.

다음 날 아침 나는 경관 대기실로 들어가면서 해리 시어즈를 제일 먼저 보았다. 그는 《헤럴드》의 머리기사인 「고문 살인의 용의자인 인간 늑대의 소굴을 수색!」을 읽고 있었다. 그 밑에는 다섯 명의 사진이 나와 있었다. 범죄자형 두 명, 정상적인 유형 두 명, 나머지 한 명은 죄수복을 입은 채 수갑을 찬 모습이었다.
"자, 자, 자수하겠다는 놈들이야. 자, 자, 자기가 그 여자를 난, 난, 난자했다는 거야."
해리는 신문을 내려놓고 더듬거리며 말했다. 나는 머리를 끄덕였다. 그때 취조실에서 비명 소리가 들려왔다.
잠시 뒤 허릿살이 층을 이룬 아주 뚱뚱한 남자를 쾨니히가 문밖으로 끌어내며 대기실에다 소리쳤다.
"이자는 범인이 아니야!"
경관 두 명이 냉소적으로 책상을 탁탁 내리쳤다. 여남은 명 되는 나머지 경관들은 밥맛 떨어진다는 듯이 고개를 절레절레 흔들었다. 쾨니히는 뚱보를 문밖으로 밀어냈다.
"로는 어디 있습니까?"
내가 해리에게 물었다. 해리는 엘리스 로의 사무실을 가리켰다.
"로, 로, 로와 함께 있다네. 기자들도 같이 있어."
나는 로의 사무실 앞으로 걸어가 문틈으로 안을 들여다보았다. 엘리스 로는 책상 뒤에 서서 열 명 정도 되는 기자들을 상대하고 있었다. 리는 정장을 입고 검사 옆에 앉아 있었다. 리는 피곤해 보였지만 어젯밤처럼 그렇게 신경질적이지는 않았다.

로는 엄숙하게 말하고 있었다.

"······아주 끔찍한 살인 사건입니다. 우리는 악마 같은 살인범을 잡는 데 모든 노력을 기울여 하루빨리 범인을 검거할 것입니다. 불 씨와 얼음 씨를 비롯해 특별히 훈련된 유능한 수사관들에게 다른 임무를 잠시 중단하고 이 사건을 도우라고 지시해 놓았습니다. 노련한 수사관들을 대거 투입했기 때문에 좋은 결과가 나오리라고 예상하고 있습니다. 더욱이······."

피가 거꾸로 치솟는 것 같아 더 이상 엘리스 로의 말을 들을 수가 없었다. 나는 팔꿈치로 문을 박차고 밖으로 나왔다. 리는 나를 보더니 엘리스 로에게 잠깐 목례를 하고 뒤따라왔다. 그는 나를 영장국의 칸막이 사무실로 데려갔다. 나는 몸을 홱 돌려 그의 얼굴을 쳐다보았다.

"우리가 파견된 건 당신의 농간이죠?"

리는 나를 진정시키려는 듯 내 가슴에 손을 얹었다.

"이 문제는 천천히 좀 신중하게 생각하자고. 내 말 알아들어? 먼저 나는 엘리스에게 메모를 제출했어. 내시가 우리의 관할 지역을 벗어났다는 정보를 얻었다고 말이야."

"아니 어떻게 그런 짓을!"

"쉿, 내 말을 들어 봐. 일을 부드럽게 하기 위한 것일 뿐이야. 내시에 대한 전국 지명 수배는 아직도 유효해. 그리고 강간질 아지트인 차고는 잠복 감시 중이야. 그리고 남부 지역의 경관들은 그 친구의 가출옥 허가를 취소시키려고 필사적으로 노력하고 있어. 나도 오늘 밤 그 차고에서 밤을 샐 거야. 망원경도 있으니까 훤한 아크 불빛 아래에서 노턴 로를 왕래하는 차량들의 번호판을 식별할 수 있을 거야. 혹시 살인범이 느긋하게 거기를 지나갈지도 모르잖아. 난 모든 차량 번호를 문서 관리국과 연구조사부에서 나온 것과 비교해 볼 생각이야."

"저런, 리. 당신은 정말 못 말리는군요."

내가 한숨을 내쉬며 말했다.

"파트너, 자넨 이 여자 사건을 일주일 정도만 도와주면 돼. 내시에 대한 것은 충분히 조치해 두었으니까 잘될 거야. 만약 그때까지 체포되지 않으면 다시 내시를 최우선 과제로 정하면 돼."

"그는 그냥 내버려두기에는 너무 위험해요. 그건 당신이 더 잘 알잖아요."

"파트너, 그건 충분히 조치해 두었다니까. 그리고 앞으로 다시는 흑인을 죽일 일이 없을 것처럼 말하지 마. 그리고 죽은 여자 사건이 주니어 내시 건보다 못한 것처럼 말하지도 마."

나는 앞으로 더 많아질 「불과 얼음」 헤드라인을 머릿속에 그려 보았다.

"리, 딱 일주일입니다. 그 이상은 안 돼요."

"알았어."

리가 윙크하며 말했다.

인터콤에서 잭 티어니 국장의 목소리가 흘러나왔다.

"여러분, 모두 회의실로 모여 주기 바랍니다. 지금 즉시."

나는 수첩을 들고 대기실을 걸어 나갔다. 자기가 범인이라고 주장하는 사람의 숫자는 자꾸 늘어났다. 새로 나타난 자백자들은 난

방 파이프에다 수갑으로 묶어 두었다. 빌 쾨니히는 보런 시장에게 직접 말하겠다는 한 늙은이의 뺨을 때리고 있었고, 프리츠 보겔은 칠판에다 자백자들의 이름을 적고 있었다. 회의실은 경찰 본부 살인국 사람, 관련국 사람들 그리고 내가 전에 본 적이 없는 사복 경관들로 빽빽이 들어차 있었다. 잭 국장과 밀라드 차장이 맨 앞줄 연단 마이크 옆에 서 있었다. 티어니는 마이크를 톡톡 건드려 보더니 헛기침을 한번 하고 말을 하기 시작했다.

"여러분, 이 회의는 레이머트 파크 187번지에서 벌어진 살인 사건에 대한 전반적인 브리핑입니다. 모두들 신문을 통해서 대단히 참혹한 사건이라는 점은 잘 알고 있을 겁니다. 시장실과 시의회로도 전화가 많이 걸려 오고 우리도 전화를 많이 받기도 했습니다. 호럴 청장님은 고위 관계자로부터 개인적인 전화를 받기도 했습니다. 신문에 난 이 인간 늑대 건은 앞으로도 더 많은 항의 전화를 초래할 것이며 우리는 그것을 각오하고 있습니다. 그러니 정신 바짝 차리고 이 문제를 한번 검토해 봅시다.

우선 이 사건 수사의 지휘 체계부터 말씀드리겠습니다. 내가 총책임자이고 밀라드 차장이 실무 책임자입니다. 시어즈 반장이 각 경찰서 간의 연락 업무를 맡을 겁니다. 로 검사가 언론과 민간 기관과의 연락 업무를 맡고, 다음 경관들은 1947년 1월 16일자로 본부 살인국으로 차출되었습니다. 앤더슨 반장, 아콜라 형사, 블랜처드 반장, 블라이처트 경관, 카바노 반장, 엘리슨 형사, 그라임스 형사, 쾨니히 반장, 리겟 형사, 나바레트 형사, 프라트 반장, J. 스미스 형사, W. 스미스 형사, 보겔 반장 이상입니다. 이상 호명한 인원은 브리핑이 끝난 뒤에 밀라드 차장을 만나 보도록 하세요.

러스, 이 병력은 모두 자네 휘하에 들어가게 되네."

나는 펜을 꺼낸 뒤 글씨를 쓸 수 있게끔 옆에 앉은 경관을 가볍게 팔꿈치로 찔러서 약간 비켜 달라고 했다. 내 주위에 있는 경관들은 모두 나처럼 브리핑 내용을 받아 적고 있었다. 그들의 신경은 온통 연단으로 집중되어 있었다.

밀라드는 법정 변호사 같은 목소리로 말해 나갔다.

"어제 오전 7시, 39번가와 콜리세움 사이의 노턴 로에서 두 토막으로 절단난 알몸의 젊은 여자 시체가 보도 옆의 공터에서 발견되었습니다. 고문을 당한 것이 분명하지만 검시 결과가 나올 때까지 그 문제는 보류해 두기로 하겠습니다. 뉴바 박사가 오늘 오후 퀸어브엔젤스 병원에서 검시를 했고 기자들은 참석하지 않았습니다. 기자들에게 알리고 싶지 않은 사항이 몇 가지 있기 때문이었습니다.

시체 발견 지점과 그 주변을 샅샅이 수색했지만 현재까지 아무런 단서도 나온 것이 없습니다. 시체가 발견된 곳에는 핏자국이 전혀 없었습니다. 그 여자는 다른 데서 살해된 뒤에 공터에 버려진 것이 확실합니다. 그 일대에는 공터가 여러 군데 있는데, 핏자국과 범행에 쓰였던 흉기를 찾아내기 위해 현재 공터 주변 수색이 진행되고 있습니다. 강절도국의 용의자인 레이먼드 더글러스 내시가 길 아래쪽의 차고를 빌려 쓰고 있었는데 혹시 지문이나 혈흔이 나오지 않을까 해서 차고도 샅샅이 수색했습니다. 그러나 검사실 팀은 아무런 결과도 얻지 못했습니다. 결론적으로 내시는 이 여자를 살해한 범인이 아닙니다.

죽은 여자에 대한 신원은 아직 밝혀지지 않았습니다. 실종자 자료와 대조해 보아도 이렇다 할 결과가 없었습니다. 그러나 여자의 지문을 연방수사국으로 전송했으니까 곧 결과가 있을 겁니다. 유니버시티 지서에 걸려 온 익명의 전화가 이 사건의 첫 계기였습니다. 제보를 접수한 경관에 의하면 가정주부이며 어린 딸을 학교에 데려가다가 시체를 발견하고 전화를 했다고 합니다. 그 주부는 자기 이름을 밝히지 않고 곧 전화를 끊었답니다. 그렇지만 그 주부가 용의자일 것 같지는 않습니다."

밀라드는 전문가다운 냉정한 목소리로 말을 이어 나갔다.

"시체의 신원이 밝혀질 때까지 조사는 39번가 노턴 로에 집중되어야 할 것 같습니다. 그런 다음에는 그 일대를 샅샅이 수색해야 할 것입니다."

모두들 무거운 신음 소리를 냈다. 밀라드는 얼굴을 찌푸리며 말했다.

"유니버시티 지서에다 지휘 본부를 설치하겠습니다. 임명된 내근 경관은 현지 수사관의 보고서를 요약하고 수집된 자료를 정돈할 것입니다. 정보 수집 결과는 유니버시티 지서 경관 대기실의 공고판에다 붙이도록 하겠습니다. 그리고 그 사본을 LA 경찰 본부와 각 경찰서에 보내겠습니다. 이 자리에 참석한 다른 경찰서 소속의 경관들은 여기에서 들은 것을 소속 경찰서의 범죄 기록과 당직 기록에 적어 두도록 하십시오. 혹시 순찰 경관으로부터 정보를 얻는 것이 있으면 즉시 본부 살인국 교환 411로 전화 연락 주십시오. 조금 뒤에 경관들이 수색해야 할 지역을 알려 드리겠습니다. 블랜처드와 블라이처트는 어제와 똑같은 지역을 수색하고 다른 경찰서에서 차출된 분들은 잠시 대기해 주시기 바랍니다. 티어니 국장이 차출한 나머지 분들은 지금 즉시 나를 보고 가도록 하세요. 자, 회의는 이것으로 끝내겠습니다."

나는 문을 박차고 나와 계단을 달려 내려가 주차장으로 갔다. 리를 피하고 싶었고 내시에 관한 메모를 묵인해 준 것을 잊고 싶어서였다. 하늘은 우중충하게 흐려 있었다. 레이머트 파크로 차를 몰고 가는 동안 비바람이 불어 공터의 단서들을 흐트러뜨릴까 봐 걱정되었다. 그러면 그것은 그 끔찍한 살인 사건 조사에 방해가 될 것이다. 생각은 꼬리를 물고 이어졌다. 죽은 여동생에 대한 리의 비탄은 비바람에 씻겨 하수구로 흘러 들어가 버렸고 주니어 내시가 갑자기 머리를 들이밀며 체포해 달라고 악쓰는 모습이 떠올랐다. 그러나 차를 주차시킬 때쯤 되자 구름이 갈라지기 시작했고 그 틈으로 햇빛이 내리비쳤다. 나는 햇빛을 받으며 배정받은 일대를 수색하기 시작했다. 그리고 일련의 부정적인 대답들이 나의 환상을 깨트리고 말았다.

나는 내시 체포를 더 강조하면서 어제보다 훨씬 강력하게 똑같은 질문을 제기했다. 그러나 이번에는 사정이 달랐다. 순경들이 그 지역을 이 잡듯 샅샅이 뒤졌고 주차된 차량의 번호를 적었으며, 여자의 옷가지를 건질지도 모른다는 희망으로 하수구를 뒤지고 있었다. 그리고 그곳 주민들은 라디오와 신문을 통해 사건 정보를 훤히 꿰고 있었다. 나의 탐문 수사에 대한 그들의 대답은 각양각색이었다.

셰리주 냄새를 푹푹 풍기는 한 가정주부는 플라스틱 십자가를 내밀면서 이거면 인간 늑대를 막아 낼 수 있겠느냐고 내게 되물었다. 티셔츠에 목사 칼라를 단 늙은이는 죽은 여자가 민주당을 찍었기 때문에 신의 형벌을 받는 것이라고 말했다. 한 꼬마는 영화 배우 론 채니 주니어의 브로마이드를 보여 주면서 그가 늑대 인간 일지도 모른다고 말했다. 그리고 39번가 노턴 로의 공터는 자기가 로켓을 발사하는 곳이라고 했다. 또 블랜처드와 나의 권투 시합을 본 한 복싱 팬은 나를 알아보고 사인을 부탁했다. 그런 뒤에 정색을 하고는 자기 이웃이 기르는 바셋 하운드가 범인이니까 그 개를 총살시켜 버리는 것이 어떻겠느냐고 말했다.

이런 황당한 대답은 재미있기도 했다. 그러나 무표정하게 모른다고 대답할 때는 따분해지기까지 했다. 나는 나 자신이 기괴하고 비정상적인 코미디에 나오는 정상적인 배우 같다는 느낌이 들었다.

1시 30분에 나는 탐문 수사를 끝내고 차로 돌아와, 점심을 먹고 유니버시티 지서에 들러야겠다는 생각을 했다. 와이퍼 밑에는 종이 한 장이 끼워져 있었다. 테드 그린의 개인 편지 양식이었다.

경찰 공식 증인. 이 경관을 1947년 1월 16일 오후 2시 31번지에 서 있을 예정인 제인 도(신원 불명의 여자 시체에 붙이는 임시 이름—옮긴이) 시체 해부 행사에 참관시킬 것.

편지 맨 밑에는 그린의 서명이 들어 있었다. 그러나 그 서명은 어쩐지 리랜드 C.블랜처드가 휘갈긴 것 같았다. 나는 혼자 웃음을 터트리며 퀸어브엔젤스 병원으로 차를 몰았다.

병원 복도에는 수녀 간호사와 휠체어를 미는 노인들이 가득했다. 나는 한 나이 든 수녀에게 신분증을 보여 준 뒤 시체 해부가 어디서 실시되느냐고 물었다. 그녀는 몸에 두 번 성호를 긋더니 복도 아래쪽으로 나를 데려가 "병리학"이라고 씌어진 이중 창문을 손으로 가리켰다. 나는 보초를 서고 있는 순경에게 초청장을 내밀었다. 그는 차려 자세를 취하더니 문을 활짝 열어 주었다.

나는 작고 차가운 방 안으로 들어섰다. 방부 처리를 한 방은 온통 흰색이었고 한가운데에 기다란 철제 테이블이 놓여 있었다. 테이블 위에는 시트로 덮인 물체 두 개가 놓여 있었다. 나는 테이블이 마주 보이는 벤치에 앉으면서 그 여자의 기괴한 미소를 또다시 봐야 한다는 생각에 온몸을 부르르 떨었다.

잠시 뒤 이중 문이 열렸다. 시가를 문 키 큰 남자가 들어섰고 뒤이어 속기판을 든 간호사가 따라 들어왔다. 러스 밀라드, 해리 시어즈 그리고 리도 그들 뒤를 이어 들어섰다. 살인국 차장인 밀라드는 고개를 흔들었다.

"자네하고 블랜처드는 불길한 사자처럼 자꾸만 나타나는군. 선생님, 담배를 피워도 되겠습니까?"

늙은 의사는 뒷주머니에서 수술칼을 꺼내 바지에다 닦았다.

"괜찮습니다. 저 여자는 신경 쓰지 않을 테니까요. 저 여자는 영원히 꿈나라로 갔으니까요. 마거릿 수녀, 시트를 좀 젖혀 주겠어요?"

리는 내 옆의 벤치에 앉았다. 밀라드와 시어즈는 담배에 불을 붙여 물고 펜과 수첩을 꺼냈다.

"오늘 아침에 뭐 좀 알아낸 거 있어?"

리가 하품을 하면서 내게 물었다. 나는 리가 먹는 각성제 벤제드린의 약발이 떨어졌음을 눈치 챘다.

"예, 목성에서 온 늑대 인간이 그 짓을 저질렀어요. 벅 로저스는 우주 비행선을 타고 범인을 쫓고 있는 중입니다. 그러니 당신은 집에 가서 잠이나 자도록 해요."

리는 다시 하품을 했다.

"잠은 나중에 자도 돼. 내가 알아낸 최상의 정보는 나치스에 대한 거야. 어떤 친구는 내게 39번가와 크렌쇼 사이에 있는 바에서 히틀러를 보았다고 하더군. 젠장, 버키, 이거 어떻게 돌아가는 세상이야?"

리는 눈을 내리깔았다. 나는 시체 해부용 테이블을 쳐다보았다. 시트가 젖혀지자 죽은 여자의 머리가 우리 쪽으로 향해졌다. 나는 검시관이 온갖 의학 용어를 다 써 가며 설명하는 동안 구두코를 내려다보았다.

"해부대 위에 놓인 시체는 백인 여자입니다. 근육의 강도를 미루어 나이는 16세에서 30세 정도로 추정됩니다. 시체는 두 쪽으로 절단 나 있는데 배꼽 근처에서 위아래로 잘렸습니다. 우선 상반신부터 말씀드리죠. 머리는 상처를 입지 않았습니다. 그러나 두개골은 심하게 압착되어 있습니다. 그리고 이목구비는 반상출혈, 혈종, 수종 등으로 심하게 부패되어 있고 코의 연골은 아래쪽으로 심하게 침하되어 있습니다. 입 가장자리 양쪽은 심하게 파열되었는데, 이 파열은 교근을 찢어 놓고 하악골까지 뻗어 양쪽 귀밑까지 이어지고 있습니다. 목에는 찰과상의 흔적이 전혀 없습니다. 전면 흉곽에는 파열이 많이 생겼고 특히 양쪽 유방에 열상이 집중되어 있습니다. 열상의 원인은 담뱃불로 추정되며, 오른쪽 유방은 흉곽으로부터 거의 절단되어 있는 상태입니다. 상반신의 복부를 검토해 본 결과 피는 하나도 남아 있지 않은 상태입니다. 대장, 위장, 간, 췌장 등이 모두 제거되었습니다."

검시관은 잠깐 숨을 들이마셨다. 나는 그가 시가 연기를 푸 하고 내뱉는 것을 보았다. 속기판을 든 수녀는 열심히 검시관의 말을 적고 있었다. 밀라드와 시어즈는 시체를 멍하니 들여다보았고 리는 눈썹에 맺힌 땀을 닦아 내며 마루를 내려다보았다. 검시관은 유방을 만져 보더니 말을 이어 나갔다.

"비대 증상이 없는 것으로 보아 피살 당시 임신 상태는 아니었던 것으로 보입니다."

그는 수술칼을 집어 들더니 시체의 하반신을 툭툭 쑤시기 시작했다. 나는 눈을 감은 채 그의 말을 들었다.

"시체의 하반신을 검사한 결과 배꼽에서 성기 바로 윗부분까지 깊고 넓은 자상이 일직선으로 나 있습니다. 장간막, 자궁, 난소, 항문 등이 없어졌고 질과 항문의 양쪽 공간에 심한 열상이 나 있습니다. 왼쪽 넓적다리에 삼각형의 커다란 자상이 있습니다. 수녀님, 이 시체를 좀 뒤집어 주세요."

그때 문이 열리고 누군가가 나타났다.

"차장님!"

밀라드가 일어서는 것과 동시에 검시관과 수녀가 시체를 뒤집어 시체의 등이 위를 향해 놓였다. 등이 위로 올라오자 의사는 시체의 발목을 집어 들고 다리를 한 번 접었다.

"두 다리의 무릎이 모두 부러졌습니다. 등 위쪽과 어깨에 난 가벼운 채찍질 자국은 아물고 있는 중이었습니다. 양쪽 발목에는 잡아맨 자국이 있습니다. 수녀님, 외과용 거울과 소독면을 좀 주세요."

밀라드는 방으로 되돌아와 해리 시어즈에게 서류를 한 장 내밀었다. 그는 그것을 읽어 보더니 리를 팔꿈치로 찔렀다. 의사와 수녀는 하반신을 뒤집은 다음 다리를 넓게 벌렸다. 나는 메스껍고 속이 울렁거려서 견딜 수가 없었다.
"알아냈어!"
리가 말했다.
내가 텔레타이프 용지를 바라보고 있는 동안 검시관은 무덤덤한 목소리로 질에 찰과상 흔적은 없으나 오래된 정액이 남아 있다고 말했다. 나는 검시관의 냉담한 어조에 화가 울컥 치미는 것을 느끼면서 텔레타이프 용지를 빼앗아 읽어 보았다.

러스, 그 여자는 엘리자베스 앤 쇼트이고 출생일은 1923년 7월 29일이야. 고향은 매사추세츠 주 메드퍼드고. 연방수사국에서 지문 감식 결과 알아낸 정보야. 그 여자는 1943년 샌타바버라에서 체포된 적이 있어. 현재 여자의 배경에 대해서는 조사가 진행 중이야. 시체 해부가 끝나는 즉시 시청에다 연락해 주기 바라네. 현지 수사관들을 가능한 대로 다 모아 주게. 잭 티어니.

"이상이 말씀드릴 수 있는 예비 검시 결과입니다. 나중에 좀 더 자세히 말씀드리죠. 그리고 독극물 테스트도 해 보겠습니다."
검시관은 엘리자베스 앤 쇼트의 상하반신에 시트를 덮었다.
"질문 있습니까?"
수녀는 속기판을 가슴에 안고 문 쪽으로 걸어갔다.
"검시 결과를 재구성해서 말씀해 주시겠습니까?"

밀라드가 말했다.

"예비 검사 결과에 국한된 것이라면 얼마든지 해 드릴 수 있습니다. 우선 피해자는 임신을 하거나 강간을 당하지 않았습니다. 그러나 지난주쯤에 자발적으로 몇 차례 성교를 가진 것은 확실합니다. 그리고 등에 부드러운 채찍질을 당한 것도 사실입니다. 피해자의 등에 난 채찍 자국은 앞쪽에 입은 상처보다 더 오래된 것입니다. 피해자에게는 대강 이런 일이 벌어졌을 것입니다. 우선 사지가 로프로 묶인 뒤 최소한 36시간에서 48시간 동안 칼로 고문을 당했습니다. 다리는 아직 숨이 붙어 있을 때 야구방망이 같은 도구에 맞아 부러진 것 같습니다. 피해자는 야구방망이 같은 걸로 맞아서 죽었거나 아니면 자신의 입에서 흘러나온 피에 질식사했을 것으로 추정됩니다. 그녀는 사망한 뒤에 푸줏간용 식칼이나 그 비슷한 것으로 두 동강이 났고, 살인범은 펜나이프 같은 걸로 내장을 도려냈을 것으로 보입니다. 그리고 온몸의 피를 다 빼낸 뒤 깨끗이 씻은 것 같아요. 내 추측으로는 욕조에다 한동안 담가 놓았던 것 같습니다. 신장에서 혈액 샘플을 채취할 예정이니까 며칠 안으로 체내에 마약이나 알코올 성분이 있는지 알아낼 수 있을 겁니다."

"박사님, 살인범은 의학이나 해부에 대해서 좀 아는 자가 아니었을까요? 왜 내장을 모두 도려냈을까요?"

리가 물었다.

검시관은 시가 꽁초를 찬찬히 들여다보았다.

"글쎄, 그런 생각도 가능할 것 같군요. 상반신의 내장은 쉽게 꺼낼 수 있었을 겁니다. 그러나 하반신은 칼을 사용해야만 도려낼 수 있었을 겁니다. 그러니 그런 짓에 흥미가 없다면 하지 못했을 겁니다. 범인은 의학적인 훈련을 받았을 수도 있어요. 아니면 수의사 과정을 밟았을지도 모르죠. 아니면 박제 훈련을 받았거나 생물학 훈련을 받았을 수도 있죠. 또 LA시티스쿨에서 가르치는 생리학 강좌를 들었을 수도 있고 UCLA의 병리학 초급 과정을 수강했을 수도 있죠. 그러나 이것 한 가지만은 확실하게 말할 수 있겠군요. 저 여자는 발견된 시점에서 여섯 시간 내지 여덟 시간 전에 사망했어요. 그리고 수돗물이 흐르는 폐쇄된 곳에서 살해되었어요. 해리, 저 여자의 신원이 밝혀졌나요?"

시어즈는 대답을 하려고 했으나 잔뜩 긴장을 한 탓에, 안 그래도 더듬는 사람이 더 입을 떼지 못하고 있었다. 밀라드가 그의 어깨에 가볍게 손을 얹으며 대신 말해 주었다.

"이름은 엘리자베스 쇼트입니다."

검시관은 시가로 허공을 가볍게 찔렀다.

"엘리자베스, 신의 가호가 있기를. 러셀, 그녀에게 이런 짓을 한 새끼를 잡거든 불알을 한번 걷어차 주게. 그리고 그건 의학박사 프레더릭 D. 뉴바가 시킨 것이라고 해 주게. 자, 이제 모두 이 방에서 나가 주시오. 10분 뒤에 옥상에서 뛰어내려 자살한 사람을 검시해야 하니까."

엘리베이터에서 나오면서 나는 로의 목소리를 들었다. 평소보다 한 옥타브 높고 깊은 그의 목소리가 복도에 낭랑하게 울려 퍼졌다. "사랑스러운 젊은 여자의 생체 해부," "늑대 인간의 마음을 가진 정신병자," "나의 정치적 야심은 정의가 행해지는 것을 보고

자 하는 나의 욕망보다 크지 않습니다." 하는 등의 말소리가 들려왔다.

살인국 형사 대기실로 통하는 문을 열면서 나는 그 공화당원 검사가 녹음팀을 대기시켜 놓은 채 라디오 마이크에다 열변을 토하고 있는 광경을 보았다. 그는 양복 칼라에 미국재향군인회를 나타내는 양귀비 마크를 달고 있었다. 그 마크는 아마도 문서기록국 주차장에서 잠을 자던 주정뱅이 재향군인으로부터 샀을 것이다.

형사 대기실은 언론 플레이를 좋아하는 로의 추종자들이 차지하고 있었다. 그래서 나는 홀을 가로질러 티어니 국장의 사무실로 갔다. 리, 러스 밀라드, 해리 시어즈 그리고 고참 경관인 딕 카바노와 번 스미스가 잭 티어니 국장의 책상 주위에 서서 국장이 들고 있는 서류를 검토하고 있었다.

나는 해리의 어깨 너머로 서류를 보았다. 멋지게 생긴 검은 머리 아가씨 사진 석 장이 붙어 있었다. 그리고 그 옆에는 39번가 노턴 로에서 발견된 시체의 확대 사진이 석 장 붙어 있었다. 입이 쫙 찢어진 그 미소가 내 눈을 파고들었다. 잭 국장이 입을 열었다.

"이 사진은 샌타바버라 경찰서에서 부쳐 온 거야. 1943년 9월에 미성년자 음주 혐의로 쇼트를 입건했을 때 찍은 사진이야. 당시 샌타바버라에서는 그 여자를 매사추세츠에 있는 어머니에게로 돌려보냈다는군. 보스턴 경찰서에서 쇼트의 어머니와 한 시간 전에 접촉했대. 그녀는 내일 시체를 확인하기 위해 이리로 올 거야. 보스턴 경찰들이 동부 지역에서 배경 조사를 하고 있어. 그리고 이 사건에 배속된 경찰관들은 모두 휴가가 취소되었네. 이의 있는 사람은 이 참혹한 사진을 보도록 해. 그래 검시관이 뭐라고 하던가,

러스?"
"그 여자는 이틀 동안 고문을 당한 것 같다고 합니다. 사인은 입 안의 상처 때문이거나 머리를 심하게 맞았기 때문이랍니다. 강간당한 흔적은 없고 내장이 전부 도려내어졌습니다. 시체가 공터에 유기되기 여섯 내지 여덟 시간 전쯤에 사망했다고 합니다. 사망자에 대한 추가 정보는 더 없습니까?"
티어니는 책상 위에 놓인 서류들을 체크했다.
"미성년자 비행으로 체포된 것 말고는 별다른 게 없어. 여자 형제가 넷이고 부모는 이혼했고 전쟁 중에는 캠프 쿡의 피엑스에서 일했구먼. 아버지가 여기 LA에 살고 있어. 다음 조치는 뭐지?"
"그 사진을 가지고 레이머트 파크를 재조사해 보겠습니다. 나, 해리 그리고 다른 두 사람을 동원해서 말입니다. 그다음 유니버시티 지서로 가서 보고서를 읽고 전화를 받을까 합니다. 로 검사는 언론에 피살자의 사진을 공개했습니까?"
티어니는 고개를 끄덕거렸다.
"응, 그리고 베보 민즈 기자가 그러는데, 그녀의 아버지가 《타임스》와 《헤럴드》에다가 그 여자의 오래전 사진을 팔았대. 오늘자 석간신문 1면에 그 여자 사진이 나갈 거야."
"젠장."
그건 밀라드가 하는 유일한 욕설이었다.
"그 사진들은 잘도 숨어 있다가 느닷없이 나타나는군. 그 아버지는 취조해 보셨습니까?"
밀라드가 화난 목소리로 말했다. 티어니는 고개를 흔들더니 메모철을 몇 개 꺼냈다.

"그 여자의 아버지 클레오 쇼트는 윌셔 지구, 사우스킹슬리 1020에 살고 있어. 사람을 시켜서 어디 가지 못하게 해 놓았으니, 누가 가서 그자와 얘기를 해 봐야겠어. 러스, 변태 같은 놈들이 이 죽은 여자와 사랑에 빠졌다고 생각하나?"

"현재까지 자기가 그랬다고 고백하는 놈이 몇이나 됩니까?"

"열여덟이야."

"로 검사가 그 번드레한 말로 언론을 자극하면 고백자의 수가 두 배로 늘어날 겁니다."

"차장, 오히려 내가 언론을 자극했다고 생각되네. 범죄를 묘사하는 데는 내 글이 더 적당하지."

그때 엘리스 로가 문 앞까지 걸어와 떡 버티고 섰다. 프리츠 보겔과 빌 쾨니히는 로 뒤를 따라왔다. 밀라드는 언론 플레이 검사를 노려봤다.

"엘리스, 언론 플레이가 지나치면 오히려 방해가 돼요. 당신이 경찰관이라면 그 정도는 잘 알 텐데요."

밀라드의 말에 로는 얼굴을 붉혔다.

"나는 민간인과 경찰을 연결하는 연락관이야. 로스앤젤레스 시청으로부터 그 권한을 위임받았단 말이야."

"검사님, 당신은 민간인입니다."

밀라드가 미소를 지으며 말했다.

로는 짐짓 화난 표정을 짓더니 티어니에게 고개를 돌렸다.

"국장, 사람을 보내 피살자의 아버지와 얘기해 보았습니까?"

"아직 못 했소, 엘리스. 그렇지만 곧 할 거요."

티어니 국장이 말했다.

"보겔과 쾨니히를 보내는 게 어때요? 이 사람들이라면 우리가 알고 싶은 것을 물어다 줄 텐데."

티어니는 밀라드를 올려다보았다. 차장이 보일락 말락하게 머리를 젓자 티어니는 재빨리 말을 받았다.

"아, 엘리스, 이런 중요한 살인 사건에서는 실무 총책이 인원을 배정하는 겁니다. 그래. 러스, 누굴 보내는 게 좋겠나?"

밀라드는 카바노, 스미스, 나를 유심히 쳐다보았다. 리는 하품을 하면서 벽에 기댔다.

"블라이처트 그리고 블랜처드. 자네 둘이서 쇼트 양의 아버지를 심문하도록 하게. 그리고 내일 아침까지 유니버시티 지서로 심문 보고서를 제출해."

로는 목걸이에 걸려 있는 열쇠를 확 잡아 뗐다. 그러자 열쇠가 바닥에 떨어졌고 빌 쾨니히는 문턱 안으로 들어와 얼른 그걸 집어 들었다. 로는 몸을 홱 돌려 홀 쪽으로 걸어갔다. 보겔은 밀라드를 한번 쏘아보고 나서 로를 쫓아갔다.

"저치가 흑인 몇 명을 가스실로 보내더니 머리가 돌았나 봐."

위스키 냄새를 푹푹 풍기면서 해리 시어즈가 말했다.

"그 흑인들도 모두 자백을 했겠지."

번 스미스가 말했다.

"프리츠와 빌에게 걸리면 자백하지 않고는 못 배겨."

딕 카바노가 말했다.

"대가리에 똥밖에 안 든 아주 싸가지 없는 새끼야."

러스 밀라드가 말했다.

우리는 각자 다른 차를 타고 윌셔 지구로 가서 황혼녘에 사우스 킹슬리 1020에서 만나기로 했다. 그곳은 빅토리아풍으로 지은 대저택 뒤에 있는 반지하의 남루한 집이었다. 안에는 불이 켜져 있었다. 리는 하품을 입에 문 채 "좋은 사람 나쁜 사람 수법을 쓰자고." 하면서 벨을 눌렀다.

50대의 빼빼 마른 사람이 문을 열었다.

"경찰입니까?"

그는 사진 속의 여자처럼 검은 머리에 창백한 눈동자를 하고 있었다. 그러나 아버지로서 닮은 점은 그걸로 끝이었다. 엘리자베스 쇼트는 아주 아름다운 여자였지만 그 아버지는 형편없이 쇠락한 사람이었다. 뼈만 앙상한 몸을 펑퍼짐한 갈색 바지와 지저분한 셔츠로 감싸고 있었고, 어깨엔 온통 검버섯투성이였으며 주름진 얼굴에는 여드름 자국이 가득했다. 그는 집 내부를 가리키면서 말했다.

"나는 알리바이가 있소. 혹시 내가 저지른 게 아닌가 하고 생각할까 봐 그러는 거요. 나한텐 모기 똥구멍보다 더 단단하고 물샐틈없는 알리바이가 있으니까."

"쇼트 씨, 저는 블라이처트 형사이고, 여긴 제 파트너 블랜처드 반장입니다. 우선 따님의 죽음에 깊은 조의를 표하는 바입니다."

나는 좋은 사람을 한껏 가장하면서 부드럽게 말했다.

클레오 쇼트는 문을 쾅 닫았다.

"난 신문을 꾸준히 읽고 있소. 그리고 당신들이 누군지도 알고 있고. 당신들은 짐 제프리스와 붙었다면 1라운드도 버티지 못했을 거요. 조문은 고맙지만 나는 세라비(그것이 인생)라고 대답하겠소. 베티(엘리자베스의 약칭)는 자기가 곡목을 선택했으니 연주자에게 돈을 지불해야 했던 거요. 이 세상에 공짜는 없소. 내 알리바이를 알고 싶소?"

나는 너덜너덜 닳아빠진 소파에 앉아 방 안을 둘러보았다. 벽돌은 싸구려 소설 표지로 천장에서 마루까지 발라져 있었다. 가구라고는 소파 하나, 나무 의자 하나가 전부였다. 리는 수첩을 꺼냈다.

"그렇게 말하고 싶으면 어디 한번 말해 보시오."

쇼트는 의자에 털썩 주저앉아 발로 마룻바닥을 비벼 대기 시작했다. 마치 앞발로 흙을 파내는 멧돼지 같았다.

"나는 14일 화요일 오후 2시부터 5시까지 칼같이 직장에 나가 일했소. 그리고 이튿날인 15일은 하루 종일 일을 했고. 그러니 도합 27시간을 일한 거지. 그리고 그중 17시간은 잔업으로 처리되어 1.5배로 계산되었소. 나는 냉장고 수리 요원인데 서부에서 제일가는 기술자라오. 사우스베렌도 4831에 있는 프로스트 킹 설비 회사에서 근무하고 있고, 내 상사의 이름은 마이크 마즈매니언이오. 그에게 한번 전화해 보구려. 팝콘 터지는 소리보다 더 확실하게 내 알리바이를 입증해 줄 테니. 정말 완벽한 알리바이지."

리는 하품을 하면서 그의 말을 받아 적었다. 클레오 쇼트는 앙상한 가슴 위로 팔짱을 끼면서 어디 물어볼 게 있으면 물어보라는 태도를 취했다.

"쇼트 씨, 딸을 마지막으로 본 것이 언제였습니까?"

내가 물었다.

"베티는 1943년 봄에 서부로 왔소. 눈에는 별빛이 가득했고 마음속에는 환상이 꽉 찼지. 1930년 3월 1일 매사추세츠 주 찰스타운에 있는 그 지겨운 여편네를 떠나온 뒤로 그쪽에다 오줌도 싸지 않았소. 그랬는데 그 아이가 내게 편지를 보냈더라고. 100달러만 달라고. 그래서 나는……."

"여담은 집어치워요. 엘리자베스를 마지막으로 본 게 언제였습니까?"

리가 끼어들었다.

"파트너, 너무 윽박지르지 말아요. 협조적으로 나오고 있잖아요. 자, 계속해 보세요. 쇼트 씨."

클레오 쇼트는 의자에 푹 기대앉아 리를 노려보았다.

"저 친구가 끼어들지 않았더라면 금방 말해 버렸을 텐데……. 아무튼 나는 저금해 뒀던 돈을 털어서 베티에게 100달러를 보냈소. 서부로 오라고 말이오. 그리고 집안 청소를 깨끗이 하면 세 끼 밥을 먹여 주고 일주일에 5달러를 주겠다고 했소. 솔직히 말해서 대단히 후한 대우였지. 그러나 베티는 다른 생각이 있었던 거요. 그 아이는 청소에는 젬병이었소. 그래서 1943년 6월 2일자로 해고시켜 버렸소. 그때 이래로 본 적이 없다고."

나는 그 정보를 적고 나서 다시 물어보았다.

"그녀가 최근 LA에 있었다는 사실을 알고 있습니까?"

클레오 쇼트는 이제 리가 아니라 나를 째려보기 시작했다.

"몰랐소."

"그녀에게 당신이 알고 있는 적(敵)이 있었습니까?"

"그 애의 적이라면 자기 자신이지."

"영감, 그따위 말장난은 집어치워요."

리가 끼어들었다.

"계속 얘기하게 내버려 둡시다."

나는 리에게 나지막하게 속삭이고 나서 큰 목소리로 물었다.
"1943년 6월에 여길 나가서 엘리자베스는 어디로 갔습니까?"
쇼트는 리에게 손가락질을 했다.
"당신 친구가 나보고 영감이라고 했지? 그럼 자네 친구는 뭔지 아나? 바로 불한당일세. 남을 우습게 보면 자기도 업신여김을 당하는 거야. 게다가 난 호럴 본부장의 메이태그 821 모델 냉장고를 고쳐 준 적도 있는 사람이야. 난 정말 완벽하다고!"
리는 화장실로 걸어 들어가 물을 따르더니 알약을 몇 개 먹었다. 나는 아주 침착하게 선량한 경찰 노릇을 계속해 나갔다.
"쇼트 씨, 엘리자베스는 1943년 6월에 어디로 갔습니까?"
"저 시시한 권투 선수가 내 비위를 긁어 놓았다 이거야. 저자의 저 거만한 태도를 내 고쳐 놓고 말겠어."
"정말 그렇군요. 그래 베티는……."
"베티는 샌타바버라로 이사 가서 캠프 쿡의 피엑스에 취직했소. 7월에 엽서를 보내왔더군. 또 어떤 군인이 자기를 심하게 때렸다는 얘기도 했소. 그게 내가 마지막으로 들은 베티 소식이었소."
"그 엽서에 군인의 이름이 적혀 있던가요?"
"없었소."
"혹시 캠프 쿡에서 사귄 친구 이름 같은 것은 안 썼던가요?"
"없었소."
"남자 친구라도?"
"하!"
나는 펜을 내려놓았다.
"'하!'가 무슨 뜻입니까?"

그 노인이 너무 심하게 웃어서 나는 그의 앙상한 새가슴이 내려앉지 않을까 걱정되었다. 리는 화장실에서 걸어 나왔다. 나는 그에게 느긋하게 하자는 신호를 보냈다. 그는 고개를 끄덕인 뒤 내 옆에 앉았다. 우리는 쇼트의 웃음이 잦아질 때까지 기다렸다. 그가 다 웃고 나서 껄껄거리자 내가 다시 말을 꺼냈다.

"베티와 남자 친구 얘기를 좀 해 주십시오."

쇼트는 낄낄거렸다.

"그 애는 남자들을 좋아했고 마찬가지로 남자애들도 그 아이를 좋아했소. 베티는 질보다는 양이었지. 그리고 그 아이는 제 엄마하고는 달라서 치근덕거리는 놈팽이들에게 '안 돼!' 라고 말하는 적이 없었소."

"좀 더 구체적으로 말씀해 주세요. 이름, 날짜, 인상착의 등을 말입니다."

"자네는 링에서 싸운 상대가 많아 외워야 할 이름도 많았겠지. 아인슈타인도 베티의 남자 친구 이름은 다 외우지 못했을 거요. 내가 뭐 아인슈타인도 아니잖소."

"그럼 기억하고 있는 이름만이라도 가르쳐 주세요."

쇼트는 허리띠에다 양 엄지손가락을 끼우고 간질 걸린 사람처럼 온몸을 흔들기 시작했다.

"베티는 남자라면 사족을 못 썼고 특히 군인이라면 더욱더 좋아했지. 라운지 도마뱀(바나 호텔의 라운지를 얼쩡거리는 건달—옮긴이)이나 하얀 제복을 입은 군인들을 노골적으로 쫓아다녔소. 그 애는 여기서 집 안 청소를 하던 짧은 기간 동안 할리우드 블러바드를 배회하면서 군인들의 품에 안겨 술을 얻어먹었소. 그 애가 여기 있을 때 이 집은 미군 서비스 기관의 분점 같았다니까."

"그럼 당신 딸이 매춘부였다는 얘깁니까?"

리가 말했다.

쇼트는 어깨를 으쓱했다.

"나는 딸이 다섯이오. 그러니 그중 한 명이 잘못되어도 어쩔 수 없는 것 아니겠소."

리의 분노가 서서히 몸 밖으로 드러나기 시작했다. 나는 그의 팔에 손을 얹어 제지했다. 그러나 그의 피가 이미 펄펄 끓고 있음을 느낄 수 있었다.

"쇼트 씨, 이름은 기억나는 게 없나요?"

"톰, 딕, 해리, 이런 친구들은 나와 마주치면 얼른 베티를 데리고 어디론가 사라졌소. 그게 내가 말할 수 있는 정보의 전부요. 잘못을 저질러 봐야 얼마나 큰 잘못을 저질렀겠소?"

나는 수첩의 페이지를 넘겼다.

"그럼 직업은요? 베티는 여기 있을 때 일정한 직업을 갖고 있었습니까?"

"나를 위해 청소를 해 주는 거였지! 그애는 영화 일을 해 보고 싶다고 말했지만 그건 거짓말이었소! 고작 한다는 짓이 그 검은 옷을 입고 블러바드 거리를 쏘다니면서 남자들이나 꾀는 거였거든. 옷을 검정으로 물들인다면서 공연히 아까운 내 욕조만 망쳐 놓았지. 그래서 그 손해를 그 아이의 임금에서 빼려 했더니 그만 내빼고 말았소! 검은 옷을 입고 거미처럼 거리를 쏘다니더니……. 그렇게 당한 게 별로 놀랍지도 않소. 그건 개 엄마 잘못이지 내 잘못은 아니오. 그 밥맛 떨어지는 아일랜드 년! 아무튼 내 잘못은 없소."
 리는 손가락으로 목을 긋는 시늉을 했다. 우리는 클레오 쇼트가 사방에다 대고 악을 쓰게 내버려 두고 그 집을 나왔다.
 "지랄 같은 영감태기로군."
 "정말 그렇군요."
 나는 한숨을 내쉬며 대꾸했다.
 결국 우리는 클레오 쇼트로부터 미군 전원이 혐의자인 것 같다는 우스꽝스러운 진술만을 얻어 낸 것이었다.
 나는 주머니에 손을 넣어 동전을 찾아보았다.
 "동전을 던져 누가 보고서를 쓸지 정할까요?"
 "자네가 해. 나는 주니어 내시의 아지트로 가서 차량 번호를 뒤져 볼 테니까."
 "그리고 잠도 좀 자 두세요."
 "그러지."
 "그렇지만 당신이 자지 않을 거라는 걸 알아요."
 "도망간 놈을 그대로 내버려 둘 수는 없지. 이봐, 집에 가서 케이에게 말동무 좀 해 주지 않겠어? 그녀는 내 걱정을 많이 하는데 혼자 놔둬서 안됐어."
 나는 지난밤 39번가 노턴 로에서 나누었던 드 위트 얘기를 생각해 냈다. 우리 모두 잘 알고 있지만 감히 꺼낼 수 없었던 그 얘기, 케이만이 용감하게 드러낼 수 있었던 그 얘기.
 "그러지요, 리."
 케이는 주말이면 으레 그렇듯이 거실 소파에 앉아 책을 읽고 있었다. 그녀는 내가 들어왔는데도 고개도 쳐들지 않았다. 대신 나른하게 담배 연기를 내뿜으며 말했다.

"안녕, 드와이트."

나는 그녀와 커피 테이블을 사이에 두고 의자에 마주 앉았다.

"나라는 걸 어떻게 알았어요?"

"리는 쿵쿵거리며 들어오는데 당신은 아주 조심스럽게 들어오니까요."

케이가 책장 모서리를 접으면서 말했다.

"그거 상징적인 동작이로군요. 그렇지만 다른 사람에겐 얘기하지 말아요."

케이는 담배를 비벼 끄면서 책을 내려놓았다.

"당신, 걱정하고 있군요?"

"리는 죽은 여자 사건에 지나치게 빠져들고 있어요. 제정신이 아닐 정도라고요. 체포 영장이 발부된 녀석을 쫓아다녀야 할 때 일부러 그 여자 사건에 차출되도록 조치를 해 놓았어요. 게다가 벤제드린 알약까지 먹으면서 흥분하고 있는 것도 같고. 리가 그 사건 얘기를 하던가요?"

"약간."

케이가 고개를 끄덕였다.

"신문은 읽어 봤어요?"

"난 신문 일부러 안 읽어요."

"그 여자는 원자폭탄에 버금가는 큰 화제를 일으키고 있어요. 한 살인 사건에 100명이 넘게 투입되었어요. 엘리스 로는 이 사건을 출세의 발판으로 삼으려 하고 있고, 리는 주책없이 이 사건에 뛰어들고 있어요."

케이는 미소를 지으며 나의 비난을 받아들였다.
"드와이트, 당신은 월요일만 해도 1면 톱뉴스였지요. 그러다가 지금은 완전히 쉰 밥처럼 되어 버렸어요. 그래서 그 흉악한 강도를 꼭 붙잡아 다시 1면 머리기사에 오르고 싶은 거지요?"
"멋진 설명이로군요. 그렇지만 그건 부분적인 이유에 지나지 않아요."
"알아요. 그렇지만 일단 머리기사에 오르면 당신은 변덕이 발동해서 두문불출하고 신문을 읽지 않는 거예요."
"케이, 당신은 나보다 훨씬 더 똑똑하군요."
"그리고 당신이 너무 지나치게 조심하지 않았으면 좋겠어요. 드와이트, 우리는 어떻게 되는 거지요?"
"우리 셋 말인가요?"
"아니, 우리 둘 말이에요."
나는 나무, 가죽 그리고 크롬 장식을 댄 기구들이 들어찬 거실을 둘러보았다. 맨 먼저 유리로 댄 마호가니 캐비닛이 눈에 들어왔다. 거기에는 케이의 캐시미어 스웨터가 가득 들어 있었다. 한 벌에 적어도 40달러씩은 하는 온갖 색상의 옷들이었다. 그리고 경관의 사랑을 받아 창녀 같은 상태에서 사우스다코타 출신의 아름다운 여자로 변신한 케이가 내 앞에 앉아 있었다. 그 순간 나는 마음속에 있던 말을 처음으로 내뱉었다.
"당신은 그를 떠날 수 없어요. 여기 이 집을 떠나지 못해요. 만약 당신이 이 집에서 나간다면, 그리고 리와 내가 파트너 관계를 청산한다면 그때는 우리도 함께할 수 있는 기회가 있을지 모르죠. 그렇지만 당신은 이 집을 포기하지 않을 거예요."

케이는 천천히 담배에 불을 붙였다. 그녀는 담배 연기를 내뿜으며 말했다.
"당신은 리가 내게 어떻게 해 주었는지 알고 있군요."
"그리고 내게도 많이 베풀어 주었어요."
케이는 고개를 젖히고 마호가니 징두리 벽판을 대고 브러시드 스터코(보풀이 일게 만든 회반죽 세공——옮긴이)로 마무리한 천장을 쳐다보았다. 그녀는 담배 연기를 동그랗게 내뿜으며 말했다.
"난 마치 여고생처럼 당신에게 홀딱 빠졌어요. 보비 드 위트와 리는 나를 억지로 권투 경기장에 데려갔어요. 그래서 스케치북을 가지고 갔어요. 남자의 환심을 사기 위해 좋아하지도 않는 게임을 억지로 좋아하는 척하는 여자가 되고 싶지 않았기 때문이죠. 내가 좋아한 것은 당신이었어요. 뻐드렁니를 드러내며 바보처럼 웃는 것이 좋았고, 상대방의 펀치에 얻어맞지 않기 위해 가드를 올리는 모습도 좋았어요.
그러다가 당신은 경찰이 되었고, 리는 당신이 일본인 친구들을 밀고했다는 얘기를 내게 해 주었어요. 나는 밀고질을 했다고 해서 당신을 미워하지는 않았어요. 오히려 당신이 더 인간적으로 느껴지더군요. 다만 그 동화는 동화로 끝나지 않는 현실 속의 얘기였지요. 비록 부분적이긴 했지만. 그러다가 리와의 경기 얘기가 나왔어요. 나는 그 경기가 싫었지만 리에게는 해 보라고 했어요. 우리 세 사람은 운명적으로 그렇게 엮어져 있다는 생각이 들었기 때문이었죠."
나는 우리 두 사람에 대한 진실된 얘기가 열 가지도 더 생각났다. 그러나 그 생각을 말할 수 없었다. 그래서 리를 보호해 주겠다는 말을 했다.

"당신이 보비 드 위트 건 때문에 걱정하지 않았으면 해요. 그가 가출옥하면 나는 그에게 그림자처럼 따라붙을 겁니다. 그자가 당신이나 리 근처에 얼씬도 못 하게 할 겁니다."

케이는 천장에서 눈을 떼더니 이상한 눈빛으로 나를 한참 쳐다보았다. 굳은 표정이었으나 속으로는 슬퍼하는 것 같았다.

"보비 걱정은 하지 않아요. 리는 충분히 그자를 대적할 수 있어요."

"나는 리가 그자를 두려워한다고 생각했습니다."

"그건 그래요. 그러나 그건 보비가 나에 대해 너무 많이 알기 때문이에요. 리는 보비가 나에 대해서 악담을 하고 다닐까 봐 두려운 거예요. 그런데도 신경 쓰는 사람이 없다는 것을 안타까워했지요."

"난 신경 써요. 내가 그림자처럼 따라붙으면 드 위트는 입을 열 기회가 없을 겁니다."

케이는 일어섰다.

"당신은 그렇게 부드러운 마음을 가졌으면서도 단호한 데가 있군요. 이만 자야겠어요. 잘 자요, 드와이트."

케이의 침실에서는 슈베르트 4중주곡이 흘러나왔다. 나는 필기구함에서 펜과 종이를 꺼내 엘리자베스 쇼트의 아버지를 만난 결과 보고서를 쓰기 시작했다. 완벽한 알리바이, 1943년 아버지와 함께 살 때의 그녀의 행동거지, 캠프 쿡에서 구타당한 이야기, 수많은 남자 친구들과 데이트한 얘기 등을 썼다. 보고서를 불필요할 정도로 자세히 쓰다 보니 나는 잠시나마 케이 생각을 하지 않게 되었다. 보고서를 마친 뒤 나는 햄샌드위치 두 개와 우유 한 잔을 먹은 다음 소파에 몸을 뉘었다.

나는 최근에 취급한 범죄자들의 증명 사진이 나오는 꿈을 꾸었다. 꿈속에서 엘리스 로는 범죄자의 가슴에 중죄인 번호를 쓰는 정의의 사도로 나왔다. 베티 쇼트는 백차에 엘리스와 함께 타고 있었다. 그녀의 정면과 옆얼굴이 보였다. 그 뒤의 모든 얼굴은 LA 경찰 본부의 보고서 양식으로 바뀌어 한없이 이어졌다. 나는 빈 양식에 주니어 내시의 소재(所在)를 적어 넣었다. 문득 나는 두통을 느끼면서 잠에서 깨었다. 나는 또다시 긴 하루의 시작을 예감했다.

벌써 새벽이었다. 나는 현관에 나가 조간 《헤럴드》를 집어 들었다. 머리기사는 「고문 살인 사건, 남자 친구가 주요 단서」라고 나와 있었다. 그리고 바로 밑의 한가운데에는 엘리자베스 쇼트의 얼굴 사진이 실려 있었다. 사진 밑에는 "블랙 달리아"라는 굵은 글자가 찍혀 있었다. 본문 기사는 다음과 같았다.

당국은 오늘 늑대 살인마의 희생자인 22세 된 엘리자베스 쇼트의 애정 행각을 조사할 예정이다. 그녀의 친구들 증언에 따르면, 쇼트의 로맨스는 그녀를 완전히 바꾸어 놓았다고 한다. 한 순진한 소녀를 검은 옷을 입고 남자에 미친 타락녀(일명 블랙 달리아)로 변모시켰다는 것이다.

그때 케이가 내 옆에 와서 섰다. 그녀는 신문을 내게서 낚아채더니 1면 기사를 대충 읽고 나서 몸을 부르르 떨었다. 그녀는 신문를 다시 건네주면서 물었다.

"이 사건이 곧 해결될 수 있을까요?"

나는 신문을 넘겨 보았다. 엘리자베스 쇼트 기사가 여섯 쪽이나 차지하고 있었다. 대부분의 기사는 그녀를 몸에 꽉 끼는 검은 드레스를 입은 요부로 묘사하고 있었다.

"아니야, 그렇지 않아."

나는 나지막이 중얼거렸다.

기자들이 유니버시티 지서를 둘러쌌다. 주차장에는 차가 꽉 들어찼고 모퉁이 길에는 무전기를 장착한 트럭들이 줄지어 서 있었다. 나는 불법 주차를 하고 와이퍼 밑에다 "경찰 공용 차량"이라는 알림장을 끼워 넣은 뒤 기자들의 대열을 뚫고 들어갔다. 나는 얼굴을 들키지 않기 위해 일부러 고개를 숙였다. 그러나 아무런 소용이 없었다. "버키!" 또는 "블라이처트!" 하고 날 부르는 소리가 여기저기서 들려왔고 어떤 사람은 내 옷을 잡아당겼다. 그 바람에 내 상의 주머니가 찢어져서 너덜거렸지만, 어쨌든 나는 간신히 그 대열을 뚫고서 안으로 들어갈 수 있었다.

현관에는 일직을 서고 있는 정복 경찰들로 꽉 차 있었다. 현관문을 밀고 들어가니 사람들로 북적거리는 경관 대기실이 나왔다. 벽 쪽에는 침대가 놓여 있었다. 리는 신문으로 다리를 가린 채 그 침대에 누워 자고 있었다. 내 주위의 책상에서는 전화벨이 쉴 새 없이 울렸다. 나는 다시 머리가 지끈거렸고 이번 두통은 전보다 두 배는 더 심했다. 엘리스 로는 공고판에다 서류 쪽지를 붙이고 있었다. 내가 그의 등을 세게 잡아당기자 그가 고개를 돌렸다.

"난 이 서커스에서 빠지고 싶습니다. 난 영장국 소속이지 살인국 형사가 아닙니다. 게다가 잡아야 할 범인도 있어요. 나의 파견 조치를 지금 즉시 취소해 주십시오."

"안 돼. 자네는 내 부하야. 그리고 난 자네가 쇼트 사건에 전력을 다해 주길 바라네. 이건 엄연한 명령이야. 절대로 취소할 수 없어. 그리고 자네에게만 특별 대우를 해 달라는 그런 주문은 받아들일 수 없어. 알았나?"

"엘리스, 젠장!"

"나를 엘리스라고 부르려면 최소한 반장은 돼야지. 반장으로 진급할 때까진 로 씨라고 불러 주게. 자, 이제 가서 밀라드의 범죄 상황 보고서를 읽어 봐."

나는 대기실 뒤쪽으로 달려갔다. 러스 밀라드는 자기 책상에다 다리를 높이 올려놓고 잠을 자고 있었다. 거기서 한 1미터 떨어진 코르크 게시판 위에 타이핑된 종이 넉 장이 가지런히 붙어 있었다. 나는 그것을 읽어 보았다.

제1차 요약 보고

형사 범죄 번호 187

피살자: 쇼트, 엘리자베스 앤, 여자

출생년월일: 1924년 7월 29일

파일 일시: 1947년 1월 17일 0600시

다음은 레이머트 파크 39번가 노턴 로에서 1947년 1월 15일에 발견된 엘리자베스 쇼트에 대한 1차 요약 보고이다.

1. 현재까지 33명의 가짜 자백자가 나타났다. 가짜 자백자가 분명한 자는 석방되었고, 횡설수설하거나 앞뒤가 맞지 않는 자백자는 교도소에 구류시킨 뒤 알리바이 체크와 정신 감정 결과를 대기 중이다. 성적 도착자는 경찰 본부 자문 정신과 의사인 드리버 씨가 검사 중인데, 필요한 자료는 형사국에서 지원하고 있다. 아직 구체적인 결과는 없다.

2. 1차 검시 결과 피살자의 사망 원인은 예리한 칼로 양쪽 귀까지 입을 찢겼기 때문인 것으로 알려졌다. 사망 당시 피 속에는 알코올이나 마약 성분이 없는 것으로 판명되었다.(구체적인 것은 사건 관련 서류 14-187-47을 볼 것)

3. 보스턴 경찰서가 엘리자베스 쇼트의 가족과 남자 친구들에 대한 배경 조사를 하고 있다. 특히 사건 당시 남자 친구들이 어디 있었는지 알리바이를 조사 중이다. 쇼트의 아버지인 클레오 쇼트는 충분한 알리바이를 갖고 있어서 용의 대상에서 제외되었다.

4. 캠프 쿡의 군 수사대는 엘리자베스 쇼트가 1943년 9월 캠프 쿡의 피엑스에서 근무할 때 군인에게 구타당했다는 제보와 관련, 수사를 펴고 있다. 쇼트는 1943년 9월에는 미성년 음주로 체포된 적도 있다. 군 수사대는 그녀가 체포될 때 함께 체포되었던 군인들은 모두 해외 근무 중이기 때문에 수사 대상에서 제외된다고 알려왔다.

5. 엘리자베스 쇼트의 옷을 찾아내기 위해 시내 전역의 하수도를 뒤지고 있는 중이다. 발견된 여자의 옷은 모두 중앙범죄검사실에서 분석될 예정이다.(구체적인 것은 범죄검사실의 요약 보고를 참고)

6. 시내 전역에서 벌어진 현장 조사 보고서(1947년 1월 12~15일)는 종합 검토되었다. 그 보고서에서 한 가지 단서가 제공되었다. 1월 13일과 14일 밤에 H. W. 힐스 지역에서 '좀 이상한 사람 소리'가 났다는 것이다. 조사 결과 파티를 벌이던 사람들이 흥에 겨워 낸 소리라고 한다. 현장에 나간 경관들은 이 단서를 무시할 것.

7. 신원이 확인된 전화 제보. 쇼트는 1946년 12월 한 달 내내 엘베라 프렌치 부인의 집에서 보냈다고 한다. 피살자는 프렌치 부인의 딸인 도로시를 도로시가 일하는 영화관에서 만났다는 것이다. 그리고 도로시에게 자기는 남편에게 버림받았다는(확인되지 않은) 얘기를 했다고 한다. 프렌치 부부가 피살자를 한 달 동안 집안에 유숙시켜 주는 동안 피살자는 모순되는 얘기를 많이 했다고 한다. 공군 소령의 과부라는 둥, 해군 비행사의 애를 가졌다는 둥, 육군 항공대 소속 장교와 약혼을 했다는 둥의 얘기를 했다. 피살자는 프렌치 집에 기숙하는 동안 많은 남자와 빈번하게 데이트를 했다고 한다(자세한 것은 14-187-47 인터뷰 기록을 볼 것).

8. 엘리자베스 쇼트는 레드라고 하는 남자와 1947년 1월 9일 프렌치의 집을 나갔다. 레드는 백인 남자이고 나이 25~30세 가량이며, 키 170~180센티미터 정도에 붉은 머리와 푸른 눈을 가진 미남이라고 한다. 레드는 세일즈맨일 것으로 보인다. 헌팅턴 파크 번호판이 붙은 전전(戰前)에 제작된 다지 세단을 몰고 다녔다. 이 차량에 대한 크로스 체크가 현재 진행 중이다. 레드에 대해서는 전국 지명 수배가 내려져 있다.

9. 확인된 정보. 캘리포니아 주 리버사이드에 사는 밸 고든(백인 여자)이라는 여자가 전화를 해 왔다. 그 여자는 사망한 공군 소

령 매트 고든의 누나인데 엘리자베스 쇼트가 그녀와 부모에게 1946년 가을에 편지를 썼다는 것이다. 고든 소령이 비행기 충돌 사고로 사망한 직후였다고 한다. 피살자는 자기가 고든 소령의 약혼녀라고 거짓말을 하면서 유족들에게 돈을 요구했다고 한다. 부모와 고든 양은 그 요구를 거절했다.

10. 엘리자베스 쇼트의 여행용 가방이 LA 시내의 고속철도 사무실에서 발견되었다. 고속철도 직원이 신문에서 피살자의 이름과 얼굴을 보고 1946년 11월 후반에 피살자가 맡겨 놓은 트렁크를 기억해 냈다. 이 가방은 완벽하게 조사가 되었다. 내용물은 그녀가 여러 남자(대부분 군인)에게 보낸 연애 편지 사본 100통과 그녀에게 보내는 몇십 통의 회신이었다. 또한 엘리자베스 쇼트가 제복을 입은 군인과 찍은 사진도 여러 장 발견되었다. 편지는 현재 샅샅이 검토되고 있으며 해당 남자들의 이름과 인상착의를 조사 중이다.

11. 신원이 확인된 전화 제보. 전 공군 중위인 J. G. 피클링이 모빌 신문에 난 쇼트의 사진을 보고 앨라배마 주 모빌에서 전화를 해 왔다. 그와 피살자는 1943년 후반 보스턴에서 잠깐 동안 관계를 가졌는데 그때도 그녀는 사귀는 남자 친구가 열 명 정도는 되었다고 한다. 피클링은 피살 당시 확실한 알리바이가 있어서 용의 대상에서 제외되었다. 그는 엘리자베스 쇼트와 약혼한 사실이 없다고 말했다.

12. LA 경찰 본부와 휘하 경찰서에는 다양한 제보가 전화로 접수되고 있다. 정신이상자의 제보는 무시되지만 기타 쓸모 있는 제보는 본부 살인국을 경유하여 각 경찰서에 보내지고 있다. 모든 제보는 크로스 체크되고 있다.

13. 주소 확인 정보. 엘리자베스 쇼트는 1946년에 아래 주소에서 살았다. 주소 다음에 나오는 이름은 그 주소를 알려 준 사람이거나 혹은 그 주소에서 살고 있는 사람이다. 린다 마틴을 제외한 모든 사람은 자료관리국 자료에 의해 확인되었다.
· 13-A-1611-N, 오렌지 닥터, 할리우드(해럴드 코스타, 도널드 레이스, 마조리 그레이엄).
· 6024, 카를로스 애버뉴, 할리우드 1842 N, 체로키, 할리우드 (린다 마틴, 셰릴 새든).
· 53 린덴, 롱비치.

14. 레이머트 파크의 공터를 조사한 과학수사대의 결과. 여자의 옷은 발견되지 않았고, 여러 가지 칼과 칼날이 발견되었으나 너무 녹이 슬어 살인 흉기는 아닌 것으로 판정되었다. 혈흔은 발견되지 않았다.

15. 피살자의 사진을 가지고 레이머트 파크 일대를 탐문한 결과 아무런 성과도 없었다.(가끔 의견을 제시하는 사람도 있었으나 모두 쓸데없는 얘기들이었음)

결론적으로 본관은 수사의 총력을 피살자의 주변 인물 탐문에 집중시켜야 한다고 생각한다. 특히 엘리자베스 쇼트의 많은 남자 친구들을 샅샅이 조사해야 한다. 시어즈 반장과 본관은 샌디에이고의 관련자를 조사하기 위해 그곳으로 날아갈 예정이다. 레드라는 남자에 대해서 전국 지명 수배를 내리고 LA의 관련자들을 조사해 나가다 보면 뭔가 구체적인 정보가 나올 것으로 예상한다.

본부 살인국 차장 경찰번호 493,
러셀 A. 밀라드

고개를 돌리니 밀라드가 나를 쳐다보고 있었다.
"그걸 읽고 난 지금 무슨 생각이 드나?"
"차장님, 이렇게까지 광범위하게 수사망을 펼 정도로 그 여자 사건이 중요합니까?"
내가 찢어진 주머니를 만지작거리며 물었다.
밀라드는 미소를 지었다. 그는 비록 구겨진 옷을 입고 면도를 못해 수염이 텁수룩했지만 눈빛은 노련한 수사관다운 예리함으로 반짝이고 있었다.
"그럴 가치가 있다고 생각하네. 자네 파트너도 동의했고."
"차장님, 리는 복수의 대상으로 범인을 찾고 있는 겁니다."
"러스라고 불러 주게."
"그러죠, 러스."
"그래, 자네와 블랜처드는 피살자의 아버지에게서 뭐 좀 얻어 낸거 있나?"
나는 밀라드에게 보고서를 내밀었다.
"특별한 것은 없었습니다. 그 여자가 창녀였다는 확신만 얻었을 뿐입니다. 도대체 블랙 달리아라는 얘기가 어디서 튀어나온 겁니까?"
밀라드는 의자의 팔걸이를 손바닥으로 내리쳤다.
"그건 베보 민즈 기자가 만들어 낸 거라네. 그가 롱비치로 가서 그 여자가 지난여름 묵었던 호텔의 접수계원과 얘기를 해 보았는데, 접수계원 말이 베티 쇼트는 언제나 몸에 꼭 끼는 검은 드레스만 입었다는 거야. 그래서 베보 민즈는 그 순간 앨런 라드가 주연한 영화 「푸른 달리아」가 떠올라 쇼트에게 블랙 달리아라는 이름을 붙이기로 했다는군. 하루에도 가짜 자백자가 열 명씩이나 나서는 판이니 블랙 달리아라는 이미지도 그럴듯하다는 생각이 드는군. 해리는 자백자 몇 명을 조사한 뒤에 이렇게 말했다네. '범인이 아니었더라도 결국에는 할리우드가 그 여자를 망쳐 놓고 말았을 겁니다.' 버키, 자네는 아주 유능한 경관이야. 이 건에 대해 자네는 어떻게 생각하나?"

"나는 영장국 본연의 업무로 돌아가고 싶습니다. 나를 위해 로에게 잘 말해 주시겠습니까?"

밀라드는 고개를 저었다.

"그렇게 할 수는 없네. 아까 자네의 생각을 물었네. 이제 대답해 주겠는가?"

나는 반항하고 싶은 충동, 아니 애걸하고 싶은 충동을 간신히 억눌렀다.

"그 여자는 엉뚱한 시간, 엉뚱한 장소에서 시원찮은 남자에게 '예스'라고 하기도 하고 '노'라고 하기도 했어요. 뭐 닳아빠지는 것이냐고 생각하면서 수많은 남자들에게 몸을 내맡겼지요. 말하자면 진실을 얘기하는 방법을 몰랐던 겁니다. 그러니 무수하게 많은 남자 중에서 범인을 찾는 것은 바다를 말려 진주를 찾아내는 거나 다름없을 겁니다."

밀라드는 의자에서 일어나 몸을 쫙 폈다.

"이봐, 유능한 경관. 할리우드 지서로 가서 빌 쾨니히를 만나게. 그리고 둘이서 상황 보고서에 나와 있는 주소지를 찾아가 거기 살고 있는 사람들을 심문해 봐. 특히 남자 친구에 신경 쓰라고. 쾨니히를 잘 감시하고 심문 보고서는 꼭 자네가 써. 쾨니히는 까막눈이나 다름없으니까. 심문을 다 끝내면 이리 와서 내게 보고하도록 해."

머리가 지끈거리던 것이 이제 편두통으로 바뀌었다. 그렇지만 밀라드의 지시를 이행해야 했다. 나는 거리로 다시 나서기 전에 경관들이 떼로 몰려 베티 쇼트의 연애 편지를 읽으면서 킥킥거리는 소리를 귓등으로 들었다.

나는 할리우드 지서에서 쾨니히를 태우고 그와 함께 카를로스 애버뉴로 갔다. 차가 6024번지 앞에 이르렀을 때 그에게 물었다.

"반장님, 당신은 나보다 선임입니다. 이 조사 건을 어떻게 진행하시겠습니까?"

쾨니히는 커다란 소리를 내며 헛기침을 하더니 목구멍 위로 끌어 올린 가래를 도로 삼켰다.

"물어보는 것은 프리츠가 주로 했는데 오늘은 아파서 집에서 쉬고 있어. 자네가 물어보지, 나는 뒤에서 망을 볼게."

그는 상의를 열어서 허리띠에 매달려 있는 가죽 권총 지갑을 내보였다.

"자네, 이 조사가 힘으로 하는 거라고 생각하나?"

"말로 해도 될 것 같습니다."

나는 그렇게 내뱉으면서 차에서 내렸다.

6024번지의 현관 층계에는 한 노파가 앉아 있었다. 3층짜리 집 앞 잔디밭에는 '세놓을 방 있음'이라는 간판이 꽂혀 있었다. 노파는 내가 다가가자 성경책을 덮으면서 말했다.

"젊은이, 대단히 미안하지만 나는 신원이 확실한 직업여성에게만 방을 세놓는다우."

나는 경찰 신분증을 내보였다.

"부인, 우린 경찰입니다. 당신에게 베티 쇼트에 대해 물어보러 왔어요."

"난 그 여자 이름을 베스라고 기억하고 있는데."

노파는 잔디밭 한구석에서 궁상맞게 콧구멍을 쑤시고 있는 쾨니히를 찌푸리며 쳐다보았다.

"아, 저 사람은 단서를 찾고 있는 중이에요."

"아니 콧구멍 속에 단서가 들어 있나? 도대체 베스를 죽인 건 누구야, 경관?"

노파가 콧방귀를 뀌며 말했다. 나는 펜과 수첩을 꺼내 들었다.

"범인을 찾기 위해 우리가 이렇게 나온 겁니다. 이름이 어떻게 되시죠?"

"로레타 제인웨이야. 라디오에서 베스의 이름이 흘러나오길래 경찰에 신고했수."

"제인웨이 할머니, 엘리자베스 쇼트는 언제 이곳에서 살았죠?"

"라디오 뉴스를 듣는 즉시 기록을 뒤져 보았지. 베스는 지난 9월 14일부터 10월 19일까지 3층 뒷방에 묵었더랬어."

"그녀는 누군가의 소개를 받고 여길 찾아왔습니까?"

"아니야. 난 그 당시를 아주 생생하게 기억해. 베스는 아주 예쁜 여자였으니까. 베스는 노크를 하고 방 안으로 들어오더니 길을 가다가 간판을 보았다고 했어. 자신은 영화배우 지망생인데 큰 행운을 잡을 때까지 비싸지 않은 방에 좀 묵어야겠다고 했지. 그래서 나는 전에도 당신 같은 여자를 만난 적이 있는데 배우가 되려면 우선 그 우악스러운 보스턴 사투리부터 없애는 게 좋겠다고 말해 주었지. 그랬더니 베스는 슬쩍 웃으면서 '이제 곧 좋은 남자가 많이 나타나서 이 사투리를 고쳐 줄 거예요.' 하더군. 그런데 그렇게 말할 때는 사투리가 전혀 안 나오는 거야. 그러고는 '보세요. 시키는 대로 잘하지요?' 하면서 내 비위를 맞추려고 애썼어. 그래서 영화배우 지망생에게 방을 세놓지 않는다는 원칙을 깨고 방을 내줬지."

나는 노파의 말을 수첩에다 적고 또 물었다.

"베스는 방세를 착실히 냈나요?"

노파는 고개를 저었다.

"신이여, 그녀의 명복을 비나이다. 베스는 아주 속을 썩였지. 그래서 영화배우 지망생에게는 세를 놓지 않는다는 원칙을 어긴 나 자신을 얼마나 원망했는지 몰라. 방세를 잘 안 내는 건 물론이고 식료품을 사기 위해 패물을 전당 잡히는 것은 비일비재했어. 게다가 방세를 주 단위에서 일 단위로 바꿔 달라고 조르기도 했지. 하루에 1달러로 하자는 거야! 만약 세꾼들 하자는 대로 했다간 내 장부는 500쪽이어도 모자랐을 거야."

"베스는 다른 세 든 사람들과 잘 어울렸나요?"

"아니, 전혀. 3층 뒷방엔 계단이 따로 있어. 그래서 베스는 다른 여자 애들처럼 앞문으로 들어올 필요가 없었지. 그리고 일요일 오후 예배 시간 이후에 내가 애들을 위해 베푸는 다과 모임에도 참석하지 않았어. 베스는 교회에 가는 적이 없었지. 그러면서 뭐라는 줄 알아? '여자 애들은 아주 가끔 수다 떨기에나 알맞을 뿐이에요. 그렇지만 남자라면 언제든지 환영이에요.' 그러니 뭐 뻔하지 않아?"

"할머니, 가장 중요한 질문을 하나 드리겠습니다. 베스는 여기 살 적에 남자 친구가 있었나요?"

노파는 성경책을 집어 들더니 가슴을 끌어안았다.

"경관 나리, 만약 베스의 남자 친구들이 다른 여자 애들의 남자 친구처럼 정문으로 들어왔다면 나도 그들을 보았겠지. 나는 죽은 사람을 욕되게 하고 싶지는 않아. 그렇지만 깊은 밤에 3층 뒷방으로 올라가는 남자의 발소리를 들은 게 한두 번이 아니야."

"베스가 나쁘게 생각하는 남자 이름을 말한 적이 있나요? 혹시 그녀가 두려워하는 사람이라도?"

"없었어."

"그녀를 마지막으로 본 게 언제였습니까?"

"그녀가 이사 나간 10월 말께였어. '아주 따뜻한 남자를 발견했어.' 라고 캘리포니아 여자가 다 된 말투로 말했어."

"어디로 이사 간다고 말하던가요?"

"아니."

노파는 은밀한 표정으로 내게 고개를 숙이면서 쾨니히를 가리켰다. 그는 차에 기대어 서서 사타구니를 슥슥 긁고 있었다.

"저 사람 말이야, 왜 저렇게 불결해? 위생에 좀 신경 쓰라고 해. 솔직히 말해서 구역질이 나서 못 봐 주겠어."

"감사합니다, 제인웨이 할머니."

나는 차로 돌아와 운전대를 잡았다.
"저 노파가 나보고 뭐라고 하는 것 같던데?"
쾨니히가 툴툴거리는 목소리로 물었다.
"당신이 귀엽다고 하더군요."
"귀엽다고?"
"예."
"그 밖에 또 뭐라고 말했나?"
"당신 같은 남자를 보면 다시 젊어지고 싶은 생각이 든대요."
"그래?"
"그 노파에게 당신은 유부남이니까 언감생심 꿈도 꾸지 말라고 했어요."
"난 결혼 안 했는데."
"압니다."
"근데 왜 그렇게 말했나?"
나는 차량의 흐름 속으로 파고들었다.
"경찰서로 연애 편지라도 보내면 어떻게 하려고요."
"아, 그렇군. 그런데 그 노파가 프리츠 얘기는 안 하던가?"
"그 노파가 프리츠도 압니까?"
쾨니히는 마치 내가 정박아라도 되는 양 멍한 표정으로 쳐다보았다.
"수많은 사람들이 프리츠의 등 뒤에서 그의 말을 하고 있지."
"뭐라고 하는데요?"
"주로 거짓말이야."
"어떤 거짓말을요?"

"아주 질 나쁜 거짓말이지."

"가령······."

"가령 프리츠가 범죄행정국에 근무할 때 온갖 창녀와 그 짓을 하고 돌아다녀 몹쓸 매독에 걸렸다는 따위지. 그래서 한 달간 휴가를 얻어 수은 치료를 받았다는 거야. 사생활이 그렇게 더러우니까 형사국으로 전보되었다는 얘기도 있고. 말짱 다 거짓말이야. 개중에는 더 악질적인 소문도 있지."

나는 등줄기로 서늘한 기운이 번지는 것을 느꼈다.

"예를 들면요?"

쾨니히는 내게 몸을 기대었다.

"블라이처트, 자네, 내게서 뭔가를 알아내려는 거지? 프리츠에 대해서 나쁜 말을 퍼트리려고 말이야."

"아닙니다. 그냥 궁금해서 그래요."

"궁금증 때문에 신세 조진 놈이 하나 둘이 아니라는 건 자네도 잘 알지? 명심해."

"명심하겠습니다. 빌, 그런데 반장 시험에는 어떤 문제가 나옵니까?"

"난 몰라."

"뭐라고요?"

"프리츠가 대리 시험을 쳐 줬어. 블라이처트, 남의 일에 대해 그렇게 알려고 하지 마. 난 남이 내 파트너에 대해 나쁘게 말하는 건 묵과할 수 없어."

커다란 스터코 아파트인 1842번지가 눈앞에 나타났다. 나는 차를 길가에 세운 뒤 "이것도 말로 물어보면 돼요." 하고 말했다. 아

아파트 604동에는 S. 새든을 포함하여 아홉 명의 이름이 벽의 안내판에 나와 있었으나 린다 마틴은 없었다. 나는 엘리베이터를 타고 6층으로 올라가서 마리화나 냄새가 희미하게 나는 복도를 걸어가 문을 두드렸다. 음악이 잦아들면서 문이 열렸다. 독특한 이집트 복장을 한 젊은 여자가 종이로 이겨 만든 머리 장식을 든 채 문 뒤에 서 있었다.

"RKO 영화사에서 나온 운전사 양반인가요?"

"경찰이오."

당장 문이 내 눈앞에서 찰칵 닫혔다. 화장실 변기의 물을 내리는 소리가 들렸다. 그 여자는 잠시 뒤 다시 문을 열었다. 나는 들어오라고 하지도 않았는데 방 안으로 밀고 들어갔다. 거실은 천장이 높은 아치형이었다. 벽에는 허름해 보이는 침대가 놓여 있었고 활짝 열린 장롱 문틈으로 여행용 가방, 손가방, 대형 트렁크 등이 보였다. 그리고 리놀륨 테이블이 매트리스도 없는 철제 침대에 직각으로 세워졌다. 테이블에는 화장품과 화장 거울이 놓여 있고, 테이블 옆의 마룻바닥에는 버려진 루즈와 파우더가 먼지와 뒤범벅이 되어 있었다.

"뭐예요? 지난번 무단 횡단 범칙금을 내지 않아서 그래요? 난 RKO 영화사에서 「어머니 무덤의 저주」라는 영화에 엑스트라로 출연하면서 사흘씩이나 일을 했어요. 거기서 일한 돈이 나오면 범칙금을 낼게요. 그럼 됐나요?"

"이건 엘리자베스 쇼트에 대한 거요. 이름이 어떻게 되나요?"

그 여자는 커다란 신음 소리를 냈다.

"새든이에요. 셰릴 새든. 이봐요, 오늘 아침에도 전화로 경찰관과 얘기를 나눴어요. 말을 심하게 더듬었는데, 무슨 반장이라더군요. 베티에 대해서, 또 그 애의 남자 친구에 대해서 꼬치꼬치 캐물었어요. 그래서 자세하게 아는 대로 다 말해 주었어요. 여기 있는 여자들은 교제하는 남자가 한둘이 아니고 또 그 교제라는 게 대부분 하룻밤의 짧은 인연이라고 말이에요. 베티는 11월 초에서 12월 초까지 여기서 살았고 또 여기 있는 여자 애들처럼 방세를 하루에 1달러씩 내면서 있었어요. 그리고 그 애가 어떤 녀석하고 사귀었는지는 잘 모르겠어요. 기억나는 이름이 없다고요. 자, 이제 됐어요? 엑스트라를 태우는 트럭이 올 때가 됐어요. 일 나갈 때가 됐다고요."

셰릴 새든은 숨을 헐떡거렸고 이집트 복장 때문에 땀을 뻘뻘 흘리고 있었다. 나는 철제 침대를 가리켰다.

"자, 저기 가서 앉아요. 그리고 내 질문에 대답해요. 그렇지 않으면 당신을 마리화나 소지 혐의로 체포하겠소. 당신, 아까 화장실 변기에다 마리화나 버렸지?"

사흘간 엑스트라로 출연한다는 클레오파트라 복장의 여자는 줄리어스 시저도 움츠러들 정도로 표독스럽게 나를 째려보았다.

"첫째 질문. 린다 마틴이 여기 살고 있나요?"

셰릴 새든은 철제 침대에서 담뱃갑을 집어 들더니 담배 한 개비에 불을 붙였다.

"나는 말더듬이 반장에게 이미 다 말했어요. 베티는 린다 마틴 얘기를 한두 번 했어요. 그녀는 베티가 얻어 놓은 다른 집, 저기 드롱프레와 오렌지에 있는 숙소에서 베티와 함께 지냈어요. 그리고 사람을 체포하려면 증거가 있어야 해요. 그건 알죠?"

나는 펜과 수첩을 꺼내 들었다.

"베티에게 적이 없었나요? 그녀를 죽이겠다고 한 사람이라도?"

"베티의 문제는 적이 아니에요. 오히려 친구가 너무 많아 문제였어요. 내 말뜻 이해하죠? 남자 친구 말이에요."

"멋진 대답이로군요. 그래, 그녀에게 위협을 가한 남자는 하나도 없었나요?"

"그런 남자는 없었던 것 같아요. 이봐요, 이거 좀 빨리 끝낼 수 없어요?"

"침착해요. 베티는 여기서 묵을 때 무슨 일을 했나요?"

셰릴 새든은 콧방귀를 뀌었다.

"일? 웃기는 소리 하지 마세요. 베티는 일을 한 적이 없어요. 여기 있는 다른 여자들한테서 푼돈을 비럭질했어요. 그리고 블러바드 거리로 나가서 노틀들에게 술과 밥을 얻어먹었어요. 두 번 정도 사나흘 어디론가 사라졌다가는 돈을 들고 나타났어요. 그리고 돈의 출처에 대해서 황당한 얘기를 지껄이고 다녔어요. 베티는 거짓말을 밥 먹듯 해서 아무도 그 애 얘기를 믿어 주지 않았어요."

"그 황당하다는 얘기 좀 해 봐요. 그리고 베티가 어떤 거짓말을 했는지도요."

셰릴은 담배를 비벼 끄고 나서 또 한 개비에 불을 붙여 물었다. 그녀는 잠시 아무 말도 없이 담배만 피웠다. 나는 그녀가 배우 기질이 발동해서 베티 쇼트를 희화화하는 일에 흥미를 느끼고 있음을 알 수 있었다.

"신문에 난 블랙 달리아 얘기는 잘 알고 있겠죠?"

마침내 그녀가 입을 열었다.

"알고 있소."

"베티는 다른 여자 애들과 영화사를 들를 때면 배역 담당자에게 깊은 인상을 주기 위해 늘 검은 옷을 입었어요. 그렇지만 영화사에 가는 일은 그렇게 많지 않았어요. 그 애는 게을러터져서 매일 대낮까지 늦잠을 잤거든요. 그러나 어떤 때는 아버지가 돌아가셨기 때문에, 혹은 전쟁 중에 죽은 군인들에 대한 추모로 검은 옷을 입는다고 말하기도 했어요. 그러다가 다음 날에는 느닷없이 아버지가 살아 계신다고 말하는 거예요. 이틀 정도 사라졌다가 돈을 가지고 돌아와서 어떤 애한테는 부자 아저씨가 죽으면서 돈을 남겨 주었다고 말하고, 또 다른 애한테는 포커를 해서 돈을 땄다고 말하기도 했어요. 베티는 이런저런 전쟁 영웅과 결혼한 적이 있다는 얘기를 골백번도 더 했어요. 이제 어렴풋이 그림이 그려져요?"

"알겠소. 아주 생생하군요. 이제 화제를 바꿉시다."

"좋아요. 미일 평화협정 같은 국제적인 얘기는 어때요?"

"그런 거 말고 영화 얘기는 어때요? 여자 애들은 영화에 출연하고 싶어 안달이죠?"

셰릴은 나를 잡아먹을 듯한 표정을 지었다.

"난 이미 출연했어요.「쿠가 여자」,「환상적 거고일의 공격」,「달콤하구나, 꿀이여」 등에 출연했다고요."

"축하합니다. 베티는 영화에 출연한 적이 있나요?"

"있을 거예요. 한 번 정도. 그렇지만 거짓말을 하도 많이 하고 다녔으니까 알 수 없어요."

"좀 더 자세히 얘기해 줄 수 없겠소?"

"추수감사절 때 6층에 사는 여자 애들이 간단한 파티를 열었어요. 그때 베티가 얼굴이 상기된 채 맥주 두 박스를 사 가지고 왔어요. 영화에 출연하게 되었다고 자랑을 하면서 말이에요. 그러면서 감독이 주었다는 소형 망원경을 자랑했어요. 여기 있는 애들은 영화 관계자들이 주는 싸구려 망원경을 많이 갖고 있어요. 그렇지만 베티가 자랑한 건 진짜 비싼 거였어요. 줄이 달려 있고 벨벳 케이스가 있는 거더라고요. 아무튼 베티는 그날 저녁 구름 위에 떠 있는 것처럼 기분이 좋았어요. 그러면서 황홀한 얘기만 해 댔어요."

"영화 제목을 말하던가요?"

"아니요."

셰릴은 머리를 저으며 말했다.

"그 영화와 관련된 사람 이름을 말하던가요?"

"말했을지 몰라도 기억이 나질 않네요."

나는 방 안을 한번 둘러보았다. 하룻밤에 1달러인 철제 침대가 열두 대나 벽에 바싹 붙어 놓여 있었다. 집주인이 누군지 모르겠지만 금방 돈 벌겠다는 생각이 들었다.

"배역을 따기 위해 몸을 준다는 말이 있던데······."

가짜 클레오파트라의 눈꼬리가 치켜 올라갔다.

"그런 씨알도 안 먹히는 소린 나한테 하지 말아요. 이 몸은 그런 일이 한 번도 없으니까."

"그럼 베티 쇼트는?"

"그랬을지도 모르죠."

그때 자동차 경적 소리가 들려왔다. 나는 창문 쪽으로 걸어가 밖을 내려다보았다. 뒤 트렁크에 여남은 명의 클레오파트라와 파라오를 실은 트럭이 내 차 바로 뒤에 주차하고 있었다. 내가 셰릴에게 작별 인사를 하기 위해 돌아섰을 때 그녀는 이미 문밖으로 나서고 있었다.

밀라드의 보고서에 나온 마지막 주소는 노스 오렌지 드라이브의 1611번지였다. 그 집은 할리우드 고등학교 뒤편에 자리 잡은 모텔이었다. 내가 모텔 앞에 불법 주차를 하자 쾨니히는 뭔가 생각하면서 콧구멍을 쑤시는 동작을 그만두었다. 그는 현관 층계에 앉아 신문을 읽고 있는 두 남자를 가리켰다.

"저 남자들은 내가 맡을 테니까 자네는 여자들을 맡도록 해. 저 자들 이름 알고 있나?"

"해럴드 코스타와 도널드 레이스일 겁니다. 그렇지만 반장님, 좀 피곤해 보이시는군요. 그냥 차에 앉아 기다리지 그러세요?"

"아니야, 너무 지겨워. 저 자식들에게 뭐라고 물어볼까?"

"반장님, 제가 알아서 하겠습니다."

"아까 신세 조진 놈 얘기해 주었지? 프리츠가 없다고 해서 엉터리 같은 수작을 하려는 놈은 신세를 조질 수밖에 없어. 저 자식들을 체포하려면 어떻게 해야지?"

"반장님……."

"난 자네 선임이야. 그러니 내가 시키는 대로 하란 말이야!"

쾨니히가 내 얼굴에 침을 튀기며 말했다.

"우선 알리바이가 있나 확인하고 베티 쇼트가 매춘 행위를 한 적이 있나 알아봐 주십시오."

나는 그의 얼굴이 붉어지는 것을 보면서 말했다.

쾨니히는 대답은 하지 않고 콧방귀를 킁 하고 한번 뀌었다. 나는 한달음에 잔디밭 계단을 달려갔다. 두 남자는 내가 지나가게 길을 비켜 주었다. 현관문을 여니 초라한 거실이 나왔다. 젊은이들이 모여 앉아 담배를 피우며 영화 잡지를 보고 있었다.

"경찰이다. 린다 마틴, 마조리 그레이엄, 해럴드 코스타 그리고 도널드 레이스를 찾고 있다."

"내가 마조리 그레이엄이에요. 헬과 돈은 바깥에 있어요."

헐렁한 양장을 입은 블론드 머리가 《포토플레이》의 한 귀퉁이를 접으며 말했다. 나머지 사람들은 벌떡 일어나 복도로 나갔다. 마치 내가 흑사병을 옮기는 쥐라도 되는 양 피하는 눈치였다.

"엘리자베스 쇼트 건으로 뭣 좀 물어보러 왔소. 혹시 당신들 중에서 그 여자에 대해 알고 있는 사람이 있나요?"

그중 절반 이상이 모른다고 머리를 저었다. 충격을 받은 표정, 슬퍼하는 표정 등 각양각색이었다.

"너 똑바로 불어! 쇼트란 년이 창녀질을 하고 다녔지?"

바깥에서 쾨니히의 고함 소리가 들려왔다.

"나는 경찰에 신고한 사람이에요. 경관 양반, 린다가 베티에 대해 알고 있다고 생각했기 때문에 린다 이름도 말해 주었어요."

"그럼 저 바깥에 있는 친구들은 좀 압니까?"

내가 문 바깥을 가리키며 물었다.

"돈과 해럴드 말이에요? 그들은 모두 베티와 데이트를 했어요. 경찰에서 단서를 수집하러 다닐 것이라 생각하고 해럴드는 경찰에다 자진 신고를 했어요. 도대체 저 바깥에서 소리 지르는 사람은 누구예요?"

나는 그 질문을 못 들은 척하면서 마조리 그레이엄 옆에 앉아 수첩을 꺼냈다.

"내가 모르는 베티에 대한 정보가 있습니까? 내게 구체적인 사실을 알려 줄 수 있습니까? 남자 친구의 이름, 인상착의, 그들이 만난 날짜, 혹시 적은 없었는지? 또 그녀를 죽일 만한 이유를 가진 남자 친구가 있었는지?"

그 여자는 몸을 움찔했다. 나도 모르게 언성을 높인 것 같아 다시 목소리를 낮추며 말했다.

"그럼 우선 구체적인 날짜부터 시작해 봅시다. 베티는 언제 여기 살았나요?"

"12월 초였어요. 그녀가 여기 처음 왔을 때 우린 거실에 앉아 진주만 피폭 5주기 라디오 방송을 들었기 때문에 생생하게 기억하고 있어요."

"그럼 12월 7일이라는 말인가요?"

"그래요."

"그래 베티가 여기 얼마나 오래 있었나요?"

"고작 일주일 정도였을 거예요."

"그녀는 이곳을 어떻게 알게 됐죠?"

"아마도 린다 마틴이 얘기해 주었을 거예요."

밀라드의 보고서에 의하면 베티 쇼트는 12월의 대부분을 샌디에이고에서 보냈다고 되어 있었다.

"그러니까 들어온 지 얼마 안 되어 곧 나갔군요?"

"그래요."

"그레이엄 양, 왜 그랬을까요? 베티는 지난가을 세 군데에서 생활했어요. 그리고 그곳들은 모두 할리우드에 있었어요. 왜 그렇게 돌아다닌 걸까요?"

마조리 그레이엄은 지갑에서 휴지를 꺼내 만지작거렸다.

"확실한 이유는 모르겠어요."

"질투를 느낀 남자 친구가 그녀를 따라다니며 협박을 했나요?"

"그렇지는 않을 거예요."

"그레이엄 양, 당신 생각은 어떻습니까?"

마조리는 한숨을 내쉬었다.

"경찰 아저씨, 베티는 사람을 이용했어요. 애들에게 돈을 빌린 뒤에 자꾸 얘기를 꾸며 냈어요. 그리고⋯⋯ 아무튼 여기 사는 애들 중에는 냉정한 애들이 꽤 있거든요. 내 생각에 그 애들이 베티의 뱃속을 훤히 꿰뚫어본 것 같아요."

"베티에 대해서 좀 얘기해 주세요. 당신은 그녀를 좋아했죠?"

"예. 그 애는 상냥하고 믿음이 가고 또 어딘지 모르게 멍청했어요. 그리고⋯⋯ 어딘가 홀린 데가 있어요. 그걸 홀렸다고 해도 좋을지 모르겠지만, 어쨌든 독특한 재주가 있었어요. 가령 남의 환심을 사기 위해선 무슨 짓이든 다 하려고 했어요. 그리고 같이 어울리는 사람들을 금방 따라 하곤 했지요. 예를 들면, 여기 있는 애들은 모두 담배를 피워요. 그래서 베티도 애들과 어울리려고 담배를 피웠지요. 그 애는 천식 환자였기 때문에 자기 몸엔 나쁜 줄 알고 있었고, 게다가 담배를 별로 좋아하지 않았는데도 그랬어요. 그 애는 언제나 남들처럼 말하고 행동하려 했어요. 그렇지만 그런 흉내를 낼 적에도 베티는 베티였을 뿐이에요. 그녀는 베티, 베스 같은 엘리자베스를 줄인 여러 이름으로 때에 따라 다르게 불렸어요."

나는 그 슬픈 정보를 머릿속에 기억해 두었다.

"당신과 베티는 주로 어떤 얘기를 나누었습니까?"

"나는 주로 베티가 말하는 것을 듣기만 했어요. 여기 거실에 같이 앉아 라디오를 들었지요. 그러면 베티는 이런저런 얘기를 했어요. 전쟁 영웅 조 중위, 매트 소령 같은 사람과의 사랑 얘기도 하고 그 밖에 다른 얘기도 했지요. 나는 그 얘기가 다 꾸며 낸 얘기란 걸 알고 있었어요. 어떤 때는 영화배우가 되고 싶다고 말하기도 했어요. 검은 옷을 입고 길거리를 걸어다니면 곧 눈에 띄어 배우가 될 거라고 했지요. 그런 얘기를 들으면 나는 짜증이 났어요. 난 연기 강좌를 수강하고 있는데 연기는 정말 힘들고 어려운 것이거든요."

나는 셰릴 새든에게서 얻은 정보를 그녀에게 물어보았다.

"그레이엄 양, 베티가 11월 말경에 영화에 출연했다는 말은 하지 않았습니까?"

"했어요. 여기 오던 첫날 밤 그 얘기를 자랑스럽게 늘어놓더군요. 자기가 공동 주연으로 출연했다면서 망원경을 자랑스럽게 꺼내 보이더군요. 남자애들이 그녀에게 구체적인 얘기를 추궁하니까 한 애한테 파라마운트 사라고 했다가 다른 애한테는 폭스 사라고 했대요. 나는 그 애가 사람들의 주의를 끌기 위해 거짓말을 하고 있다고 생각했어요."

나는 수첩의 깨끗한 쪽에다 "이름"이라고 적고 그 밑에 밑줄을 세 번 그었다.

"마조리, 이름이 기억나는 게 있습니까? 베티의 남자 친구나 그녀가 같이 다닌 친구들 말입니다."

"그녀가 돈 레이스와 해럴드 코스타와 데이트하는 건 보았어요. 그리고 해군 사병과 함께 있는 것도 보았어요. 그리고……."

마조리는 말을 끊었다. 나는 그녀의 눈에서 주저하는 눈빛을 읽었다.

"마조리, 걱정하지 말고 털어놔요."

마조리의 목소리는 아주 가늘어졌다.

"그녀가 여기서 나가기 직전에 베티 쇼트와 린다 마틴이 블러바드 거리에서 덩치 크고 나이 든 여자와 얘기하는 것을 보았어요. 그 여자는 신사복을 입고 남자처럼 머리를 짧게 깎고 있었어요. 그 여자랑 만나는 건 딱 한 번 봤으니까 아마 별일이 아닐지도……."

"그럼 그 나이 든 여자가 레즈비언이었다는 말입니까?"

마조리는 천천히 머리를 끄덕이더니 화장지를 한 장 뽑아 들었다. 빌 쾨니히가 거실 안으로 들어서더니 나를 향해 손가락을 까딱해 보였다. 나는 그에게 걸어갔다. 그는 나지막한 목소리로 속삭였다.

"저자들이 나발 불었어. 그 죽은 여자는 말이야, 돈이 아주 쪼들릴 때는 가랑이를 살짝 벌리기도 했다는군. 로 씨에게 그 사실을 전화로 보고했더니, 그 죽은 년이 여염집 처녀인 것처럼 해야 좋은 사건이 되니까 입을 꼭 다물라고 하더군."

나는 레즈비언 정보를 말하고 싶은 충동을 간신히 억제했다. 지방 검사와 그의 추종자들이 그 정보마저도 감출 것이 너무 뻔했기 때문이었다.

"내가 여기서 간단히 진술서를 받아 낼 테니까 반장님은 그 친구들한테서 진술서를 받아 내십시오."

쾨니히는 낄낄거리며 웃더니 다시 바깥으로 나갔다. 나는 마조리에게 조용히 앉아 있으라고 말한 뒤 로비 뒤쪽으로 걸어갔다. 숙박 데스크 위에는 숙박 대장이 펼쳐진 채로 놓여 있었다. 나는 카운터에 서서 숙박 대장을 슬쩍 넘겨 보았다. 아이 같은 글씨로 "린다 마틴, 14호."라고 쓰여 있는 게 보였다.

나는 그 방으로 연결된 1층 복도를 걸어가 방문을 두드렸다. 5초가 지나도 아무도 나오지 않자 나는 손잡이를 잡고 비틀어 보았다. 손잡이는 스르르 돌아갔다. 그것은 흐트러진 침대밖에 없는 아주 작고 비좁은 방이었다. 나는 옷장 속을 들여다보았다. 텅 비어 있었다. 침대 옆 작은 탁자에는 「늑대 인간의 살인 행위」라는 부분이 위로 접힌 어제 신문이 놓여 있었다. 그때 나는 린다 마틴이 도피 중인 소녀라는 감을 잡았다. 나는 마룻바닥에 꿇어앉아 침대 밑으로 손을 넣어 휘저어 보았다. 평평한 물체가 손에 잡히기에 꺼내 보았다.

그것은 붉은 플라스틱으로 만든 동전 지갑이었다. 열어 보았더니 동전 몇 개와 아이오와 주에 있는 콘허스커 고등학교의 학생증이 들어 있었다. 학생증에는 로나 마틸코바라는 이름과 함께 생년월일이 적혀 있었고, 교표 밑에는 아름다운 소녀의 사진이 붙어 있었다. 내 마음속에서는 이미 청소년 도망자 체포 영장 양식이 타이핑되고 있었다.

그때 마조리 그레이엄이 문턱에 나타났다. 나는 학생증을 그녀에게 내밀었다.

"린다예요. 오, 그 앤 겨우 열다섯밖에 안 됐어요."

"할리우드에서는 영계도 아니야. 중닭이라고 할 수 있지. 이 애를 마지막으로 본 건 언제요?"

"오늘 아침이에요. 그 아이에겐 내가 경찰에 신고했다는 얘기를 해 주었어요. 그리고 곧 베티에 대해 물어보러 올 거라고 했어요. 그게 잘못한 일인가요?"

"당신이 린다가 도망치리라는 건 생각하지 못했을 테니까 잘못한 일도 아니지요. 아무튼 고맙소."

마조리는 미소를 지어 보였다. 나는 그녀가 하루빨리 이 속절없는 영화의 땅에서 벗어나기를 마음속으로 빌었다. 그러나 미소만 지었을 뿐 그 말을 입 밖으로 드러내지는 않았다.

밖으로 나와 보니 빌 쾨니히는 사열을 받는 사령관처럼 서 있었다. 도널드 레이스와 해럴드 코스타는 뒤통수를 여러 차례 얻어맞은 사람처럼 얼굴이 하얘져서 긴 의자에 널브러져 있었다.

"저자들은 죽이지 않았다는군."

쾨니히가 말했다.

"바보 같은 수작 집어치워요, 셜록."

내가 톡 쏘아붙였다.

"내 이름은 셜록이 아니야."

"글쎄 허튼수작은 집어치우라니까요."

"뭐라고?"

할리우드 지서에서 나는 영장국 경찰의 특권을 발휘하여 로나 마틸코바 즉 린다 마틴 앞으로 청소년 도피자 구속 영장과 제1급 증인영장을 발급했다. 그리고 그 지서의 일직 사령에게 보고서 양식을 남겨 놓았다. 그 일직 사령은 한 시간 내에 전국 지명 수배가 내려질 것이며 노스 오렌지 드라이브 1611번지 경관을 보내 그 집의 입주자들에게 린다 마틴의 소재를 탐문시키겠노라고 말했다.

그런 조치들을 먼저 작성해 놓은 다음 나는 각 주소지를 찾아가 탐문한 내용을 보고서로 작성했다. 나는 보고서에서 베티 쇼트가 상습적인 거짓말쟁이며, 1946년 11월 영화에 출연한 적이 있음을 강조했다. 보고서를 마치기 전에 나는 마조리 그레이엄이 말한 나이 든 레즈비언에 대한 정보를 쓸까 말까 망설였다. 만약 엘리스 로가 이 정보를 알게 된다면 베티가 한때 창녀 짓을 했다는 정보와 함께 묵살해 버릴 거란 생각이 들었다. 그래서 나는 그 정보를 보고서에는 쓰지 않고 밀라드에게 구두 보고하기로 마음먹었다.

경관 대기실에서 나는 영화배우 조합과 중앙배역회사로 전화를 걸어 엘리자베스 쇼트에 대해 물어보았다. 조합 직원은 조합원 중에 그런 이름은 없으며, 엘리자베스라는 이름으로 등록된 배우도 없다고 대답했다. 따라서 베티가 할리우드의 합법적인 영화에 출연했을 가능성은 희박해 보였다. 나는 그 영화 출연이 베티가 만들어 낸 동화이고, 망원경은 동화를 떠받쳐 주는 소도구가 아니었을까 생각하면서 수화기를 내려놓았다.

늦은 오후였다. 쾨니히와 동행하지 않아도 된다니 암에 걸려 죽다가 살아난 기분이었다. 베티 쇼트와 관련된 세 번의 방문 조사는 베티를 잘 아는 계기가 되었고, 특히 그녀가 이 지상에서 보낸 마지막 몇 달 동안의 비참한 삶을 엿보는 기회가 되었다. 나는 너무 피곤하고 배가 고파 집으로 돌아가 샌드위치를 먹고 낮잠을 자야겠다는 생각을 했다. 그리고 다시 원기를 회복하여 블랙 달리아

쇼의 2막을 볼 작정이었다.

케이와 리는 식당 테이블 주위에 서서 39번가 노턴 로에서 찍은 범죄 현장 사진을 검토하고 있었다. 베티 쇼트의 으깨어진 머리, 찢어진 유방, 텅 빈 복부, 쫙 벌어진 다리 등이 찍힌 사진이었다. 모두 광택지에 인화된 번들거리는 흑백 사진이었다. 케이는 신경질적으로 담배 연기를 내뿜으며 사진을 흘끔거리고 있었다. 사진을 내려다보고 있던 리의 얼굴이 걸레처럼 구겨졌다. 마치 외계에서 온 벤제드린 인간 같았다. 둘 다 내게는 아무 말도 하지 않았다. 나는 LA 역사상 가장 유명한 피살체의 효과를 극적으로 높여 주기 위한 엑스트라처럼 거기 서 있었다.

"안녕, 드와이트."

마침내 케이가 말했다.

리는 떨리는 손가락으로 참혹하게 파괴된 상반신 확대 사진을 가리키고 있었다.

"이건 우연히 이루어진 소행이 아니야. 틀림없어. 어떤 작자가 길거리에서 그녀를 납치해서 어디론가 데려가 고문을 한 뒤에 공터에다 내다 버린 거야. 번 스미스가 그랬어. 젠장, 이런 짓을 한 자는 분명 이유가 있었을 거야. 그리고 온 세상에다 그 사실을 알리고 싶었던 거야. 끔찍하게도 이틀 동안이나 저 여자를 난도질한 거야. 케이, 당신은 의예과에 다닌 적이 있지? 살인범이 의학 훈련을 받은 놈일까? 가령 정신이 돌아 버린 의사는 아닐까?"

"리, 드와이트가 왔어요."

케이가 담배를 비벼 끄며 말했다.

리는 몸을 홱 돌렸다.

"파트너……."

내가 먼저 입을 열었다.

리는 윙크와 미소와 말하기를 동시에 하려고 애썼다. 그러나 결과는 일그러진 얼굴뿐이었다.

"버키, 케이가 하는 말 좀 들어 봐. 비싼 돈 들여 대학에 보냈더니 이제 좀 효과가 나려는가 봐."

리는 간신히 말을 내뱉었다.

나는 그의 일그러진 얼굴을 보지 않으려고 고개를 돌렸다.

케이의 목소리는 부드럽고 끈기가 있었다.

"이런 추리는 물론 모두 쓸모없는 것이에요. 하지만 리, 당신이 식사를 좀 하면서 진정한다면 나도 나름대로 추리를 한번 해 볼게요."

"추리? 그거 좋지. 어디 한번 말해 봐."

"물론 이건 추측에 불과해요. 하지만 내 생각에 살인범은 두 명일 것 같아요. 고문한 자국은 아주 거칠기 짝이 없는 반면, 피살자가 죽고 난 다음에 상하반신을 절단한 것이나 내장을 도려낸 수법을 보면 아주 정밀해요. 하지만 살인범이 한 명일 수도 있어요. 살인범은 여자를 죽이고 나서 다소 정신을 차렸다가 잔인하게 몸통을 절단하고 내장을 도려내었을 수도 있지요. 그렇지만 절단된 시체에서 내장을 도려내는 것은 누구나 할 수 있다고 봐요. 나는 정신이상이 된 의사는 영화에서나 나오는 것이라고 생각해요. 리, 좀 진정해요. 그 알약 좀 그만 먹고 뭔가 좀 먹어요. 드와이트가 하는 말 좀 들어 보세요. 저 사람도 같은 말을 할 거예요."

나는 리를 쳐다보았다.

"난 너무 흥분돼서 아무것도 먹을 수가 없어."

그러면서 리는 내가 금방 들어오기라도 한 것처럼 물었다.

"헤이, 파트너. 오늘 우리의 여자에 대해서 뭐 좀 알아낸 거 있나?"

나는 리에게 그 여자는 경찰 병력을 100명씩이나 동원해 수사할 가치가 있는 여자가 아니라고 말해 주고 싶었다. 그리고 그 여자가 레즈비언일지도 모른다는 것과 밥 먹듯이 거짓말을 하고 다녔다는 사실을 얘기해 주고 싶었다. 그러나 각성제에 취한 리의 얼굴을 보니 차마 그 말을 할 수가 없었다.

"당신이 이처럼 괴로워해야 할 이유를 찾아내지 못했어요. 당신이 퀜틴 감옥으로 보낸 악당이 가출옥을 사흘 남겨 놓고 있는 이 시점에서 당신이 이처럼 무력해지는 이유를 모르겠군요. 이렇게 맥 빠진 오빠를 어린 여동생이 하늘에서 내려다보고 있다고 한번 생각해 보세요. 그녀 생각을 한번……."

나는 리의 외계인 같은 얼굴에서 눈물이 주르르 흘러내리는 것을 보고 말을 멈추었다. 그는 자신의 여동생 얘기가 나오자 넋을 잃고 서 있었다. 케이가 우리 둘 사이로 걸어 들어와 우리의 어깨에다 손을 얹었다. 나는 방을 뛰쳐나왔고 안에서는 리가 하염없이 흐느껴 울고 있었다.

유니버시티 지서는 블랙 달리아 사건에 관심이 많은 경관들의 또 하나의 전초 기지가 되었다. 경관 휴게실에는 범인 맞추기 도박표가 마련되어 있었다. 조잡하게 그려진 크랩 테이블 형태의 표에는 "해결: 2대 1로 지불" "우연한 섹스 사건: 4대 1로 지불" "미

제: 본전" "남자 친구: 1대 4로 지불" "레드: 용의자가 잡히기 전까지 배분 비율 미정" 등으로 나누어져 내기돈이 걸려 있었다. 지서 내의 물주로 샤이너 반장이 임명되었고, 여태까지 사람들이 가장 많이 건 곳은 남자 친구 쪽으로 약 열 명 정도의 경관이 돈을 걸었다. 그들은 40달러를 따기 위해 각각 10달러씩 건 것이었다.

경관 대기실에서는 더 우스꽝스러운 일이 벌어지고 있었다. 누군가가 동강 난 싸구려 검은 드레스를 문 입구에다 걸어 놓았고, 술이 얼근하게 취한 해리 시어즈는 흑인 청소부 아주머니 주위에서 왈츠를 추면서 청소부 아주머니를 진짜 블랙 달리아라고 소개했다. 그리고 그녀가 빌리 홀리데이 이후 가장 유명한 흑인 여가수라고도 말했다. 경관들은 해리의 휴대용 술병을 돌려 가며 한 모금씩 나눠 마셨고, 청소부 아주머니는 껄떡거리며 찬송가를 불러 댔다. 그 와중에 한쪽에서는 다른 경관들이 한 손으로 귀를 막고 전화 통화를 하느라 애를 먹고 있었다.

다른 업무를 보고 있는 사람들도 바쁘기는 마찬가지였다. 우선 자료관리국 등록 건수와 헌팅턴 파크 거리 안내 정보를 가지고 작업을 하던 사람들은 베티 쇼트와 함께 샌디에이고를 떠났다는 레드에 대한 단서를 종합하고 있었다. 다른 사람들은 베티의 연애 편지를 읽고 있었고, 경관 둘은 자료관리국 경찰 전화선을 이용하여 리가 어젯밤 주니어 내시의 아지트에서 잠복하면서 얻어 온 차량 번호를 확인하고 있었다.

밀라드와 로는 퇴근하고 없었다. 나는 탐문 보고서와 내가 발급한 영장에 대한 메모를 "현장 파견 형사 보고서"라고 씌어진 커다란 정리 상자 안에 던져 넣었다. 그리고 얼른 지서를 나와 버렸다.

나는 고위 간부가 나를 불러 그 서커스를 계속 참관하자고 할까 봐 두려웠던 것이다.

할 일을 마치고 나니 리 생각이 났다. 리를 생각하면 차라리 경관 대기실로 돌아가고 싶었다. 적어도 대기실에서는 죽은 여자를 놓고 농지거리라도 할 수 있었으니까. 나는 리만 생각하면 은근히 화가 났다. 그래서 나는 전문 총잡이, 주니어 내시를 생각하기 시작했다. 내시야말로 질투가 나서 애인을 죽였다고 거짓 자백해 온 허풍쟁이 50명과 비교가 안 될 정도로 위험한 인물이었기 때문이다. 나는 흥분이 되어 본연의 영장국 경관으로 되돌아가, 혹시 내시를 잡을지도 모르다는 생각에 레이머트 파크를 기웃거렸다.

그렇지만 블랙 달리아로부터 도망칠 방도가 없었다. 39번가 노턴 로를 지나가니 공터를 배회하는 깡패들이 보였고, 아이스크림 장사꾼과 핫도그 장사꾼이 목청 높여 손님을 부르는 소리가 들렸다. 한 노파는 39번가와 크렌쇼 사이에 있는 바 앞에서 베티 쇼트 초상화를 팔고 있었다. 그 잘난 클레오 쇼트가 상당한 돈을 먹고 사진의 원판을 내놓지 않았을까 하는 생각이 들었다. 그러다가 나는 엉뚱한 생각들을 털어 버리고 다시 본연의 임무를 시작했다.

나는 사우스 크렌쇼와 사우스 웨스턴 일대를 돌아다니면서 꼬박 다섯 시간을 보냈다. 내시의 사진을 보여 주면서 흑인 여자 아이를 강간한 미성년자 추행범으로 죄질이 나쁜 놈이라고 설명하고 다녔으나 모두들 모른다는 대답뿐이었고 어떤 사람은 이렇게 되물었다.

"그 어여쁜 달리아를 난도질한 범인은 왜 잡지 않는 겁니까?"

밤이 깊어 갈수록 나는 리의 거짓 보고대로 주니어 내시가 정말

LA 지역에서 사라진 게 아닐까 하고 생각하게 되었다. 결국 나는 흥분이 가라앉기도 전에 다시 달리아 서커스에 합류했다.

나는 햄버거 하나로 허겁지겁 저녁을 때운 뒤 범죄행정국 야간 당직 번호로 전화를 걸어 레즈비언들이 잘 모이는 곳을 물어보았다. 야간 당직원은 범죄행정국의 정보 파일을 검색하더니 칵테일 라운지 세 곳을 알려 주었다. 모두 밸리에 있는 벤투라 블러바드의 같은 블록에 위치해 있었다. 라운지의 이름은 각각 더치스, 스웽크 스포트, 라번 하이드어웨이였다. 전화를 막 끊으려고 하는데 당직원은 이들 라운지가 시에 편입되지 않은 군 지역에 있기 때문에 해당 군 경찰서 관할이지, LA 경찰 본부 소관은 아니라고 말해 주었다. 그러니 무슨 일이 있으면 그쪽 경찰서로 넘기라고 일러 주었다.

나는 밸리 지역으로 차를 몰고 나가면서 관할권 따위는 생각하지 않았다. 그보다는 여자끼리는 어떻게 성행위를 하는지 그것이 궁금했다. 물론 레즈비언 타입의 여자를 생각한 것이 아니라 과거에 권투 경기가 끝나면 선수에게 몸을 주었던 그런 여자들을 생각했다. 그런 여자들은 겉은 거칠었으나 속마음은 부드러웠다. 차후엥가 언덕을 넘어가면서 나는 레즈비언 여자 두 명을 구체적으로 상상해 보려 애썼다. 그러나 내가 생각해 낼 수 있는 것은 그들의 육체와 레즈비언들이 바르는 약품 따위뿐이었다. 말하자면 그들의 얼굴은 상상해 낼 수 없었던 것이다. 나는 베티와 린다의 얼굴을 거기다 대입시켜 보았다. 그들의 피살자 사진과 학생증 사진에다 권투 경기가 끝난 후 몸을 풀던 여자들의 몸매를 뒤섞어서 상상해 보았다. 그 그림은 점점 더 구체적으로 되었다. 어느새 벤투라 블러바드가 눈앞에 다가왔다. 나는 이제 곧 여자들끼리 사랑을 나누는 현장을 목격하게 될 것이다.

스웽크 스포트는 통나무 정문과 서부 영화의 살롱에서 볼 수 있는 이중 회전문이 달린 집이었다. 내부는 비좁고 조명도 아주 흐릿했다. 어둠 속에서 시력을 회복하는 데에는 꽤 시간이 걸렸다. 어둠에 익숙해지자마자 내가 알게 된 것은 여자들 수십 명이 나를 노려보고 있다는 사실이었다. 그중 어떤 여자들은 카키색 셔츠에 유격대 군복 바지를 입고 있어서 남자 역을 하는 여자란 걸 금방 알 수 있었다. 스커트와 스웨터를 입은 부드러운 여자들도 있었다. 덩치가 크고 허리가 전혀 없는 칼같이 생긴 한 여자가 나를 머리끝에서 발끝까지 째려보고 있었다. 그 여자 앞에는 날씬한 붉은 머리의 여자가 그 여자의 어깨에 머리를 기대고 두꺼운 허리에다 팔을 두르고 있었다.

나는 진땀을 흘리면서 지배인을 찾으려고 주위를 둘러보았다. 방 뒤쪽으로 대나무 의자와 술병과 테이블이 있는 라운지가 보였다. 라운지의 벽 전체는 네온으로 장식되어 있었는데 자주색, 노란색, 오렌지색의 순으로 네온이 깜빡거렸다. 나는 그쪽으로 걸어갔다. 서로 팔을 어깨에 두르고 있던 커플이 팔을 풀어서 내가 간신히 걸어갈 수 있을 정도의 공간을 내주었다.

서빙 바 뒤에 서 있던 레즈비언은 위스키 스트레이트 한 잔을 따라 내 앞에 놓았다.

"식품위생과에서 나왔나요?"

그녀는 네온 불빛들이 그대로 반사시킬 만큼 맑은 눈으로 나를 살펴보았다. 나는 여기 오는 동안 생각했던 레즈비언에 대한 우스꽝스러운 공상을 그녀에게 들킨 것은 아닐까 하는 걱정이 슬며시 고개를 쳐들었다. 나는 위스키를 단숨에 마셨다.
"난 LA 경찰 본부 살인국에서 나온 형사요."
"내가 상관할 바는 아니지만, 그래 누가 죽었나요?"
나는 주머니에서 베티 쇼트 사진과 린다 마틴의 학생증을 꺼내 바에 내려놓았다. 위스키 덕분에 내 쉰 목소리는 좀 차분해졌다.
"혹시 이런 여자를 본 적이 있습니까?"
그 여자는 내가 꺼내 놓은 사진 두 장과 내 얼굴을 오랫동안 쳐다보았다.
"달리아가 레즈라는 얘긴가요?"
"당신이 내게 말해 주시오."
"난 그 여자를 신문에서밖엔 못 봤어요. 그리고 이 여학생은 더 더군다나 본 적이 없어요. 나와 내 아가씨들은 미성년자와는 거래하지 않으니까요. 오케이?"
나는 빈 위스키 잔을 가리켰다. 그녀는 다시 한 잔을 따라 주었다. 나는 그 잔도 한 번에 비웠다. 더운 땀이 나는 듯하더니 곧 식어 버렸다.
"다른 아가씨들이 그렇게 말한다면 당신 말을 믿겠소."
그 여자가 휘파람을 불자 아가씨들이 모두 라운지로 모였다. 나는 사진을 집어 아까 드럼통 같은 여자한테 착 달라붙어 있던 날씬한 붉은 머리에게 보여 주었다. 그녀는 사진을 천천히 보더니 머리를 저었다. 그다음에 휴 항공사 점프복을 입은 여자에게 사진을 돌렸다.
"본 적 없어요. 그렇지만 지방 검사들이 좋아할 타입이군요."

그러고 나서 사진을 옆에 있는 커플에게 넘겼다.
"블랙 달리아."
그들은 나지막하게 중얼거렸다. 그 목소리에는 충격의 빛이 역력했다. 그들은 둘 다 모르겠다고 말했다.
"니에트, 나인, 노(아니라는 뜻의 러시아어, 독일어, 영어—옮긴이). 게다가 내 취향도 아니에요."
마지막 레즈비언이 내게 사진을 돌려준 뒤 바닥에다 침을 뱉었다.
"자, 잘들 있어요. 고마웠어요."
나는 인사를 남기고 문 쪽으로 걸어갔다. 내 등 뒤에서는 블랙 달리아란 이름이 동심원처럼 번져 나갔다.
더치스 라운지에서도 위스키 두 잔을 공짜로 얻어먹었다. 그러나 열 명도 넘는 레즈들로부터 적대적인 홀대를 당했고 "아니오."라는 대답만을 들었다.
라번 하이드어웨이로 향하면서 나는 꼬집어 말할 수는 없지만, 뭔가 흥분되고 간질간질한 기분을 느꼈다. 라번은 내부가 어두웠다. 기둥에 달린 조그만 전등이 종려나무가 그려진 싸구려 벽지로 도배된 벽에 흐릿한 불빛을 던지고 있었다. 레즈 커플들은 칸막이가 쳐진 부스에 앉아 서로 껴안고 쪽쪽 빨면서 난리였다. 여자들 둘이서 서로 껴안고 키스하는 장면이 너무 신기해서 나는 잠깐 쳐다보았으나 곧 고개를 돌려 바를 살펴보았다.
바는 왼쪽으로 벽이 쑥 들어간 곳에 위치한 기다란 카운터였다. 여러 가지 색깔의 불빛이 카운터의 와이키키 해변 그림을 비춰 주고 있었다. 바텐더는 보이지 않았다. 바에 앉아 있는 손님은 아무도 없었다. 나는 방 뒤쪽으로 걸어가 크게 헛기침을 했다. 그렇게 해야 사랑의 황홀경에 빠진 레즈 커플들을 깨울 수 있을 테니까. 작전은 성공했다. 포옹과 키스의 시간은 끝나고 저마다 분노와 질책이 담긴 시선으로 LA 경찰이 출현했다는 재수 없는 소식을 알아차리고 있었다.

"LA 경찰 본부에서 나왔습니다."

나는 가장 가까이에 있는 레즈에게 사진을 들이밀었다.

"검은 머리 여자는 엘리자베스 쇼트요. 신문을 본 적이 있다면 그녀가 블랙 달리아라는 건 금방 알 거요. 다른 여자는 달리아의 친구요. 혹시 누가 이들을 본 적이 있는지 알고 싶소. 만약 보았다면 누구랑 함께 있었는지도 말해 주시오."

그 사진은 부스 안에 돌려졌다. 나는 여자들의 반응을 살폈다. 그들로부터 예 혹은 아니오의 간단한 대답을 얻어 내려면 곤봉이라도 사용해야 되겠다는 생각이 들었다. 아무도 입을 열지 않았으니까. 내가 그들의 얼굴에서 읽은 것은 호기심뿐이었고 간혹 한두 명이 탐욕의 눈빛을 내비쳤다. 나는 사진을 돌려받고 거리로 나가 시원한 공기를 들이마시고 싶었다. 그때 바 뒤에서 한 여자가 안경을 닦고 있는 것이 보였다.

나는 바로 가서 카운터에 사진을 내려놓은 뒤 그 여자에게 그걸 좀 보라고 손가락으로 가리켰다. 그녀는 사진을 집어 들었다.

"이 사진을 신문에서 봤다는 것말고는 아는 게 없어요."

"이 여자요? 이 여자 이름은 린다 마틴이라고 하는데."

바의 여급은 린다의 학생증을 쳐들더니 눈을 깜빡거렸다. 나는 그녀의 얼굴에 뭔가 알고 있다는 표정이 스쳐 지나가는 것을 놓치지 않았다.

"모르겠어요. 죄송합니다."

나는 허리를 카운터로 숙였다.

"나한테 허튼 거짓말 하지 마. 린다는 열다섯 살 먹은 계집애야. 자, 이제 알고 있는 대로 불어. 그렇지 않으면 너도 방조죄로 잡아넣겠어. 앞으로 5년 동안 테하차피 교도소에서 다른 년 궁둥이나 핥으면서 보낼 테야? 순순히 부는 게 좋아."

그 레즈는 움찔하면서 뒤로 물러섰다. 나는 순간 그 여자가 술병을 들어 내 머리를 내려치지 않을까 하는 걱정이 들었다. 그러나 그녀는 카운터에 눈을 내리깔면서 말했다.

"그 애는 여기 가끔 들르곤 했어요. 아마 두세 달 전일 거예요. 달리아는 본 적이 없어요. 그리고 그 애는 남자를 좋아했어요. 그저 레즈들한테서 공짜 술 얻어먹는 게 좋아서 온 것뿐이에요."

나는 그때 곁눈질로 카운터에 앉으려다가 다시 손지갑을 들고 문 쪽으로 내빼는 여자를 보았다. 내가 바의 여급과 나눈 말을 엿듣고 충격을 받은 듯한 태도였다. 천장의 불빛이 그녀의 얼굴을 비추었다. 그 여자는 언뜻 보기에 엘리자베스 쇼트와 좀 비슷했다.

나는 사진을 챙기고 열까지 센 뒤에 그 여자를 쫓아갔다. 그 여자는 내 차와 두세 대 정도 떨어져 주차되어 있는 백색 패커드 쿠프에 올라탔다. 그 여자가 주차장을 빠져나가자 나는 다시 다섯까지 센 뒤 그 여자를 뒤따라갔다. 차량 추격전은 벤투라 블러바드, 차후엥가 언덕 그리고 할리우드 로까지 이어졌다. 늦은 밤이라 차량이 얼마 없었으므로 차를 몇 대 사이에 두고 쫓아가야 했다. 패커드는 할리우드를 벗어나 남쪽으로 방향을 틀더니 하이랜드 쪽으로 달렸다. 그 여자는 핸콕 파크 지구로 들어서서 4번가에서 좌회전을 했고, 얼마 뒤 그 차와 나는 핸콕 파크의 중심부를 누비고 있었다. 그곳은 윌셔 경찰서 경관들이 "돈 냄새 물씬 풍기는 부자 동네"라고 부르는 지역이었다.

백색 패커드는 뮤어필드 로에서 방향을 틀더니 공설 운동장만 한 잔디밭이 있는 튜더식 대저택 앞에 멈춰 섰다. 나는 그 차 옆을 스쳐 지나면서 번호판을 흘낏 보았다. CAL RQ 765. 나는 백미러를 통해 그 여자가 운전석 옆 좌석의 잠금 장치를 잠그는 것을 보았다. 멀리서도 샤크스킨(긴 양모로 천의 결을 상어 가죽처럼 짠 모직이나 견직—옮긴이) 정장을 입은 매력적인 몸매가 한눈에 들어왔다.

나는 핸콕 파크를 벗어나 3번가로 접어들었다. 그리고 웨스턴에서 공중전화 부스를 발견하고 차에서 내려 자료관리국의 야간 당직에게 전화를 걸었다. 그리고 백색 패커드 쿠프 CAL RQ 765의 차량 소유주와 범죄 기록을 확인해 달라고 요구했다. 야간 당직원은 5분쯤 뒤에 전화로 답변을 주었다.

"차주, 매들린 캐스카트 스프레이그, 백인 여성, 나이 22세, 주소 LA 사우스 뮤어필드 로 482, 사고 무(無), 영장 발부 무, 범죄 기록 무."

나는 집으로 돌아가는 동안 천천히 술에서 깨어났다. 그리고 매들린 캐스카트 스프레이그가 베티나 린다와 무슨 관계가 있는지 궁금했다. 아니면 그저 천한 생활을 취미로 즐기는 돈 많은 레즈일지도 모른다고 생각했다. 나는 베티 쇼트 사진을 꺼내 그 여자와 비교해 보면서 둘이 좀 닮았다는 생각을 했다. 그리고 나도 모르게 마음속에서 샤크스킨 옷을 벗기는 장면을 상상했다. 그래, 닮았든 안 닮았든 무슨 상관이겠어.

다음 날 아침 나는 유니버시티 지서로 가면서 라디오를 틀었다. 덱스터 고든 사중창의 재즈곡이 흘러나와 나의 기분을 상쾌하게 했다. 그런데 갑자기 노래가 중단되더니 긴급한 목소리가 튀어나왔다.

"뉴스를 알려 드리기 위해 정규 방송을 잠시 중단합니다. 블랙 달리아로 알려진 검은 머리 여자 엘리자베스 쇼트의 피살 사건을 조사 중인 경찰이 주요 용의자를 검거했습니다. 지금까지 '레드'라고만 알려졌던 이 용의자는 로버트 레드 맨리로 신원이 확인되었다는데, 금년 25세로 헌팅턴 파크 철물점의 세일즈맨이라고 합니다. 맨리는 오늘 아침 사우스 게이트에 있는 친구 집에서 체포되었고, 현재 이스트 로스앤젤레스에 있는 홀렌벡 지서에서 취조를 받고 있습니다. 민간과 경찰을 잇는 연락 책임자로서 이 사건에 임하고 있는 최정예 검사인 엘리스 로 지방 검사보는 KGFJ 방송국에 독점으로 배포된 유인물에서 이렇게 말했습니다. '레드 맨리는 아주 유력한 용의자입니다. 고문 후 살해된 베티 쇼트의 시체가 레이머트 파크의 공터에서 발견되기 엿새 전인 1월 9일 그녀를 샌디에이고에서 차에 태워 LA로 데려온 사람이 바로 맨리라고 저희는 믿고 있습니다. 우리가 그토록 해결을 바라고 기도해 온 사건에 중요한 실마리를 찾은 것 같습니다. 드디어 하느님께서 우리의 기도를 들어주셨습니다!'"

엘리스 로의 감상적인 논평에 뒤이어 항문의 고통을 완화시켜 주지 못하면 돈을 돌려주겠다는 치질약 광고가 나왔다. 나는 라디오를 확 꺼 버리고 방향을 바꾸어 홀렌벡 지서로 달렸다.

지서 앞은 우회를 뜻하는 X자 표지판이 놓인 채 봉쇄되어 있었다. 순찰 경관이 기자의 출입을 막았다. 나는 지서의 뒷골목에다 차를 주차시킨 뒤 임시 구류소가 있는 뒷문을 통해 안으로 들어갔다. 무단 횡단 같은 경범죄로 임시 구류된 주정뱅이들이 그 안에서 꽥꽥 소리를 지르고 있었다. 죄질이 나쁜 깡패들은 눈을 부릅뜬 채 밖을 노려보고 있었다. 임시 구류소는 사람이 가득 차 있었는데 간수는 아무 데도 보이지 않았다. 지서 안으로 연결되는 문을 밀고 들어서면서 나는 그 이유를 알았다.

지서에 근무하는 요원 전부가 취조실 옆의 좁은 통로에 북적거리며 서 있었다. 그들은 복도 왼쪽에 있는 가운데 방의 원웨이 유리(밖에서만 안이 들여다보이는 유리—옮긴이)를 통해 용의자의 얼굴을 보려고 야단들이었다. 벽에 달린 스피커에서 부드러우면서도 협박 조가 섞인 러스 밀라드의 목소리가 흘러나왔다.

나는 가까이에 있는 경관을 팔꿈치로 찔렀다.

"자백을 했나요?"

그 경관은 머리를 저었다.

"아니요. 밀라드와 그의 파트너가 좋은 친구와 나쁜 친구를 흉내 내면서 을러 대고 있어요."

"그 여자를 알고 있다는 사실은 인정했나요?"

"그럼요. 자료관리국에서 크로스 체크를 하여 저자를 잡아냈는걸요. 그리고 순순히 잡혀 왔어요. 어때요, 내기할까요? 저자가 무췬지 유췬지. 난 어쩐지 오늘 운이 좋을 것 같아요."

나는 그 제의를 무시하고 팔꿈치로 부드럽게 사람들을 밀치며 유리에 달라붙어 안을 들여다보았다. 밀라드가 낡은 목제 테이블에 앉아 있었다. 그의 맞은편에는 당근 색깔의 올백 머리를 한 잘생긴 청년이 앉아서 담뱃갑을 만지작거렸다. 밀라드는 영화에 나오는 선량한 목사같이 보였다. 그 끔찍한 사건을 모두 겪고서도 피의 살육을 용서해 주는 그런 사람 같았다.

붉은 머리의 목소리가 스피커로 흘러나왔다.

"제발, 난 그 얘기는 벌써 세 번이나 해 드렸습니다."

"로버트, 우리가 이러는 건 자네가 시원하게 털어놓지 않기 때문이야. 베티 쇼트는 LA 지역의 모든 신문에 연속 사흘 동안 1면 톱기사로 나왔고 우리가 자네와 얘기하고 싶어 한다는 건 삼척동자도 다 알고 있는 사실이야. 그런데 자네는 어떻게 했나? 꼭꼭 숨어서 꼴도 보이지 않았어. 도대체 그렇게 행동하면 어떻게 될지 생각해 보지도 않았나?"

붉은 머리 로버트 레드 맨리는 담배에 불을 붙여 들이마신 뒤 기침을 했다.

"내가 그녀와 놀아난 것을 아내에게 들키고 싶지 않았습니다."

"그렇지만 자네는 그녀와 놀아난 것도 아니잖아. 베티는 한 코도 대 주지 않았잖아? 자네를 약만 잔뜩 올리고 정작 중요한 순간에 가서는 뒤로 빼지 않았나? 그러니 경찰을 피해 다닐 이유도 없지 않냐 이 말이야."

"난 샌디에이고에서 그녀와 데이트를 했어요. 함께 블루스를 추었지요. 그건 놀아난 거나 다름없어요."

밀라드는 맨리의 팔에 손을 얹었다.
"자, 처음부터 다시 시작해 보자고. 어떻게 베티를 만났고, 뭘 했고, 무슨 얘기를 했는지 말해 봐. 천천히 생각해 가면서 얘기해도 좋아. 쫓아오는 사람도 없으니까."
맨리는 꽁초가 수북한 재떨이에다 담배를 비벼 껐다. 그리고 다시 한 개비를 붙여 물더니 눈썹까지 흘러내리는 땀을 닦았다. 나는 복도 주위를 돌아다보았다. 엘리스 로가 반대편 벽에 기대어 서 있었고 양옆에는 보겔과 쾨니히가 주인의 명령을 기다리는 맹견처럼 대기하고 있었다. 잡음 섞인 한숨 소리가 스피커에서 흘러나왔다. 나는 고개를 돌려 피의자가 의자에서 불안한 듯 몸을 뒤척이는 것을 보았다.
"그럼 이 얘긴 이번이 정말 마지막인 거죠?"
밀라드는 미소를 지었다.
"그럼. 자, 어서 시원하게 털어놔."
맨리는 의자에서 일어나 몸을 쫙 펴더니 방 안을 배회하면서 말하기 시작했다.
"나는 베티를 크리스마스 전주에 샌디에이고 번화가에 있는 바에서 만났어요. 우리가 얘기를 나눈 지 얼마 안 되어 베티는 돈이 한 푼도 없다는 말을 흘리더군요. 그리고 프렌치 부인네 집에 잠시 머물고 있다고 했어요. 나는 올드 타운에 있는 이탈리아 식당에서 그녀에게 저녁을 사 주었어요. 그러고는 엘 코르테스 호텔의 스카이 룸으로 춤추러 갔어요. 우리는……."
그때 밀라드가 끼어들었다.
"자네는 출장 갈 때마다 늘 여자들 궁둥이를 쫓아다니나?"

"난 여자 궁둥이나 쫓아다니는 사람이 아닙니다!"

맨리가 화난 목소리로 소리쳤다.

"그럼 자네는 뭘 했나?"

"잠시 홀린 것뿐이었어요. 베티가 돈이나 우려먹는 여잔지 선량한 여잔지 알 수가 없었어요. 그래서 한번 알아보고 싶었던 거예요. 아내에 대한 나의 사랑을 시험해 본다고 할까, 뭐 그런 거였어요. 나는 단지……."

맨리의 목소리가 잦아들었다.

"이봐, 제발 사실을 털어놓으란 말이야. 오입을 하기 위해 계집의 꽁무니를 쫓아다닌 거였지, 그렇지?"

맨리는 의자에 털썩 주저앉았다.

"맞아요."

"출장을 가면 늘 그랬지?"

"아니에요! 베티는 달랐어요!"

"어떻게 달랐는데? 타관 사람은 타관 사람일 뿐 아니야?"

"아니에요! 난 출장 나가면 아내에게 부정한 짓은 하지 않습니다! 그런데 베티는……."

"베티가 자네를 꼴리게 했단 말이지? 그렇지?"

밀라드의 목소리는 너무 낮아서 스피커에서 간신히 들을 수 있을 정도였다.

"맞아요."

"자네의 꼭지를 확 돌게 해서 자네가 전에는 결코 해 본 적이 없는 짓을 하게 만들었지? 자네를 완전히 미치게 했고 그래서 자네는……."

"아니에요! 절대로 아니에요! 나는 그 여자와 한번 하고 싶었을 뿐이지 죽일 생각은 추호도 없었어요!"

"쉿, 쉿! 자 크리스마스 때로 다시 돌아가 보자고. 그때 자네는 베티와 처음 데이트를 했어. 그래 헤어질 때 작별 키스를 했나?"

맨리는 양손으로 재떨이를 움켜쥐었다. 손을 부르르 떨자 꽁초가 테이블 위로 흘러 떨어졌다.

"뺨에다가요."

"레드, 무슨 헛소릴 하는 거야. 진한 애무 같은 건 없었어?"

"없었어요."

"좋아. 자네는 크리스마스 이틀 전에 그녀와 두 번째로 만났지, 그렇지?"

"그렇습니다."

"그래서 엘 코르테스에서 또 춤을 추었지, 그렇지?"

"그렇습니다."

"부드러운 불빛, 술, 감미로운 음악이 뒤섞이자 자네는 서서히 접근을 했지, 그렇지?"

"그 '그렇지' 라는 말 좀 집어치워요. 내가 베티에게 키스를 하려니까 그녀는 나와 동침할 수 없는 황당한 핑계를 둘러대기 시작했어요. 아이 아빠는 전쟁 영웅이어야 하는데 나는 고작 군악대 출신이니까 안 된다는 거였어요. 도대체 군대 경력이 뭐 그리 중요한지, 그런 말도 안 되는 소리를 핑핑 늘어놓는 거였어요. 그녀는 개뼈다귀 같은 전쟁 영웅 얘기만 자꾸 늘어놨어요!"

"레드, 그 얘기가 왜 개뼈다귀 같다고 말하는 거지?"

밀라드가 의자에서 일어서며 물었다.

"왜냐하면 그녀가 털어놓는 얘기가 모두 거짓말이라는 걸 알았기 때문이죠. 베티는 자기가 이 남자하고 결혼했고, 또 저 남자하고 약혼했다고 말했어요. 그녀는 내가 참전한 적이 없다는 걸 구실로 나를 별 볼일 없는 놈으로 몰아붙이려 했어요."

"그래 그 영웅 이름도 얘기하던가?"

"아니요. 계급만 얘기했어요. 아무개 소령, 아무개 대위 하는 식으로 말이에요. 그러면서 나보고 하사였다는 사실을 부끄럽게 여겨야 한다고 했어요."

"그래서 그녀를 미워하게 된 건가?"

"아니에요. 그렇게 뒤집어씌우지 좀 마세요."

밀라드는 기지개를 한 번 켜더니 다시 의자에 앉았다.

"그래 두 번째 만나서 언제 다시 베티를 만났나?"

맨리는 한숨을 내쉬더니 이마를 테이블에 처박았다.

"난 이 얘기를 벌써 세 번이나 했어요."

"이봐, 빨리 말할수록 빨리 집에 갈 수 있어."

맨리는 몸을 부르르 떨더니 팔짱을 껴 가슴을 감싸 안았다.

"두 번째 만난 뒤로는 한동안 베티에게서 소식이 없었어요. 그러다가 1월 8일에 사무실에서 그녀의 전보를 받았어요. 다음번에 샌디에이고로 출장 오면 또 만나고 싶다는 내용이었어요. 그래서 내일 샌디에이고로 출장 갈 예정인데 그때 만나자고 회답 전보를 쳤어요. 그리고 그녀를 만났는데 LA까지 차 좀 태워 달라는 거였어요. 그래서 나는……."

밀라드가 손을 들어 제지했다.

"베티가 왜 LA로 돌아가고 싶어 했는지 그 이유를 말하던가?"

"아니요."

"혹시 누구를 만날 거라고 하지 않던가?"

"아니요."

"자네는 혹시 그녀가 한 코 줄지도 모른다는 기대를 갖고 그 요구를 들어주지는 않았나?"

맨리는 한숨을 내쉬었다.

"그래요."

"계속 말해 보게."

"나는 그날 그녀를 차에 태우고 철물점 일을 보았어요. 내가 고객들을 만나러 간 동안 그녀는 차 안에서 기다렸어요. 나는 그다음 날 아침 오션사이드에 볼일이 있었기 때문에 우리는 거기 모텔에서 1박을 했어요. 그리고……"

"이봐, 그 모텔 이름을 한 번 더 말해 봐."

"코뉴코피아 모터 로지였어요."

"그리고 베티는 이번에도 자네를 꼴리게만 했단 말이지?"

"그녀는…… 생리 중이라고 하더군요."

"그래, 그런 뻔한 꼼수에 넘어갔단 말이야?"

"예."

"그래서 화가 난 거로군."

"젠장, 난 그 여자 안 죽였어요!"

"쉿! 언성을 낮춰. 그래, 자네는 의자에서 자고 베티는 침대에서 잤단 말이지?"

"그렇습니다."

"그래서 그다음 날 아침엔 어떻게 했나?"

"아침에 LA로 차를 몰았어요. 베티는 내가 일을 보는 동안 내 차에 타고 있었어요. 그러고는 내게서 5달러를 뜯어내려고 하더군요. 난 차갑게 거절했죠. 그랬더니 갑자기 빌트모어 호텔 앞에서 여동생을 만나기로 했다며 또 거짓말을 하더군요. 난 한시바삐 그 여자와 헤어지고 싶었어요. 그래서 그날 저녁 5시쯤에 빌트모어 호텔 앞에다 내려 주었어요. 그다음에는 다시 만나지 못했어요. 그랬는데 신문에 블랙 달리아 얘기가 잔뜩 났더군요."

"그러니까 자네가 그녀를 마지막 본 게 금요일인 1월 10일 저녁 5시였단 말이로군?"

밀라드가 말했다.

맨리는 고개를 끄덕였다. 밀라드는 거울을 똑바로 쳐다보더니 넥타이 매듭을 제대로 매고 바깥으로 나왔다. 복도에서 경관들이 그를 둘러싸고 질문 공세를 퍼부었다. 이번에는 해리 시어즈가 그 방으로 들어갔다. 내 바로 옆에서 시끌벅적한 소리를 꿰뚫고 낯익은 목소리가 들려왔다.

"자, 이제 왜 러스가 해리를 대기시켰는지 알 거야."

그것은 리의 목소리였다.

리는 공돈 100만 달러쯤 생긴 사람처럼 활짝 웃고 있었다. 나는 그의 목을 부드럽게 쳤다.

"이제 제정신이 드는가 보군요."

리도 나의 목을 가볍게 때렸다.

"내가 이렇게 신수가 훤해진 건 순전히 자네 덕분이야. 자네가 간 뒤에 케이는 약방에 가서 미키핀이라는 약을 사다가 내게 먹였어. 그랬더니 세상모르고 열일곱 시간이나 잔 거야. 일어난 다음엔 말[馬]처럼 음식을 마구 퍼먹었지."

"그건 내 덕이 아니라 그녀에게 학자금을 대주어 화학 공부를 시킨 덕분이죠. 그건 그렇고 레드에 대해 어떻게 생각합니까?"

"기껏해야 계집 밑구멍이나 쫓아다니는 놈 아니겠어. 이번 주말이면 이혼을 당하고 한심한 신세가 되겠지. 안 그래?"

"그럴 것 같군요."

"어제 뭐 좀 캐낸 것 있나?"

내 파트너가 충분한 휴식을 취해서 새사람이 된 것을 보니, 별 부담 없이 거짓말을 할 수 있겠구나 하는 생각이 들었다.

"제 보고서를 읽어 보았습니까?"

"응. 유니버시티 지서에서. 청소년 영장을 발급한 건 잘했어. 그 외에 뭐 없나?"

내 머릿속에서는 샤크스킨 옷을 입은 여자의 섹시한 몸매가 어른거렸지만 그 얘기는 꺼내지 않기로 했다.

"없어요. 당신은요?"

리는 원웨이 유리 안쪽을 들여다보았다.

"없어. 그렇지만 저 불쌍한 녀석을 닦달하는 건 내가 예상했던 대로야. 저 봐, 해리를 한번 보라고."

평소 유순한 말더듬이 형사 해리는 취조실 테이블 주위를 빙빙 돌면서 끝부분에 금속을 입힌 몽둥이를 휘젓다가 한 바퀴 돌 때마다 테이블 위를 세게 내리쳤다. 스피커에서는 타닥 하는 몽둥이 내리치는 소리가 계속 흘러나왔다. 팔짱을 끼고 있던 로버트 레드 맨리는 몽둥이가 테이블에 내리쳐질 때마다 몸을 부르르 떨었다.

리는 내 옆구리를 찔렀다.

"러스는 한 가지 원칙이 있지. 자신이 직접 사람을 때리지는 않는다는 거야. 그렇지만 해리는……."

나는 리의 손을 뿌리치면서 원웨이 유리 안쪽을 들여다보았다. 해리는 몽둥이로 맨리 바로 앞의 테이블을 자꾸 두드리면서 격한 어조로 다그쳤다. 그는 전혀 말을 더듬지도 않았다.

"넌 색다른 년과 그 짓을 하고 싶었던 거야. 그리고 베티가 만만한 상대라고 생각했던 거지. 그래서 처음에는 세게 나갔는데 그게 안 통했지. 그다음엔 애걸을 했는데 그것도 안 통했어. 그래서 돈을 주겠다고 했지. 그랬더니 그녀는 장난으로 한번 해 본 수작이라고 대답했어. 그게 말하자면 결정타가 된 거지. 그 말에 너는 꼭지가 홱 돌아서 그 여자의 피를 보겠다고 독한 마음을 먹은 거야. 말을 해 봐. 어떻게 그 여자의 젖꼭지를 잘라 냈는지 말해 보란 말이야, 이 자식아!"

"아니에요!"

맨리는 비명을 질렀다.

시어즈는 재떨이에다 몽둥이를 내리쳤다. 유리 재떨이가 쨍그랑 깨지고 수북하던 꽁초가 사방으로 튀었다. 레드는 입술을 꼭 깨물었다. 입술에서 피가 나와 턱을 타고 흘렀다. 시어즈는 깨진 유리 조각 위를 내리쳤다. 사금파리가 사방으로 튀었다.

"아냐, 아냐, 아니란 말이야!"

맨리는 목이 메는 목소리로 울부짖었다. 시어즈는 사정없이 쪼아 댔다.

"넌 네가 한 수작을 잘 알고 있어. 넌 계집 밑구멍이나 파는 놈이야. 그리고 그런 논다니들을 어디로 데려가야 하는지도 잘 알고 있어. 우선 베티에게 술을 몇 잔 사주면서 남자 친구 얘기를 시킨 다음 화기애애한 분위기를 만들었겠지. 그러면서 사람 좋은 하사 답게 베티를 '진짜 사나이'에게 양보하겠다고 했겠지. 전투에 직접 참가해서 베티처럼 섹시한 여자와 동침할 자격이 있는 그런 남자에게 말이야. 그런데……."

"아냐!"

시어즈는 또다시 몽둥이를 내리쳤다. 탁, 탁!

"예스, 백번 예스야. 네놈은 그녀를 공구실로 데려갔을 거야. 피코 리베라에 있는 옛날 포드 자동차 공장의 버려진 창고 같은 데로 말이야. 그 창고에는 아직도 꼰 실이나 절단기가 나뒹굴고 있지. 그리로 들어가자마자 네놈은 완전히 흥분하고 말았지. 그렇지만 베티에게 찔러 넣기도 전에 팬티에다 사정을 해 버리고 만 거야. 그 전에도 제정신이 아니었지만 이젠 진짜 돌아 버린 거야. 그리고 쥐좆만 한 네놈의 물건을 보고 비웃던 여자들 생각이 와락 났을 테지. 그리고 네놈의 여편네가 밤마다 '여보, 오늘 밤은 안 돼요. 머리가 아파요.' 하면서 잠자리를 거부했을 때의 모멸감도 되살아났을 거야. 그래서 베티를 때리고 묶고 몽둥이로 휘갈기고 그런 다음 내장을 도려낸 거야, 그렇지? 이 조루증 환자 새끼야! 빨리 불란 말이야, 내 몽둥이에 맞아 죽기 전에!"

"아니야!"

타탁!

몽둥이질의 충격으로 테이블이 들썩거렸다. 의자에 앉은 맨리는 중심을 잃을 정도로 몸을 부르르 떨었다. 시어즈가 한 손으로 그의 목덜미를 잡고 있어서 맨리는 간신히 앞으로 고꾸라지지 않앉다.

"이봐, 레드. 네놈은 '난 빨지 않아요.' 했던 계집들 생각에 울분이 폭발했던 거야. 그리고 어릴 적 어머니로부터 궁둥이 찜질을 당했을 때의 억울함도 생각했을 거야. 그리고 군악대에서 한량하게 나팔이나 불어 댄다고 참전 군인들로부터 비아냥거림도 많이 당했을 거야. 그 모든 울분이 베티 앞에서 폭발한 거지? 사람들이 날라리, 딴따라, 조루증 환자, 계집에게 퇴짜나 맞는 놈이라고 놀린다고 생각한 거지? 그래서 그 울분들을 베티에게 폭발시킨 거지? 그렇지?"

맨리는 무릎에다 피가 고인 침을 뱉고 껄떡거렸다.

"아니, 아니, 정말 아니에요. 하느님이 나의 증인이에요. 절대로 그러지 않았어요."

"인마, 하느님은 거짓말쟁이를 싫어한다는 것도 몰라?"

시어즈는 테이블을 세 번 내리쳤다.

타탁!

타탁!

타탁!

맨리는 고개를 푹 숙이고 마른 울음을 울기 시작했다.

"레드, 베티가 어떻게 비명을 지르며 애걸했는지 내게 말해 봐. 내게 말하기 싫으면 하느님한테 한다고 생각하고 말해 봐."

"아니, 아니. 난 베티를 죽이지 않았어요."

"이놈 봐라. 너, 이 새끼, 그러고 나서 또 그 짓이 하고 싶었지? 그래서 그 짓이 생각날 때마다 베티의 몸에다 난도질을 하고 그리고 팬티에다 사정을 했지?"

"오, 하느님, 절대로 아니에요. 아니, 아니라고요!"

"좋아, 레드. 그럼 하느님에게 한번 말해 봐. 잘 말하면 용서도 해 줄 거야."

"오, 하느님. 제발!"

"레드, 말해 봐. 하느님한테 어떻게 베티 쇼트를 사흘씩이나 때리고 고문하고 회를 쳤는지 말하란 말이야, 이 개새끼야. 그것도 부족해서 그다음엔 몸뚱이를 두 동강 냈지?"

시어즈는 몽둥이로 테이블을 세 번 내리치고 나서 테이블을 옆으로 밀어젖혔다. 레드는 의자에서 튀어나와 바닥에 무릎을 꿇었다. 그는 양손을 꼭 모아 쥐고 중얼거렸다.

"여호와는 나의 목자시니 내게 부족함이 없으리로다."

그러고 나서 그는 마구 흐느껴 울기 시작했다.

시어즈는 원웨이 유리를 똑바로 쳐다보았다. 술로 썩은 그의 얼굴엔 주름마다 자기혐오의 빛이 짙게 드리워져 있었다. 그는 엄지손가락을 아래쪽으로 내리는 사인을 한 뒤 방에서 나왔다.

러스 밀라드는 문밖에서 해리를 만난 뒤 경관들과 멀찌감치 떨어져 있는 내 근처로 왔다. 나는 그들이 낮은 목소리로 주고받는 말을 엿들을 수 있었다. 아무리 봐도 맨리는 무죄인 것 같다. 그렇지만 확실히 하기 위해 펜토탈(마취제)을 투여한 후에 거짓말 탐지기를 가동해 보자는 게 그 내용이었다.

나는 원웨이 유리를 통해 리와 다른 사복 경관이 레드에게 수갑을 채워서 취조실 바깥으로 데리고 나오는 것을 보았다. 리는 한 손을 레드의 어깨에 얹은 채 마치 어린이를 대하듯 부드러운 목소리로 말하면서 아주 점잖게 대해 주고 있었다. 세 사람이 임시 구류소에 들어가 버리자 복도에서 와글거리던 경관들도 뿔뿔이 흩어졌다. 해리 시어즈는 취조실로 되돌아가서 자신이 어질러 놓은 것을 청소하고 있었다. 밀라드는 나를 향해 고개를 돌렸다.

"블라이처트, 어제는 좋은 보고서를 제출했더군."

"감사합니다."

나는 그가 나를 떠보고 있음을 알았다. 우리는 잠시 서로 눈을 마주 보았다.

"다음 조치는 어떤 것입니까?"

"자네가 한번 말해 봐."

"그렇다면 저를 영장국으로 되돌려보내 주십시오."

"그건 안 돼. 이 사건 수사를 계속하도록 해."

"알았습니다. 우선 빌트모어 호텔 주위를 샅샅이 뒤지면서 1월 10일 이후 베티 쇼트의 행각을 재구성해 볼 필요가 있겠어요. 레드가 그녀를 호텔 앞에 떨어트린 것이 1월 10일이니까 납치 일자로 예상되는 12일 혹은 13일까지의 행적이 최대 관심사예요. 그 일대를 샅샅이 뒤지면서 각종 현장 보고서와 대조해 봐야 할 것 같습니다. 그렇게 해서 언론에서 떠들어 대는 것에 현혹되지 말고 타당한 단서를 찾아내도록 해야겠어요."

"그래. 그렇게 한번 해 봐."

"우리는 베티가 영화에 미쳐 있었고 몸가짐이 헤펐다는 것을 알아냈습니다. 그리고 지난 11월에는 영화에 출연했다고 자랑한 정보도 캐냈어요. 내가 생각하기엔 배역만 준다고 하면 베티는 잠자리도 거부하지 않았을 것 같아요. 그러니까 연출자와 배역 담당자를 탐문해 봐야겠습니다. 그러면 뭔가 나올 것 같아요."

밀라드는 미소를 지었다.

"오늘 아침 버즈 미크스에게 전화를 걸어 보았지. 그는 전직 경관인데 지금은 휴즈 항공사의 경비 책임자로 일하고 있지. 그리고 경찰 본부랑 영화사를 비공식적으로 연결해 주는 역할을 하고 있어. 그가 뭘 좀 물어다 줄 거야. 아무튼 버키, 자네는 잘해 나가고 있어. 그러니 수사에 좀더 신경 써 봐."

나는 마음이 흔들렸다. 그 부잣집 딸 레즈비언에 대한 정보를 고참 상관에게 보고하여 깊은 인상을 심어 주고 싶었고, 또 나 혼자 힘으로 그녀를 체포하고 싶었다. 밀라드가 나를 칭찬해 주는 것은 어딘지 모르게 한 수 봐주는 냄새가 났다. 말하자면, 하기 싫은 임무를 떠맡은 젊은 경관이 사기를 잃지 않도록 일부러 격려해 주는 것 같았다. 내 머릿속에서는 매들린 캐스카트 스프레이그가 떠올랐으나 그 얘기는 하지 않았다.

"차장님, 로와 그의 부하들에게 신경을 좀 쓰셔야겠습니다. 보고서에는 쓰지 않았지만 베티 쇼트는 돈이 궁할 때는 매춘도 서슴지 않았습니다. 그런데 로는 일부러 그 정보를 감추고 있어요. 그녀가 썩을 대로 썩은 창녀라는 이미지를 주는 것은 가능한 한 피하고 싶어 해요. 사람들이 그 여자에게 동정심을 많이 느낄수록 자기가 법정에 나가 검사 업무를 수행하는 데 여러모로 유리하다고 판단하는 것 같아요."

밀라드는 웃음을 터트렸다.

"이봐, 똑똑한 친구, 그렇다면 자네 상관이 증거를 은닉하고 있다는 건가?"

"그렇습니다. 대가리에 똥만 들고 허세만 부리는 개새끼죠."

"야, 이것 봐라, 얘기가 좀 재미있어지는데."

밀라드는 내게 종이쪽지 한 장을 내밀었다.

"베티가 잘 가던 윌셔 지구에 있는 식당과 바야. 여길 한번 뒤져 봐. 혼자 가도 좋고 블랜처드와 함께 가도 좋아."

"나는 빌트모어 호텔 주위를 샅샅이 뒤지는 게 더 좋다고 생각하는데요."

"물론 그러고 싶겠지. 그 호텔 주위는 말이야, 마당발만 보내도 충분해. 하지만 가짜 제보자를 가려내는 데에는 아무래도 머리가 좋은 경관이 나서야 해. 내 말 알겠나?"

"차장님은 뭘 하실 생각입니까?"

"대가리에 똥만 들고 허세나 부리는 증거 은닉범과 그의 부하들이 임시 구류소에 들어가 있는 무죄 혐의자들에게 자백을 강요하지 않도록 감시를 해야지."

밀라드는 웃고 있었지만 왠지 슬퍼 보였다.

지서 주위에서는 리를 찾을 수가 없었다. 그래서 나 혼자 제보자 리스트를 확인하러 나섰다. 탐문해야 할 지역은 윌셔 지구에 집중되어 있었는데 웨스턴, 노르망디, 3번가 등지의 레스토랑과 뮤직바였다.

탐문 대상자들은 대부분 바에 틀어박혀 사는 사람들이었다. 대낮부터 한 잔씩 걸친 상태여서 경찰에서 나왔다고 하자 잘도 떠벌여 댔다. 그들은 매일같이 지겹게 보던 술친구가 아닌 새로운 사람을 만나 얘기를 하게 된 것이 너무나 반가운 모양이었다. 그자들은 구체적인 사실을 물어보면 대부분 신문이나 라디오에서 알게 된 황당한 얘기를 털어놓았다. 술꾼들은 하나같이 베티 쇼트가 그들에게 길고도 긴 얘기를 해 주었다고 증언했다. 그러나 시간을 따져 보면 그때 그녀는 레드 맨리와 함께 샌디에이고에 있었거나 어딘가에서 고문을 당해 죽어 가고 있던 시점이었다.

그 술꾼들의 이야기를 계속 들어 보면, 그들이 자신의 슬픈 얘기와 블랙 달리아 얘기를 혼동하고 있음을 알 수 있었다. 그들은 모두 블랙 달리아가 할리우드의 스타를 꿈꾸면서 이리저리 몸을 굴리던 슬픈 사이렌(유혹녀)이라고 생각하는 듯했다. 그들은 자기들의 얘기가 신문 1면에 나올 수만 있다면 목숨도 기꺼이 내놓을 듯한 태도였다. 나는 린다 마틴 곧 로나 마틸코바, 주니어 내시, 순백색 패커드를 타고 다니는 매들린 캐스카트 스프레이그 등에 대해서도 물어보았으나, 그들은 전혀 모르겠다는 듯 멍한 표정을 지을 뿐이었다. 현장 보고서에는 단 두 마디밖에 쓸 것이 없었다. 말짱 헛수고.

나는 어두워진 직후에 탐문을 끝내고 저녁을 먹기 위해 집으로 돌아왔다. 집 앞에 차를 세우는데 케이가 현관문을 나와 계단을 뛰어 내려오는 것이 보였다. 그녀는 잔디밭에다 서류 뭉치를 내던지더니 다시 안으로 들어갔다. 리는 고함을 지르고 팔을 흔들면서 그녀를 뒤쫓아다녔다. 나는 잔디밭으로 가서 버려진 서류 옆에 무릎을 꿇었다. 서류들은 LA 경찰 본부 보고서 사본이었다. 나는 서류를 뒤져 보았다. 현장 보고서, 증거 목록, 취조 보고서, 제보 리스트, 검시 보고서 등이었는데, 검시 보고서 상단에는 모두 'E. 쇼트, 백인 여자, 작성 일자 1947년 1월 15일'이라고 찍혀 있었다. 모두 유니버시티 지서에서 훔친 것이었다. 만약 그런 문서를 개인적으로 소지하고 있다는 게 알려지면 그것만으로도 리는 이 사건에서 손을 떼야 했다.
 케이는 또 다른 서류 뭉치를 가지고 나오면서 소리쳤다.
 "과거에 이미 벌어진 일과 앞으로 벌어질 일을 생각한다면 당신이 어떻게 이럴 수가 있어요? 이건 정말 역겹고 신물이 나요!"
 그녀는 서류들을 이미 버린 서류 더미 옆에다 내다 버렸다. 39번가 노턴 로에서 찍은 광택 인화지 사진들이 번쩍거렸다. 리는 케이의 팔을 거세게 잡았고 그녀는 그 손아귀에서 벗어나려고 버둥거렸다.
 "젠장, 당신은 이것들이 내게 얼마나 중요한지 잘 알잖아. 좋아, 이 서류들을 보관할 방을 하나 빌릴 생각이야. 그렇지만, 베이비, 이 일에서 나를 좀 도와주어야 해. 이 사건은 내가 해결해야 해. 그리고 난 당신이 필요해……. 그건 당신도 알잖아."
 그들은 그제야 내가 와 있음을 눈치챘다.
 "버키, 케이에게 얘기 좀 잘해 줘. 그리고 좀 알아듣기 쉬운 말로 설득해 줘."
 그 말은 달리아 서커스와 관련해서 여태까지 들어 온 말 중에서 가장 어처구니없고 우스꽝스러운 말이었다.
 "케이가 맞아요. 당신은 이 사건 때문에 벌써 세 번이나 과실을 저질렀어요. 그리고 그건 서서히……."
 나는 그만 입을 다물었다. 내가 무슨 말을 하려는지 잘 알았기 때문이다. 그리고 나는 자정에 가 봐야 할 데가 있었다.
 "나는 리에게 딱 일주일이라고 약속했어요. 그러니까 앞으로 나흘 남았어요. 수요일이면 이 짓도 모두 끝나요."
 케이는 한숨을 내쉬었다.

"드와이트, 당신은 어떤 땐 너무 물러 터져 죽도 밥도 아닌 경향이 있어요."

그녀는 집 안으로 들어가 버렸다. 리는 무슨 농담이라도 던질 것처럼 입을 떼었다. 나는 LA 경찰 본부 서류가 나뒹구는 잔디밭을 저벅저벅 걸어서 내 차로 갔다.

순백색 패커드는 지난밤 그 자리에 세워져 있었다. 나는 그 차를 감시하기 위해 바로 뒤에다 차를 주차시켰다. 그리고 앞좌석에 몸을 낮추고 앉아서 그 블록의 세 바를 들락날락하는 사람들을 살폈다. 남자 역을 하는 여자, 여자 역을 하는 여자 그리고 경찰 끄나풀 특유의 날카로운 얼굴을 한 놈 등이 왔다 갔다 했다.

이제 자정이 지났다. 레즈들은 서로 다정하게 어깨에다 팔을 두르고 길 건너편 모텔의 물침대를 향해 걸어갔다. 이윽고 그녀가 라번 하이드어웨이에서 혼자 나왔다. 녹색 실크 드레스를 입은 그녀는 어디를 가나 남의 눈을 끌 정도로 팽팽한 몸매를 자랑했다.

그녀가 굽이길 아래로 내려서자 나는 차에서 내렸다. 그녀는 곁눈질로 나를 쳐다보았다.

"스프레이그 양, 외도 재미가 어떻습니까?"

매들린 스프레이그는 놀라서 우뚝 섰다. 나는 거리를 좁히면서 그녀에게 다가갔다. 그녀는 손지갑을 뒤지더니 자동차 열쇠와 현찰 뭉치를 함께 꺼냈다.

"아빠의 스파이 짓이 또 시작되었군요. 그 변덕이 발동해서 청교도적인 대원정에 나섰나 보군요. 당신한테 인정사정 봐주지 말고 조사하라고 시켰겠지요."

그녀는 스코틀랜드 억양으로 어조를 바꾸면서 아버지의 목소리를 흉내 냈다.

"애야, 이런 몹쓸 데를 다녀서야 되겠니. 거기 있는 몹쓸 사람에게 네 신분이라도 알려지면 어떻게 하려고."

권투 선수 시절 1라운드 공이 울리기 직전처럼 나는 다리가 후들거렸다.

"나는 경찰이오."

매들린 스프레이그는 이제 자신의 목소리로 되돌아갔다.

"오! 아빠가 이제는 경찰도 매수하셨나 보지요?"

"나는 매수당하지 않았소."

그녀는 내게 지폐 몇 장을 내밀면서 나를 훑어보았다.

"그래요. 아빠가 매수한 게 아닐지도 모르죠. 아빠 밑에서 일한다면 지금보다는 더 나은 옷을 입고 다녔을 테니까요. 당신은 웨스트 밸리 경찰에서 나온 것 같군요. 라번 주인에게 번번이 상납을 받아먹기가 미안하니까 이제 술집의 단골 손님에게 손을 내미신다, 이 말씀?"

그녀가 내민 돈을 받아 세어 보니 100달러였다. 나는 돈을 그녀에게 되돌려주면서 말했다.

"난 LA 경찰 본부 살인국에서 나온 사람이오. 엘리자베스 쇼트와 린다 마틴에 관련된 정보를 탐문 중이오."

매들린 스프레이그의 장난기는 순간 싹 사라져 버렸다. 그녀의 얼굴은 근심으로 일그러졌다. 나는 그녀의 머리 모양과 화장이 베티와 많이 닮았다는 것을 알았다. 그녀의 이목구비는 달리아만큼 세련되지는 않았지만 전반적인 분위기는 비슷했다. 나는 그녀의 얼굴을 찬찬히 쳐다보았다. 겁먹은 개암 빛 눈동자는 가로등 불빛을 받아 갈색으로 빛나고 있었다. 그리고 머리를 너무 굴리는 중인지 이마엔 잔뜩 주름이 져 있었다. 그녀는 손을 벌벌 떨고 있었다. 나는 차 열쇠와 돈을 그녀의 손지갑에다 처넣은 뒤 그 손지갑을 패커드의 앞뚜껑에다 던졌다. 나는 중요한 단서를 제공할 인물을 완전히 내 손 안에 넣었다고 생각했다.
"스프레이그 양, 여기서 얘기해도 좋고 시내 번화가에 나가서 얘기해도 좋아요. 그렇지만 거짓말은 안 돼요. 나는 당신이 베티를 알고 있다는 것을 알아요. 만약 떨떠름하게 나온다면 서(署)로 가거나 아니면 당신이 원치 않는 언론 세례를 받게 될 거요."
그 시건방진 여자는 마침내 냉정을 되찾았다.
"여기서 할 거요, 아니면 시내에서 할 거요?"
나는 같은 말을 되풀이했다.
그녀는 패커드의 문을 열고 운전석으로 들어가 앉았다. 나는 그녀 옆에 앉았다. 그녀가 실내등을 켜자 나는 그녀의 얼굴을 더 자세히 들여다볼 수가 있었다. 가죽 시트 냄새와 희미한 향수 냄새가 내 코를 찔렀다.
"베티 쇼트를 언제부터 알았는지 말해 주시오."
매들린 스프레이그는 불빛 아래에서 몸을 옴지락거렸다.
"내가 그 여자를 안다는 건 어떻게 알았어요?"
"지난밤 내가 바에서 여급에게 물어볼 때 당신이 화들짝 놀라며 바를 나가는 걸 곁눈질로 봤어요. 린다 마틴은 어때요? 린다도 아나요?"
매들린은 가늘고 긴 손가락으로 운전대를 비벼 대었다.

"그건 모두 우연이었어요. 나는 지난가을 라번에서 베티와 린다를 만났어요. 베티는 그날 처음 레즈 바에 나왔다고 했어요. 그 뒤에 딱 한 번 더 만나서 얘기를 나눴어요. 린다하고는 여러 번 얘기했어요. 칵테일을 마시면서 이런저런 얘기를 많이 했어요."

"지난가을 언제?"

"11월이었을 거예요."

"당신은 그중 한 명이랑 같이 잤나요?"

매들린은 몸을 움찔했다.

"아뇨."

"아니라고요? 아니, 그렇다면 라번에는 왜 나옵니까? 그게 주 목적 아닙니까?"

"반드시 그런 것만도 아니에요."

나는 녹색 드레스를 걸친 그녀의 어깨를 세게 두드렸다.

"당신, 레즈요?"

매들린은 다시 아버지의 목소리를 흉내 냈다.

"레즈비언 술집에 몇 번 나왔다고 해서 다 레즈가 되는 겁니까? 하, 하."

나는 미소를 지으며 아까 친 어깨 부위를 다시 한 번 두드렸다.

"린다 마틴과 베티 쇼트를 알게 된 건, 두 달 전에 한두 번 만나 칵테일을 같이 마시며 얘기한 것뿐이다, 이거죠?"

"그래요. 바로 그걸 말씀드린 거예요."

"그럼 지난밤엔 왜 그리 깜짝 놀라 달아난 거요?"

매들린은 눈알을 굴리더니 다시 아버지 목소리를 흉내 내려 했다. 나는 짜증을 내면서 소리쳤다.

"그 쓸데없는 흉내 좀 집어치워!"

그 건방진 여자는 놀라서 팍 사그라들었다.

"경찰 아저씨, 우리 아빠는 에멧 스프레이그예요. 그 유명한 에멧 스프레이그라고요. 아빠는 할리우드와 롱비치에 있는 주택의 절반 이상을 지었을 거예요. 그리고 자기가 짓지 않은 것은 돈 주고 사들였지요. 아버지는 신문에 자기랑 관련된 기사가 나는 걸 아주 싫어해요. 특히「실업가의 딸이 블랙 달리아 사건으로 심문받다! 레즈비언 클럽에서 죽은 여자와 농탕질한 듯」따위의 기사가 신문에 난다면 아마 놀라 자빠질 거예요. 이제 상황이 좀 이해가 되세요?"

"총천연색으로 이해가 되는군요."

나는 매들린의 어깨를 토닥거렸다.

그녀는 내게서 어깨를 빼내면서 한숨을 지었다.

"내 이름이 경찰 서류에 들어가 온갖 지저분한 경찰관과 삼류 도색 저널리스트들에게 보여지게 되나요?"

"그럴 수도 있고 그렇지 않을 수도 있죠."

"내 이름을 빼려면 어떻게 해야 하나요?"

"내게 몇 가지만 납득시키면 돼요."

"예를 들면?"

"예를 들면 베티와 린다에 대한 당신의 인상을 말해 주시오. 당신은 똑똑한 여자니까 그들에 대한 정보도 어느 정도 파악했으리라 보는데?"

매들린은 운전대를 손가락으로 비비다가 번쩍거리는 참나무 계기반을 만지작거렸다.

"그 애들은 레즈는 아니었어요. 술이랑 식사를 공짜로 얻어먹기 위해 라번에 왔던 거 같아요."

"그걸 어떻게 알죠?"

"다른 여자가 접근하니까 싫다고 하더라고요."

나는 마조리 그레이엄이 말한, 남자같이 생기고 나이 든 여자 생각이 났다.

"그들이 접근하는 건 금방 눈에 띕니까? 가령 완력을 쓴다든지 아니면 남자같이 우락부락하게 생긴 여자가 끈덕지게 달라붙는다든지."

매들린은 웃음을 터트렸다.

"아니요. 내가 본 건 전부 여자다운 방식뿐이었어요."

"그래, 그들이랑 무슨 얘기를 했나요?"

매들린은 다시 커다란 웃음을 터트렸다.

"린다는 고향인 네브래스카 주 히크타운에 두고 온 남자 친구 얘기를 했어요. 그게 정말 고향인지는 모르겠지만 말이에요. 그리고 베티는 최근에 발행된 《스크린 월드》에 대해서 얘기했어요. 이야기 수준은 아주 유치했어요. 그렇지만 그 애들은 둘 다 얼굴이 아주 잘생겼어요."

나는 미소를 지으며 말했다.

"당신은 아주 귀여워요."

매들린은 미소를 지었다.

"그러는 당신은 전혀 귀엽지 않군요. 이봐요, 난 피곤해요. 왜 나보고 베티를 죽이지 않았다는 걸 입증하라고 하지 않죠? 난 그걸 입증할 수 있으니까 이런 유치한 연극은 그만 집어치우는 게 어때요?"

"잠시 후에 그것도 물어보겠소. 베티가 영화에 출연했다는 얘기는 하지 않았나요?"

"아니요. 그렇지만 분명 영화에 홀린 애 같더군요."

"그 여자가 당신에게 혹시 망원경을 보여 주지 않았습니까? 줄 달린 렌즈 같은 소도구인데."

"아니요."

"린다는 어때요? 그 여자 애는 영화에 출연했다는 얘기를 하지 않던가요?"

"아니요. 오직 고향에 둔 남자 친구 얘기만 하더군요."

"만약 그 여자 애가 도주 중이라면 어디로 갈지 알겠어요?"

"예. 아마 네브래스카 주 히크타운으로 가겠지요."

"거기 말고."

"몰라요. 이제 나 좀······."

나는 다시 매들린의 어깨를 만졌다. 그건 만진다기보다 애무에 가까웠다.

"자, 이제 당신의 알리바이를 얘기해 줘요. 지난 1월 13일 월요일부터 1월 15일 수요일까지 어디서 뭘 했는지 말해 줘요."

매들린은 양손을 컵 모양으로 만들어 입에다 갖다 대더니 팡파르 소리를 울렸다. 그러고 나서 양손을 내 무릎 옆의 시트에다 내려놓았다.

"나는 일요일 밤부터 목요일 아침까지 라구나에 있는 우리 별장에 있었어요. 엄마, 아빠, 여동생 마사가 거기 같이 있었어요. 그리고 함께 사는 하인들도 있었고요. 확인하고 싶다면 아빠에게 전화하세요. 전화번호는 웹스터 4391이에요. 그렇지만 나를 어디서 만났는지는 제발 말하지 마세요. 자, 더 물어볼 게 있나요?"

내가 개인적으로 확보한 달리아 사건의 단서는 그것으로 쓸모없는 것이 되고 말았다. 그러나 그 단서는 내게 또 다른 의미의 청신호를 보내고 있었다.

"좋아요. 그럼 남자와 섹스해 본 적이 있습니까?"

매들린은 내 무릎을 만졌다.

"최근에는 없었어요. 그렇지만 내 이름이 신문에 안 나오는 조건이라면 당신의 요구에 응할 생각이 있어요."

내 다리는 금방 젤리처럼 흐물흐물해졌다.

"내일 밤 어때요?"

"좋아요. 8시에 날 태우러 와요. 신사복 차림을 하고요. 주소는 사우스 뮤어필드 482예요."

"주소는 이미 알고 있어요."

"놀랍지도 않군요. 당신 이름은 뭐죠?"

"버키(뻐드렁니) 블라이처트요."

"이빨하고 잘 어울리는 이름이군요."

"그럼 8시에."

나는 다리에 아직 힘이 남아 있을 때 차에서 내리는 게 상책이겠다고 생각하면서 힘차게 차 문을 열었다.

"오늘 밤 웨스턴에서 권투 영화를 상영한다는데 보러 갈 테야? 뎀프시, 케첼, 그레브 등 왕년에 쟁쟁했던 선수들의 필름이래. 어때?"

리가 말했다.

우리는 유니버시티 지서의 경관 대기실에 있는 데스크에 마주 보고 앉아 제보 전화를 받고 있었다. 블랙 달리아 사건의 전화 제보를 전담하던 사무원이 일요일이라 비번이기 때문에 현장 담당 형사들이 그 지겨운 일을 대신하고 있었다. 일단 제보가 들어오면 제보 내용을 평가한 다음 문서에 기록하고 가장 가까운 경찰서로 정보를 보내 추적하는 것이었다. 우리는 그 일을 한 시간쯤 하고 있었다. 그러면서 케이가 "왜 그리 배짱이 없느냐."고 한 말을 둘이서 곱씹고 있었다. 나는 꿰뚫듯 날카로워진 리의 눈을 쳐다보았다. 또다시 벤제드린 알약을 먹었다는 징후였다.

"난 갈 수 없어요."

"왜 못 간다는 거야?"

"데이트가 있어요."

리는 씩 웃었다.

"그래? 누군데?"

나는 화제를 바꾸었다.

"케이하고는 부드럽게 잘 끝냈나요?"

"응. 내 서류를 갖다 둘 작은 방을 하나 빌렸어. 엘 니도 호텔인데 일주일에 9달러야. 그걸로 케이의 마음을 편하게 해 줄 수 있다면 껌 값이지 뭐."

"리, 드 위트가 내일 가출옥해요. 그래서 내가 그자한테 따라붙어야 할 것 같아요. 그리고 쇼트 건은 보겔과 쾨니히에게 전담시켜야겠어요."

리는 휴지통을 걷어찼다. 종이 뭉치와 빈 종이컵 따위가 밖으로 튀어나왔다. 다른 책상에 앉아 있던 경관들이 머리를 들어 우리 쪽을 보았다. 그때 리의 전화가 울렸다.
"살인국 블랜처드 반장입니다."
나는 내가 써 놓은 기록 문서를 내려다보았다. 리는 전화를 건 사람의 말을 듣고 있었다. 달리아가 이 지상을 떠난 수요일은 이제 아득히 먼 영원처럼 느껴졌다. 나는 리가 벤제드린 알약을 끊어야 될 텐데 하는 생각을 했다. 그때 매들린 스프레이그가 내 마음속에 뛰어 들어왔다.
"내 이름이 신문에 안 나오는 조건이라면 당신의 요구에 응할 생각이 있어요."
그녀의 말은 이미 내 마음속에서 골백번도 더 되풀이되었다.
리는 아무 말 없이 상대방의 말을 계속 듣고 있었다. 나도 전화가 와서 매들린 생각을 씻어 낼 수 있다면 얼마나 좋을까 하는 생각이 들었다. 리는 마침내 수화기를 내려놓았다.
"좋은 제보였나요?"
"뭐 또 미친놈이지. 그래 오늘 밤에 누구랑 만난다는 거야?"
"이웃에 사는 여자예요."
"예뻐? 몸매도 잘 빠지고?"
"아주 살살 녹이는 여자예요. 파트너, 화요일 이후에도 각성제를 먹으면 블라이처트 대 블랜처드 권투 시합이 또 벌어질 걸 각오해야 할 거예요."
리는 내게 외계인 같은 미소를 지었다.
"그렇다면 권투 시합이 또 벌어질 수밖에 없겠는걸. 그렇지만 자네가 또 질 거야. 난 커피를 한 잔 뽑아 올 생각이야. 자네도 들겠나?"

"블랙으로 해 주세요."

"알았어. 금방 가져올게."

나는 전화 제보를 모두 마흔여섯 건 받았다. 그중 절반은 나름대로 얘기가 되는 것들이었다. 리는 오후 일찍 퇴근을 했고 엘리스 로는 내게 러스 밀라드의 새로운 요약 보고서를 타이핑하라고 시켰다. 보고서 내용은 대강 이러했다.

레드 맨리는 거짓말 탐지기와 펜토탈 테스트를 거친 결과 무죄로 판정이 나서 아내에게 돌아가도록 석방이 되었다. 베티 쇼트의 연애 편지는 철저하게 분석되었다. 편지에 나타난 남자 친구들의 신원을 확인해 본 결과 모두 용의 대상에서 제외되었으며, 또 그녀와 함께 찍은 사진에 나타난 남자들도 무혐의 처리되었다. 나머지 사람들의 신원을 확인하려는 노력이 계속되었고 캠프 쿡의 헌병대는 1943년에 베티를 구타했던 사병이 노르망디 상륙 작전 때 사망했다는 정보를 통보해 주었다. 베티가 여러 번 결혼을 하고 약혼을 했다는 사실을 확인하기 위해 48개 주의 주도(州都)에 보관되어 있는 기록을 검토시킨 결과 그녀 이름으로 된 혼인 신고는 단 한 건도 없는 것으로 파악되었다.

보고서의 나머지 내용은 이렇다 할 만한 것이 없었다. 리가 주니어 내시의 아지트 창문에서 잠복하면서 수집한 차량 번호들은 아무런 소득도 가져다주지 않았다. 하루 평균 300건씩 예전에 달리아를 보았다는 제보가 LA 경찰 본부와 경찰서로 접수되었다.

자기가 달리아를 죽였다는 가짜 자백도 아흔세 건에 달했다. 그중 알리바이가 석연치 않은 중증 정신병자는 형무소에 구금시켜 놓고 정신 감정을 의뢰 중인데, 아마도 카마리요 정신병원으로 후송될 것이다. 현장 조사는 전속력으로 계속 진행되고 있으며, 190명이나 되는 인원이 하루 종일 이 사건에만 매달리고 있었다. 지금 남은 유일한 희망은 나 블라이처트가 1월 17일에 제출한 현장 탐문 보고서 중에 나오는 린다 마틴 즉 로나 마틸코바라는 여자이다. 이 여자는 엔시노 지역의 칵테일 라운지 한두 군데에서 발견되었다. 이 지역 일대에 많은 병력을 투입하여 이 여자를 잡으려는 노력이 대대적으로 진행되고 있다.

나는 보고서의 타이핑을 마치면서 엘리자베스 쇼트를 죽인 범인은 절대로 잡히지 않을 거라는 확신을 얻었다. 그래서 경관 대기실의 도박표 중 "미해결: 2대 1로 지불"에 20달러를 걸었다.

정확하게 저녁 8시에 스프레이그 저택의 초인종을 눌렀다. 나는 가장 좋은 옷(푸른 상의, 하얀 셔츠 그리고 회색 플란넬 바지)를 입었고, 괜히 주위를 의식하면서 바보같이 자신에게 돈을 썼다. 아무튼 매들린과 함께 은밀한 장소로 가는 즉시 그 옷들을 벗어 버릴 생각이었으니까. 지서에서 샤워를 했지만 열 시간이나 전화를 받은 탓인지 피로를 완전히 씻어 내지는 못했다. 나는 스프레이그 저택 같은 화려한 장소에는 어울리지 않는 사람 같아 보였고, 왼쪽 귀는 전화 제보를 하도 많이 들어서 그런지 아직도 멍멍했다.

매들린이 문을 열어 주었다. 스커트와 몸에 딱 달라붙는 캐시미어 스웨터를 입은 그녀의 모습은 대단히 고혹적이었다. 그녀는 나를 한번 훑어보더니 내 손을 잡으며 말했다.

"이봐요, 이렇게 되기를 바라지는 않았는데, 아빠가 당신 얘기를 어디서 들었나 봐요. 그래서 저녁을 먹고 가라고 고집을 부리세요. 난 아빠에게 당신을 스탠리 로즈 책방의 미술 전시회에서 만났다고 말했어요. 그러니 내 알리바이를 여러 사람에게 물어볼 속셈이라면 좀 조심하는 게 좋겠어요. 알았죠?"

"알았소."

매들린은 내 팔에 팔짱을 끼더니 나를 안으로 안내했다. 나는 그녀가 팔짱 끼는 것을 그대로 내버려두었다. 스프레이그 대저택의 외관은 튜더풍이었지만 현관 로비는 스페인풍이었다. 로비의 벽에는 색실로 그림을 짜 넣은 커다란 직물이 걸려 있었고 수성 페인트를 바른 벽에는 철검(鐵劍)이 X자로 매달려 있었다. 반짝반짝 윤나는 나무 바닥에는 두꺼운 페르시아 양탄자를 깔아 놓았다. 로비를 지나니 이어 거대한 거실이 나왔다. 마치 남성 전용 클럽에 온 것 같았다.

낮은 테이블과 긴 의자 주위에는 초록색 가죽 의자가 놓여 있었고 벽에는 대형 석제 벽난로가 설치되어 있었다. 거실 여기저기에는 조그맣고 알록달록한 동양제 양탄자가 서로 다른 각도로 놓여 있어 분위기를 돋우었다. 양탄자가 깔리지 않은 부분은 참나무 마룻바닥이 거울처럼 잘 닦여 반들거렸다. 벽은 벚나무로 마감질되었는데, 그 위에는 먹물로 그린 가족과 조상들의 초상화가 액자에 넣어져 걸려 있었다.

나는 벽난로 위에 놓인 박제된 스파니엘 개를 쳐다보았다. 개의 입에는 색 바랜 신문이 물려 있었다. 매들린이 그 개에 대해 설명을 해 주었다.

"발토예요. 신문은 1926년 8월 1일자 LA 타임스고요. 그날은 아빠가 처음으로 백만장자가 된 날이죠. 발토는 당시 우리 집에서 기르던 애완견이었어요. 아빠의 회계사가 아빠에게 전화를 걸어 '에멧, 마침내 당신의 재산이 100만 달러를 돌파했습니다.' 하고 보고를 해 왔어요. 아빠는 권총을 닦고 있었고 때마침 발토가 신문을 물고 거실로 들어왔어요. 아빠는 그 순간을 기념하고 싶어서 발토를 총으로 쏘아 죽였어요. 자세히 들여다보면 개의 가슴에 나 있는 총 자국이 보일 거예요. 이제 숨을 좀 죽이세요. 내 가족이에요."

나는 입을 제대로 다물지 못한 채 매들린이 가리키는 자그마한 응접실 쪽을 쳐다보았다. 벽에는 표구한 사진들이 가득 걸려 있었다. 응접실에는 스프레이그 가 사람 세 명이 화려한 안락의자에 앉아 있었다. 그들은 일제히 고개를 쳐들었지만 일어서는 사람은 아무도 없었다. 나는 뻐드렁니를 안 보이려고 입을 꽉 다물고 미소를 지었다.

"처음 뵙겠습니다."

매들린이 나를 가족에게 소개하는 동안 나는 정물처럼 가만히 앉아 있는 세 사람을 수줍게 내려보았다.

"버키 블라이처트, 내 가족을 소개할게요. 어머니 라모나 캐스카트 스프레이그, 아버지 에멧 스프레이그 그리고 내 여동생 마사 매콘빌 스프레이그예요."

세 사람은 머리를 끄덕이고 미소를 지으며 응대해 왔다. 이윽고

에멧 스프레이그가 환한 미소를 지으며 의자에서 일어나 내게 손을 내밀었다.

"만나서 반갑습니다. 스프레이그 씨."

나는 악수를 하면서 그를 쳐다보았고 그도 나를 마주 보았다. 그 집안의 가장은 키는 작지만 가슴은 딱 벌어진 사람이었다. 햇빛에 그을은 얼굴엔 주름이 많았고 머리는 완전 백발이었다. 그렇게 머리가 세기 전에는 아마도 모래 빛깔이었을 것 같았다. 나는 그의 나이가 50대 중반쯤일 거라고 생각했고 손아귀의 힘을 미루어 보아 막일을 많이 했다는 것을 알 수 있었다. 목소리는 맑은 음성에 스코틀랜드 억양이 실려 있었다. 매들린이 흉내 냈던 것처럼 탁하고 굴리는 목소리가 아니었다.

"당신이 몬도 산체스와 시합하는 것을 보았소. 아주 끝내 주더군. 당신은 영락없는 빌리 콘이었소."

나는 산체스 생각이 났다. 내 매니저는 내게 멕시코 선수를 케이오시킨 경력을 추가시키기 위해 일부러 몸을 불린 미들급 선수를 갖다 붙였는데 그게 바로 산체스였다.

"감사합니다, 스프레이그 씨."

"하여간 그 게임은 아주 흥미진진했소. 몬도도 훌륭한 선수인 것 같더군요. 그래 그 선수는 어떻게 되었소?"

"헤로인 과용으로 죽었습니다."

"저런, 정말 안됐군요. 링 위에서 죽지 못하다니. 그래야 가족의 슬픔도 많이 덜어 주었을 텐데. 아참, 가족 얘기가 나오니까 생각이 나는데 내 가족과 악수를 해요."

마사 스프레이그가 의자에서 일어섰다. 그녀는 키가 작고 통통

한 데다 블론드였다. 영락없이 아버지를 빼닮은 딸이었다. 푸른 눈은 너무 투명해서 마치 햇빛에 표백이라도 된 것 같았다. 목에는 여드름이 많이 나 있었고 손으로 자주 긁었는지 손톱자국이 나 있었다. 마사는 젖살이 빠지지 않아 성숙해 보이지 않는 전형적인 10대 소녀풍이었다. 나는 그녀가 내민 손을 잡으면서 그녀가 참 안됐다는 생각을 했다. 그녀는 내 생각을 금방 눈치 챘는지 얼른 손을 빼냈고 창백한 눈이 갑자기 불타올랐다.

라모나 스프레이그는 셋 중에서 가장 매들린과 닮은 여자였다. 만약 그녀가 아니었더라면 나는 그 시건방진 여자가 혹시 입양아가 아닐까 하고 생각했을 것이다. 그녀는 매들린처럼 검은 머리와 하얀 피부를 지녔지만, 50대의 나이 탓인지 좀 거칠어 보였다. 그 밖에는 특별한 매력이 없었다. 뚱뚱한 데다 얼굴 피부는 축 처졌고 립스틱을 약간 비뚜름하게 발라서, 어딘지 모르게 얼굴이 좀 찌그러진 듯한 느낌을 주었다.

"매들린이 당신에 대해 좋은 얘기를 많이 해 주었어요."

라모나가 내 손을 잡으며 말했다.

그녀는 약간 우물거리며 말했다. 그렇지만 그녀의 숨결에서 술 냄새가 나지는 않았다. 나는 그녀가 혹시 각성제 같은 것에 중독된 것은 아닌가 하는 생각이 들었다.

"아빠, 이제 식사를 해도 돼요? 버키와 나는 9시 30분 쇼를 보기로 되어 있어요."

매들린이 한숨을 내쉬며 말했다.

에멧 스프레이그는 내 등을 가볍게 두드렸다.

"난 큰딸 말이라면 무조건 들어줍니다. 버키, 경찰 얘기와 권투

애기를 우리에게 좀 들려주겠소?"

"식사를 하면서 말씀드리겠습니다."

스프레이그는 다시 한 번 내 등을 두드렸다. 이번에는 아까보다 강도가 약간 셌다.

"난 당신이 머릿속에 많은 것을 담아 두지 않는 사람이라는 걸 한눈에 알아보았어요. 당신은 프레드 앨런 같은 사람이군요. 자, 여러분, 이제 식사를 합시다."

우리는 나무판으로 벽을 댄 커다란 식당으로 들어갔다. 식당 한가운데 놓인 자그마한 식탁 주위로 의자가 다섯 개 놓여 있었다.

문 앞에 세워진 서빙 카트(음식을 담아 끌고 다니는 수레—옮긴이)에서 옥수수를 넣어 요리한 비프와 양배추 냄새가 풍겼다.

"따뜻한 음식은 따뜻한 사람을 만들고 사치스러운 음식은 방탕아를 만들어 내느니라. 자, 젊은이, 어서 들어요. 하녀는 일요일 저녁마다 열리는 부두교 부흥회에 갔소. 그래서 여기엔 우리 백인들밖에 없어요."

에멧이 말했다.

나는 접시를 하나 들어서 음식을 담았다. 마사 스프레이그는 와인을 따랐다. 매들린은 요리를 골고루 조금씩 접시에다 던 뒤 자리에 앉으면서 나보고 자기 옆에 앉으라고 말했다. 나는 시키는 대로 했고 마사는 모두를 향해 말했다.

"난 블라이처트 씨 맞은편에 앉아서 그림이나 그려야겠어요."

에멧이 나를 쳐다보며 윙크를 했다.

"버키, 아주 악의적인 만화를 각오해야 할 거요. 마사의 화필은 움츠러드는 법이 없으니까. 비록 열아홉 살밖에 안 되었지만 벌써 성공을 해서 높은 보수를 받는 상업 아티스트지. 매들린이 예쁜딸이라면 마사는 틀림없이 천재요."

마사는 눈살을 찌푸렸다. 그녀는 접시를 내 맞은편에 내려놓더니 자기의 냅킨 옆에다 연필과 조그만 스케치북을 갖다 놓았다. 라모나 스프레이그는 마사 옆에 앉아서 그녀의 팔을 가볍게 두드려 주었다.

"새 친구의 앞날을 위하여! 위대한 스포츠, 권투를 위하여!"

식탁의 상석 바로 앞에 선 에멧이 건배를 제의했다.

"아멘."

나는 그렇게 말하고서 콘비프를 포크로 찔러 든 다음 입에다 넣고 씹었다. 고기는 기름기가 많고 뻑뻑했다. 그래도 나는 일부러 맛있다는 표정을 지었다.

"맛이 좋군요."

라모나 스프레이그는 멍하니 나를 쳐다보았다.

"우리 집 하녀 레이시는 부두교를 믿어요. 그 교에서는 암소를 신성시한다더군. 흑인 예수와 어떤 협약을 맺어 그 동물이 신성하고 상서롭다고 믿는 모양이오. 아 참, 흑인 얘기가 나왔으니 하는 말인데 버키, 흑인 부랑자를 두 명이나 쏴 죽인 소감을 좀 얘기해 주시오."

에멧이 말했다.

"아빠의 비위를 맞춰 주세요."

매들린이 낮은 목소리로 속삭였다.

"그래요, 젊은이, 내 비위를 맞춰 봐요. 사실, 예순이 다 되어 가는 돈 많은 사람의 비위는 좀 맞춰 줘도 돼요. 혹시 알아, 노망이 나서 자네를 후계자로 생각할지."

나는 뻐드렁니를 드러내며 껄껄 웃었다.

"특별히 느낀 것은 없었습니다. 죽이지 못하면 내가 죽는다는 생각뿐이었어요."

"그럼 자네 파트너는? 자네가 지난해 싸웠던 그 블론드는?"

"리는 그 문제에 대해서 나보다 좀 더 심각하게 생각하는 것 같았습니다."

"블론드들은 좀 과민한 데가 있지. 나도 블론드여서 잘 알아요. 하지만 우리 집안에 블론드가 둘뿐이어서 다행이야. 매디(매들린)와 라모나는 나와 마사에게는 없는 불도그같이 끈질긴 데가 있어요."

그때 나는 음식을 씹고 있어서 소리 내어 웃을 수가 없었다. 나는 잠시 뒤에 내가 먹어 버릴 그 시건방진 걸레 같은 여자와 내 맞은편에서 멍한 표정을 짓고 앉아 있는 그 어머니 생각에 자꾸만 웃음이 터져 나오려는 것을 억지로 참고 있었다. 나는 마침내 입에 든 것을 꿀꺽 삼키고 웃음 대신 트림을 하면서 잔을 높이 쳐들었다.

"스프레이그 씨, 당신을 위하여. 이번 주에 처음으로 나를 웃게 만들어 주신 데 대해 감사드리며."

라모나는 밥맛없다는 표정으로 나를 쳐다보았다. 마사는 계속 그림을 그리고 있었다. 매들린은 테이블 아래로 손을 뻗어 내 허벅지를 쓰다듬고 있었다.

"젊은이, 이번 주는 아주 힘들었나 봐?"

에멧은 내 술잔에 자기 술잔을 부딪치며 말했다.

"예, 정말 그랬습니다. 살인국에 파견되어 블랙 달리아 사건에만 매달렸죠. 내 휴가는 취소되었고, 파트너는 그 사건에 푹 빠져 있어요. 게다가 갑자기 정신병자 같은 놈들이 나타나 가짜 자백을 해 오는 바람에 골치가 아픕니다. 이 사건 하나 때문에 경관이 200명도 넘게 동원되었습니다. 참 웃기는 얘기죠."

"웃기는 게 아니라 비극적이라고 해야 맞아요, 그 사건은. 당신은 그 사건을 어떻게 추리하고 있소? 도대체 인간으로서 어떻게 같은 인간에게 그런 짓을 할 수 있을까? 도대체 범인은 어떤 사람일까?"

나는 그 순간 그의 가족이 매들린과 엘리자베스 쇼트가 서로 아는 사이란 걸 모르고 있다고 감을 잡았다. 그래서 그녀의 알리바이를 추궁하지 않기로 했다.

"아마 우연히 벌어진 일일 겁니다. 쇼트는 아주 헤픈 여자였어요. 남자 친구가 몇 명인지도 모르는 데다가 아주 충동적으로 거짓말을 해 댔어요. 만약 살인범을 잡게 된다면 순전히 행운이 따라서일 겁니다."

"난 자네가 살인범을 꼭 잡았으면 좋겠어. 그 살인범은 샌 퀜틴 감옥에서 콩밥을 먹으면서 뜨거운 맛을 봐야만 해."

매들린은 내 장딴지를 살살 긁으면서 입을 비죽거리며 말했다.

"아빠, 혼자서만 대화를 독점하기예요? 그리고 버키에게 저녁값을 하라는 듯이 그렇게 말을 많이 시킬 수 있어요? 버키가 얼마나 고역이겠어요."

"그럼 입 다물고 묵묵히 있으랴? 내가 대접하는 저녁인데?"

에멧은 농담조로 말했지만, 그의 목소리에 분노의 기운이 섞여 있음을 눈치 챌 수 있었다. 그는 콘비프를 난폭하게 찔러 댔다. 나는 그 남자에게 흥미를 느끼며 물었다.

"언제 미국으로 이민 오셨습니까?"

에멧의 얼굴이 다시 환해졌다.

"나의 성공적인 이민 역사를 물어 오는 사람에겐 늘 얘기를 해 주지. 그건 고역도 뭐도 아니니까. 블라이처트는 네덜란드계 이름인가?"

"독일계입니다."

에멧은 잔을 높이 쳐들었다.

"독일인은 위대한 민족이야. 히틀러는 좀 심했지만. 그래 젊은이, 당신 가족은 독일 어디 출신이오?"

"뮌헨입니다."

"아, 뮌헨! 그거 좀 놀랍군요. 만약 내가 에든버러나 다른 문명 도시에서 성장했다면 나는 아직도 스코틀랜드 치마(킬트)를 입고 있었을 거요. 그러나 난 그 지겨운 애버딘에서 성장했지. 그리고 1차 대전 직후에 미국으로 건너왔소. 전쟁 중에는 당신네 나라 사람들을 많이 죽였어요. 아무튼 그들이 나를 먼저 죽이려 했기 때문에 나로서는 어쩔 수 없었소. 말하자면 정당방위였지. 거실에 놓아 둔 발토를 보았소?"

나는 고개를 끄덕였다.

매들린은 신음 소리를 냈고 라모나 스프레이그는 얼굴을 찌푸리며 포크로 감자를 쿡 찔렀다.

"나의 오랜 친구이며 몽상가인 조지 틸덴이 그 개를 박제해 주었소. 몽상가 조지는 참 여러 가지 재주를 가진 친구요. 우리는 전쟁 중에 스콧 연대에서 함께 근무했소. 독일군들이 갑자기 사나워져서 총검을 앞세우고 총공격해 올 때 내가 조지의 목숨을 살려 준 적이 있소. 조지는 영화를 아주 좋아해서 돈만 생기면 싸구려 극장으로 달려가곤 했지요. 우리는 휴전이 되어 애버딘으로 돌아갔는데 고향은 너무나 한적해서 재미가 없었소. 그러던 중 조지가 내게 캘리포니아로 함께 가 보지 않겠냐고 하더군. 자기는 거기 가서 무성영화를 만들 거라고 하면서 말이오. 하지만 조지는 내가 옆에 딱 붙어서 코치를 해 주지 않으면 아무짝에도 쓸모가 없는 사람이었소. 그래서 나는 고향 애버딘을 한번 둘러보았지. 아무리 생각해도 그곳은 서푼짜리 인생이었소. 그래서 난 조지에게 그랬지. '좋아, 조지. 캘리포니아로 한번 가 보자고. 거기 가면 혹시 부자가 될지도 모르니까. 그리고 성공 못한다 해도 뭐 대수야. 태양이 늘 빛나는 곳에서 사는 것만으로도 영광이지 뭐.' 그래서 미국으로 건너오게 된 거요."

나는 커다란 꿈을 안고 미국으로 건너온 내 아버지 생각을 했다. 그러나 아버지는 독일계 여자를 만나 결혼을 하고 퍼시픽 가스전기회사의 임금 노예로 정착하고 말았다.

"그래서 어떻게 되셨습니까?"

에멧 스프레이그는 포크로 식탁을 내리쳤다.

"잠깐만, 나무 식탁부터 먼저 때리고.(서양에는 자기 자랑을 하면 복수의 여신 네메시스의 징벌을 받는다는 속신(俗信)이 있어서 이 징벌을 피하기 위해 나무로 된 물건을 가볍게 때리는 풍습이 있다.—옮긴이) 우린 정말 적당한 때에 미국으로 건너왔소. 당시 할리우드는 소들이 한가롭게 풀을 뜯는 방목장이었지. 그렇지만 무성영화는 한창 전성기를 누리고 있었소. 조지는 조명기사로 취직을 했고 나는 좋고 싼 집을 짓는 일에 뛰어들었소. 말하자면 노가다가 된 거지.

그런데 조지가 영화사 사람인 맥 세넷을 소개시켜 주어서 나는 에덴데일에 있던 그의 스튜디오에다 여러 가지 세트를 지어 주게 되었소. 그리고 나는 맥에게 돈 좀 빌려 달라고 했지. 아무래도 땅을 사 두려면 돈이 필요했으니까. 늙은 맥은 유망한 청년을 단번에 알아봤소. 자기 자신도 그랬으니까. 그는 내게 돈을 빌려 주면서 한 가지 조건을 달았소. 그가 당시 추진하고 있던 주택 단지인 할리우드랜드의 건축을 좀 도와달라는 거였지. 당시 그는 리 산(山)에다 30미터 크기의 대형 간판을 세우고 그 주택 단지를 대대적으로 선전하고 있었소. 맥은 돈을 쥐어짜 내는 방법을 정말 잘 알고 있었지. 엑스트라를 동원해서 밤에는 노동자로 일을 시키고 또 노동자들을 엑스트라로 동원하기도 했지. 그 엑스트라들을 무성영화에 출연시켜 열 시간 내지 열두 시간씩 일을 시키고 나서는 트럭에 실어서 할리우드랜드로 데려가는 거요. 그다음엔 횃불을 켜고 여섯 시간을 더 부려 먹었지. 그래서 나는 영화 한두 편에서 조감독을 얻기도 했소. 내가 엑스트라를 하도 잘 부리니까 맥이 고마워하면서 그 타이틀을 붙여 줍디다."

매들린과 라모나는 뚱한 얼굴을 한 채 포크로 접시를 찔러 대고 있었다. 아마 전에도 비슷한 얘기를 들어서 훤히 꿰고 있는 것 같았다. 마사는 아직도 나를 뚫어져라 쳐다보면서 그림을 그리고 있었다. 마치 내가 자신의 포로라도 되는 듯이.

"당신 친구는 어떻게 되었습니까?"

내가 물었다.

"아, 그 친구! 그런데 성공하는 사람이 있으면 죽을 쑤는 사람도 있는 법인 것 같소. 조지는 높은 사람한테 적당히 버터를 바를 줄 몰랐소. 아첨이라는 걸 몰랐지. 그래서 그 좋은 재주를 하나도 살리지 못하고 그만 대열에서 낙오하고 말았소. 게다가 1936년에는 자동차 사고를 당해서 얼굴까지 아주 흉하게 일그러졌지. 그래서 지금은 별 볼일 없는 사람으로 전락하고 말았지요. 나는 그 친구에게 내 임대 부동산 관리를 맡겼소. 그리고 뭐 시청의 쓰레기 처리 같은 것도 한다더군."

그때 갑자기 끼익 하는 소리가 나서 나는 테이블 맞은편을 쳐다보았다. 라모나가 감자를 찍으려다가 포크를 놓쳐서 그것이 접시 위에서 세게 미끄러지는 소리였다.

"엄마, 기분이 안 좋아? 음식이 입에 안 맞는 건 아냐?"

에멧은 비아냥거리며 라모나를 엄마라고 불렀다.

"그런 것 같군요. 아빠."

라모나도 지지 않고 그를 아빠라고 불렀다. 그러나 그녀는 시선을 떨어트린 채 말했다. 마샤는 여전히 그림 그리기에 몰두하고 있는 것 같았다. 매들린은 다시 테이블 밑으로 손을 넣어서 내 허벅다리를 문지르더니 이번에는 과감하게 나의 본거지를 손바닥으로 슬슬 비벼 대기 시작했다.

"엄마, 당신과 당신의 그 잘난 천재 따님은 손님 대접이 시원치 않군요. 당신도 대화에 좀 참가하지 않으시겠어요?"

에멧이 라모나에게 쏘아 댔다. 내가 농담이라도 해서 분위기를 좀 가볍게 하려고 입을 떼는 순간, 매들린은 나의 본거지를 꽉 움켜잡으면서 제지했다. 긴 식탁보가 가려 주었기에 망정이지 그렇지 않았으면 큰일 날 뻔한 아찔한 순간이었다. 라모나는 그 순간 감자를 한 조각 콕 찍더니 천천히 입에 가져갔다. 그리고 일부러 얄밉게 보이려고 오물오물 씹으며 말했다.

"블라이처트 씨, 라모나 블러바드가 내 이름을 따서 지어졌다는 사실을 혹시 알고 계세요?"

초점이 잘 안 맞는 그녀의 얼굴은 말하는 순간 더욱 어색하게 얼어붙었다. 그녀는 위엄 있게 보이려고 일부러 천천히 또박또박 끊어서 말했다.

"몰랐습니다. 스프레이그 부인. 난 라모나 축제에서 그 이름이 나온 줄 알았어요."

"내 이름도 그 축제에서 나온 거지요. 에멧은 내 아버지의 돈 때문에 나와 결혼했어요. 자기가 도시구획위원회에 입김을 불어넣어서, 한 거리에 내 이름이 붙도록 하겠다고 우리 가족에게 약속했어요. 그는 가진 돈을 모두 부동산에 투자해서 결혼반지를 사 줄 수가 없었기 때문에 대신 그런 제안을 한 거였죠. 아버지는 멋진 주택가에 내 이름이 붙겠지 하고 기대하셨죠. 그러나 에멧이 허가를 받아 낸 지역은 링컨 하이츠에 있는 홍등가의 막다른 블록이었어요. 블라이처트 씨, 그 일대를 잘 아세요?"

남편에게 당하기만 하던 그 여자의 목소리에는 이제 노기가 서리기 시작했다.

"난 거기서 자랐습니다."

"그럼 멕시코 창녀들이 창문 뒤에서 알몸을 드러내며 손님을 끈다는 사실도 알겠군요. 아무튼 에멧이 그 거리의 원래 이름인

로잘린다를 라모나 블러바드로 바꾼 다음 한번 보여 준다며 나를 데려갔어요. 창녀들이 그의 이름을 다정하게 부르더군요. 어떤 년은 에멧의 신체 부위를 지칭하는 별명으로 그를 부르기도 했어요. 난 너무 슬프고 자존심이 상했지만 꾹 참았어요. 그리고 때를 기다렸다가 복수했어요. 딸애들이 아주 어렸을 때인데 그 애들을 동원해서 나만의 축제를 열었지요. 이웃집 딸애들도 엑스트라로 출연시켜 스프레이그 씨의 과거와 관련된 에피소드를 연극으로 꾸민 거예요. 그건 그로서는 잊고 싶은 과거였을 거예요. 그랬는데 그가……"

식탁의 상석에서 쾅 하는 소리가 났다. 유리잔이 쓰러졌고 접시가 덜그럭거렸다. 나는 그 집안의 내외가 체면을 차릴 시간을 좀 주기 위해서 일부러 내 무릎을 내려다보고 있었다. 그때 매들린이 아버지의 팔을 꽉 잡고 있는 것이 보였다. 너무 세게 잡아서 그녀의 손가락은 파르스름한 색을 띠고 있었다. 그녀는 나머지 한 손으로 내 무릎을 꽉 눌렀다. 그녀의 평소 힘보다 열 배는 더 센 것 같았다. 끔찍한 침묵이 계속 이어졌다.

그때 라모나 캐스카트 스프레이그가 말했다.

"아빠, 보런 시장이나 터커 의회장과 함께 식사를 할 때라면 온갖 고역도 묵묵히 감내해야겠지요. 그러나 매들린이 데려온 남창 같은 놈팡이를 위해서는 그럴 필요가 없다고 생각해요. 그는 평범한 경찰일 뿐이에요. 에멧, 당신은 도대체 나를 뭘로 보는 거예요?"

나는 의자를 뒤로 빼는 소리, 무릎이 식탁에 부딪치는 소리, 식당 바깥으로 걸어 나가는 발걸음 소리를 들었다. 나는 마치 8온스 권투 글러브를 끼듯이 매들린의 손을 꼭 잡았다. 그 시건방진 여자가 내게 속삭였다.

"미안해요, 버키. 미안해요."

그때 명랑한 목소리가 들려왔다.

"블라이처트 씨?"

나는 그 목소리가 너무 명랑하고 쾌활하여 고개를 쳐들었다.

마사 매콘빌 스프레이그가 종이 한 장을 내밀고 있었다. 나는 한 손으로 종이를 받아 들었다. 마사는 미소를 짓더니 밖으로 나가 버렸다. 내가 그림을 보고 있는 순간에도 매들린은 계속 미안하다고 중얼거렸다. 그림은 벌거벗고 있는 우리 두 사람을 그린 것이었다. 매들린은 가랑이를 짝 벌리고 있었고 나는 그 가랑이 사이로 기어 들어가 블라이처트의 특유의 뻐드렁니를 드러내면서 혀를 내밀고 있었다.

우리는 매들린의 패커드를 몰고 사우스 라브레아에 있는 여관 골목으로 달렸다. 내가 운전을 했고 매들린은 현명하게도 아무 말도 하지 않았다. 차가 레드애로 인이라는 신더블록(시멘트와 석탄재를 섞어서 만든 속이 빈 건축용 블록—옮긴이) 모텔을 지나가자 그녀가 말했다.

"여기예요. 아주 깨끗한 집이에요."

나는 낡은 자동차들 옆에 주차를 했다. 매들린이 카운터에서 11호실 열쇠를 받아 들고 돌아왔다. 그녀가 방문을 열었고 나는 벽에 붙은 스위치를 올렸다. 옅은 갈색이 도는 침대에는 먼저 사용했던 사람들의 체취가 그대로 배어 있었다. 옆방 12호실에서는 마약을 거래하는 소리가 들려왔다. 매들린은 마사의 그림처럼 되어 가고 있었다. 나는 그 광경을 시야에서 사라지게 하기 위해 불을 끄려 했다. 그러나 그녀가 제지했다.

"제발 그냥 내버려 둬요. 난 당신의 벗은 몸을 보고 싶어요."

이제 옆방의 마약 거래는 싸움이 되어 가고 있었다. 나는 화장대 위에 놓인 라디오를 켰다. 미용 센터인 고튼스 슬렌더라인의 광고가 흘러나와 옆방의 성난 목소리를 죽여 주었다. 매들린은 선 채로 스웨터를 벗고 나일론 스타킹도 벗었다. 그녀가 속옷을 벗기 시작하자 나도 옷 벗는 시늉을 하기 시작했다. 바지를 벗다가 지퍼가 약간 찢어졌고 어깨에 맨 권총 케이스를 떼 내다가 셔츠의 솔기가 찢어졌다. 이제 매들린은 알몸이 되어 침대 위에 누웠다. 마사가 그린 그림이 지금은 현실이 되었다.

나는 1초 만에 옷을 다 벗고 2초 만에 그 시건방진 여자 옆에 드러누웠다.

"내 가족을 미워하지 마세요. 그들은 나쁜 사람이 아니에요."

나는 격렬한 키스로 그녀를 침묵시켰다. 그녀는 내 키스에 열렬히 반응해 왔다. 우리의 입술과 혀는 서로 엉켰다가 숨 쉴 때만 간신히 떨어졌다. 나는 그녀의 젖가슴에 살짝 손을 갖다 대고 부드럽게 주물렀다. 매들린은 숨을 헐떡이면서 자기 가족에 대한 변명을 늘어놓았다. 키스를 해 주고 만져 주고 핥아 줄수록 그녀는 점점 더 뜨겁게 반응했다. 그리고 자기 가족에 대한 변명도 늘어났다. 나는 그녀의 머리채를 잡으며 말했다.

"그들 말고 내 얘기를 해. 나와 함께 있는 일에 집중해."

매들린은 시키는 대로 했다. 그리고 마사의 그림과 반대로 그녀가 내 사타구니 쪽으로 기어 들어왔다. 그런 자세로 허를 찔리고 보니 곧 사정할 것만 같았다. 나는 사정을 억제하기 위해 그녀를 살짝 밀어내며 같은 말을 반복했다.

"내 얘기를 해. 그 사람들 얘기는 말고."

나는 그녀의 머리카락을 쓰다듬으면서, 라디오에서 흘러나오는 음악 소리에 정신을 집중시키고 사정을 억제하려 했다. 매들린은 내가 상대한 어떤 여자보다 더 강력하게 나를 파고들었다. 나는 좀 억제가 되고 다시 준비가 되었을 때 그녀에게 배를 깔고 엎드리라고 했다. 그다음 그녀의 속으로 들어갔다.

이제 우리는 평범한 경관과 버릇없는 부잣집 딸 사이가 아니었다. 우리 두 사람은 서로의 경계를 허물어트리면서 강하게 서로에게 부딪쳤다. 매들린은 등을 활처럼 휘면서 내 몸에 밀착해 왔다. 우리는 넣고 빼고 흔들고 돌리면서 사랑의 행위에 몰두했다. 그리고 이 세상의 시간이 정지하고 있는 듯한 착각 속으로 빠져들었다. 라디오에서 흘러나오던 댄스 뮤직이 끝나고 시간을 알리는 소리와 함께 라디오의 시그널 뮤직이 흘러나왔다가 다시 사라졌다. 우리 두 사람이 투숙한 모텔 방 안은 아주 조용했다. 우리는 섹스를 마쳤다. 완전하고 평화롭게.

우리는 서로 꼭 껴안고 있었다. 머리끝에서 발끝까지 땀이 흘러 마치 비옷을 입고 있는 느낌이었다. 앞으로 네 시간 뒤에 근무 나갈 생각을 하니 한숨이 저절로 나왔다. 매들린은 포옹을 풀고 내 흉내를 내며 뻐드렁니 웃음을 웃어 보였다. 나는 웃음을 터트렸다.

"이제 당신 이름은 확실히 신문에 안 나겠군."

"우리가 블라이처트와 스프레이그 결혼식을 발표할 때까지 말이에요?"

나는 더욱 크게 웃었다.

"당신 어머니가 그 소식을 좋아하실까?"

"어머니는 위선자예요. 하지만 의사들이 처방하는 약만 먹으니까 약물 중독자는 아니에요. 나는 내 멋대로 나다니니까 논다니나 다름없어요. 어머니는 제재를 받았지만 나는 받지 않았어요."

"하지만 당신은 이제 나의……."

나는 차마 '창녀'라는 말을 하지 못했다.

매들린은 나의 갈비뼈를 간질였다.

"말해요. 점잖은 척하는 경찰 노릇은 그만둬요. 뭐라고 말하려고 그랬어요?"

나는 간지러움을 참지 못하고 그녀의 손목을 잡았다.

"당신은 나의 정부가 되었어. 나의 계집이며 동시에 애인이 되었어. 내가 증거를 인멸해 준 여자가 되었지. 나는……."

매들린은 내 어깨를 살짝 깨물었다.

"나는 당신의 창녀예요."

나는 웃음을 터트렸다.

"그래, 당신은 형법 234A 조항을 위반한 거지."

"그게 뭐예요?"

"매춘을 금하는 캘리포니아 주 형법이야."

매들린은 눈썹을 찌푸렸다.

"형법이라고요?"

나는 손바닥을 벌려 위로 쳐들었다.

"바로 그거야."

그 시건방진 여자는 내 곁을 파고들었다.

"버키, 난 당신을 좋아해요."

"나도 널 좋아해."

"당신은 처음부터 나를 좋아하지는 않았어요. 사실대로 말해 봐요. 처음엔 그저 내 몸만 바란 거죠?"

"사실이야."

"그러다가 언제부터 좋아하게 되었어요?"

"네가 옷을 벗는 순간부터."

"어머, 음흉해라! 내가 언제부터 당신을 좋아했는지 궁금하지 않으세요?"

"말해 봐."

"아빠에게 버키 블라이처트라는 경관을 만나고 다닌다고 말했을 때예요. 아빠는 놀라서 입을 딱 벌리더군요. 감동을 받았나 보더라고요. 에멧 매콘빌 스프레이그는 정말 감동시키기 어려운 사람인데 말이에요."

나는 그가 아내에게 모질게 군다는 점이 떠올랐지만, 중립적인 말을 우물거렸다.

"인상적인 분이더군."

"당신은 외교관이 다 되었군요. 아빠는 아주 다루기 힘들고 지독한 자린고비인 스코틀랜드 출신의 터프 가이예요. 그렇지만 사나이임에는 틀림없어요. 아빠가 어떻게 돈을 벌었는지 아세요?"

"어떻게?"

"깡패들과 짜고 번 거예요. 그보다 더 나쁜 경우도 있었어요. 아빠는 싸구려 목재를 사들이고 맥 세넷의 영화장 가설물들을 뜯어다가 그걸로 싸구려 집을 지었어요. 그런 날림집으로 집 장사를 한 거예요. LA 전 지역에서 말이에요. 그리고 그럴듯한 가짜 회사 이름도 내걸었어요. 아빠는 미키 코언의 친구이기도 해서 그의 부하들이 아빠의 건물 임대료를 징수해 줘요."

나는 어깨를 으쓱했다.

"미키 코언은 보런 시장과 아주 친하지. 그리고 시의 감사위원회 위원 절반이 그의 친구야. 내 권총과 수갑 보았지?"

"예."

"코언이 돈을 내놓아 산 것들이야. 하급 경관들의 장비 구입 비용을 그가 댔어. 그러니 서로 주고받기 식이지. 관청 로비를 기가 막히게 한 거야. 그리고 시의 세무국장은 코언의 거래 장부를 감사하는 적이 없어. 그 국장 산하의 현장 세무원들의 기름 값을 코언이 전부 대 주고 있기 때문이지. 그러니 매들린, 난 네 말이 하나도 놀랍지 않아."

"당신, 비밀 한 가지 듣고 싶지 않으세요?"

"말해 봐."

"아빠가 롱비치에 지은 집들 중 절반이 1933년 지진 때 폭삭 내려앉았어요. 사람이 열두 명이나 죽었지요. 아빠는 엄청난 돈을 찔러서 시공 업체 명단에서 자기 이름을 뺐어요."

나는 매들린을 멀찍이 떼어 놓고 그녀의 얼굴을 쳐다보았다.

"왜 그런 얘기를 나한테 하는 거지?"

그녀는 내 손을 쓰다듬으며 말했다.

"왜냐하면 아빠가 당신에 대해 좋은 인상을 갖고 있으니까요. 나는 집에다 남자 친구들을 많이 불러들였는데, 지금껏 아빠에게 그런 인상을 심어 준 사람은 당신뿐이었어요. 아빠는 강인한 걸 좋아하는데 아마도 당신이 강인하게 보였나 봐요. 우리 사이가 깊어지면 아빠는 그 얘기를 직접 당신에게 할 거예요. 아빠에게는 부담스러운 인물들이 주위에 있거든요. 그래서 그 스트레스를 엄마에게 푸는 거예요. 아빠가 지금 저렇게 사업을 일으킨 것도 따지고 보면 엄마 돈 때문이라서 속으로는 엄마에게 고마운 마음을 갖고 있어요. 오늘 밤의 일만 가지고 아빠를 평가하지 않았으면 해요. 첫인상은 오래가요. 그리고 난 당신을 좋아해요. 그래서 나는……."

나는 매들린을 꼭 껴안아 주었다.

"아무 말도 하지 마. 지금은 나와 함께 있는 거지 가족과 있는 게 아니야."

매들린은 내 가슴으로 파고들었다. 나는 그녀와의 관계가 흡족하다는 것을 말해 주고 싶었다. 나는 손가락으로 그녀의 턱을 치켜올렸다. 그녀의 눈에는 눈물이 흥건했다.

"버키, 난 당신에게 베티 쇼트 얘기를 다 안 했어요."

"뭐라고?"

나는 놀라서 그녀의 어깨를 꽉 잡았다.

"화내지 말아요. 별거 아니니까. 단지 비밀로 해 두고 싶은 생각이 없어졌을 뿐이에요. 처음엔 당신이 마음에 들지 않아서 얘기하지 않았던 거예요."

"지금 말해 줘."

매들린은 나를 쳐다보았다. 우리는 땀에 젖은 얇은 시트 한 장으로 서로를 가리고 있었다.

"지난여름에 나는 바를 여기저기 전전하면서 많이도 마셨어요. 주로 할리우드에 있는 정상적인 바였어요. 그러다가 나랑 아주 비슷한 여자가 있다는 소문을 들었어요. 그녀가 어떻게 생겼는지 궁금해서 한두 군데 바에다 쪽지를 남겼어요. '당신하고 비슷하게 생긴 여자가 당신을 만나고 싶다.'라는 간단한 사연과 함께 집 전화번호를 남겼어요. 베티가 전화를 했더군요. 그래서 만나게 되었고 함께 얘기를 나눴죠. 그것뿐이었어요. 그러다가 지난해 11월에 라번에서 린다 마틴과 함께 그녀를 만났어요. 아주 우연히요."

"그게 전부야?"

"예."

"그럼, 베이비, 앞으로는 조심해. 50명도 넘는 경찰들이 바를 죄다 뒤지고 있으니까 말이야. 그중 단 한 명이라도 당신이 그 여자와 비슷하게 생겼다는 얘기를 듣게 되면 당신 얘기는 그길로 신문 1면에 나 버리는 거야. 그러면 나도 어떻게 할 수가 없어. 만약 사태가 그렇게 되면 날 아는 척하지 마. 난 이미 예상 사태를 다 말했으니까."

"그건 내가 알아서 할게요."

매들린이 내게서 떨어지면서 말했다.

"네 아빠가 잘 알아서 해 줄 거라는 얘기야?"

"버키, 당신보다 나이가 두 배나 많고 덩치는 절반밖에 안 되는 노인을 질투하는 거예요?"

나는 순간 블랙 달리아를 머릿속에 떠올렸다. 그녀의 죽음은 내가 흑인 두 명을 죽였던 사건을 아무것도 아닌 것으로 만들었다.

"왜 베티 쇼트를 만나려 했지?"

매들린은 몸을 부르르 떨었다. 그 호텔 이름인 레드애로 네온사인이 창문을 뚫고 흘러 들어와 그녀의 얼굴을 비춰 주었다.
"난 헤프고 잘 대 주는 여자가 되려고 의식적으로 노력했어요. 그러나 사람들 얘기를 들어 보니, 베티는 자연스럽게 그게 되는 여자였나 봐요. 그러니 타고난 와일드 걸이라고나 할까요."
나는 나의 와일드 걸에게 키스를 했다. 그리고 다시 섹스를 했다. 나는 섹스 내내 그녀의 얼굴에 베티 쇼트를 겹쳐 보았다. 분명 두 여자는 타고난 화냥기를 가진 와일드 걸이었다.

러스 밀라드가 잔뜩 구겨진 내 윗도리를 거세게 움켜잡으며 물었다.
"10톤 트럭을 잡을 텐가, 아니면 여자를 잡을 텐가?"
나는 유니버시티 지서의 경관 대기실을 한번 둘러보았다. 이제 일직 형사들이 서서히 그 방을 채우고 있었다.
"베티 쇼트 건에 달라붙겠습니다. 오늘은 전화를 안 받아도 되죠? 안 그렇습니까, 보스?"
"신선한 공기를 쐬고 싶다는 말인가?"
"계속 말씀해 보십시오."
"린다 마틴이 지난밤 엔시노에서 포착됐어. 한두 군데 바에서 공짜 술을 얻어먹으려 했다더군. 자네하고 블랜처드는 같이 밸리 지역으로 나가서 여자를 찾아봐. 빅토리 블러바드의 20000블록부터 시작해서 서쪽으로 뒤져 나가 봐. 인원이 더 들어오는 즉시 파견시켜 줄게."

"언제 나가야 합니까?"

밀라드는 시계를 들여다보았다.

"지금 즉시 가게. 빠를수록 좋으니까."

나는 리를 찾기 위해 주위를 둘러보았으나 그는 보이지 않았다. 나는 밀라드에게 가겠다는 표시로 고개를 끄덕이고 내 전화기로 손을 뻗었다. 나는 집과 시청 영장국으로 전화를 걸어 보았다. 리는 거기에도 없었다. 다음엔 전화 안내에 걸어 엘 니도 호텔의 전화번호를 알아내 전화를 했다. 역시 호텔에도 없었다. 그때 밀라드가 대기실 안으로 들어왔다. 프리츠 보겔이 뒤따라왔고 놀랍게도 사복을 입은 조니 보겔이 맨 마지막으로 들어섰다.

나는 자리에서 일어섰다.

"차장님, 리가 어디 있는지 모르겠는데요."

"프리츠와 존과 함께 가게. 경찰 표시가 없는 무전차를 타도록 해. 그래야 그 지역에 나가 있는 사람들과 연락을 취할 수 있을 테니까."

밀라드가 말했다.

뚱뚱한 보겔 부자는 나를 노려보더니 이어 얼굴을 쳐다보았다. 마치 나의 추레한 옷차림이 무슨 중죄라도 된다고 생각하는 표정들이었다. 나는 그들을 무시하고 러스에게 말했다.

"감사합니다, 러스."

우리는 밸리 지역으로 차를 몰고 갔다. 보겔 부자가 앞좌석에 앉았고 나는 뒷좌석에 앉았다. 나는 잠을 좀 자 두려고 했으나 프리츠가 창녀 얘기와 여자 살인범 얘기를 계속 지껄이는 바람에 잠을 잘 수가 없었다. 조니는 계속해서 맞장구를 치듯 고개를 끄덕거렸다. 아버지가 잠깐 말을 끊고 숨을 쉴 때면 조니는 어김없이 "맞아요, 아빠." 하고 장단을 맞추었다.

차가 차후엥가 언덕을 넘어갈 때 프리츠는 갑자기 말을 멈추었다. 연신 맞장구를 쳐 대던 조니도 갑자기 말이 없었다. 나는 눈을 감고 차창에 기대었다. 내 마음속에서는 매들린이 자동차 엔진 소리에 맞춰 옷을 하나씩 벗고 있었다. 그때 조니가 속삭이는 소리가 희미하게 들려왔다.

"잠이 들었어요, 아빠."

"직장에서는 나를 아빠라고 하지 마. 벌써 골백번도 더 말했을 거다. 그렇게 부르면 여자 같은 놈으로 보인단 말야."

"난 여자 같은 놈이 아니란 걸 입증했어요. 호모라면 내가 한 짓을 할 수가 없어요. 난 더 이상 여자 같은 놈이 아니에요. 그러니 나를 여자 같은 놈이라고 하지 마세요."

"입 닥쳐, 이 자식아."

"아빠, 난……."

"조니, 입 닥치라고 말했어."

뚱뚱하고 허세를 잘 부리는 조니가 갑자기 애가 된 광경을 보니 나는 더욱 흥미가 동했다. 나는 두 사람이 더 얘기하기를 바라면서 일부러 코를 골았다. 조니는 나지막한 목소리로 속삭였다.

"보세요, 아빠. 저놈은 잠들었어요. 여자 같은 놈은 저놈이지 내가 아니에요. 난 그걸 입증했어요. 저 뻐드렁니는 나쁜 자식이에요. 아빠, 내가 언젠가 저놈에게 한 수 가르쳐 주겠어요. 내겐 그럴 능력도 충분히 있어요. 저놈은 남의 밥그릇이나 채 가는 못

된 놈이에요. 저놈만 아니었으면 영장국 자리는 떼어 놓은 당상이 었는데……"

"존 찰스 보겔, 지금 즉시 입 다물지 않으면 가죽끈으로 묶어 버리겠어. 네가 스물네 살 먹은 경관이든 아니든 말이야."

그때 무전기에서 지지직거리는 소리가 났다. 나는 일부러 크게 하품을 했다. 조니는 고개를 돌리며 미소를 지어 보였다.

"미용을 위해서 토끼잠을 좀 자 두셨나?"

조니의 입에서는 악취가 심하게 났다.

나는 한 수 가르쳐 주겠다던 그 농담을 가지고 시비를 걸고 싶 었지만 경관끼리의 예의를 생각해서 꾹 참았다.

"어젯밤에 늦게 잤거든."

"아, 나도 여자라면 사족을 못 써. 일주일 동안 몸을 풀지 못하 면 남의 집 담이라도 넘을 거야."

조니는 멋쩍게 윙크를 하며 말했다.

무전기에서는 계속 말소리가 흘러나왔다.

"……반복한다, 10A94, 소재지를 밝혀라."

프리츠는 마이크를 잡았다.

"여긴 10A94입니다. 빅토리와 새티코이 근처를 지나가고 있습 니다."

무전기 저쪽에서 지시 사항을 말해 왔다.

"빅토리와 밸리 뷰에 있는 칼레도니아 라운지의 바텐더를 찾아 가라. 수배자 린다 마틴이 거기 있다고 한다. 코드 스리로 처리하 라."

프리츠는 사이렌을 켜고 가속기를 밟아 댔다. 차들이 우리 차를 비켜 가느라 정신이 없었다. 우리는 중앙 차선을 타고 미친 듯이 달려 나갔다. 어릴 적 칼뱅교도였던 나는 하느님에게 간절한 소원을 한 가지 빌었다. 제발 그 마틴이라는 여자가 매틀린 스프레이 그 얘기는 꺼내지 않게 해 달라고. 차창 너머로 밸리 뷰 애버뉴가 나타났다. 프리츠는 급히 우회전을 해서 가짜 대나무로 장식된 라운지 앞에 차를 급정거시킨 뒤 사이렌을 껐다.

그 바의 가짜 대나무 문이 확 열렸다. 학생증 사진과 똑같이 생긴 린다 마틴, 로나 마틸코바가 밖으로 튀어나왔다. 나는 차에서 벼락같이 내려 보도 위를 달려갔다. 내 뒤를 프리츠와 조니가 씩씩거리며 쫓아왔다. 린다는 커다란 손지갑을 가슴에 꼭 안은 채 영양처럼 날쌔게 달아나고 있었다. 나는 전속력으로 달리면서 거리를 좁혀 나갔다. 그 여자 애는 복잡한 대로에 이르다 차 속으로 뛰어들었다. 차들이 그녀를 치지 않으려고 이리저리 비키면서 대혼잡을 이루었다. 그때 그녀가 어깨 너머로 돌아다보았다. 나는 충돌 직전의 맥주 수송 트럭과 오토바이를 피하면서 심호흡을 한 뒤 공중으로 몸을 날렸다. 그 여자는 반대편 굽이길에 넘어졌고 손지갑은 공중으로 붕 치솟았다. 나는 마침내 그녀의 손목을 잡아챘다.

그녀는 내 가슴에다 침을 뱉고 주먹으로 두드리면서 달아나려 했다. 나는 그녀를 보도 위로 끌어올렸다. 그리고 그녀의 작은 주먹을 움켜쥐고 비틀어서 등 뒤로 돌린 뒤 수갑을 채웠다. 그러자 린다는 내 정강이를 향해 마구 발길질을 해 댔고 한 번은 내 정강이를 스쳐 지나가기도 했다. 그녀는 수갑을 채우자 몸의 균형을 잃으면서 엉덩방아를 찧었다. 나는 그녀를 일으켜 세웠다. 그러자 그녀는 내 셔츠에다 가래침을 퉤 하고 뱉었다.

"나는 미성년자니까 여교도관 없이 내 몸에 손대면 고소하겠어요."

그녀는 마구 소리를 내질렀다.

나는 숨을 고르면서 손지갑이 떨어진 곳으로 그녀를 밀어붙였다. 나는 그것을 집어 들면서 그 부피와 무게에 놀랐다. 안을 들여다보니 금속제 필름 케이스가 들어 있었다.

"웬 영화 필름이지?"

"제, 제, 제발. 아저씨, 부, 부, 부모님을 불러 줘요."

그녀가 더듬거리며 말했다.

경적이 울렸다. 나는 고개를 들어 차창 밖을 내다보는 조니 보겔을 보았다.

"밀라드가 그 애를 조지아 스트리트 청소년청으로 데려오래."

나는 린다의 어깨를 잡아서 뒷좌석으로 밀어 넣었다. 프리츠가 사이렌을 울렸고 우리는 쏜살같이 달려갔다.

LA 시내까지 나가는 데는 35분이 걸렸다.

밀라드와 시어즈는 조지아 스트리트 청소년청 계단에 서서 우리를 기다리고 있었다. 프리츠와 조니가 앞서 걸었고 나는 린다를 데리고 뒤에 처져서 걸었다. 안으로 들어가니 여자 교도관과 청소년 담당 형사들이 길을 비켜 주었다. 밀라드가 "구금 인터뷰"라고 쓰인 방문을 열었다. 나는 린다의 수갑을 풀어 주었고 시어즈는 방 안으로 들어가 의자를 꺼내 오고 재떨이와 노트철을 정리했다.

"조니, 자네는 유니버시티 지서로 돌아가 제보 전화를 받게."

밀라드의 명령에 똥보는 항의하려 했다. 그러다가 아버지를 쳐다보았다. 프리츠는 시키는 대로 하라는 듯 고개를 끄덕였다. 조니는 기분 나쁜 표정을 지으며 밖으로 나갔다.

"로 씨를 불러야겠습니다. 검사님도 당연히 이 인터뷰에 참여하셔야죠."

프리츠가 밀라드에게 말했다.

"아니야. 우리가 진술서를 받아 내기 전까지는 그럴 필요 없어."

밀라드가 말했다.

"저 여자 애를 제게 맡겨 주십시오. 제가 진술서를 받아 내겠습니다."

"반장, 우린 자발적인 진술서를 받아 내야 하네."

"밀라드, 난 그 말을 개인적인 모욕이라고 생각합니다."

프리츠가 얼굴을 붉히며 말했다.

"어떻게 생각하든 그건 자네 맘이야. 하지만 내가 시키는 대로 하란 말이야. 로 씨가 있든 없든."

프리츠 보겔은 몸을 세웠다. 그는 폭발 직전의 인간 원자 폭탄 같았다. 그의 목소리는 폭탄의 도화선 격이었다.

"너, 이년, 달리아랑 창녀 짓을 하고 다녔지, 그렇지? 달리아랑 함께 몸을 팔았지? 달리아가 종적을 감춘 동안 네년이 어디 있었는지 어서 불지 못해!"

"젠장, 지랄하지 말아요, 아저씨."

린다가 지지 않고 대꾸했다.

프리츠가 주먹을 들면서 그녀에게 다가섰다. 밀라드가 그들 사이에 끼어들었다.

"반장, 심문은 내가 하겠네."

방 안은 쥐 죽은 듯 조용했다. 보겔은 밀라드를 노려보며 마주섰다. 잠시 그렇게 몇 초가 흘러갔다.

"프리츠, 여기서 나가."

보겔은 뒤로 세 걸음 물러섰다. 그의 발뒤꿈치가 벽에 닿았다. 그는 몸을 홱 돌리더니 쾅 소리를 내며 문을 닫고 나갔다. 그 반향은 오래 물결쳤다. 해리가 그 폭탄의 여진을 수습했다.

"마틸코바 양, 이 대소동을 일으킨 장본인이 된 기분이 어떻소?"

"난 린다 마틴이에요."

그녀는 스커트의 주름을 펴면서 말했다.

나는 의자에 앉아서 밀라드를 쳐다보았다. 그는 필름 케이스가 비죽 나와 있는 탁자 위의 손가방을 보고 있었다. 차장은 고개를 끄덕이더니 린다 옆에 앉았다.

"우리가 베티 쇼트와 관련해서 널 찾은 건 알고 있지, 애야?"

그녀는 고개를 숙이고 훌쩍거리기 시작했다. 해리는 그녀에게 휴지를 한 장 뽑아 건네주었다. 그녀는 그것을 몇 조각 찢어 탁자 위에 내려놓았다.

"그럼 이 사건 때문에 난 가족에게 돌아가야 하는 건가요?"

"그래."

밀라드가 고개를 끄덕거렸다.

"아빠가 나를 때렸어요. 아주 무식한 슬로바키아 사람인데 술만 취하면 마구 때렸어요."

"애야, 네 고향 아이오와로 다시 돌아가면 넌 법정 외 집행 유예를 받게 될 거야. 그리고 집행 유예 담당관에게 아빠가 구타한 사실을 얘기해야 돼. 그러면 담당관은 네가 더 이상 맞지 않도록 재빨리 조치할 거야."

"내가 LA에서 하고 돌아다닌 짓을 알면 아빠는 날 죽일 듯이 때릴 거예요."

"린다, 아빠는 알지 못할 거야. 나는 경관들에게 네 말을 비밀로 해 두라고 이미 지시해 놓았단다."

"만약 나를 새다 래피즈로 되돌려보낸다면 나는 또 도망칠 거예요."

"그럴지도 모르지. 어쨌거나 네가 베티에 대한 정보를 빨리 말해 주고 또 우리가 그 정보를 믿는다면 너는 곧 기차를 타고 고향으로 돌아갈 수 있어. 그다음엔 도망치든 말든 그건 네가 알아서 해. 그러니 린다, 우리에게 솔직히 털어놓는 게 유리한 거야. 알았지, 린다?"

그녀는 휴지를 만지작거렸다. 나는 그 어린것이 피곤한 머리를 굴리면서 요모조모 따지며 약삭빠른 계산을 하고 있다는 것을 눈치 챘다. 마침내 그녀는 한숨을 내쉬었다.

"나를 로나라고 불러 주세요. 다시 아이오와로 돌아간다면 거기 생활에 익숙해질지도 모르겠어요."

밀라드가 미소를 지었다. 해리 시어즈는 담배에 불을 붙여 물고 속기 패드 위로 펜을 들었다. 나는 서서히 혈압이 오르는 것을 느끼면서 제발 매들린 얘기만은 않기를 빌고 또 빌었다.

"좋아, 로나. 이제 우리에게 얘기할 준비가 되었니?"

러스가 말했다.

"물어보세요."

"언제 어디서 베티 쇼트를 만났지?"

로나는 휴지 조각을 만지작거렸다.

"지난가을, 체로키에 있는 직업여성 숙소에서 만났어요."

"노스 체로키 1842번지 말이지?"

"으흠."

"그래서 친구가 되었니?"

"으흠."

"로나, 예 아니오로 분명하게 대답해."

"예. 우리는 친구가 되었어요."

"그래 함께 뭘 했지?"

로나는 손톱을 물어뜯었다.

"우리는 같이 수다를 떨었고 배역을 알아보러 다녔고 바에서 술과 밥을 얻어먹었어요."

"어떤 바였는데?"

내가 끼어들었다.

"무슨 말씀이세요?"

"내 말은 좀 괜찮은 곳이었느냐는 뜻이야. 혹시 지하의 퇴폐 나이트클럽이나 군인들이 즐겨 가는 그런 곳이 아니었는지?"

"아, 그냥 할리우드에 있는 바였어요. 내게 신분증을 보자고 하지 않는 그런 데 말이에요."

나는 혈압이 서서히 내려갔다.

"베티에게 네가 묵고 있던 곳, 그러니까 오렌지 드라이브에 있는 집을 말해 주었니?"

밀라드가 물었다.

"예."

"왜 베티는 체로키에 있는 그 집에서 나왔지?"

"우선 너무 비좁은 데다가, 베티는 이 애 저 애한테 1달러씩 빌리고는 갚지 않아서 인심을 잃었어요."

"그중에 특히 화를 많이 낸 애는 없었니?"

"모르겠어요."

"베티가 남자 친구 문제 때문에 거기서 나간 것은 아니란 말이지? 확실해?"

"확실해요."

"지난가을 베티가 데이트한 남자 중에 기억나는 이름 있니?"

로나는 어깨를 으쓱했다.

"그냥 오가다 만난 사람들일 뿐인데요."

"그래도 이름을 기억해 봐, 로나."

그녀는 손가락으로 셋까지 세더니 멈췄다.

"오렌지 드라이브에 돈 레이스와 핼 코스타라는 친구가 있었고 척이라는 해군 사병이 있었어요."

"척의 성도 알고 있니?"

"몰라요. 그가 함포병이고 이등병이라는 것만 알아요."

밀라드는 다른 질문을 계속하려 했으나 내가 손을 들어 그를 제지하고 물었다.

"로나, 나는 마조리 그레이엄과 얘기를 나눈 적이 있어. 마조리 말로는 경찰이 곧 오렌지 드라이브에 와서 베티에 대해 입주자들에게 물어볼 거라고 네게 말했더니 네가 달아났다고 하던데, 왜 달아났지?"

로나는 손거스러미를 물어뜯은 뒤 상처 자국을 내려다보았다.

"베티의 친구라고 내 얼굴이 신문에 실리면 부모님이 그걸 보고 경찰에 신고해서 집으로 끌고 갈까 봐 그랬어요."

"그럼 그곳에서 도망쳐서 어디로 갔니?"

"바에서 만난 남자를 꾀어서 밸리에 있는 모텔 방 하나를 얻어 달라고 했어요."

"그럼 너는……."

밀라드가 손으로 가라테를 하는 시늉을 하며 내 말을 끊었다.

"너와 베티는 배역을 따 내려고 돌아다녔다고 했지? 그래 배역을 맡았니?"

"아니요."

로나는 무릎 위에서 손가락을 꼬았다.

"그럼 저 손지갑 속에 있는 필름 케이스에는 뭐가 들어 있는지 말해 주겠니?"

로나 마틸코바는 시선을 마룻바닥으로 떨어뜨리면서 눈물을 주르륵 흘렸다.

"영화예요."

"지저분한 영화니?"

로나는 말없이 머리를 끄덕였다. 눈물 때문에 마스카라가 까맣게 번졌다. 밀라드는 그녀에게 손수건을 건네주었다.

"애야, 그 얘기를 처음부터 끝까지 우리에게 해 주겠니? 곰곰이 모두 생각해 봐. 시간이 얼마든지 걸려도 상관없어. 버키, 이

애에게 물 좀 가져다줘."

나는 종이컵이 달려 있는 식수대로 갔다. 종이컵에 물을 가득 채워 돌아와 그녀 앞에 내려놓았을 때 로나는 아주 나지막한 목소리로 얘기하고 있었다.

"……그리고 나는 가드나에 있는 바에서 공짜 술을 얻어먹고 있었어요. 이 멕시코 사람, 라울인지 호르헤인지 잘 기억이 나진 않지만, 아무튼 그가 나를 살살 꾀기 시작했어요. 나는 그때 임신한 줄 알았기 때문에 정말 돈이 필요했어요. 그는 누드 필름에 출연하면 200달러를 주겠다고 말했어요."

로나는 말을 멈추고 종이컵을 들어 물을 한 모금 마시더니 심호흡을 한 번 하고 계속 말을 이어 나갔다.

"그 남자는 여자가 한 명 더 필요하다고 했어요. 그래서 나는 체로키 숙소에 있는 베티에게 전화했어요. 그녀가 좋다고 해서 멕시코 사람은 나와 그녀를 데리고 갔죠. 그는 우리에게 마리화나를 먹이더군요. 우리가 겁을 먹고 뒤로 뺄까 봐 그랬나 봐요. 우리는 차를 타고 티화나(멕시코와 미국 국경을 넘으면 바로 있는 멕시코의 도시. 샌디에이고에서 가까움—옮긴이)로 가서 교외에 있는 큰 집에서 영화를 찍었어요. 그 멕시코 사람이 불을 환하게 켜 놓고 카메라로 촬영했어요. 그리고 어떻게 하라고 지시했어요. 그다음에 우리를 LA로 데려다 주었어요. 그게 전부예요. 이제 우리 부모에게 전화를 걸어 주시겠어요?"

나는 러스를 쳐다보았다. 그리고 해리도 쳐다보았다. 그들은 무표정하게 그 여자 애를 내려다보고 있었다. 나는 개인적인 단서를 캐내기 위해 좀 더 물어보았다.

"로나, 그 필름은 언제 만들었지?"

"추수감사절 무렵에요."

"그 멕시코 남자의 인상착의를 말해 주겠니?"

로나는 마룻바닥을 내려다보았다.

"그는 지저분한 멕시코 사람이었을 뿐이에요. 서른 혹은 마흔 쯤 되었을 거예요. 확실한 건 나도 잘 모르겠어요. 갑작스레 그 필름을 찍게 되어 잘 기억이 나질 않아요."

"그는 베티에게 특별히 관심을 보였나?"

"아니요."

"혹시 너희들의 몸을 만지기라도 하지 않았어? 거칠게 굴지는 않고? 또 추근거리지는 않았니?"

"아니요. 우리 주위를 맴돌면서 촬영만 했어요."

"베티와 함께 있었단 말이야?"

"예."

로나는 쉰 듯한 목소리로 나직하게 말했다.

나는 피가 끓어올랐다. 내가 듣기에도 내 목소리는 이상하게 들렸다. 나는 복화술사의 인형 같았다.

"그럼 그 영화는 그저 누드만 찍은 게 아니었군. 너와 베티는 레즈 짓을 한 거지?"

로나는 마른 울음을 울며 고개를 끄덕였다. 나는 순간 매듭린 생각이 났지만 계속 물어 나갔다. 로나가 어떻게 대답하든 이제 상관할 바 아니었다.

"너 레즈야? 베티도 레즈고? 너희들 레즈 술집을 기웃거렸지?"

"블라이처트, 그만둬!"

밀라드가 소리쳤다.

로나는 의자에 앉은 채 몸을 앞으로 수그리면서 아버지 같은 부드러운 밀라드 차장을 꼭 부여안았다. 러스는 나를 쳐다보며 손바닥을 천천히 내렸다. 마치 명지휘자가 오케스트라에게 조용히 하라고 지시하는 동작 같았다. 그는 한 손으로 그 여자 애의 머리카락을 쓰다듬었다. 그다음 시어즈에게 물어보라는 지시를 손가락으로 했다.

그 소녀는 계속 신음했다.

"난 레즈가 아니에요. 정말이에요. 레즈 짓을 한 건 그때 딱 한 번뿐이에요."

밀라드는 그 소녀를 아이처럼 얼렀다.

"로나, 베티는 레즈비언이었나?"

시어즈가 물었다.

나는 숨을 죽였다. 로나는 밀라드의 상의 옷자락에다 눈물을 닦은 다음 나를 쳐다보았다.

"나도 베티도 레즈가 아니었어요. 우리는 정상적인 바에만 가서 술을 마셨어요. 그리고 레즈 짓을 한 건 영화를 찍을 때뿐이었어요. 돈도 다 떨어진 차에 느닷없이 그 일을 벌이게 된 거예요. 이 사실이 신문에 나면 아빠는 나를 죽이려 들 거예요."

나는 밀라드를 쳐다보았다. 그는 소녀의 말을 믿는 것 같았다. 나는 이 사건이 불거져 나온 레즈비언 얘기는 우연의 일치에 지나지 않음을 직감했다.

"그 멕시코 남자가 베티에게 망원경을 주었나?"

해리가 물었다.

"예."

로나가 밀라드의 어깨에 머리를 기댄 채 나직하게 중얼거렸다.

"그 사람이 몰고 다닌 차 기억나나? 어디 회사 제품인지 색깔은 뭐였는지?"

"으음…… 검은 차였는데 낡은 거였어요."

"그를 만난 바를 기억하고 있나?"

"비행기 공장들이 잔뜩 들어선 에이비에이션 블러바드였어요."

나는 신음 소리가 절로 나왔다. 가드나 지구에는 뮤직 바, 노름집, 공창 등이 1.5킬로미터 정도 즐비하게 늘어서 있었다.

"베티를 마지막 본 것은 언제였지?"

해리가 물었다.

로나는 의자에 등을 기대더니 또다시 감정이 복받치는지 긴장하는 기색이 역력했다. 열다섯 살 난 아이로서는 정말 당차게 어려운 시련을 견디고 있었다.

"내가 베티를 마지막으로 본 것은 그로부터 2주 뒤였어요. 그녀가 오렌지 드라이브의 숙소에서 이사하기 직전이었지요."

"혹시 베티가 그 뒤에도 멕시코 남자를 또 만난 것은 아닐까?"

로나는 조각조각 떨어진 매니큐어를 물어뜯고 있었다.

"그 멕시코 남자는 날파리 같은 사람이었어요. 우리에게 돈을 지불한 다음 LA로 다시 데려다 준 뒤에 떠났어요."

나는 다시 끼어들었다.

"그렇지만 너는 그를 다시 만났지? 티화나에서 돌아오면서 저 영화 필름을 복제할 수는 없잖아?"

로나는 자신의 손톱을 내려다보았다.

"난 신문에 난 베티 기사를 보고 가드나로 가서 그 사람을 찾아 다녔어요. 그는 막 멕시코로 돌아가려는 참이었어요. 나는 그를 얼러서 영화 필름의 사본을 하나 얻었어요. ……그는 신문을 읽지 않아요. 그래서 베티가 갑자기 유명해진 것을 몰랐어요. 그리고…… 나는 블랙 달리아의 레즈 필름이 수집가들의 기호 품목이 되리라고 생각했어요. 그래서 경찰이 나를 고향의 부모에게 강제 송환하려고 한다면 그 필름을 팔아 변호사를 고용해 강제 송환되지 않도록 할 생각이었어요. 그 필름 돌려줄 거죠? 사람들한테 그 필름 보여 주지 않을 거죠?"

아이의 입에서 이런 말이 나오다니.

"가드나로 되돌아가서 그 남자를 만났다고 했지?"

밀라드가 물었다.

"흐음. 예."

"어디서?"

"에이비에이션 블러바드에 있는 한 바에서요."

"그 바가 어떻게 생겼는지 말해 볼래?"

"내부는 컴컴하고 바깥엔 화려한 전등이 설치되어 있었어요."

"그 남자가 선선히 필름 사본을 내놓던가? 공짜로?"

로나는 마룻바닥을 내려다보았다.

"그와 그의 친구들에게 몸을 주었어요."

"그럼 그 남자의 인상착의를 좀 자세히 설명해 줄 수 있겠니?"

"그는 뚱뚱한 데다 아주 못생겼어요. 그 친구들도 똑같았고요."

밀라드는 시어즈에게 문을 가리켰다. 해리는 살금살금 걸어서 문밖으로 나갔다.

"그 사실은 신문에 나지 않도록 해 주지. 그리고 필름도 없앨 게. 한 가지만 더 물어보자. 우리가 너를 티화나로 데려가면 영화를 찍은 집을 찾아낼 수 있겠니?"

"아니요. 그리고 난 그 끔찍한 곳에 다시는 가고 싶지 않아요. 나는 집으로 가고 싶어요."

로나가 머리를 흔들면서 말했다.

"아버지한테 다시 얻어터지고 싶어서?"

"아니요. 일단 집으로 돌아가야 다시 가출할 수 있으니까요."

시어즈는 여자 교도관과 함께 돌아왔다. 부드러운 듯하면서도 강하고, 병든 것 같으면서도 멀쩡한 로나는 여자 교도관에게 인도되어 갔다. 나는 그 소녀가 너무나 불쌍하여 숨이 막힐 지경이었다. 마침내 밀라드 차장이 입을 뗐다.

"무슨 의견 있나?"

"그 애는 멕시코 남자와 티화나에 있는 그 집을 알면서 모른다고 하는 것 같아요. 아마도 그 남자는 저 소녀를 죽도록 때린 후에 겁탈했을 겁니다. 그래서 보복을 두려워하는 거예요. 그것 외에는 저 소녀가 하는 말이 모두 사실인 것 같습니다."

시어즈가 먼저 말했다.

"자네는 어때, 똑똑한 친구?"

러스는 미소를 지으며 내게 물었다.

"제가 보기엔 멕시코 남자를 봐주고 있는 것 같아요. 아마도 주기적으로 그자와 성관계를 가졌을 겁니다. 그리고 음란 필름을 만든 불똥이 그에게 튀지 않도록 하려는 것 같아요. 또 그자는 멕시코인이 아니라 백인일 겁니다. 멕시코인 얘기는 티화나 얘기와 맞추려고 꾸며 낸 걸 겁니다. 알다시피 티화나는 파리 떼가 들끓는 똥통 같은 곳이에요. 내가 순찰 경관으로 근무할 때 체포한 외설 필름 범죄자들은 대부분 그곳에서 그런 물건을 가져왔어요."

밀라드는 리 블랜처드처럼 능글맞은 윙크를 내게 보냈다.

"버키, 자네 오늘 아주 머리가 잘 돌아가는구먼. 해리, 자네는 여기 서장인 워터스에게 현황을 좀 보고하게. 그에게 그 소녀를 앞으로 72시간 동안 외부와 연락을 차단시킨 채 구금하라고 해. 그리고 독방을 주라고 해. 윌셔 클러리컬에서 메그 콜필드 여순경을 차출해서 감방 동료로 집어넣을 생각이니까. 메그에게는 그 소녀를 잘 유도 심문하고 앞으로 24시간마다 진행 상황을 보고하도록 일러 둬.

그 조치를 끝낸 뒤엔 연구조사부와 범죄행정국으로 전화해서 외설 필름 전과가 있는 백인과 멕시코 남자의 범죄 기록을 요청하도록 해. 그다음 보겔과 쾨니히를 가드나로 파견시켜 바를 일일이 뒤져 로나가 말한 영화 제작자를 찾아보라고 해. 그리고 본부에 전화해서 잭 국장에게 달리아 필름을 상영할 예정이니까 참관하라고 보고를 올려. 그리고 《타임스》에는 외설 필름 단서가 나왔다고 연락해 줘. 그래야 엘리스 로가 정보를 깔고 뭉개지 못할 테니까. 기자들에겐 로나의 본명을 밝히지 말고 가명을 적당히 둘러대도록. 그러면 기자들이 알아서 필름 단서를 우려먹겠지. 그리고 가방을 싸도록 해. 오늘 저녁 늦게 샌디에이고와 티화나로 가 봐야 하니까."

"러스, 티화나 얘기는 말짱 헛거라니까요. 헛물만 켤 거예요."

"이봐, 이 사건은 자네와 블랜처드가 권투 경기를 벌이고 나서 파트너가 된 이래 최대의 건이야. 그러니 조그마한 단서도 소홀히 할 수가 없어. 자, 똑똑한 친구, 시청으로 가세. 재미있는 영화를 한 편 보여 줄 테니까."

경관 소집실에는 영사기와 스크린이 벌써 준비되어 있었다. 본부의 올스타들이 그 올스타 외설 영화를 보기 위해 모여 있었다. 리, 엘리스 로, 잭 티어니, 경찰 본부장 태드 그린, 경찰청장 호럴 등이 스크린 맨 앞에 앉아 있었다. 밀라드는 필름을 영사 기사에게 건네주면서 농담을 했다.

"팝콘은 어디 있지?"

호럴 청장은 내게 걸어와 따뜻하게 악수를 청했다.

"청장님, 만나 뵈어서 반갑습니다."

"나도 그렇네, 얼음 씨. 내 아내는 자네와 불 씨가 경찰을 위해 봉급 인상안을 통과시켜 준 걸 고맙게 생각하고 있어. 늦었지만 안부를 전해 달라고 하더군."

청장은 내게 리 옆의 자리를 가리켰다.

"조명! 카메라 액션!"

나는 내 파트너 옆자리에 앉았다. 리는 긴장하고 있었지만 각성제를 먹고 있는 것 같지는 않았다. 그의 무릎에는 《데일리 뉴스》가 펼쳐져 있었다. 거기에는 「블러바드 시티즌스 은행털이 사건 주모자 내일 가석방 예정. 8년 간의 복역 끝에 LA 지역에만 거주하는 조건으로」라는 머리기사가 실려 있었다. 리는 남루한 내 복장을 보면서 물었다.

"무슨 일 있었어?"

내가 막 대답하려는 순간 불이 꺼졌고 흐릿한 이미지가 스크린에 떠올랐다. 희미한 담배 연기가 스크린 위에서 어른거렸다. 「지옥에서 온 노예 소녀들」이라는 제목이 번쩍거리며 나타났다 사라지고, 이어서 천장이 높은 커다란 방이 투박한 흑백 상태로 드러났다. 벽에는 이집트 상형문자가 씌어져 있었고 방 이곳저곳에는 똬리를 튼 뱀처럼 생긴 기둥들이 세워져 있었다. 카메라는 서로 꼬리를 물고 있는 음각의 석고 뱀을 확대시켰다. 그 뱀은 곧 스타킹만 신은 채 어색하게 배꼽 춤을 추는 베티 쇼트로 바뀌었다.

나는 갑자기 배가 옥죄는 듯한 불편함을 느꼈다. 리도 날카로운 숨소리를 내었다. 스크린에 팔이 하나 나타나더니 베티에게 원통 같이 생긴 물건을 내밀었다. 그녀는 그것을 받아 들었고 카메라는 그 손길을 따라갔다. 그것은 자루 부분에 비늘이 가득 덮여 있고 껍질이 벗어진 커다란 귀두 부분에 독니 같은 것이 달린 딜도(인공 남성 성기—옮긴이)였다. 베티는 크게 뜬 눈을 번들거리며 그것을 입에다 넣고 빨기 시작했다.

그러다가 장면이 갑자기 끊기면서 이번에는 나체의 로나가 가랑이를 쫙 벌린 채 긴 의자 위에 누워 있는 모습이 나왔다. 베티가 곧 화면에 등장했다. 그녀는 로나의 다리 사이로 기어 들어가더니 딜도를 로나의 성기 속으로 집어넣고 그것을 앞뒤로 움직이면서 섹스 흉내를 냈다. 로나는 몸을 떨면서 엉덩이를 돌리기 시작했다. 스크린은 다시 초점을 잃었고 이어 확대 화면이 나왔다. 로나가 가짜 황홀경에 빠진 신음 소리를 내며 몸을 비트는 광경이었다. 삼척동자가 봐도 로나가 비명을 억누르기 위해 얼굴을 찡그리고 있음을 알 수 있었다. 화면엔 다시 베티가 나와 로나의 다리 사이에서 뭉그적거렸다.

그녀의 입 모양으로 그녀가 카메라를 바라보면서 "안 돼요, 제발." 하고 말하는 걸 알 수 있었다. 누군가가 그녀의 머리를 아래로 처박았고 이미 삽입되어 있는 딜도 옆에서 그녀가 혀를 내미는 장면이 나왔다. 그 장면은 너무나 크게 확대되어 추악한 디테일이 실제보다 100배는 더 자세하게 보였다.

나는 눈을 감고 싶었지만 그럴 수가 없었다. 내 옆에 앉아 있던 호럴 청장이 조용한 목소리로 말했다.

"러스, 어떻게 생각하나? 이게 그 여자의 피살과 관련이 있다고 생각하나?"

밀라드는 쉰 목소리로 대답했다.

"청장님, 그럴 가능성은 별로 없다고 봅니다. 저 영화는 지난 11월에 만들어졌고 마틸코바가 말한 것으로 미루어 보아 멕시코 남자가 살인자인 것 같지는 않습니다. 그렇지만 일단 확인은 해 보아야 할 것 같습니다. 그 멕시코 남자가 저 영화를 다른 사람에게 보여 줘서 다른 사람이 살인을 저질렀을 수도 있습니다. 그래서 제 생각에는……."

그때 리가 의자를 걷어차며 소리쳤다.

"그 멕시코 놈이 베티를 죽이지 않았다고 해도 무슨 상관입니까? 나는 저것보다 훨씬 가벼운 죄를 저지른 보이 스카우트 출신도 감방에 보냈어요. 당신이 어떤 조치를 취하지 않겠다면 제 손으로라도 조치를 하겠어요."

모두들 리의 갑작스러운 행동에 충격을 받아 꼼짝 않고 앉아 있었다. 리는 영사기의 강한 불빛에 눈을 깜박거리면서 스크린 앞에 서 있었다. 그는 몸을 홱 돌리더니 스크린을 마구 찢어 버렸다. 스크린과 삼각대는 쾅 하는 소리를 내며 쓰러졌다. 베티와 로나는 영사기 불빛을 받아 하얘진 칠판 위에서 계속 섹스를 하고 있었다. 리는 뒤쪽으로 달려갔다. 나는 내 뒤쪽의 영사기가 바닥에 떨어지는 소리를 들었다.

"블라이처트, 그를 제지해!"

밀라드가 소리쳤다.

나는 일어나다가 넘어졌고 다시 일어나 소집실을 나와 복도 끝에 있는 엘리베이터로 들어서는 리를 쫓아갔다. 엘리베이터 문이 닫히고 밑으로 내려가기 시작하자 나는 계단으로 달려가 한 번에 여섯 칸씩 뛰어 내려갔다. 지상 주차장 쪽으로 들어서는데 리가 북쪽 브로드웨이를 향해 미친 듯이 차를 몰아 나가고 있었다. 나는 주차장 안으로 달려 들어가 가장 가까이 놓여 있는 차의 운전석을 들여다보았다. 마침 키가 꽂혀 있었다. 나는 시동을 걸고 가속기를 밟으면서 주차장을 빠져나왔다.

나는 재빨리 속력을 올리면서 리의 포드 차 뒤에 따라붙었다. 그는 선셋 도로의 중앙 차선을 타고 서쪽으로 달려가고 있었다. 나는 그에게 세 번 짧은 경적을 울리며 경고를 주었다. 그러나 그는 LA 경찰의 신호 장치를 작동시켜 "범인 추적 중"임을 표시했다. 그러자 차들이 옆으로 비키면서 그에게 길을 내주었다. 나는 그의 뒤꽁무니를 쫓아가면서 경적을 자꾸 울려 댔다.

우리는 시내 번화가를 벗어나 할리우드를 지나 차후엥가 언덕을 넘어 밸리 지역으로 들어섰다. 벤투라 블러바드에 들어서면서 나는 레즈 바 지역에 가까이 와 있음을 알고 깜짝 놀랐다. 리가 그 지대의 한가운데에서 갑자기 차를 멈춰 세우자 나는 공포로 숨이

콱 막혔다. 그리고 이렇게 생각했다.

'그는 그 시건방진 여자를 알 리가 없어. 레즈 필름을 보더니 꼭지가 확 돌아 버린 거야.'

리는 차에서 내리더니 라번 하이드어웨이의 문을 밀고 안으로 들어갔다. 나는 심한 공포를 느끼면서 브레이크 페달을 세게 밟았고 그 바람에 순찰차는 옆으로 미끄러지면서 보도에 걸쳐진 채 멈추었다. 매들린에 대한 생각과 증거 인멸에 대한 염려를 동시에 하면서 나는 파트너를 따라 술집 안으로 들어갔다.

리는 레즈비언들이 가득 앉아 있는 부스를 향해 욕설을 퍼붓고 있었다. 나는 지난번 얘기를 나눴던 여급과 매들린을 얼른 찾아보았으나 둘 다 보이지 않았다. 그래서 나는 용기를 내어 파트너를 제지하기로 했다.

"야, 이 쌍것들아, 「지옥에서 온 노예 소녀들」이란 영화 본 적 있어? 너희들 마흔 살쯤 처먹은 뚱뚱한 멕시코 놈한테서 레즈 필름을 사서 보지? 이 개 같은 것들……."

나는 뒤에서 리의 목덜미를 거세게 잡아 그를 빙그르 돌려 문을 향하게 했다. 그는 팔을 휘젓고 등을 활처럼 굽히며 저항했다. 나는 그의 체중을 역이용했다. 우리는 팔다리가 서로 엉킨 채 몸의 균형을 잃고 문밖으로 나가 보도 위로 쿵 하고 떨어졌다. 나는 있는 힘을 다해 그의 목을 눌렀다. 그러자 곧 사이렌 소리가 들려왔다. 리는 더 이상 저항하지 않았다. 그는 거기 드러누운 채 파트너, 파트너 하고 중얼거릴 뿐이었다.

사이렌은 더 큰 소리로 울리다가 곧 죽었다. 차 문을 여닫는 소리가 났다. 나는 리에게서 몸을 빼내면서 헝겊 인형처럼 축 늘어진 그를 일으켜 세웠다. 그때 엘리스 로가 거기 나타났다.
로는 살인이라도 할 것 같은 눈빛이었다. 나는 리의 폭발이 그의 기이한 결벽증 때문이라고 생각했다. 그는 일주일 동안 달리아 피살 사건에 대한 여러 가지 정보를 접하다가 외설 필름이 터져 나오자 더 이상 참지 못하고 폭발해 버린 것이었다. 별로 다친 데가 없는 나는 파트너의 어깨에다 팔을 둘렀다.
"로 검사님, 아마도 그 지랄 같은 포르노에 충격을 받아 발작을 일으킨 것 같습니다. 리는 여기에 오면 레즈들이 멕시코 남자에 대한 정보를 제공할 거라고 생각했나 봐요."
"블라이처트, 입 닥쳐."
그러고 나서 로는 리에게 융단 폭격을 퍼부었다.
"블랜처드, 자네를 영장국에 데려온 건 나야. 그러니 자네는 내 부하란 말이야. 그런데 경찰청 내의 가장 강력한 고위직 두 사람 앞에서 자네는 어떻게 했나? 한마디로 나를 똥으로 만들지 않았냐 말이야. 이번 사건은 레즈비언들이 저지른 짓이 아니야. 그 애들은 환각제를 먹고 억지로 그 영화를 찍은 거란 말이야. 호럴 청장과 그린 본부장에게는 자네 얘기를 잘해 놓았지만 그게 얼마나 오래갈진 모르겠어. 자네가 불 씨, 빅 리 블랜처드가 아니었다면 벌써 오래전에 정직을 당했을 거야. 자넨 쇼트 사건을 너무 개인적인 문제로 받아들이고 있어. 그런 태도는 전문가답지 않은 짓이고 난 절대로 용납할 수 없어. 자네는 내일 아침부터 영장국으로 원대 복귀해서 본연의 임무만 수행하도록 해. 내일 아침 0800시까지 내게 보고하고 호럴 청장과 그린 본부장 앞으로 제출할 시말서를 지참하도록 해. 앞으로 경찰에 오래 근무해서 연금이라도 타

먹고 싶으면 처신을 잘해야 할 거야."

"난 티화나로 가서 외설 영화 제작자를 찾아보겠습니다."

리가 온몸에 힘이 다 빠진 목소리로 말했다.

로는 머리를 흔들었다.

"이런 상황에서 그런 요구는 웃기는 얘기야. 보겔과 쾨니히가 티화나로 갈 거야. 아까 말한 것처럼 자네는 이 사건에서 손떼고 영장국으로 복귀하도록 해. 블라이처트, 자네는 쇼트 사건을 계속 담당하도록 해. 이상이다."

로는 씩씩거리며 경찰 백차로 돌아갔다. 순찰 경관은 유턴을 하여 차량의 흐름 속으로 합류했다.

"케이랑 얘기해 봐야겠어."

나는 그 말에 고개를 끄덕거렸다. 그때 그 지역 경찰서 소속의 순찰차가 지나가면서 문턱에 서 있는 레즈들에게 키스를 불어 보냈다.

"로리, 로리. 오, 나의 귀여운 베이비."

리는 그렇게 중얼거리면서 자신의 차로 걸어갔다.

다음 날 아침 8시에 나는 본부로 출근했다. 영장국으로 원대 복귀하게 된 리의 치욕을 다소나마 위안해 주려는 게 주목적이었다. 엘리스 로는 그를 산 채로 잡아먹으려 들 테니까. 우리 두 사람의 책상 위에는 그린 본부장이 보낸 똑같은 메모가 놓여 있었다.

'내일 1947년 1월 22일 오후 6시에 내 방으로 출두할 것.'

메모는 손으로 직접 쓴 것이어서 더욱 을씨년스러워 보였다.

리는 8시에 출근하지 않았다. 나는 한 시간 정도 내 책상 앞에 앉아서 드 위트의 가석방 소식에 초조해하고 있을 그의 모습을 생각했다. 망령에 사로잡힌 리는 그 망령을 쫓아다니면서 느꼈던 삶의 보람을 달리아 사건에서 손을 뗌으로써 잃어버리고 말았다. 칸막이 건너편 검사보의 방에서는 로의 전화로 《미러》와 《데일리 뉴스》의 사회부 기자들에게 고함도 지르고 애원도 하는 소리가 들려왔다. 공화당을 지지하는 보수파 신문인 그들은 야심가 로를 지원하고 있는 것으로 소문이 나 있었다.

통화의 내용은 대강 이러했다.

당신들 신문에 내부 정보를 자꾸 흘려서 《타임스》와 《헤럴드》를 제압할 수 있게 해 줄 테니 그 보상으로 베티 쇼트의 방탕한 생활에 대해서 좀 부드럽게 다뤄 달라, 즉 베티는 원래 여염집 처녀였는데 어쩌다 그런 나쁜 길로 들어서게 된 불운한 소녀라는 식으로 기사를 써 달라는 부탁이었다. 성질이 불 같은 검사보의 만족스러운 작별 인사로 미루어 기자들이 그렇게 해 주기로 한 것 같았다. 특히 아까 로가 한 말이 먹혀 들어간 것 같았다.

"그 여자가 동정을 많이 얻으면 얻을수록 내가 범인을 기소할 때 더 많은 형량을 구형할 수 있어요."

10시가 되어도 리가 나타나지 않자 나는 경관 소집실로 들어가 두툼한 엘리자베스 쇼트 파일을 읽었다. 혹시 매들린 얘기가 있는지 직접 확인해 보고 싶었던 것이다. 두 시간에 걸쳐 200페이지 정도를 읽고 난 결과 그녀의 이름은 수백 명에 달하는 심문자 리스트에 올라 있지 않았고 또 제보자들도 그녀의 이름을 대지 않았다. 레즈비언 케이스를 지적한 것은 정신병자가 제보해 온 단 한 건뿐이었다. 그 종교 광신자는 독살설을 제기하면서 반대 종파의 신자들이 그랬을 것이라고 무고를 해 왔다. 즉 레즈비언 수녀가 쇼트를 교황 바우스 12세에게 희생물로 바쳤거나, 아니면 레즈비언이 공산주의 색채를 띤 반기독교 의식을 하면서 엘리자베스를 죽인 것이라고 황당한 제보를 했던 것이었다.

정오가 되었는데도 리는 여전히 나타나지 않았다. 나는 집, 유니버시티 지서, 엘 니도 호텔 등으로 전화를 해 보았으나 아무런 소득이 없었다. 하지만 일부러 바쁜 척해야 할 필요는 있었다. 그래야 다른 사람들이 내게 쓸데없는 일을 시키지 않으니까. 나는 게시판에 가서 상황 요약 보고서를 읽었다.

러스 밀라드는 지난밤 샌디에이고와 티화나로 떠나기 전에 새로운 보고서를 남겨 놓고 갔다. 그와 해리 시어즈는 외설 필름 관련 전과자들의 기록을 연구조사부와 범죄행정국에서 뒤지고 있는 중이고, 티화나로 가서는 외설 영화 제작장을 수색해 볼 예정이라는 내용이었다.

보겔과 쾨니히는 가드나에서 로나 마틸코바가 말한 '멕시코 남자'를 찾아내지 못했다. 그리고 이들 역시 레즈 필름 제작과 관련하여 티화나로 갈 예정이었다. 검시관의 공식 발표가 어제 있었다. 엘리자베스 쇼트 어머니가 그 자리에 출석하여 시체의 신원을 확인해 주었다. 마조리 그레이엄과 셰릴 새든은 베티의 할리우드 생활에 대해 증언했고, 레드 맨리는 1월 10일 베티를 샌디에이고에서 태우고 와 빌트모어 호텔 앞에서 내려 주었다고 증언했다. 빌트모어 호텔 일대를 철저하게 탐문했지만 아직 그녀를 보았다는 사람은 나타나지 않았다. 섹스 전과자와 성폭행자의 기록은 아직 조사 중이며 가짜 자백자 네 명은 시티 교도소에 구금된 채 알리바이 추적과 정신 감정 및 추가 심문을 대기하고 있었다.

달리아 사건이 만들어 낸 서커스는 계속 진행 중이었다. 전화제보가 끊임없이 밀려 들어와 경관들은 서너 다리 걸친 증인들을 탐문하고 다녔다. 달리아를 아는 사람의 아는 사람의 아는 사람에게 물어보는 식으로. 사건은 건초 더미 속에서 바늘 찾기처럼 점점 더 앞날이 아득해 보였고 미해결의 미궁으로 빠져 버릴 가능성이 높아졌다.

게시판 앞에서 시간을 보내고 있던 나는 책상에 달라붙어 열심히 일하는 사람들에게는 내가 빈둥빈둥 노는 것처럼 보인다는 것을 알았다. 그래서 내 책상으로 돌아왔다. 할 일 없을 때는 계집 생각부터 난다더니, 가만히 앉아 있으니 매들린 생각이 슬며시 났다.

나는 전화기를 집어 들어 그녀에게 전화했다.

벨이 세 번 울리자 그녀가 전화를 받았다.

"스프레이그 저택입니다."

"나야. 오늘 만날 수 있을까?"

"언제요?"

"지금. 45분 안에 태우러 갈게."

"이리로 오지 마세요. 아빠가 저녁에 사업상 손님을 초대했어요. 레드애로 모텔은 어때요?"

"이봐, 난 아파트가 있다니까."

내가 한숨을 내쉬며 말했다.

"난 모텔에 투숙해야만 뜨거워져요. 부잣집 딸의 괴팍한 습성이라고나 할까요. 그럼 45분 뒤에 레드애로 11호실에서 만나요."

"그러지."

내가 전화를 끊었을 때 엘리스 로가 칸막이를 툭툭 치면서 말했다.

"블라이처트, 일하러 나가. 오전 내내 빈둥거렸지? 신경 쓰여 죽겠어. 그리고 유령 같은 자네 파트너를 만나면 무단 결근하는 바람에 사흘치 급여가 깎였다고 말해 주게. 자, 이제 무전차를 타고 나가 주위를 한번 살펴봐."

나는 레드애로 모텔로 직행했다. 매들린의 패커드가 방갈로 뒤쪽 골목에 주차되어 있었다. 11호실 방문은 잠겨 있지 않았다. 나는 방 안으로 들어가 그녀의 향수 냄새를 맡으며 어둠 속에서 잠시 눈을 깜빡거렸다. 그때 그녀의 깔깔거리는 웃음소리가 들려왔다. 어둠에 익숙해지자 침대 위에 드러누워 있는 그녀가 보였다. 너덜너덜한 침대 위에 알몸으로 누워 있는 그녀의 몸 전체가 하나의 횃불처럼 환하게 빛나고 있었다.

우리는 너무 격렬하게 엉켜 붙어 침대의 스프링이 바닥에 닿을 지경이었다. 매들린은 혀로 내 몸을 핥으면서 드디어 사타구니까지 도달했다. 나는 더 이상 참을 수 없을 정도로 흥분되었다. 그녀는 몸을 재빨리 돌려서 누웠고 나는 베티와 뱀처럼 생긴 딜도를 생각하면서 그녀의 속으로 들어갔다. 그러나 곧 눈앞의 찢어진 벽지에다 신경을 집중시키면서 그 생각을 지워 버렸다. 나는 천천히 움직이고 싶었으나 매들린은 이미 숨을 헐떡이고 있었다.

"더 빨리 해 줘요. 난 못 참겠어요."

그녀는 약간 쉰 목소리로 말했다.

나는 그녀의 온몸에 강하게 부딪쳤다. 그녀는 강력한 빨판처럼 나의 몸에 달라붙었다. 나는 무릎을 꿇고 양손으로 침대 난간을 잡으면서 더욱 거세게 돌진해 들어갔다. 매들린은 다리를 굽혀 자기의 귀 뒤쪽으로 갖다 대더니 이어 신음 소리를 내며 나의 등을 두 다리로 힘차게 감싸 잡으며 자기 쪽으로 끌어당겼다. 잔뜩 긴장한 그녀의 장딴지 근육이 나의 등살 속으로 파고들어왔다.

그녀는 이어 양손을 머리 위로 뻗어 침대 난간을 움켜쥐더니 고개를 좌우로 마구 흔들어 대기 시작했다. 동시에 그녀의 온몸은 거대한 빨판이 되어 나를 밀어 올리고 뒤로 빼고 흔들고 돌리면서 요동치기 시작했다. 나는 부드럽게 흔들리는 배 위에 올라탄 취객처럼 제정신이 아니었다. 잠시 뒤 그녀는 온몸을 수평으로 쭉 내리뻗었고 나는 수직의 방추가 된 채 온 힘을 다해 그녀를 밀어붙였다. 그리고 마침내 KO를 당하고 캔버스에 쓰러지는 권투 선수처럼 베개 위에다 머리를 털썩 떨어뜨렸다. 나는 떨리는 몸을 추스르기 위해 베개로 잠시 입을 틀어막아야만 했다.

매들린이 내 몸 밑에서 빠져나오며 물었다.

"슈가, 괜찮아요?"

내 눈앞에는 자꾸 그 뱀이 보였다. 매들린은 나를 간질였다. 나는 뱀을 쫓기 위해 몸을 비틀면서 그녀를 쳐다보았다.

"미소를 지어 봐. 부드럽고 예쁜 얼굴을 해 봐."

매들린은 내게 폴리아나(미국의 여류 작가 엘리너 포터의 소설 속에 나오는 여주인공으로 극단적인 낙천가—옮긴이) 같은 미소를 지어 보였다. 나는 눈을 감으며 그녀를 꼭 껴안아 주었다. 그녀는 내 등을 부드럽게 쓰다듬으며 중얼거렸다.

"버키, 무슨 일이에요?"

나는 벽의 커튼을 응시했다.

"어제 린다 마틴을 잡았어. 커다란 손지갑 속에 외설 영화 필름을 가지고 있더군. 그녀와 베티 쇼트가 레즈비언 짓을 하는 걸 찍은 거야. 티화나에서 찍었다는데 아주 끔찍한 내용이야. 그걸 보고 난 얼이 빠져 버렸고 내 파트너는 후유증이 말도 못 해."

매들린은 애무를 중지했다.

"린다가 내 말을 하던가요?"

"아니, 사건 파일도 모두 뒤져 보았어. 네가 베티에게 메모를 남겼다는 얘기는 어디에도 없어. 그렇지만 여경을 그녀의 방에다 심어 놓았어. 린다로부터 더 얘기를 뽑아 내려고 말이야. 린다가 여경에게 말하면 넌 망하는 거야."

"슈가, 난 걱정하지 않아요. 린다는 나를 기억조차 하지 못할 거예요."

나는 몸을 돌리면서 그녀의 얼굴을 자세히 들여다보았다. 그녀의 눈빛은 섹스 후의 만족감으로 야하게 풀어져 있었고 립스틱은 엉망이 되어 있었다. 나는 베개로 그 입술을 마구 문질렀다.

"베이비, 난 너 때문에 증거를 은닉하고 있어. 내가 이 정도의 보상을 받는 것은 당연해. 그렇지만 나는 아직도 걱정이 돼. 그러니 넌 솔직히 있는 그대로 다 털어놓는 게 좋아. 한 번만 더 물어볼게. 베티나 린다에 대해서 내게 감추는 게 있나?"

매들린은 내 갈비뼈와 옆구리를 손가락으로 간질였다. 특히 내가 블랜처드와 권투 시합을 하다가 얻은 상처를 만지작거렸다.

"슈가, 베티와 나는 딱 한 번 사랑을 나누었어요. 지난여름 딱 한 번 만났을 때 말이에요. 나와 꼭 닮은 여자와 함께 있는 기분이

어떨지 궁금했거든요."

 순간 나는 내 몸을 받치고 있던 침대가 푹 가라앉는 것 같았다. 매들린은 마치 기괴한 카메라 놀음에 홀려 긴 터널의 끝에 와 있는 사람 같았다.

 "버키, 그게 전부예요. 맹세코 그게 전부라니까요."

 그녀의 목소리는 깊이를 알 수 없는 동굴 속에서 울려 나오는 것 같았다. 나는 침대에서 일어나 옷을 입었다. 38구경을 허리에 차고 수갑을 벨트에 매고 나서야 모래 수렁에서 간신히 빠져나온 것 같았다.

 "슈가, 슈가. 가지 말아요."

 매들린이 애원했다.

 나는 마음이 약해지기 전에 그 방에서 나와 버렸다. 순찰차의 운전대를 잡은 뒤 송수신 무전기를 틀었다. 기분 전환을 위해 경찰의 메시지를 듣고 싶었던 것이다. 송신기에서 삑삑거리는 소리가 나더니 곧 지시가 흘러나왔다.

 "코드 포 발령. 크렌쇼와 스토커 거리에 위치한 전 지서 요원은 비상 경계에 들어가라. 강도 사건이 발생하여 두 명이 죽고 용의자도 죽었다. 4A82 무전차에서는 용의자가 레이먼드 더글라스 내시라고 보고해 왔다. 그자는 도주 중인 백인 남자로 현재 체포 영장이 내려져 있다."

 나는 아주 신속하게 무전기를 끄고 시동을 건 다음 가속기 페달을 밟고 사이렌을 울렸다. 골목에서 빠져나오면서 리가 한 말을 되새겨 보았다. 그것은 내 귀에 쟁쟁하게 울렸다.

 "그 죽은 여자 사건이 주니어 내시 건보다 못한 것처럼 말하지도 마!"

그러나 리의 예상은 빗나갔다. 내시는 또다시 살인을 저지르지 않았는가. 나는 오클라호마 출신의 살인자, 내시가 정말로 위험한 살인범이라는 것을 뻔히 알면서도 파트너의 망령에 굴복해 버린 자신이 한없이 미웠다. 시청 주차장 안으로 들어서면서 자기 주장을 내게 납득시키려고 나를 회유하고 협박하고 밀치고 당기면서 온갖 궁상을 떨던 리의 모습이 눈앞에 어른거렸다. 나는 본부로 달려가면서 분노로 몸을 떨었다.

"블랜처드!"

나는 계단을 올라가면서 소리쳤다.

딕 카바노가 대기실에서 나오면서 화장실을 가리켰다. 나는 화장실 문을 발로 걷어찼다. 리는 세면대에서 손을 씻고 있었다. 그는 양손을 내게 보여 주었다. 주먹 쥔 손가락 관절의 상처에서 피가 줄줄 흐르고 있었다.

"벽에다 대고 주먹을 쾅쾅 쳤지. 내시 건에 대한 참회야."

그러나 그것만으로는 충분하지 못했다. 화가 나서 머리가 돌아 버릴 지경이었다. 나는 내 파트너가 떡이 되어 발밑에 쓰러질 때까지, 그리고 내 손이 망가질 때까지 때리고 또 때렸다.

첫 번째 블라이처트 대 블랜처드 시합에서 나는 비록 졌지만 일약 유명 스타가 되었고, 영장국 발령을 받은 데다 덤으로 현금 9,000달러를 챙기기도 했다. 그러나 두 번째 시합에서는 비록 이겼지만, 왼쪽 손목을 삐고 두 주먹을 다쳐 하루 병가를 내기까지 했다. 내가 블랜처드를 때려눕힌 뒤 주먹에다 테이프를 붙이고 있다는 소리를 들은 잭 국장이 코데인(마약으로 만든 진통 진정제―옮긴이) 알약을 주었는데 그게 그만 부작용을 일으켰던 것이다. 그 상처뿐인 '승리'에서 내가 얻은 유일한 기쁨은 엘리자베스 쇼트에게서 24시간 동안 해방될 수 있었다는 것뿐이었다. 그러나 아직 최악의 사태가 남아 있었다. 어떻게 리와 케이를 다시 만나느냐는 것이었다. 내 불알이 두 쪽 나지 않고 우리 셋의 관계를 정상화시킬 수 있는 방법은 없을까.

나는 수요일 오후 리와 케이의 집으로 차를 몰고 갔다. 그날은 이미 유명해진 달리아의 시체가 발견된 지 딱 일주일 되는 날이었고 그것으로써 달리아 사건은 우리의 손에서 떠나가기로 되어 있었다. 그린 본부장과의 면담은 저녁 6시로 예정되어 있었기 때문에 나는 그 전에 리와 화해해 볼 생각이었다. 물론 그게 가능할지는 알 수 없었다.

집의 현관은 훤히 열려 있었다. 커피 탁자에는 2면과 3면이 펼쳐진 《헤럴드》가 한 부 놓여 있었다. 내 생활을 엉망으로 만들어 버린 갖가지 사건들이 자세히 실려 있었다. 달리아 사건, 도끼 얼굴 보비 드 위트 가출옥, 주니어 내시 사건. 내시는 일본인이 운영하는 식료품 가게에 들어가 그 주인과 열네 살 난 아들을 죽였고 자기 자신은 비번이던 현지 경관에 의해 총살되었다.

"드와이트, 우린 유명해졌어요."

케이는 복도에 서 있었다. 나는 웃음을 터트렸다. 내 주먹은 다시 욱신거렸다.

"악명이 높아진 것이겠지요. 리는 어디 있습니까?"

"몰라요. 어제 오후에 떠났어요."
"그에게 문제가 있다는 것은 알죠?"
"당신이 그를 때렸다는 건 알아요."
 나는 케이에게 가까이 다가섰다. 그녀의 숨결에서는 담배 냄새가 났다. 얼굴은 눈물 자국으로 얼룩덜룩했다. 나는 그녀를 껴안았다. 그녀도 나에게 안겨 오면서 말했다.
"그렇다고 당신을 비난하지는 않아요."
 나는 그녀의 머리카락을 어루만졌다.
"드 위트는 가출옥되어 지금쯤 LA에 와 있을 거예요. 리가 오늘 밤에도 안 돌아온다면 내가 여기서 하룻밤 묵을게요."
 케이는 몸을 뒤로 뺐다.
"같이 자지 않을 거면 오지 말아요."
"케이, 난 그럴 수가 없어요."
"왜요? 당신이 만나고 있다는 이웃 여자 때문이에요?"
"어…… 그건 아니에요. 난 단지……."
 나는 리에게 이웃 여자라고 둘러대었던 것을 떠올렸다.
"그럼 뭐 때문이에요, 드와이트?"
 나는 케이를 꼭 끌어안았다. 그렇게 해야 그녀가 내 눈을 들여다보지 못할 것이기 때문이었다. 그리고 나는 순진한 구석도 있지만 동시에 위선적인 면도 있는 말을 하기 시작했다.
"당신과 리는 내 가족이나 다름없어요. 게다가 리는 내 파트너예요. 그가 처한 어려움이 모두 해결되고 나서 우리가 그때도 파트너인지 아닌지가 결정될 때까지 당신에게 그럴 수 없는 처지예요. 내가 지금 만나고 있는 여자는 아무것도 아니에요. 정말 손톱

만큼도 값어치가 없는 여자예요."
"당신은 싸움, 경찰, 권총이 개입되지 않는 일은 두려워하는 것 같군요."
그녀는 더욱 거세게 나를 껴안았다. 나는 그녀의 말이 백번 맞다고 생각하면서 가만히 서 있었다. 곧 나는 그녀에게서 몸을 떼내어 '그 모든 것'의 현장인 시내로 달려갔다.

태드 그린 본부장의 대기실에 놓인 시계는 정확히 6시를 가리키고 있었다. 그러나 리는 나타나지 않았다. 6시 1분에 그린의 비서는 그의 집무실 문을 열어 주면서 안으로 들어가라고 말했다. 본부장은 의자에 앉은 채 나를 올려다보았다.
"블랜처드는 어디 있나? 실은 그를 만나고 싶었는데."
"잘 모르겠습니다. 본부장님."
나는 관병식을 받는 병사처럼 꼿꼿하게 몸을 세우며 말했다. 그린은 의자를 가리키며 앉으라는 지시를 했다. 내가 자리에 앉자 본부장은 뚫어져라 나를 쳐다보았다.
"자네 파트너가 월요일 밤에 보인 기이한 행동에 대해서 1분 내로 간단하게 설명해 보게."
"본부장님, 리가 어렸을 때 그의 여동생이 납치당해 피살되었습니다. 그래서 그는 마치 여동생이 납치되어 죽은 것처럼 달리아 사건에 집착했습니다. 거의 강박증이나 다름없었습니다. 게다가 블러바드 시티즌스 은행털이 사건과 관련하여 그가 잡아넣은 드위트가 어제 가출옥했습니다. 그리고 일주일 전에는 그와 내가 노상 불량배들 네 명을 총으로 쏘아 죽인 사건이 있었습니다. 그런

와중에 외설 필름은 낙타의 등을 부러트린 마지막 볏단이 된 것 같습니다. 그는 그만 이성을 잃고 레즈비언 바에 가서 소동을 부렸습니다. 외설 필름의 제작자에 대한 정보를 얻을 수 있을지도 모른다고 생각했던 거지요."

테드 그린은 이해하겠다는 듯이 고개를 끄덕였다.

"자네는 마치 의뢰인의 범행을 정당화하려는 돌팔이 변호사 같구먼. 내가 지휘하는 LA 경찰 본부에서 근무하는 경관은 적어도 경찰 배지를 달았으면 감정을 억제할 줄 알아야 해. 그럴 수 없다면 옷 벗어야지. 하지만 난 피도 눈물도 없는 사람이 아니야. 그래서 이렇게 할 생각이야. 난 블랜처드를 징계위원회에 회부할 작정이야. 월요일 밤의 기이한 짓 때문이 아니라 그가 제출한 메모 때문이야. 그는 주니어 내시가 우리 관할 바깥으로 벗어났다고 주장하는 메모를 제출한 적이 있어. 나는 그가 달리아 사건에 전념하기 위해 그런 가짜 메모를 제출했다고 생각하네. 자네는 어떻게 생각하나?"

나는 다리가 후들거렸다.

"저는 그 메모를 믿었습니다."

"그렇다면 자네의 경찰대학 성적도 별거 아니로군. 성적이 좋기에 자네가 상당히 똑똑한 경관인 줄 알았는데. 블랜처드를 만나거든 경찰 권총과 신분증을 반납하라고 해. 자네는 쇼트 사건을 계속 담당해도 좋아. 그렇지만 시청 건물 내에서 주먹질하는 일은 없었으면 좋겠네. 자, 이상."

나는 일어서서 거수경례를 붙이고 절도 있는 동작으로 방에서 나왔다. 복도 아래쪽의 회의실에 들어설 때까지 나는 군인 같은 자세를 풀지 않았다. 그리고 곧장 책상으로 가 수화기를 집어 들고 블랜처드의 집, 유니버시티 지서 경관 대기실, 엘 니도 호텔 등에 전화를 해 보았다. 그러나 아무것도 건진 게 없었다. 순간 불길한 생각이 스쳐 지나갔다. 나는 군 가석방과로 전화를 해 보았다.

"로스앤젤레스 군 가석방과입니다. 무엇을 도와드릴까요?"

남자가 전화를 받았다.

"LA 경찰 본부에 근무하는 블라이처트 경관입니다. 최근에 가석방된 사람의 자료가 필요해서 전화를 걸었습니다."

"말해 보세요."

"로버트 보비 드 위트입니다. 어제 퀜틴 교도소에서 출소한 것으로 아는데."

"아, 그건 금방 대답해 드릴 수 있습니다. 그는 어제 가석방 담당관 앞에 출두하지 않았어요. 그래서 우리는 샌타로사에 있는 버스 운송부로 전화를 해 보았습니다. 알고 보니 드 위트는 LA행 티켓을 사지 않고 티화나로 가기 위해 샌디에이고 표를 샀다는 겁니다. 아직 가석방 규정 위반 영장을 발급하지 않았습니다. 드 위트의 가석방 담당관은 그가 사창가를 찾아 티화나로 갔을 것으로 보고 있습니다. 내일 아침까지 나타날지 모르니 기다려 보겠다고 하더군요."

나는 드 위트가 LA로 직행하지 않아 다행이라고 생각하면서 전화를 끊었다. 엘리베이터를 타고 주차장 쪽으로 내려가는데 러스 밀라드와 해리 시어즈가 뒷계단 쪽으로 걸어 들어오는 것이 보였다. 러스는 나를 보고서 가까이 오라는 손짓을 했다. 나는 그에게 달려갔다.

"티화나에서 뭔가 좋은 소식이 있었습니까?"

"외설 필름은 헛물만 켰어. 싸구려 하숙집을 다 뒤져 보았지만 찾을 수가 없었어. 그래서 외설 필름 밀매꾼만 몇 명 검거했지. 그게 두 번째 헛물이야. 그다음은 샌디에이고에서 쇼트의 친구 몇 명을 체크했지. 그게 세 번째 헛물이고 나는……"

해리는 입에서 센센주(酒) 냄새를 희미하게 풍기면서 말했다.

밀라드는 파트너의 어깨에다 가볍게 손을 얹으며 제지했다.

"버키, 블랜처드가 티화나에 내려갔어. 우리가 국경 순찰대에게 물어봤는데 신문에서 블랜처드 사진을 많이 봤기 때문에 리를 대번에 알아봤다는 거야. 그가 인상이 험악한 루랄레스(멕시코 주 경찰—옮긴이)들과 다정하게 얘기를 나누었다는 거야."

나는 드 위트의 행선지를 생각해 내고 리가 왜 루랄레스들과 얘기를 나누었는지 그 이유가 아리송했다.

"언제요?"

"지난밤이었대. 로, 보겔 그리고 쾨니히도 티화나로 내려가 디비시데로 호텔에 묵었어. 티화나 경찰과도 얘기를 나눠 보았는데, 러스는 그들이 스페인계 미국인을 달리아 사건의 범인이라고 뒤집어씌울 속셈인 것 같다는 거야."

시어즈가 말했다.

나는 외설 필름 제작자들을 쫓아다니는 리의 모습이 눈에 선했다. 그리고 피투성이가 되어 내 발밑에 쓰러져 있던 그의 모습이 떠올라 온몸이 부르르 떨렸다.

"하지만 다 쓸데없는 수작이야. 우리가 마틸코바의 보호 감방에 넣었던 여경 메그 콜필드가 마틸코바로부터 외설 필름 제작자에 대한 정확한 정보를 알아냈어. 그자는 월터 듀크 웰링턴이라는 백인 남자야. 범죄행정국에 조사를 의뢰해 보았더니 뚜쟁이 짓과 외설 필름 제작으로 여섯 번도 넘게 감방에 들락거렸어. 아무튼 수사는 잘 진행되고 있어. 사흘 전 날짜로 소인이 찍힌 웰링턴의 편지가 잭 국장 앞으로 날아왔어. 그는 달리아 사건에 연루될까 봐 두려워서 은신 중이라는 거야. 그리고 베티 쇼트와 로나 마틸코바를 데리고 외설 필름을 촬영했다고 자백했어. 그렇지만 달리아 사건에 연루되는 게 무서웠는지 베티가 실종된 며칠 동안의 구체적인 알리바이를 보내 왔어. 잭이 그 알리바이를 개인적으로 조사해 보았는데 완벽해. 웰링턴이 편지 사본을 《헤럴드》에도 보냈으니까 내일 신문에 날 거야."

밀라드가 말했다.

"그러니까 로나는 그를 보호하기 위해 거짓말을 했군요?"

시어즈가 고개를 끄덕였다.

"그게 실상이었던 것 같아. 웰링턴은 옛날에 한 뚜쟁이 짓 때문에 체포 영장이 발부되어 있고 아직도 도주 중이지. 그리고 로나는 메그의 정체를 안 뒤론 조개처럼 입을 꽉 다물고 있어. 그런데 아주 재미있는 일이 벌어지고 있어. 우린 로에게 전화를 걸어 멕시코 남자는 지어낸 얘기였다고 말해 주었는데, 루랄레스 얘기로는 보겔이랑 쾨니히는 아직도 스페인계 미국인을 잡으려고 돌아다니고 있다더군."

달리아 수사는 서커스에서 이제 희극이 되어 가고 있었다.

"신문에 웰링턴의 편지가 나서 멕시코 작전이 헛것이 되면 보겔과 쾨니히는 LA에서 만만한 사람을 찾아내 뒤집어씌우려고 할 겁니다. 그러니 앞으로는 그들에게 정보를 주지 말아야 해요. 리는 현재 징계위원회에 회부 중이지만, 사건 파일을 모두 복사해서 할리우드에 있는 한 호텔 방에 보관하고 있어요. 우린 그 자료를 이용해서 앞으로의 자료를 보강해 나가야 해요."

밀라드와 시어즈는 천천히 고개를 끄덕였다.

"그리고 군 가석방과에 물어보니 보비 드 위트가 티화나행 표를 샀다고 합니다. 만약 리도 티화나에 가 있다면 문제가 될 것 같은데요."

밀라드는 몸을 부르르 떨었다.

"이거, 어쩐지 감이 좋지 않은데. 드 위트는 아주 악당이야. 그자는 리가 티화나에 있다는 사실을 알아낼지도 몰라. 국경 순찰대에 전화를 걸어 드 위트를 보는 즉시 구금하라고 지시를 내려야겠어."

그 순간 내가 어떻게 해야 할 것인지를 퍼뜩 깨달았다.

"나도 그리로 내려가 보겠습니다."

나는 새벽에 국경을 넘었다. 티화나의 번화가인 레볼루시온 쪽으로 들어설 무렵 티화나는 이제 막 잠에서 깨어나고 있었다. 어린 거지들이 쓰레기통에서 아침 거리를 뒤지고 있었고, 타코를 파는 사람들은 꿀꿀이죽이 끓는 솥을 휘젓고 있었다.

5달러짜리 긴 밤을 보낸 해군과 해병대 사병들이 창녀촌에서 나른하게 기어 나오고 있었다. 개중 똑똑한 놈들은 페니실린 주사를 한 대 맞겠지만, 멍청한 놈들은 다시 동(東)티화나의 블루폭스나 시카고 클럽으로 가서 아침부터 하는 당나귀 쇼(당나귀 수간을 하는 쇼—옮긴이)를 구경하며 헬렐레할 것이다. 관광차들은 싸구려 실내 장식용품 가게 앞에 줄을 잇고 있었고, 루랄레스는 나치스 제복과 흡사한 검은 제복을 입고 독수리처럼 순찰을 하고 있었다.

나는 거리를 배회하면서 리와 그의 40년형 포드를 찾았다. 국경 순찰대나 루랄레스 파견소에 들러 도움을 청해 볼까도 생각했으나, 리는 현재 정직 중인 데다 불법 총기마저 소지하고 있어 떳떳하지 못한 입장이니, 혹시 못된 멕시코인이 당국에 찌르기만 하면 골로 갈지도 모른다는 생각이 들어 그만두었다. 그래서 고등학교 수학여행 때 들른 디비시데로 호텔을 기억해 내어 시외로 나가 미국인의 도움을 얻어 보기로 했다.

핑크빛의 보기 흉한 호텔 건물은 벼랑 위에서 양철 지붕이 줄지어 들어선 빈민가를 내려다보고 있었다. 나는 호텔의 접수계원에게 물어서 '로 일행'이 스위트룸 462호에 있음을 알아냈다. 1층 뒤쪽에 위치한 그 방에 이르니 안에서 분노에 찬 목소리가 흘러나왔다. 프리츠 보겔이었다.

"난 아직도 스페인계 미국인을 잡아들일 수 있다고 생각해요! 《헤럴드》에 보낸 편지는 외설 필름에 대해서는 아무런 언급도 하지 않았어요. 웰링턴이 지난 11월에 달리아와 다른 여자를 만났다는 얘기뿐이란 말이에요! 우리는 아직도……"

엘리스 로가 성난 목소리로 그의 입을 막았다.

"우린 그렇게 할 수가 없어! 웰링턴이 티어니에게 자신이 그 영화를 만들었다고 시인했단 말이야! 그가 총책임자이기 때문에 그를 밀어젖히고 일할 수는 없어!"

나는 문을 열었다. 로, 보겔, 쾨니히가 모두 의자에 앉아서 금방 나온 듯한 별 여덟 개(신문사 로고—옮긴이) 박힌 《헤럴드》를 들고 있었다. 음모를 꾸미던 일당은 갑자기 잠잠해졌다. 쾨니히는 입이 쑥 들어갔다. 로와 보겔은 동시에 "블라이처트……." 하고 중얼거렸다.

"이제 달리아 얘기는 그만 하십시오. 리가 여기 내려와 있어요. 보비 드 위트도 여기 있고요. 이거 조짐이 심상치 않아요. 당신들은……."

"블랜처드 얘기는 집어치워. 그자는 지금 정직 중이야."

로의 말이 끝나기가 무섭게 나는 그에게 돌진했다. 쾨니히와 보겔이 가로막고 나서서 쐐기를 박았다. 그들을 뚫고 가려는 것은 담벼락에다 머리를 박는 꼴이었다. 쾨니히가 내 팔을 잡았고 보겔은 나를 뒤로 밀쳤다. 로는 뒤로 물러서서 문턱에서 나를 험악하게 노려보았다. 프리츠는 내 턱을 톡톡 건드렸다.

"난 라이트 헤비급 선수를 좋아하지. 로를 때리지 않겠다고 약속하면 자네 파트너 찾는 걸 도와주지."

나는 고개를 끄덕였다. 쾨니히는 나를 놓아 주었다.

"내 차를 타고 가세. 자넨 운전할 상태가 아닌 것 같으니까."

프리츠가 말했다.

프리츠는 차를 몰았고 나는 주위를 두리번거렸다. 그는 쇼트 사건에 대해서 끊임없이 입을 놀리면서, 그 사건만 해결되면 자기가 차장 자리에 오르는 건 떼어 놓은 당상이라고 지껄였다. 차창 밖으로는 관광객들에게 매달리는 거지 떼들, 전시장 앞에 앉아 펠라

티오 흉내를 내는 창녀들, 야한 옷을 입고 주정뱅이의 지갑을 털기 위해 눈알을 굴리는 젊은 녀석들이 보였다. 그러나 네 시간 동안 아무 소득 없이 휘발유만 낭비하며 돌아다닌 게 전부였다. 게다가 거리는 넘치는 차량으로 너무 혼잡하여 더 이상 앞으로 나갈 수도 없었다. 우리는 차에서 내려 걸어갔다.

그러나 막상 걸어 보니 비참하고 더러운 주변 풍경이 더욱 사실적으로 느껴졌다. 꼬마 거지들은 십자가를 코앞에 내밀고 뭐라고 지껄이며 돈을 달라고 했다. 프리츠는 아이들의 팔을 때리고 발을 걸어차면서 그들을 내쫓았다. 그러나 굶주림으로 부황이 든 아이들은 나에게 집요하게 얼굴을 내밀었다. 나는 5달러짜리를 페소화로 바꾸어서 꼬마 거지들이 매달릴 때마다 동전을 조금씩 하수구 쪽으로 던졌다. 그럴 때마다 아이들은 서로 치고받고 난장판이 되었지만 그래도 푹 꺼진 눈과 초점 잃은 눈을 마주해야 하는 것보다는 훨씬 나았다.

한 시간 동안 그렇게 배회하고 다녔지만 리와 리의 40년형 포드 그리고 보비 드 위트를 닮은 백인은 찾아볼 수가 없었다. 그때 검은 제복을 입고 장화를 신은 채 문턱에 기대어 서 있던 루랄레스가 나를 쳐다보았다.

"폴리시아(경찰인가요)?"

나는 걸음을 멈추고 대답 대신 경찰 배지를 내보였다.

그 루랄레스는 주머니에 손을 넣어 텔레타이프된 사진을 꺼내들었다. 사진은 몹시 얼룩덜룩하고 지저분했으나, 그래도 '로버트 리처드 드 위트'란 걸 분명하게 알아볼 수 있었다. 프리츠는 루랄레스의 견장을 가볍게 두드렸다.

"어디 있습니까, 아드미랄(경찰 양반)?"

루랄레스는 발꿈치로 땅을 탁탁 치더니 소리쳤다.

"에스타시온, 바마노스(경찰서로 갑시다)!"

그는 앞서서 걸어가더니 성병 치료소가 죽 늘어선 골목으로 들어가 가시 철망이 쳐져 있는 신더블록 오두막집을 가리켰다. 프리츠는 그에게 1달러를 주었다. 루랄레스는 무솔리니처럼 경례를 하고는 몸을 휙 돌려 가 버렸다. 나는 달아나고 싶은 마음을 억누르면서 서(署)로 발걸음을 옮겼다.

서의 문턱에는 기관단총을 든 루랄레스가 양쪽에서 보초를 서고 있었다. 경찰 배지를 보여 주자 그들은 삐걱거리는 구두 굽 소리를 내면서 길을 비켜 주었다. 프리츠는 서의 내부로 나를 따라 들어왔다. 그는 1달러를 들고 접수 책상으로 갔다. 접수계의 경찰은 돈을 날름 받아 챙겼다. 그 사이에 프리츠가 물었다.

"푸히티보(도망자)? 아메리카노(미국인)? 드 위트?"

접수계원은 미소를 짓더니 의자 옆에 있는 스위치를 눌렀다. 그러자 옆쪽 벽의 빗장을 지른 문이 약간 열렸다.

"도대체 드 위트란 자에게서 얻어 내려는게 뭐지?"

프리츠가 물었다.

"리가 여기 내려와 있어요. 아마도 혼자 힘으로 외설 필름 제작자를 잡으려 했던 것 같아요. 드 위트는 퀜틴 감옥에서 바로 이리로 내려왔고요."

"가석방 담당관도 만나 보지 않고?"

"예."

"그리고 드 위트는 블러바드 시티즌스 은행털이 사건 때문에 블랜처드에게 앙심을 품고 있단 말이지?"

"예."

"알 만해."

우리는 감방이 양옆으로 죽 늘어선 복도를 걸어갔다. 드 위트는 맨 마지막 감방에서 혼자 마룻바닥에 앉아 있었다. 문이 열리자 케이 레이크의 신세를 망친 그자가 일어섰다. 그는 장기간의 교도소 생활로 몸이 많이 상해 있었다. 과거에 신문을 자주 장식했던 도끼 같은 얼굴은 날이 모두 무뎌진 듯 흐물흐물해졌고, 배는 툭 튀어나온 데다 얼굴은 쭈글쭈글해져 있었다. 파추코 머리 스타일은 그가 입고 있는 구세군 옷만큼이나 어울리지 않았다.

프리츠와 나는 감방 안으로 들어갔다. 드 위트의 허세는 비굴함이 적당히 섞인 가짜 씩씩함이었다.

"경찰? 아무튼 미국인이라 반갑소. 당신들을 만나서 기뻐해야 할지 슬퍼해야 할지 모르겠소."

"뭐야? 이게 사람을 어떻게 보고 조동아리를 함부로 놀려."

프리츠는 말이 끝나기가 무섭게 드 위트의 불알을 걷어찼다. 그가 허리를 꺾으며 앞으로 몸을 숙이자 프리츠는 그의 목덜미를 움켜잡으면서 사정없이 그의 뒤통수를 손등으로 내리쳤다. 드 위트는 입에서 게거품을 뿜기 시작했다. 프리츠는 그의 목덜미를 놓아준 뒤 손에 묻은 개기름을 소매에 닦았다. 드 위트는 바닥에 털썩 쓰러지더니 변기로 기어가 토하기 시작했다. 그가 몸을 일으키려 하자 프리츠는 파리도 미끄러질 듯 번쩍거리는 커다란 윙팁 단화로 그의 대가리를 변기 속에다 처박고 마구 짓이겼다. 한때 은행털이이자 매춘 뚜쟁이였던 그는 숨도 제대로 쉬지 못하고 철벅거리면서 똥물과 오줌물 속에서 껄떡거렸다.

"리 블랜처드가 여기 티화나에 와 있어. 네놈은 큰집에서 나오자마자 여기 내려왔어. 그건 우연의 일치라고 하기에는 너무 냄새가 많이 나. 그리고 난 어쩐지 그 냄새가 마음에 안 들어. 난 네놈도 맘에 안 들어. 그리고 네놈을 낳아 준 매독 걸린 창녀도 마음에 안 들고. 가족과 편안히 쉬어야 할 때에 쥐가 들끓는 이 더러운 나라로 내려와 너 같은 똥 덩어리를 봐야 하는 것도 지겹다 이 말이야. 내 말 알아들어? 난 범죄자들은 바퀴벌레만도 못하다고 생각해. 그래서 바퀴벌레를 으깨어 놓듯이 그런 놈들에게는 심한 육체적 고통을 주지. 내 말 잘 들어. 내 질문에 사실대로 대답하지 않으면 바퀴벌레 신세가 될 테니까."

프리츠는 그렇게 내뱉고 나서 단화를 그의 머리에서 떼 냈다. 드 위트는 온통 똥물투성이인 얼굴을 쳐들었다. 그리고 숨찬 소리를 내며 껄떡거렸다. 나는 감방 바닥에 아무렇게나 내팽개쳐진 지저분한 티셔츠를 집어 들어 건네주려고 하다가 케이의 다리와 등에 난 커다란 채찍 자국을 기억해 냈다. 그래서 아주 거칠게 셔츠를 드 위트에게 던져 주었다. 나는 그를 의자에 앉힌 다음 그의 손목을 뒤쪽의 쇠기둥에 연결해 수갑으로 채웠다.

드 위트는 우리를 올려다보았다. 바짓가랑이는 실금을 한 탓에 오줌발에 젖어 꺼멓게 되어 있었다.

"블랜처드 반장이 여기 티화나에 와 있다는 걸 알지?"

프리츠가 물었다.

드 위트는 고개를 좌우로 저으면서 얼굴에 남아 있던 나머지 똥물을 털어 냈다.

"난 그 개 같은 재판 이후로 블랜처드 자식을 본 적이 없소."

프리츠는 다시 손등으로 그의 얼굴을 가볍게 후려쳤다. 프리츠의 프리메이슨(박애, 자유, 평등의 실현을 추구하는 세계적 규모의 단체——옮긴이) 반지가 그의 뺨을 짝 찢어 놓았다.

"이 자식아, 내 앞에서 상소리하지 마. 그리고 나를 '서(sir)' 라고 불러. 자, 블랜처드가 여기 티화나에 내려와 있는 걸 알았나?"

"몰랐습니다."

드 위트는 울먹이며 말했다.

"몰랐습니다, 서라고 하란 말이야."

프리츠는 또 그의 얼굴을 철썩 때렸다. 드 위트는 고개를 숙여서 턱을 가슴에다 문질렀다. 프리츠는 한 손가락으로 그의 턱을 치켜올렸다.

"몰랐습니다, 그다음에 뭐라고 해야 되지?"

"몰랐습니다, 서!"

드 위트가 비명을 내지르듯 말했다.

나는 증오심 때문에 사리를 잘 판단할 수 없는 상태이긴 했지만, 그가 진실을 말하고 있다는 느낌이 들었다.

"블랜처드는 널 두려워하고 있다. 왜 그런가?"

내가 물었다. 드 위트는 의자에서 몸을 비틀면서 이마 위로 흘러 내려온 머리카락을 뒤로 젖히면서 웃음을 터뜨렸다. 고통 속으로 예리하게 파고들어 그 고통을 더 날카롭고 선명하게 만드는 그런 웃음이었다.

프리츠는 낯빛이 하얘지더니 주먹을 꼭 쥐면서 그의 얼굴을 갈길 채비를 했다.

"그냥 내버려 두세요."

내가 제지하자 보겔은 다소 누그러졌다.

드 위트의 광인 같은 웃음은 잠시 후 잦아들었다. 그는 크게 숨을 들이마신 뒤 말했다.

"아, 정말 웃기는 얘기죠. 정신이 돌아 버릴 정도로 말이에요. 리가 날 겁내는 건 내가 죄를 뒤집어썼을 뿐만 아니라 상당한 비밀 정보를 알고 있는 것처럼 흘렸기 때문입니다. 그러나 나도 신문에 난 것밖에 알고 있는 게 없어요. 그리고 마리화나 건으로 체포되어 감방에 간 이래 공포가 무엇인지 알게 되었어요. 내가 거짓말을 한다면 나를 때려 죽여도 좋습니다. 재판 때는 너무 화가 나서 복수를 하겠다고 했지요. 그리고 감방에 같이 있던 죄수들에게도 복수 운운하면서 헛소리 좀 했어요. 하지만……."

보겔은 참지 못하고 드 위트에게 기어코 주먹을 날렸다. 그는 의자에 앉은 채 바닥에 털썩 쓰러졌다. 부러진 이빨과 피를 내뱉으면서 나이 든 라운지 도마뱀은 신음 같은 웃음소리를 냈다. 프리츠는 그것도 시원찮은지 그의 옆에 꿇어앉아 목 근처의 경동맥을 잡아 세게 눌렀다. 머리에 피가 통하지 않아 드 위트의 얼굴은 금세 창백해졌다.

"보비, 이 쥐새끼 같은 놈. 블랜처드 반장을 싫어하기는 나도 마찬가지야. 그렇지만 그는 내 동료 경관이야. 너 같은 매독 덩어리가 경찰을 욕하는 건 묵과할 수 없어. 이제 네놈은 가석방 규정을 위반하고 여기 내려온 것만으로도 다시 큰집으로 되돌아가야 해. 내가 이 손을 놓아 주면 있는 그대로 다 불어. 안 그러면 경동맥을 꽉 눌러서 네놈의 뇌세포를 다 파 버릴 거야. 피와 공기가 모자라면 뇌수는 양파 싹처럼 대갈통 밖으로 튀어나오게 되어 있어."
 프리츠는 죄수를 놓아 주었다. 파랗게 질렸던 드 위트의 얼굴이 시커먼 흙빛으로 바뀌었다. 보겔은 한 손으로 그의 목을 잡고 일으켜 세웠다. 라운지 도마뱀은 웃음을 터트리면서 피를 내뿜다가 곧 멈추었다. 프리츠를 올려다보는 드 위트는 잔인한 주인을 사랑하는 개의 몰골이었다. 주인이라고는 그 잔인한 주인밖에 모르는 개처럼. 이제 그의 목소리는 하도 두드려맞아 깽깽거리는 개의 맥 빠진 울부짖음이 되었다.
 "나는 여기에 헤로인을 좀 구하고 몸을 풀러 내려왔어요. 그렇게 하고도 충분히 LA로 돌아갈 수 있다고 생각했어요. 내 가석방 담당관은 좀 무르다는 평판이 나 있었거든요. 그래서 '감방에서 8년이나 있다가 가석방된 기분에 창녀와 몸 좀 풀다가 그만 늦었어요.' 하고 둘러대면 늦게 왔다고 해서 가석방을 취소할 것 같지는 않았어요."
 드 위트는 심호흡을 했다.
 "빨리 다 불어. 안 그러면 골통이 성치 못할 줄 알아."
 보비는 개처럼 캥캥거리면서 나머지 얘기를 다 쏟아 놓았다.
 "내가 여기서 만나기로 한 놈은 펠릭스 차스코라는 자예요. 그는 오늘 밤 칼렉시코 가든스 호텔에서 나와 만나기로 되어 있었요. LA에서 살았던 그의 형을 감방에서 만나 차스코와 연결된 거예요. 하지만 아직 차스코를 못 만났어요. 그러니 더 이상 나를 괴롭히지 마세요."
 프리츠는 휴 소리를 내며 감방 밖으로 나갔다. 빨리 이 정보를 보고해야겠다는 태도 같았다. 드 위트는 입술에 말라붙은 피를 핥으면서 나를 쳐다보았다. 이제 보겔이 가 버렸으니 내가 개의 주인인 셈이었다.

"녀와 블랜처드의 관계를 마무리지어 봐. 이번에는 아까처럼 흐느끼지 말고."

"서, 블랜처드와 내 사이가 이렇게 된 건 딱 하나, 내가 케이 레이크라는 창녀와 놀아났다는 사실뿐입니다."

그 말을 듣는 순간 이성을 잃어버렸다. 그리고 내가 뭘 하고 있는지도 전혀 의식할 수 없었다. 나는 양손으로 그의 목을 거머쥐고 늙은 개의 눈알이 튀어나올 때까지 목을 죄고 누른 것 같다. 그는 얼굴색이 변하면서 스페인어로 뭐라고 지껄여 댔다. 그때 프리츠가 감방으로 돌아와 소리쳤다.

"저 자식 얘기가 다 맞는데! 확인됐어."

그리고 나는 뒤로 내던져졌고 쇠창살에 가 부딪혔다. 그 뒤는 어둠뿐이었다.

나는 그것이 세 번째 블라이처트 대 블랜처드 시합인 줄 알았다. 그리고 내가 KO를 당했다고 생각했다. 그러면서도 상대방에게 얼마나 타격을 주었는지 궁금했다.

"리? 리? 괜찮아요?"

나는 비몽사몽간에 그렇게 지껄였다.

이윽고 검은 셔츠에 싸구려 휘장을 단 멕시코 경찰 두 명이 보였다. 프리츠 보겔이 그들 뒤에서 고개를 내밀면서 말했다.

"보비를 놓아 주었지. 그런 다음 그자를 미행해서 그 친구를 잡으려고 말이야. 그런데 자네가 이 모양으로 잠이 들어 버린 거야.

게다가 드 위트는 미행하는 멕시코 경찰을 떼어 버렸어. 하지만 그건 결과적으로 드 위트에게 커다란 손실이 되고 말았지."

 덩치가 아주 큰 사람이 나를 감방 바닥에서 들어올렸다. 나는 서서히 의식을 회복하면서 그게 빅 빌 쾨니히라는 것을 알았다. 흐리멍덩하고 다리가 휘청거리는 상태로 나는 프리츠와 두 멕시코 경찰의 도움을 받아 가며 멕시코 지서 밖으로 나왔다. 날은 이미 어두워졌고 티화나의 하늘에는 네온이 번쩍거리고 있었다. 순찰차가 우리 앞에 와 멈춰 섰다. 프리츠와 빌은 나를 뒷좌석에 앉혔고 운전사는 요란스레 사이렌을 울리면서 빠른 속도로 달리기 시작했다.

 우리는 서쪽 교외로 달려가 말발굽 모양의 모텔 앞에 설치된 주차장에 멈춰 섰다. 카키색 셔츠와 승마 바지를 입은 티화나 경찰들이 자동 권총을 든 채 보초를 서고 있었다. 프리츠는 윙크를 하며 기대라는 듯이 팔을 내밀었다. 나는 그 팔을 뿌리치고 이를 악물며 혼자 힘으로 차에서 내렸다. 프리츠가 길을 안내했다. 경찰은 총열을 똑바로 세워 우리에게 경례를 한 뒤 문을 열어 주었다.

 방 안은 화약 냄새가 가득한 도살장의 형국이었다. 보비 드 위트와 멕시코 남자 하나가 방바닥에 죽어 넘어져 있었다. 총알 세례를 받아 벌집이 된 몸에서는 아직도 피가 흘러나오고 있었다. 머리에 총알을 맞아 터져 나온 뇌수가 한쪽 벽에 덕지덕지 붙어 있었다. 드 위트의 목에는 내가 꼭 죄었던 손자국이 나 있었다. 나는 내가 정신을 잃고 미쳐 날뛰다가 사랑하는 두 사람을 보호하기 위해 무의식중에 드 위트를 죽였나 보다는 생각이 들었다.

 프리츠는 내 마음을 읽은 듯 웃음을 터트리더니 말해 주었다.

"자네가 한 짓이 아니야. 이 멕시코 놈은 펠릭스 차스코야. 마약 밀매꾼으로 잘 알려져 있지. 이 둘을 쏴 죽인 놈은 아마 다른 마약꾼이거나 리일 거야. 아니면 신(神)일 수도 있지. 이봐, 이런 지저분한 일은 멕시코 경찰에게 맡기고 우리는 LA로 돌아가자고. 가서 달리아를 난도질한 개자식이나 찾아보자고."

보비 드 위트의 피살 소식은 LA의 《미러》에 칼럼의 반 바닥 정도로 자그맣게 났다. 나는 이상할 정도로 친절하게 대해 주는 엘리스 로로부터 하루 휴가를 얻었지만, 리의 실종은 본부 경찰관 여러 명을 바쁘게 만들었다.

나는 휴가의 대부분을 잭 국장의 사무실에서 본부 경찰관에게 심문을 받으면서 보냈다. 그들은 리에 대해서 수백 가지 질문을 퍼부었다. 외설 필름을 보고 화를 낸 이유, 라번 하이드어웨이로 간 것, 쇼트 사건에 대한 지나친 집착, 내시 건과 관련하여 제출한 메모, 케이와 동거하게 된 경위 등을 물고 늘어졌다.

나는 사실대로 말하지 않았고 몇 가지는 일부러 말하지 않음으로써 결과적으로 거짓말을 한 꼴이 되었다. 리가 벤제드린을 오래 복용한 사실, 엘 니도 호텔에 개인 자료실을 둔 것, 케이와 동거는 했지만 성관계는 없었다는 것 등에 대해 침묵을 지켰다. 본부 경찰관들은 혹시 리가 보비 드 위트와 펠릭스 차스코를 죽인 것은 아니냐고 되풀이해서 물었다. 나는 그가 살인을 할 사람이 아니라고 거듭 강조했다.

파트너의 증발에 대해 나름대로 이유를 말해 보라고 해서 나는 이렇게 말해 주었다. 나는 내시 건과 관련하여 리를 구타한 사실이 있다. 그는 전직 권투 선수였고 이제 곧 전직 경관이 될 것이다. 하지만 나이가 많아 권투 선수로 되돌아갈 수도 없고 또 성질이 너무 급해 보통 시민처럼 살 수도 없다. 그러니 멕시코 오지가 그에게는 딱 알맞은 은신처라고 생각한다고.

심문이 끝나갈 즈음 나는 그들의 관심이 리의 안전에 있는 게 아니라 그를 경찰에서 쫓아낼 구실을 찾는 데 있음을 알아챘다. 그들은 내게 자신들의 심문을 방해하면 절대로 안 된다고 되풀이해서 말했다. 그 다짐에 동의할 때마다 목젖까지 치밀어 오르는 심한 욕설과 모욕적인 발언을 참기 위해 손바닥을 꼬집었다.

나는 시청에서 나와 케이를 보러 갔다. 본부 경찰관 두 명이 이미 그녀를 찾아와 리와의 동거 생활, 보비 드 위트와의 그전 생활에 대해 요모조모 물어보고 갔다고 했다. 그녀는 내게 차가운 표정으로 대했다. 너도 결국은 LA 경찰 본부 소속이 아니냐는 눈빛이었다. 내가 그녀를 위로하면서 리는 곧 돌아올 거라는 말을 하자 그녀는 "제발 그랬으면 좋겠군요!" 하면서 나를 밀쳐 냈다.

나는 엘 니도 호텔 204호실을 체크했다. "곧 돌아올 테니까 셋이서 잘 살아 보자고." 하는 메시지라도 있을지 모른다는 희망을 안고. 그러나 날 기다린 건 엘리자베스 쇼트 관련 자료뿐이었다.

그 방은 전형적인 할리우드식 독신자 방이었다. 가구라고는 접는 침대, 싱크대, 작은 옷장이 전부였다. 그러나 벽에는 베티 쇼트의 초상화, 신문과 잡지에 난 사진, 39번가 노턴 로에서 발견 당시에 찍힌 광택 인화지 사진 따위가 붙어 있었다. 사진 중 일부는 크게 확대되어 끔찍한 형상이 더욱 강조되고 있었다. 침대 위에 놓인 종이 상자 안에는 형사실의 사건 관련 서류 일체, 각종 메모 사본, 제보 리스트, 증거 목록, 현장 조사 보고서, 심문 보고서 등이 알파벳 순으로 분류 정리되어 있었다.

특별히 할 일도 없고 한번 뒤져 볼 필요도 있는 것 같아서 나는 서류를 일일이 뒤져 보았다. 수집된 정보의 양은 엄청날 뿐만 아니라 그렇게 자료를 분류하느라고 들인 노력도 대단했을 것 같았다. 바보 같은 여자 하나를 위해 이토록 정성을 쏟아야 할 필요가 있었는지 정말 이해가 되지 않았다. 나는 베티 쇼트에게 건배를 해 주어야 할지 아니면 벽에 붙은 사진들을 모두 뜯어 내야 할지 판단이 서질 않았다. 나는 호텔에서 나오면서 신분증을 보여 주고 한 달치 월세를 선불로 치렀다. 밀라드와 시어즈에게 약속한 것처럼 그 방을 완벽하게 보존하기 위해서였다. 그러나 사실은 리랜드 C. 블랜처드 반장을 위한 조치였다. 리는 저 커다란 허무 속 어딘가에 들어가 있을 것이다.

나는 《타임스》, 《미러》, 《헤럴드》, 《데일리 뉴스》 등의 광고부에 전화를 걸어 다음과 같은 쪽광고를 실어 달라고 했다.

'불, 밤의 꽃이 놓인 방은 그대로 보존될 것이다. 내게 메시지를 보내 다오. 얼음.'

그리고 나서 리를 그토록 정신 나가게 만든 그곳으로 가 보았다. 39번가 노턴 로는 이제 개미 한 마리 얼씬거리지 않는 완벽한 공터가 되었다. 아크 불빛도 경찰 백차도 우범자들도 보이지 않았다. 샌타애너에서 부는 바람을 맞으며 나는 망연히 그곳에 서 있었다. 내가 리의 귀환을 바랄수록 나의 그 잘난 경관 생활은 죽은 여자처럼 끝나리라는 것을 예감하면서.

다음 날 아침 나는 상관들에게 보낼 편지를 작성했다. 내 칸막이 사무실에서 좀 떨어져 있는 복도 아래쪽 물품 보관실에 들어가 로, 밀라드 그리고 잭 국장 앞으로 보내는 전보 신청서를 타이핑했다. 신청서의 내용은 이러했다.

저는 엘리자베스 쇼트 사건에서 즉시 손을 떼고 영장국 본래의 업무로 되돌아가기를 청원합니다. 쇼트 사건에는 이미 많은 병력이 차출되었고 또 저보다 유능한 수사관도 많이 배정되어 있으므로 저는 영장국 근무를 하는 것이 오히려 경찰 본부에 도움이 된다고 생각합니다.

그리고 파트너인 L. C. 블랜처드 반장이 실종 상태이므로 저는 고참 경관으로 근무해야 할 형편입니다. 또 처리되지 않은 문서가 영장국에 산적해 있을 것이므로 지금이 제가 원대 복귀해야 하는 절실한 시점입니다.

저는 영장국의 고참 경관으로 복무하기 위해 반장 시험도 꾸준히 준비해 왔으며, 금년 봄에는 시험에 응시하고자 합니다. 앞으로 몇 개월 동안이 제게는 지도자 경험을 쌓는 시기가 될 것이고, 사복 경관으로서 부족한 경험을 해소하는 계기가 될 것입니다.

경의를 표하며.

본부 형사국, 배지 번호 1611

드와이트 W. 블라이처트

편지를 다 치고 나서 한번 읽어 보았다. 존경과 분노가 적당히 섞인 잘 쓴 편지라는 느낌이 들어 만족스러웠다. 그러나 맨 마지막에 쓴 반장 시험 얘기는 솔직히 반 정도만 사실이었다. 편지에 막 서명을 하고 있는데 경관 대기실 쪽에서 법석거리는 소리가 들려왔다.

　나는 편지를 접어서 상의 윗주머니에 넣고 무슨 일인지 알아보러 갔다. 형사 몇 명과 하얀 가운을 입은 범죄 검사실 직원이 탁자를 둘러싸고 그 위의 물건을 내려다보면서 소리를 지르고 손짓까지 하고 있었다. 나는 그들 틈새를 뚫고 들어가 그들을 흥분시키고 있는 물건이 뭔지 보았다.

　"이런 젠장!"

　내 입에서는 바로 욕이 튀어나왔다.

　금속제 증거판 위에 우표와 소인이 선명한 봉투가 하나 놓여 있었다. 봉투에서는 희미하게 가솔린 냄새가 났고 앞면에는 신문과 잡지에서 오려 낸 글자들이 풀로 붙여져 있었다.

　《헤럴드》와 기타 LA 신문들에게.
　여기에 달리아의 사물이 있습니다.
　나중에 편지를 보내겠습니다.

　고무장갑을 낀 검사실 직원이 봉투를 열고 내용물을 꺼냈다. 검고 자그마한 주소 수첩, 플라스틱 커버를 씌운 사회연금 카드, 사진 몇 장이었다. 사회연금 카드에 찍힌 엘리자베스 앤 쇼트라는 이름을 보자 달리아 사건이 새로운 전기를 맞이했다는 것을 감 잡을 수 있었다.

내 옆에 서 있던 경관이 그 봉투가 어떻게 전달되었는가를 말해 주었다. 한 우체부가 시내 도서관의 우편함에서 봉투를 발견하고 너무 놀라서 심장 마비로 죽을 뻔했다는 것이다. 어쨌든 우체부는 경찰 무전차를 붙들고 사정을 설명하고 경찰은 즉시 그 봉투의 입수를 코드 스리로 보고했다.

엘리스 로가 검사실 직원들을 밀어내며 봉투 쪽으로 다가왔고 프리츠 보겔도 바로 뒤따라왔다. 증거물을 살피던 검사실장은 짜증이 나는지 사람들보고 저리 가라는 듯 손을 내저었다. 모두들 자기 견해를 한마디씩 해 대는 바람에 대기실은 시끌벅적해졌다. 이어 커다란 호루라기 소리가 나고 밀라드가 소리쳤다.

"젠장, 뒤로 좀 물러나요! 검사를 제대로 할 수 있는 여건을 좀 조성해 줍시다. 제발 조용히 내버려 두란 말이에요!"

우리는 모두 뒤로 물러섰다.

검사실 직원은 봉투를 집어 들고 지문 감정 파우더를 뿌렸다. 그리고 주소 수첩을 뒤적거리고 사진을 검토했다. 그다음 수술대에 선 외과 의사처럼 자신이 발견한 사항을 소리쳐 말했다.

"수첩 뒤쪽에서 부분적인 지문이 발견되었습니다. 그러나 너무 닳아서 한두 군데 부분적인 비교만 가능합니다. 전체 지문을 재구성할 수는 없고 다만 앞으로 나타나는 용의자의 지문과 비교해 볼 수 있을 정도입니다……. 사회연금 카드에는 지문이 없습니다……. 주소 수첩의 내용은 읽어 볼 수 있지만, 가솔린이 너무 많이 묻어 있어 지문을 채취해 낼 가능성은 없습니다. 이름으로 보아 주소와 전화번호는 주로 남자들 것이고, 알파벳 순으로 되어 있지 않으며 몇 쪽은 찢겨 나갔습니다……. 사진은 쇼트가 제복을 입은 군인들과 찍은 것입니다. 군인들의 얼굴은 뭉개어져 있습니다……."

나는 깜짝 놀랐다. 편지를 보낼 거라고? 그렇다면 우발적인 살인이었을 거라는 나의 추리가 틀린 것인가? 저 봉투는 살인자가 보낸 게 틀림없을 텐데……. 그렇다면 사진 속에 있는 군인들 중의 누군가가 살인자라는 얘기인가? 경찰의 관심을 딴 데로 돌리려는 수작인가, 아니면 범인 스스로 출두하여 사건 일체를 자백하겠다는 예고인가?

내 주위에 있는 경관들은 똑같은 정보, 똑같은 질문을 놓고 삼삼오오 모여 얘기를 나누고 있었다. 아니면 혼자서 그 정보를 반추하는 경관도 있었다. 새로운 단서를 여러 가지 찾아낸 검사실 직원은 고무장갑을 낀 손으로 그것들을 꼭 쥐었다. 그때 유일하게 냉정을 지키고 있던 러스가 호루라기를 불었다.

또다시 장내는 잠잠해졌다. 포커페이스에 능한 러스가 점호를 한 뒤 뒤쪽에 있는 게시판에 가서 서라고 지시했다. 우리는 모두 게시판으로 갔다. 러스 밀라드가 말했다.

"난 이 사건을 어떻게 해석해야 할지 모르겠다. 하지만 이걸 보낸 자가 분명 범인이라고 확신한다. 검사실 직원이 봉투를 완벽하게 검토하려면 시간이 좀 걸릴 테지만, 수첩의 각 장을 사진 찍어서 우리가 접촉해야 할 인원의 명단을 건네줄 것이다."

"러스, 그자는 우리에게 장난을 치고 있는 거예요. 수첩이 일부 찢겨 나갔어요. 그러니 없어진 쪽에 범인의 이름이 들어 있었을 겁니다. 이 점에 대해서는 당신과 1대 10으로 내기를 걸어도 좋습니다."

딕 카바노가 말했다.

밀라드는 미소를 지었다.

"그럴 수도 있고 그렇지 않을 수도 있지. 체포되고 싶어서 환장한 놈일 수도 있고, 아니면 수첩 속에 나타난 인물들이 범인을 아는지도 모르지. 검사실 직원들이 사진에서 지문을 채취해서 몇 명이나마 신원을 확인할 수 있을지도 몰라. 사진에 실린 군인들의 제복 계급장을 비교해 보면 신원이 밝혀질 테니까. 아니면 그자가 편지를 보내올지도 모르지. 하여튼 지금 이 단계에서는 모든 게 가정에 불과해. 자, 이제 우리가 확실히 해야 할 일을 말하겠다. 자네들 열한 명은 지금 하던 일을 모두 중지하고 봉투가 발견된 우편함 일대를 샅샅이 수색하도록 한다. 해리와 나는 사건 기록을 전면 재검토해서 전에 용의자로 포착된 인물이 그 일대에서 살았거나 일한 적이 있는지를 살펴볼 생각이다. 수첩에 나온 이름의 주인들과 접촉할 때는 대단히 조심해야 한다. 베티는 이 남자 저 남자와 성관계를 가졌다. 그리고 나는 그런 관계를 폭로해서 남의 가정을 파괴하고 싶지 않아. 해리?"

해리 시어즈는 펜과 서류철을 손에 들고 LA 번화가 지도가 붙어 있는 벽 앞에 서 있었다.

"우, 우, 우리는 바, 바, 발로 뛰어야 합니다."

그가 더듬거리며 말했다.

이젠 전보(轉補) 신청서를 내 봐야 기각될 게 뻔하다고 생각했다. 그때 대기실 건너편에서 논쟁하는 소리가 들렸다. 논쟁을 벌이고 있는 사람은 엘리스 로와 잭 티어니였다. 그들은 애써 참는 듯한 낮은 목소리로 서로 자기 주장을 펴고 있었다. 두 사람은 말이 새어 나가지 않도록 하기 위해 기둥 뒤에 서 있었다. 나는 그들의 말을 엿듣기 위해 기둥 바로 옆에 있는 공중전화 부스로 들어갔다. 혹시 리에 대한 정보가 나올지도 모른다는 기대감 때문이었다. 그러나 그들의 얘기는 리에 관한 것이 아니었다. 그들은 달리아에 대해서 얘기하고 있었다.

"……잭, 호럴 청장은 달리아 사건에 배정된 병력 중 4분의 3을 철수시키고 싶어 해. 당초 이 사건에 많은 병력을 투입한 것은 시채를 통과시켜 주어 고맙다는 표시를 하겠다는 게 시발이었지만, 이제 그 문제와 별개로 호럴은 유권자에게 충분히 성의를 보였다고 생각하고 있어. 그러니까 수첩에 나온 이름을 100프로 활용해서 호럴의 조치를 우회해 나갈 수 있단 말이야. 이 사건에 시민들의 관심이 집중될수록 우리는 호럴을 저지할 수 있게 되는 거야."

"젠장, 엘리스……."

"아니야. 내 말을 끝까지 들어 봐. 얼마 전까지 나는 그 여자가 창녀로 비치는 것을 원하지 않았어. 그러나 이젠 그 여자에 관한 정보가 너무 많이 흘러나가 그런 식으로 사태를 끌고 갈 수 없는 단계에 와 있어. 우린 그 여자의 정체가 뭔지 알았어. 그리고 수첩에 나와 있는 남자들을 만나 보면 그 사실을 골백번도 더 확인할 수 있겠지. 아무튼 사람을 풀어서 수첩에 나와 있는 남자들과 계속 접촉하라고 해. 그리고 나는 기자들에게 그 남자들 이름을 계속 제공할 거야. 그러다 보면 이 사건에 대한 관심이 점점 높아질 것이고 우리는 범인을 검거하면 되는 거야."

"엘리스, 그건 바보 같은 짓이야. 살인자의 이름은 수첩에 없을 거야. 그자는 정신병자야. 우리에게 뒷모습만 보이면서 내가 누군지 맞혀 보라고 약을 올리고 있단 말이야. 엘리스, 달리아는 힘들이지 않고 돈을 버는 여자였어. 난 당신과 마찬가지로 처음부터 그걸 알고 있었어. 그리고 이 사건에 너무 많은 병력을 투입해서 오히려 역효과가 나고 있어. 지금 살인국의 다른 과들은 서너 명도 안 되는 적은 인원으로 간신히 일을 꾸려 나가고 있어. 그리고 수첩에 나온 유부남들의 이름이 신문에 나가는 날엔 그들의 가정 생활은 파탄이 나고 말 거야. 베티 쇼트라는 여자와 오입 한번 잘못한 죄로 말이야."

두 사람 사이에 긴 침묵이 흘렀다. 로가 먼저 입을 열었다.

"잭, 나는 곧 검사보에서 검사가 될 거야. 내년에 안 된다면 다음번에는 된다고. 그리고 그린 본부장은 몇 년 안에 은퇴할 거야. 그러면 그 후임으로 내가 누굴 생각하고 있는지는 당신도 잘 알 거야. 잭, 나는 서른여섯이고 당신은 마흔아홉이야. 나는 블랙 달리아 같은 대형 사건을 또 맡을 기회가 있어. 하지만 당신은 없을 거야. 그러니까 제발 좀 장기적으로 앞을 내다보라고."

또 침묵이 흘렀다.

잭 티어니 국장은 엘리스의 유혹에 영혼을 팔까 말까 망설이고 있었다. 곧 로스앤젤레스 시청 산하의 검찰을 지휘하게 될, 머리 좋은 악마의 속삭임 앞에서 잭 티어니는 흔들리고 있었다.

"좋아, 엘리스."

나는 티어니의 말소리를 듣고서 그 자리에서 전보 신청서를 찢어 버렸다. 그리고 대기실로 되돌아와 소란스러운 서커스에 다시 합류했다.

(2권에 계속)

 ## 밀리언셀러 클럽을 펴내면서

  지난 수백 년 동안 소설은 기묘하면서도 교양 넘치고, 자유로우면서도 현실에 뿌리박고 있으며, 흥미진진하면서도 감동적인 이야기로 독자들의 사랑을 독차지해 왔다.
  민담이나 전설 등에 비해 비교적 최근에 탄생한 이야기 형식인 소설이 순식간에 이야기 왕국의 제왕으로 올라선 것은 현대인들이 살아가면서 느끼는 희망과 절망, 불안과 평화 등 온갖 삶의 양상들을 허구 속에 온전히 녹여 내어 재창조함으로써 이야기를 읽는 기쁨과 더불어 삶을 재발견하는 즐거움을 주어 온 까닭이다.
  사실 이야기를 읽음으로써 삶을 다시 생각하고, 삶을 생각함으로써 이야기를 다시 만들어 온 것은 인간이라면 피할 수 없는 숙명이다.
  그런데도 최근 이야기의 제왕이라는 소설의 위기를 말하는 목소리가 점점 늘어나고 있다. 만약에 이 말이 사실이라면, 그리하여 사람들이 소설을 점차 외면하고 있다면, 핏속에 스며들어 있으며 뼛속에 틀어박힌 이야기 본능이 무언가 다른 것에 홀려 있음에 틀림없다.
  사람들은 이제 이야기를 소설이 아니라 거리에서, 인터넷에서, 영화에서, 드라마에서, 광고에서, 대중가요에서 즐기고 있는 것이다.
  '밀리언셀러 클럽'은 이러한 소설의 위기를 넘어서려는 마음에서 기획되었다. 국내뿐만 아니라 전 세계 각국에서 독자들의 사랑을 한껏 받은 작품들을 가려 뽑아 사람들 마음을 다시 소설로 되돌리고 이야기를 한껏 즐길 수 있도록 배려하였다.
  '밀리언셀러'라는 이름을 단 것은 소설이 다시 사람들의 마음을 끌어 널리 읽히기를 바라기 때문이고, '클럽'이라는 이름을 단 것은 소설을 사랑하는 독자들이 이 작품들을 가운데 놓고 오랫동안 이야기를 나누기를 바라기 때문이다.
  앞으로 '밀리언셀러 클럽'에는 예로부터 오늘날까지, 동양에서 서양까지 시대와 장소를 가리지 않고 널리 독자들의 사랑을 받아 온 작품들 중에서 이야기로서 재미에 충실할 뿐만 아니라 인간 본연의 모습을 확인시켜 줄 수 있는 소설들이 엄선되어 수록될 것이다.
  이 작품들이 부디 독자들을 소설의 바다로 끌어들여 읽기의 즐거움을 극대화함으로써 이야기 본능을 되살려 주어 새로운 독서 세대를 창출하기를 바라는 마음 간절하다.

옮긴이 | 이종인

1954년 서울 출생. 고려대학교 영어영문학과를 졸업했으며, 한국 브리태니커 편집국장과 성균 관대 전문번역가 양성과정 교수를 역임했다. 현재 전문 번역가로 활동하고 있다. 지은 책으로 『전문 번역가의 길』이, 옮긴 대표작으로 『폰더 씨의 위대한 하루』, 『미국에 빠진 세계사의 100대 음모론』, 『고대 그리스의 역사』, 『콜로노스의 숲』, 『그리스 로마 신화 명화를 만나다』, 『마인드헌 터』 등이 있다.

블랙 달리아 1

1판 1쇄 펴냄 2006년 12월 10일
1판 4쇄 펴냄 2020년 12월 8일

지은이 | 제임스 엘로이
옮긴이 | 이종인
발행인 | 박근섭
편집인 | 김준혁
펴낸곳 | 황금가지

출판등록 | 2009. 10. 8 (제2009-000273호)
주소 | 06027 서울 강남구 도산대로 1길 62 강남출판문화센터 5층
전화 | 영업부 515-2000 편집부 3446-8774 팩시밀리 515-2007
홈페이지 | www.goldenbough.co.kr

도서 파본 등의 이유로 반송이 필요할 경우에는 구매처에서 교환하시고
출판사 교환이 필요할 경우에는 아래 주소로 반송 사유를 적어 도서와 함께 보내주세요.
135-887 서울 강남구 신사동 506 강남출판문화센터 6층 민음인 마케팅부

한국어판 © ㈜민음인, 2006. Printed in Seoul, Korea
ISBN 978-8273-992-7 04840(1권)
ISBN 978-8273-991-0 04840(set)

㈜민음인은 민음사 출판 그룹의 자회사입니다.
황금가지는 ㈜민음인의 픽션 전문 출간 브랜드입니다.